D'UN COMMUN ACCORD

De la même autrice, aux éditions Charleston
M'asseoir cinq minutes avec toi, 2021
Les étoiles brillent plus fort en hiver, 2021
Les tortues ne fêtent pas Noël sous la neige, 2022
Les perce-neige s'éveillent sous les flocons, 2022
Le Dernier Sommeil de l'ourse, 2023
Cherche jeune femme avisée, 2023

10, place des Cinq-Martyrs-du-Lycée-Buffon
75015 Paris – France
www.editionscharleston.fr

ISBN : 978-2-38529-008-5

Maquette : Patrick Leleux PAO

Pour suivre notre actualité, rejoignez-nous sur Facebook (Éditions.Charleston), sur Twitter (@LillyCharleston) et sur Instagram (@editionscharleston) !

Charleston s'engage pour une fabrication écoresponsable ! Amoureux des livres, nous sommes soucieux de l'impact de notre passion et choisissons nos imprimeurs avec la plus grande attention pour que nos ouvrages soient imprimés sur du papier issu de forêts gérées durablement.

Sophie Jomain

D'UN COMMUN ACCORD

Roman

J'ai
Lu

Un grand merci à Matthieu Casanova, Ludivine Le Hir et Adeline Dias pour les précieuses informations médicales qu'ils m'ont livrées, leurs conseils et le temps qu'ils m'ont consacré. Sans vous, j'aurais à moitié moins bien mené ce projet à son terme.

J'en profite pour claquer une bise à mes deux super relectrices qui se reconnaîtront.

AVANT-PROPOS

Il y a des textes qu'on écrit spontanément. On dépeint les personnages tels qu'on les imagine, avec leurs forces, leurs failles, leurs terribles travers. *D'un commun accord* en fait partie. Il montre ces relations toxiques et inimaginables dont on entend parler, mais dont on ne se rend pas compte quand on les vit. C'est pourquoi je vous offre un roman sulfureux et sans filtre, parfois condamnable, loin de la normalité d'une relation amoureuse telle que nous l'imaginons.

Presque dix ans plus tard, ce texte est réédité en poche et à sa relecture, il m'a toutefois semblé nécessaire de reprendre certains passages, afin qu'ils correspondent un peu plus à mon évolution. Je les ai donc atténués tout en conservant le cœur de cette relation dévorante et parfois destructrice entre Jane et Martin.

Ce roman, qui s'inspire de l'amour impossible entre la danseuse et le vaillant soldat de plomb du conte d'Andersen, montre que tout est réalisable quand on ouvre les yeux.

Sophie Jomain

PROLOGUE

— Prends-moi, ordonna Jane d'une voix rauque de désir.

Martin posa tranquillement sa veste sur le capot de la Mercedes décapotable et se retourna avec une lenteur étudiée. D'un regard lascif, il suivit les courbes du corps exceptionnellement mince et harmonieux de Jane. En pleine nature, debout devant lui, juchée sur des talons aiguilles et sans rien sur le dos, elle s'apparentait à une créature sortie tout droit de l'enfer pour le piéger. Il s'attarda sur son pubis entièrement épilé, sur la tache de naissance café au lait qu'elle portait juste au-dessus de l'aine gauche, sur ses jambes interminables, et remonta vers ses seins ronds et dorés.

Jane se caressa l'intérieur des cuisses. Elle était douée de persuasion, mais il n'avait pas besoin de ça pour céder. Il avait envie d'elle.

— Demande plus gentiment, dit-t-il sans la quitter des yeux, et peut-être que je te baiserai.

La jeune femme fit une moue boudeuse et croisa les bras sur sa poitrine.

— Tu gâches tout !

Un sourire fleurit sur les lèvres de Martin. « Arrêtons-nous ici, j'ai besoin de faire pipi. » C'était ce qu'elle avait prétendu. Ils s'étaient garés derrière un bosquet, il l'avait attendue dehors pendant qu'elle s'isolait, puis elle était réapparue, intégralement nue. Jane n'avait jamais eu l'intention de se soulager. Tout du moins, pas de cette façon-là.

Le sexe.

Son sexe à lui. C'était tout ce qu'elle voulait.

Il aimait ça.

— Approche.

Elle s'humecta les lèvres et fit quelques pas chaloupés dans sa direction, une lueur victorieuse dans le regard. Quand elle fut devant lui, il la saisit brusquement par la taille pour la hisser sur le capot de la voiture avant de lui écarter les cuisses. Pas de tendresse entre eux, pas d'amour, pas de mièvreries. Jamais. Juste du plaisir. Brut.

— Tu prends des risques, susurra-t-il. Quelqu'un pourrait venir.

Jane regarda autour d'elle, évalua les sous-bois sous lesquels ils étaient cachés, la lumière du jour décroissante, le chemin de terre qui y menait, la route à proximité, et haussa les épaules.

— Dans ce trou paumé ?

Martin sourit.

— Il y a des gens qui aiment les trous paumés.

Jane mit les mains autour des hanches du jeune homme et se colla à lui.

— Alors grand bien fasse à celui qui nous surprendra.

Elle se pencha et lui mordilla le lobe de l'oreille. Il grogna quand il sentit qu'elle le gratifiait de petits coups de langue agiles.

— Qu'est-ce que tu attends ? souffla-t-elle.

C'était ce qu'il aimait chez elle, sa résolution. Elle savait ce qu'elle voulait, elle allait droit au but, toujours, et c'était exactement ce qu'il s'apprêtait à faire aussi. Martin passa une paume derrière le dos de Jane et fit glisser ses doigts le long de sa colonne vertébrale, de bas en haut. Elle frissonna. Cette fille était un feu ardent.

— Martin, *please, please!*

D'un mouvement habile, il tira d'un coup sec sur les boutons de son jean, attrapa un préservatif dans sa poche arrière et l'enfila sans tarder. Il grogna quand il fut en Jane.

— *Yes, yes, yes!*

Elle bascula en avant, s'enroula autour de ses hanches et s'agrippa à ses épaules qu'elle griffa sauvagement.

C'était ainsi qu'ils vivaient le sexe, et pas autrement. Agressif, insoumis, inextinguible. Et même s'il la prenait avec toute l'ardeur dont il était capable, Martin avait encore faim d'elle. Elle le rendait fou.

— *I'm coming*[*], souffla-t-elle en appuyant le front contre sa clavicule. *I'm coming…*

Avec Jane, ils ne faisaient jamais durer leurs ébats très longtemps. Ce n'était pas ce qu'elle attendait de lui. Ce qu'elle aimait par-dessus tout, c'était le réanimer, le ramener à la vie. À bien des égards, Jane était une chasseuse, lui le gibier consentant, et ce soir, il se laisserait attraper autant de fois qu'il

* Je vais jouir.

lui serait possible de l'être. En attendant, il allait la savourer encore un peu, son amazone indomptable.

Martin finit par sentir les prémices de l'orgasme picoter le creux de ses reins, le bas de son ventre. Il crispa les mains autour de la taille de Jane, serra les mâchoires, résista quelques secondes, et, quand il ne tint plus, explosa. Il lui donna un long baiser sauvage dans lequel elle pouvait goûter toute l'intensité de son plaisir. Le souffle court, il trembla de tous ses membres, puis la tempête s'apaisa. Jane rejeta la tête en arrière et laissa filer un petit rire satisfait.

— Les Français sont incomparables !

— Content de l'apprendre, s'amusa-t-il en se rajustant.

Puis il glissa un regard sur sa compagne et s'attarda un instant sur ses seins tendus.

— Tu devrais t'habiller, à présent. Si les Français sont chauds, ce n'est pas forcément le cas de leurs soirées d'automne.

— Attends ! le retint-elle tandis qu'il s'apprêtait à s'éloigner pour récupérer les vêtements qu'elle avait abandonnés dans les buissons.

Elle lui saisit le poignet, le ramena vers elle, et lui offrit un sourire aguicheur.

— Est-ce que je t'ai satisfait ?

Martin contempla les joues encore roses de l'Américaine, ses grands yeux verts, sa bouche charnue dont le rouge à lèvres avait été avalé par le baiser qu'ils avaient échangé, et plissa les paupières.

— Autant que peut l'espérer un homme, mon trésor, lui assura-t-il.

Et il ne mentait pas.

Jane soupira et se laissa tomber en arrière en ronronnant, envahissant le capot de la décapotable qu'elle avait louée. Martin admira son corps gracieux en se disant que, s'ils n'avaient pas risqué de rencontrer quelque automobiliste d'un moment à l'autre, il se serait bien laissé tenter une deuxième fois. Il tendit la main pour caresser le ventre doux et ferme de la jeune femme et lui tourna le dos avant de s'enfoncer dans le bosquet. Quand il revint, il tenait les affaires de Jane et lui intima de monter dans la Mercedes – une voiture s'engouffrait dans le chemin. Jane se précipita derrière le volant en riant et enfila sa jupe et son chemisier à la va-vite. Martin s'installa à côté d'elle et attendit qu'elle ait terminé de s'habiller.

— Tes sous-vêtements, lui fit-il remarquer en lui agitant son soutien-gorge et sa culotte sous le nez.

— Cadeau ! gloussa-t-elle avant de démarrer.

Martin attacha sa ceinture et sourit. Depuis que Jane et lui se voyaient, il avait dû récupérer une bonne dizaine d'ensembles, elle les lui laissait chaque fois. La jeune femme appuya sur l'accélérateur et fit crisser les pneus. Dix minutes plus tard, ils roulaient sur la D78 en direction de Paris.

Il était déjà 20 heures, mais les voies étaient encore bien fréquentées et Jane conduisait vite, trop vite.

— Tu devrais ralentir.

L'Américaine éclata de rire.

— Je me fiche pas mal de prendre une contravention, Martin !

Il crispa les mâchoires.

— Plus doucement, Jane, je tiens un minimum à la vie.

Elle tourna furtivement la tête pour le regarder, sa bouche formant un rictus étrange.

— On se demande bien pourquoi. Je ne connais rien de plus ennuyeux que ton existence, les moments que nous partageons mis à part.

Jane savait se faire blessante. Elle aimait rabaisser les gens et leur montrer à quel point ils étaient médiocres, mais à cet instant, les piques de la jeune femme ne l'atteignaient pas, il voulait juste qu'elle lève le pied. Il avisa d'abord le feu tricolore qui passait à l'orange, à moins de quatre cents mètres, puis le compteur de la Mercedes qui affichait toujours 110 km/h. Il serra les poings.

— Ralentis ! lui ordonna-t-il d'une voix forte.

— Si je veux !

Il devint rouge de colère.

— Bordel de merde ! Tu vas griller le feu !

— Trouillard ! s'esclaffa-t-elle. Il n'y a personne devant nous !

Et pour le provoquer, elle appuya davantage sur l'accélérateur.

Martin s'agrippa aux accoudoirs, poussa instinctivement les pieds en avant, puis Jane freina brusquement. Martin sentit l'ABS se déclencher et la décapotable ralentir sa course, mais trop tard. Surprise par un chat qui s'élançait subitement sur la route, Jane cria, donna un coup de volant pour l'éviter et perdit le contrôle du véhicule. La Mercedes dérapa, fit un tête-à-queue et glissa sur la chaussée en franchissant le feu rouge avant d'être percutée de plein fouet par une voiture arrivant sur la droite.

Ensuite, tout s'accéléra. Le bruit du métal qui se froisse, l'automobile brinquebalante, la ceinture de sécurité comprimant le thorax de Martin, l'airbag latéral se déclenchant, la douleur aiguë dans sa jambe, dans sa hanche, son bras. Puis plus rien.

Rien d'autre qu'un sifflement de radiateur percé et l'odeur du sang qui se répandait dans l'habitacle. Martin fronça les sourcils, appesanti par l'impression de ne plus rien maîtriser, pas même son propre corps. Il ne pouvait plus bouger.

— Martin… Martin, gémit Jane à côté de lui.

— La fille est consciente ! Appelez les pompiers ! Le SAMU ! ordonnait une voix qui lui paraissait venir de très loin.

— Poussez-vous, poussez-vous ! Ne touchez à rien ! hurlait une autre.

Martin cligna des paupières plusieurs fois. Sa vue était trouble.

— Monsieur ? Monsieur ? Vous m'entendez ?

Il voulut dire quelque chose, bouger, ouvrir la bouche… il en était incapable.

Combien de temps s'était-il écoulé avant que les sirènes des secours retentissent ? Il n'en savait rien, il avait perdu toute notion de la réalité, seuls les sons extérieurs lui parvenaient. Confus. Dissous. Incertains. Quelqu'un s'affairait à démonter la tôle. Peut-être… Il n'était sûr de rien. Où était Jane ? Il ne l'entendait plus. Martin n'eut pas l'occasion d'y penser une seconde fois : on lui appliquait un masque sur le visage, quelque chose autour de son cou. L'instant d'après, engourdi par une torpeur étrange, il perdit connaissance.

Lorsque Martin ouvrit les yeux, il faisait jour, et il comprit sans peine qu'il se trouvait dans une chambre d'hôpital. Le plafond blanc, un bip de monitoring, l'odeur, les barrières du lit, les lunettes à oxygène qui lui chatouillaient les narines… Pas de doute. Il se souvenait vaguement s'être réveillé plusieurs fois, alourdi, sous l'effet des drogues, et surtout, il se souvenait de l'accident. C'était plutôt bon signe. Il fronça les sourcils, en proie à un mal de crâne persistant, et tenta instinctivement de bouger. Très doucement. D'abord la tête, puis les bras, les mains, et enfin les jambes. La gauche du moins, la droite le faisait horriblement souffrir. Il leva mollement la nuque et son regard croisa un arceau couvert d'un drap disposé au pied de son lit. Il se laissa tomber en arrière et ferma les paupières. Il se rappelait la douleur qui avait irradié son tibia au moment de l'impact, et l'odeur du sang qui s'était répandue ensuite. Il tourna légèrement la tête, inspecta ses bras et observa les perfusions qu'on lui avait posées, le petit capteur au bout de son index. Enfin, il remarqua un boîtier qu'on lui avait glissé dans la paume. Une sonnette. Il n'appuya pas immédiatement et essaya de faire le tri parmi les questions qui se bousculaient dans son esprit et semaient la confusion en lui.

Jane… Le feu rouge, son rire, la vitesse, le chat, le crash…

— Sois maudite, maugréa-t-il d'une voix pâteuse.

Certes, il lui en voulait furieusement d'avoir été si irresponsable, inconsciente, et foutrement égoïste, mais pas suffisamment pour souhaiter qu'il lui soit arrivé quelque chose de grave. Et c'est ce qui le poussa à enclencher l'interrupteur de l'alarme. Il ne compta pas vingt secondes avant que quelqu'un n'intervienne. Une petite femme d'une cinquantaine d'années, replète et en blouse blanche, apparut dans l'encadrement de la porte.

— Monsieur Legrand, vous êtes enfin réveillé.

— Hum… marmonna-t-il.

Il se laissa quelques secondes de réflexion et interrogea l'infirmière :

— Je me trouve dans quel hôpital ? Quel jour sommes-nous ? Où est Mlle Stewart ?

Le visage de la quinquagénaire se détendit sensiblement quand elle s'aperçut que Martin possédait encore toute sa mémoire. Elle s'approcha pour l'observer.

— Vous êtes arrivé hier soir. Nous sommes le 25 septembre, il est 8 heures du matin, et vous êtes aux soins intensifs de la clinique Saint-Roch.

Martin se crispa de douleur lorsqu'il essaya de se redresser.

— Mlle Stewart, la jeune femme avec qui j'étais pendant l'accident ? Et celui qui nous a percutés ? Où sont-ils ?

Dans un premier temps, l'infirmière lui toucha le front et ignora sa question.

— Est-ce que vous avez mal ?

— Oui, grommela Martin.

— Où ça ?

— Partout.

Il lui semblait que pas un seul centimètre carré de son corps n'était épargné par les tiraillements.

Silencieusement, la soignante se pencha sur le monitoring pour contrôler le pouls de Martin et l'interrogea sans se déconcentrer.

— Éprouvez-vous des difficultés à respirer ?

Il acquiesça en grimaçant.

— J'ai un point de côté, dit-il en appliquant tant bien que mal la paume sous son aisselle droite.

— Vous avez des côtes cassées, l'informa-t-elle tout en vérifiant les perfusions.

Elle fit une courte pause et reprit :

— Mlle Stewart va bien. Elle a subi quelques lésions, mais rien de grave. Pour plus de sécurité, nous la garderons en observation pendant quelques jours. Quant au second conducteur, par miracle, il est indemne. Votre jambe vous fait-elle souffrir ?

Machinalement, il essaya de la bouger et ressentit un violent élancement dans le mollet qui irradia jusque dans sa cuisse.

— Horriblement, souffla-t-il.

Elle posa sur lui un regard compatissant, puis elle désigna les poches de perfusion derrière lui.

— Un antalgique est diffusé toute la journée pour vous soulager. Toutefois, si la douleur devient trop forte, vous pouvez vous-même vous injecter une dose supplémentaire chaque fois que vous en éprouvez le besoin.

Elle passa délicatement la main sur sa chemise de fracture* et révéla une petite poire blanche accrochée au tissu par une pince.

— Il vous suffit d'appuyer sur le bouton à l'extrémité. Une pompe électrique est actionnée et dispense de la morphine.

Martin hocha la tête et ne se fit pas prier pour essayer. Il avait un mal de chien.

— Ma jambe… Qu'est-ce que j'ai exactement ? voulut-il savoir.

L'infirmière demeura imperturbable.

— Votre tibia et votre pied ont enduré un lourd traumatisme pendant l'accident. Vous avez subi une intervention chirurgicale cette nuit. Le médecin qui vous a opéré prendra le temps de venir vous voir

* Fameuse chemise ouverte dans le dos dont on vêt les patients dans les hôpitaux.

pour vous apporter plus d'informations avant la fin de sa garde.

— Je… qui a été prévenu ?

Elle lui sourit.

— Deux de vos proches sont dans la salle d'attente. M. de Bérail et Mlle Géris. Souhaitez-vous que je leur donne de vos nouvelles ?

Martin se frotta les yeux.

— J'aimerais parler à Gab… Mlle Géris, s'il vous plaît.

L'infirmière hocha la tête.

— Normalement, les visites ne débutent qu'à 13 h 30, mais comme le docteur Houllier est sur une urgence et qu'il ne pourra probablement pas se libérer avant une bonne heure, je vais faire une entorse au règlement et permettre à votre amie de vous rejoindre.

— Je vous remercie, murmura Martin en grimaçant de douleur.

— Je vous en prie. Si vous avez besoin de quoi que ce soit, n'hésitez pas à nous appeler, lui précisa-t-elle avant de quitter la chambre.

— Je n'y manquerai pas.

Martin ferma les paupières et déglutit. Il avait la gorge sèche et la langue plus dure qu'un morceau de bois.

Gabi pénétra dans la pièce à peine cinq minutes plus tard. Elle était livide. Ses cheveux blonds et courts étaient tout ébouriffés et sa tenue froissée. Elle paraissait épuisée. Il était certain qu'elle n'avait pas dormi de la nuit.

— Martin… souffla-t-elle en le découvrant.

Elle s'immobilisa devant le chambranle et porta les mains à ses lèvres pour s'empêcher de pleurer.

— Je suis si moche que ça à voir ? tenta-t-il de plaisanter.

Même s'il ne s'était pas regardé dans un miroir, il se doutait qu'il devait avoir suffisamment de bleus et d'égratignures sur le visage pour que ce soit le cas.

Gabi s'approcha avec autant de précautions que si elle marchait sur des œufs.

— J'ai eu la trouille de ma vie, avoua-t-elle. Nous avons pu discuter avec Jane, elle… elle nous a tout raconté.

Martin fit la grimace. Cette petite conne entendrait parler de lui !

— Comment va-t-elle ? s'enquit-il cependant.

— Elle est sous le choc et terriblement désolée pour ce qu'elle a fait.

— Elle peut… grogna-t-il.

Gabi posa une main fraîche sur le front de Martin pour retirer les mèches blondes qui s'y étaient collées.

— As-tu vu le médecin ?

Il secoua faiblement la tête.

— Pas encore, le monsieur est occupé.

Machinalement, Gabi jeta un œil à l'arceau qui cachait la jambe de Martin.

— En sais-tu plus que moi ? hasarda-t-il.

— Non, lui assura-t-elle.

— Qui m'a fait transporter ici ?

Gabi se passa les doigts dans les cheveux.

— Jane, sur les conseils d'Adrien.

Martin haussa un sourcil. Depuis quand son sort importait-il à Adrien de Bérail ? L'avocat n'avait toujours pas digéré le fait que Martin ait essayé de lui chiper un vase pour régler ses dettes, quelques semaines plus tôt.

— Eh bien, tu le remercieras d'avoir pensé à mon compte bancaire. J'ose à peine imaginer la note en sortant.

Elle sourit.

— Ne t'inquiète pas pour ça.

S'il n'avait pas été si mal en point, il aurait ri. De Bérail avait-il l'intention de payer pour lui ? Plutôt crever !

Il était sur le point de rétorquer quelque chose quand deux petits coups furent donnés à la porte ouverte. Il s'agissait de l'infirmière.

— Je suis navrée, mademoiselle Géris, mais il va falloir que vous partiez. Le docteur Houllier a pu se libérer plus tôt que prévu, il s'apprête à rendre visite à M. Legrand.

Gabi acquiesça et serra la main de Martin entre ses doigts avant de l'embrasser doucement sur la joue.

— Je ne suis pas loin, lui assura-t-elle. Et tu peux compter sur moi.

— Je sais…

Gabi avait atteint la porte quand il l'interpella une dernière fois.

— Gab'… Si cette petite dinde américaine demande de mes nouvelles, ne lui en donne aucune. Elle mérite de mariner un peu.

Gabi hocha la tête, incertaine.

— Et ne t'inquiète pas pour moi, chérie.

Elle soupira profondément.

— Trop tard…

Puis elle sortit.

Le médecin de garde, un homme dégarni d'une bonne quarantaine d'années, coincé dans une blouse blanche semblant bien trop grande pour lui, apparut presque aussitôt. Il pénétra seul dans la chambre et prit soin de refermer derrière lui.

— Bonjour, monsieur Legrand. Je suis le docteur Houllier, le chirurgien qui vous a stabilisé à votre arrivée cette nuit. Comment vous sentez-vous ? demanda-t-il en s'emparant de la feuille d'observation accrochée au pied de son lit avant de la consulter.

Stabilisé ? Son cas devait être sacrément sérieux.

— Mieux, depuis l'injection de morphine, avoua-t-il en levant la main pour désigner mollement la poire – la drogue commençait à faire effet.

Le médecin hocha la tête et partit dans un cycle de questions à peu près identiques à celles que lui avait posées l'infirmière. Martin y répondit patiemment, la voix de plus en plus chancelante, puis il regarda le docteur Houllier droit dans les yeux.

— Puis-je voir ma jambe ?

Le praticien conserva son flegme.

— C'est votre droit le plus absolu, mais je vous le déconseille.

— Pour quelle raison ?

Son interlocuteur ne prit pas une seconde pour chercher ses mots, il les connaissait déjà par cœur.

— Pour vous éviter un choc. Votre tibia et votre pied sont extrêmement abîmés. Lors de l'accident, ils se sont retrouvés écrasés puis déchiquetés par la tôle.

Martin retint son souffle.

— Que va-t-il se passer ? Vous avez prévu de m'opérer une nouvelle fois ?

Le médecin le considéra avec une expression indéchiffrable.

— Nous ne pourrons pas sauver votre jambe, monsieur Legrand. Avec votre accord, nous allons devoir vous amputer.

1

Trois ans plus tard.

Martin donna un dernier coup de pédale et contrôla l'écran digital de son vélo elliptique. Soixante minutes, 6,8 km et 878 calories.

Il sourit.

Pas mal pour un éclopé.

Il se saisit de la serviette-éponge posée sur le guidon et s'essuya le visage, le cou, puis le torse. Il avait transpiré comme un bœuf. Il regarda sa montre, sortit de la pièce et longea le couloir pour gagner la salle de bains attenante à sa chambre. Il lui restait à peine trente minutes pour se préparer et partir.

Depuis deux ans, avant d'aller bosser, il ne se passait pas un matin sans que Martin ne s'impose une séance intensive de cardio dans une pièce aménagée chez lui. C'était d'ailleurs la raison pour laquelle il n'arrivait jamais au bureau avant 10 heures. S'acharner à se muscler était à peu près tout ce qui était en son pouvoir pour éviter à cette foutue jambe de décrépir et de maigrir à vue d'œil. Il ne se privait pas non plus pour consommer une quantité astronomique de protéines pures, et, ainsi, se fortifier davantage.

Les lèvres pincées, il songea que, depuis son accident, alors qu'il aurait pu sombrer et s'imbiber d'alcool, il n'avait jamais eu une vie aussi saine ni un corps plus athlétique. Martin se souvenait à peine de la dernière fois où il avait bu une bière. Pendant ses six mois en centre de rééducation, son kiné lui avait imposé une thérapie drastique dont il avait conservé la rigueur et la détermination. Il n'avait guère changé ces habitudes depuis. Il ne buvait pas, ne fumait et… ne baisait pas. Pour l'hédoniste qu'il avait été, ça relevait de l'exploit. Comment en était-il arrivé là ? Pourquoi ? Il ne le savait que trop bien, mais il préférait ne pas y penser.

À présent, Martin ne se livrait qu'à deux passe-temps, le travail et le sport. De voleur-archéologue déchu, il était devenu webdesigner. Il avait ouvert sa boîte vingt-deux mois plus tôt et acheté un petit local dans le XIIIe arrondissement de Paris. Les affaires tournaient bien, il avait même pu embaucher deux personnes. L'activité était florissante, si bien que Martin avait retrouvé le train de vie qu'il avait perdu déjà longtemps avant son accident. Était-il plus heureux ? Non, pas franchement, mais au moins, il s'occupait et avait l'illusion que la pilule passait un peu mieux. L'illusion seulement, car la réalité était tout autre.

Martin se déshabilla entièrement, s'assit sur la chaise qui ne quittait pas la salle de bains et retira sa prothèse ornée de dessins tribaux verts, rouges et noirs. Ils se prolongeaient sur la partie restante de son tibia mutilé, le genou, la longueur extérieure de sa cuisse, lui entouraient largement les reins, remontaient jusqu'à l'aisselle gauche et couvraient l'intégralité de son bras et de sa poitrine. Il s'était fait tatouer sur un coup de tête, après sa sortie du centre de rééducation. Désormais, lorsqu'il se regardait dans un miroir, il voyait un homme différent. Celui qu'il avait été n'existait plus. Son ancien corps non plus.

Lorsqu'il quitta la cabine de douche, il s'adonna à un autre rituel. Les soins. Malgré les épais bandages, le contact permanent de la prothèse l'irritait et provoquait des démangeaisons désagréables. C'est pourquoi, chaque matin, il appliquait sur son moignon du miel de thym bio connu pour ses vertus antiseptiques et cicatrisantes. Il se faisait directement livrer par un apiculteur. Ça lui coûtait les yeux de la tête, mais à en croire le résultat, c'était plus qu'efficace. À cet endroit-là, il avait la peau aussi douce que le cul d'un bébé. Sans compter que le docteur Berckin avait fait un travail remarquable, bien que personne à part Martin ne pût l'attester : il n'avait encore jamais montré sa jambe à son entourage. Le chirurgien qui l'avait pris en charge s'était démené pour la rendre lisse et conique, plus esthétique, si tant est qu'un membre inférieur sans pied ni cheville, et avec une moitié de tibia, le soit. D'aucuns diraient qu'il avait des allures de pirate, ça ne le faisait même pas rire, et on lui avait affirmé qu'il était toujours aussi beau gosse. Ouais… du moment qu'il ne retirait pas son pantalon. Beaucoup lui avaient promis qu'il s'y ferait. C'était faux. Trois ans après, il avait encore des nausées quand il se regardait.

Ses parents, ces deux égocentriques je-m'en-foutistes que la Terre avait engendrés, n'avaient qu'une vague idée de ce qui lui était arrivé, il était resté très évasif par mail. Est-ce que ça avait changé quelque chose à leur relation ? Nullement. Martin avait à peine eu droit à leur compassion. L'une des dernières fois qu'ils s'étaient parlé au téléphone, il leur avait réclamé le fric qu'ils lui devaient. Enfin, ils ne lui en devaient pas directement. Disons qu'il s'agissait d'une petite avance sur son héritage, une donation de leur vivant pour payer moins d'impôts. Car depuis qu'ils étaient installés en Polynésie, ils s'en étaient mis plein les poches, Martin ne voulait même pas savoir comment. Alors qu'il n'avait jamais rien obtenu d'eux et qu'ils l'avaient abandonné comme un chien au beau milieu de ses études universitaires sans se soucier de la manière dont il se débrouillerait pour bouffer, Martin avait fini par comprendre qu'il fallait les prendre par le bon côté du portefeuille pour leur soutirer quelque chose. Qu'étaient 30 000 euros en échange d'une belle déduction fiscale sur plusieurs années ? Ce fric, il en avait eu besoin pour rembourser de Bérail après que ce dernier l'avait tiré, bon gré mal gré, d'un mauvais pas, un mois avant son accident. Pour survivre après le départ précipité de ses parents, Martin avait trempé dans le trafic d'objets archéologiques, puis il s'était fait pincer. Afin de payer ses créanciers – une petite branche active de la mafia italienne –, lesquels menaçaient de l'occire vite fait bien fait s'il ne s'acquittait pas de sa dette, il avait subtilisé un vase Ming à Adrien. Ce dernier n'avait pas franchement apprécié et lui avait démoli le portrait avant de lui remettre la somme dont il avait besoin. En échange de quoi, l'ancien archéologue avait promis de disparaître de la vie de Gabrielle.

En y resongeant, Martin fut saisi d'un rire grinçant. À peine lui avait-il remboursé son pognon qu'il s'était de nouveau retrouvé redevable. Adrien avait pris en charge quasiment l'intégralité de ses soins médicaux. Bien sûr, Martin avait conscience que sans l'intervention de Gabi, l'aristo n'aurait pas levé le petit doigt, mais il n'empêche que, s'il s'en était sorti, c'était grâce à lui. Le jeune homme lui devait bien plus que, quelques milliers d'euros.

Martin terminait d'étaler la texture riche et orange foncé du miel lorsque son téléphone sonna. Il détestait être dérangé dans ces moments-là, c'était déjà suffisamment pénible à faire pour qu'il ne s'y reprenne pas à deux fois. Il grogna, s'essuya rapidement avec une lingette humide et quitta sa chambre entièrement nu en sautillant jusqu'à son mobile posé sur la table du salon.

C'était Gabi.

— Soldat au rapport !

Gabi pouffa de rire. « Mon vaillant soldat » était le surnom qu'elle lui donnait depuis qu'il avait décidé d'assumer – très mal – son handicap. Parce qu'il s'était battu comme un lion pour s'en sortir, elle disait qu'il était aussi vaillant que le personnage du conte d'Andersen dépourvu d'une jambe. Gabi lui avait même offert une chaîne en or et un pendentif à son effigie qu'il ne quittait jamais. Machinalement, il fit rouler le bijou entre ses doigts.

— Idiot ! lança-t-elle.

Il sourit.

— Salut, ma belle.

— Salut, Martin. Je suis désolée de t'embêter si tôt, mais... je voulais juste m'assurer que tu serais bien présent à l'anniversaire de Paul et Sophie samedi prochain.

Martin se gratta la tête et se laissa tomber sur le fauteuil en cuir derrière lui.

— Comme chaque fois depuis deux ans, Gab'. Et je t'ai déjà confirmé la semaine dernière que j'y serais. Il y a un problème ?

Il y eut un blanc étonnant pendant plusieurs secondes.

— Gabi ?

Elle soupira.

— Que se passe-t-il ?

— Je ne sais pas trop comment te le dire...

Martin fronça les sourcils.

— Aussi simplement que possible.

La jeune femme prit une profonde inspiration, et comme il n'avait jamais été d'une nature très patiente, le fait qu'elle tourne autour du pot l'irrita au plus haut point. Toutefois, il s'agissait de Gabi, la fille qu'il affectionnait plus que tout au monde, c'est pourquoi il attendit et s'abstint de faire une seule réflexion.

— OK. Jane arrive de Washington demain.

Martin sentit un afflux de sang lui monter au crâne, puis un flot d'adrénaline courir dans ses veines. Jane Stewart. Que cette femme aille au diable ! Il ne voulait plus jamais croiser son chemin. Elle était responsable de son état. C'était à cause d'elle qu'il se retrouvait affublé d'une jambe artificielle et qu'il n'avait plus aucune vie sociale. Les plates excuses qu'elle avait pu lui faire ne suffiraient jamais à lui rendre son existence d'avant.

Gabi reprit la parole avec des pincettes :

— Elle reste en France tout le mois de septembre. Elle collabore avec Adrien sur une affaire, il n'a pas pu faire autrement que l'inviter à la fête. Et puis… ils sont amis, ajouta-t-elle d'une voix hésitante.

— Non, dit simplement Martin.

— Martin… murmura Gabi, dont il savait qu'elle comprenait trop bien sa situation.

— Je refuse catégoriquement de la voir. Ce sera sans moi.

— Elle est sincèrement désolée, mon vaillant soldat.

— Qu'elle aille se faire foutre ! gronda-t-il. Je ne veux pas de ses excuses, sa pitié ou sa putain de compassion. Je veux qu'elle me lâche les baskets, qu'elle fasse comme si je n'avais jamais existé !

Il ferma les yeux un instant avant de continuer d'un ton plus doux :

— Tu diras aux enfants que je suis très triste de ne pas pouvoir venir et que je leur enverrai un cadeau. Ne le prends pas mal, Gab', ce n'est pas contre toi.

— Je le sais, Martin, je le sais…

Il soupira.

— Je suis en retard pour aller bosser. Je dois raccrocher. À bientôt, Gab'.

Et il coupa sans avoir laissé à la jeune femme le temps d'ajouter un mot. Elle ne lui en tiendrait pas rigueur, il le savait. Gabi était là depuis le début, elle avait assisté à ses hauts et ses bas. Elle avait été témoin de ses pires colères, ses dépressions, ses victoires et ses rechutes. Nul ne le connaissait aussi bien que Gabrielle. C'était elle qui avait annoncé à Jane que Martin devait être amputé, et c'était encore elle qui avait expliqué à cette dernière qu'il ne souhaitait plus la revoir, qu'il ne lui pardonnerait jamais. Et si Gabi n'avait jamais osé juger son choix ni même évoquer l'idée qu'il puisse se tromper, il avait conscience qu'elle aimerait qu'il affronte l'avocate au moins une fois, qu'il finisse par admettre qu'elle n'avait pas fait exprès de les envoyer dans le décor et qu'elle s'en voulait horriblement. Gabi pensait que ça lui permettrait de tourner la page. Mais Jane avait brisé sa vie, bordel de merde ! Quel homme suffisamment sain d'esprit pourrait-il faire comme si ce n'était pas le cas ? Pas lui. Oh, non, pas lui ! Jane Stewart pouvait aller brûler en enfer. Elle, et sa foutue culpabilité, il n'en voulait pas !

Fou de rage, et nerveux comme il ne l'avait pas été depuis des mois, il fut soudain pris d'une irrépressible envie de fumer une cigarette pour se calmer. Tout un paquet même. À la place, il écrasa ses doigts sur ses yeux, se leva pour sautiller jusqu'à son réfrigérateur, et en sortit une canette de jus de fruits vitaminé qu'il vida en quelques gorgées. Non. Il ne céderait pas. Pas à cause d'elle. Il allait s'évertuer à ignorer que, pendant trente jours, elle rôderait dans les rues de Paris et respirerait le même air que lui. Bon Dieu, il avait envie de l'écorcher vive, simplement parce qu'elle existait et qu'elle marchait sur ses deux jambes et pas lui. Chaque fois qu'il pensait à Jane – souvent, malgré tous les efforts qu'il faisait pour que ça n'arrive pas –, il éprouvait un violent sentiment d'injustice qui l'alourdissait littéralement et le mettait presque hors circuit pendant des heures. C'est elle qui aurait dû être amputée, souffrir le martyre des mois et des mois, et se retrouver à claudiquer jusqu'à la fin de ses jours sur un pied en plastique. Au lieu de ça, elle devait continuer à faire sa diva dans des tailleurs hors de prix, bien campée sur ses talons aiguilles à mépriser la Terre entière, déverser son fiel sur les pauvres hommes qui avaient le malheur de croiser son chemin, et sourire de ses belles dents blanches aux sombres crétins qu'elle menait par le bout de la queue. Dieu qu'il détestait cette femme.

Il regagna rapidement la salle de bains, ajusta sa prothèse et s'habilla en cinq sec. Il devait partir en vitesse et penser à autre chose. Il valait mieux. Mais quand il se baissa pour lacer ses Converse, l'image de Jane ressurgit de sa mémoire aussi nettement que si elle se tenait devant elle. Ses longs cheveux raides et roux, sa peau dorée, l'ovale parfait de son visage, ses immenses yeux verts, ses lèvres toujours teintées de rouge. Toutefois, le dernier véritable souvenir qu'il avait conservé d'elle était son éclat de rire dans la voiture juste avant qu'elle n'en perde le contrôle. Il l'avait hanté des nuits durant. Tout ce qui s'ensuivait était très flou, mais ça, il se le rappelait comme si c'était hier.

Martin n'avait pas revu Jane depuis l'accident. Elle avait pourtant essayé, mais le barrage qu'il avait érigé entre eux était trop intimidant pour qu'elle parvienne à le franchir. Barrage nommé Gabrielle Géris. Enfin, Gabrielle de Bérail. L'avocat et elle étaient mariés depuis deux ans et demi. Gabi n'avait jamais vraiment porté Jane dans son cœur, alors lui demander de l'éloigner ne s'était pas révélé bien difficile. Néanmoins, quelque chose clochait ce matin. Il avait senti de la compassion dans la voix de son amie, et ça le rendait nauséeux. Quelle que soit la raison de la présence de Jane en France, quels que soient ses regrets, elle n'avait sûrement pas dû changer d'un iota et ne valait pas la peine qu'on s'apitoie sur elle parce que ce cruel Martin la rejetait. Il se souvenait de la lettre qu'elle lui avait écrite immédiatement après son retour aux États-Unis, un ramassis de mièvreries larmoyantes dans lequel elle lui exprimait ses remords et combien elle aurait donné dix ans de sa vie pour que cette soirée n'ait jamais existé. Bla-bla-bla. Si les excuses n'étaient pas venues de cette créature fourbe, il y aurait presque cru. Jane était avocate, elle n'avait pas son pareil pour manipuler le monde. Mais avoir perdu un membre ne l'avait pas rendu stupide, loin de là. C'était la raison pour laquelle il avait brûlé, jeté, ou déchiré sans les ouvrir tous les courriers qu'elle lui avait ensuite envoyés pendant près de deux ans. Ça faisait bien dix mois qu'elle ne lui écrivait plus, elle semblait avoir enfin compris que c'était inutile. Ne plus voir sa calligraphie déliée sur une enveloppe blanche ni sentir les résidus du parfum qu'elle y aspergeait délicatement était pour lui un réel soulagement. Et voilà qu'elle revenait. Certes, sans doute pas pour lui, mais c'était du pareil au même. Elle polluait l'atmosphère. *Son* atmosphère.

Martin termina de lacer ses chaussures et releva la tête. Ses yeux se posèrent sur le portable qu'il avait laissé sur la commode. Jane était restée en contact avec Adrien de Bérail, il le savait. Gabi n'avait jamais caché à Martin, bien que ça lui déplût, que son mari entretenait toujours des rapports amicaux avec elle. À ce titre, l'avocate avait suivi les progrès physiques de Martin presque pas à pas, avait eu de ses nouvelles très souvent. C'est pourquoi elle n'ignorait sûrement pas qu'il devait se rendre à l'anniversaire de Paul et Sophie. De Bérail n'avait probablement pas omis de lui livrer cette information. Si finalement il n'y allait pas, de quoi aurait-il l'air ? D'un homme qui n'avait pas encore digéré ce qui lui était arrivé ? D'un homme qui ne voulait surtout pas la croiser de peur de ressasser le passé ? C'était entièrement vrai, mais il n'avait aucune envie que Jane s'en aperçoive. Or, il ne connaissait rien de plus efficace que d'affronter quelqu'un en l'ignorant ouvertement pour lui démontrer combien il n'avait aucune valeur. Après tout, Jane et lui n'avaient ni plus ni moins partagé qu'une histoire de fesses sans sentiment. Samedi, il aurait l'occasion de lui prouver une fois de plus à quel point elle était insignifiante. Et bon Dieu, à part le hanter avec des souvenirs cauchemardesques où il revivait l'accident et lui donner des envies de meurtre, Jane Stewart n'avait plus le moindre intérêt. Même penser à ce corps dans lequel il avait joui à maintes reprises provoquait en lui une sensation de révulsion.

Martin se leva et se dirigea vers son téléphone avant de changer d'avis. S'il réfléchissait une minute de plus, il s'en tiendrait à ce qu'il avait décidé en premier lieu. C'est donc avec le souffle court qu'il composa le numéro de Gabi, et la voix légèrement rauque qu'il lui annonça ses intentions alors qu'elle avait à peine décroché.

— Je viens. Mais si tu as le malheur de laisser un tisonnier dans mon sillage, je lui fends le crâne.

2

— Bienvenue à Paris-Charles-de-Gaulle. Le ciel est dégagé et la température au sol est de 19° C. Nous vous prions de rester assis et attachés jusqu'à l'extinction du signal lumineux au-dessus de votre tête, et de remettre en marche vos téléphones portables une fois l'arrêt complet de l'appareil. Nous invitons également les fumeurs à attendre d'être dans un espace réservé avant d'allumer leur cigarette. Assurez-vous de n'avoir rien oublié à votre place. L'équipage et son commandant de bord vous souhaitent un excellent séjour. Merci d'avoir voyagé avec *American Airlines*, et à bientôt sur nos lignes.

Le Boeing s'immobilisa. Jane déboucla sa ceinture de sécurité et attendit sur son siège que la cohue se dissipe. Par le hublot, elle observa le personnel de l'aéroport s'activer au pied de l'avion tandis que son propre cœur battait à tout rompre. Suite à ce jour maudit qui l'avait contrainte à faire une croix sur Paris, à un mois près, elle n'y avait pas remis les pieds depuis trois ans. Pour le bien de tous, elle s'était juré de ne plus jamais y retourner. Promesse aussi mensongère qu'inutile : si ce n'est pas le passé qui vous rattrape, c'est le futur qui vous tire à lui. Adrien avait besoin d'elle, leur client commun également, sans quoi elle ne serait jamais revenue.

Jane glissa une main tremblante dans ses cheveux bouclés et ferma les yeux. Elle avait tellement peur de revoir Martin, tellement peur de lire la haine dans son regard quand il lui ferait face. Rien ne lui affirmait qu'il viendrait à l'anniversaire des enfants en sachant qu'elle y serait aussi, mais elle en était presque certaine. C'était dans ses tripes. Il voudrait l'affronter. Dans sa tête, la jeune femme avait préparé maintes et maintes fois le jour où ils se recroiseraient. Elle savait quoi lui dire, de quelle manière le regarder, où éviter de poser les yeux, mais elle n'était pas prête. Pas prête pour braver la colère et la rancœur de celui dont elle avait gâché l'existence. Combien il avait raison de la détester. Et si seulement il savait à quel point elle se haïssait elle-même. Lui donnerait-il seulement l'occasion de le lui avouer ? Et pourquoi prendrait-il cette peine ? Il n'avait pas répondu aux lettres qu'elle lui avait envoyées chaque semaine pendant plus de deux ans. C'était parfaitement clair, il ne voulait plus rien avoir à faire avec elle, la femme qui avait détruit sa vie.

Martin n'apprendrait sans doute jamais quelle quantité de larmes elle avait versée en songeant à ce qu'elle lui avait fait, et il s'en moquait sûrement comme de sa première chemise. Jane n'avait perdu aucun membre, elle avait été à peine blessée lors de l'accident, mais vivre avec la culpabilité était un poids si lourd que, même trois ans après, elle avait toujours autant de peine à avancer. Sa perception de l'avenir, d'elle-même, et de ce qu'elle valait vraiment lui avait explosé à la figure. Et ce qu'elle avait réalisé l'avait mise plus bas que terre. Elle n'était rien, rien de plus qu'une petite fille gâtée, méprisante, capricieuse, superficielle et orgueilleuse. Et personne n'avait jamais attendu d'elle autre chose que ce qu'elle montrait en apparence : de l'argent, de l'assurance et un corps disponible. Martin n'avait pas été différent des hommes qu'elle avait connus jusque-là. Il la prenait, l'utilisait, la possédait sexuellement, et c'était d'ailleurs ce qu'elle prétendait rechercher aussi, mais elle n'avait encore jamais fait payer à aucun d'eux le prix de sa propre médiocrité. Tellement de choses avaient changé depuis. Jane se souvenait comme si c'était hier de celle qu'elle était, mais cette personne était devenue une parfaite étrangère. Toutefois, ce qu'elle avait fait restait planté dans son cœur comme un morceau de métal rougeoyant impossible à retirer. Un crime. C'est ce dont elle était coupable. Et elle ne pourrait jamais expier sa faute. D'aucune façon. Martin saurait le lui rappeler.

Seigneur tout-puissant, elle regrettait déjà de s'être laissé convaincre par Adrien de venir. L'ultime procès de leur client se déroulerait dans trois semaines. Leur plaidoirie devait être parfaitement préparée et maîtrisée. Adrien n'avait pas l'intention de perdre.

Elle soupira en renversant la tête sur le dossier.

Le revoir lui aussi lui mettait la tenaille au ventre. Lors de son dernier séjour chez lui, elle s'était comportée comme une chienne en chaleur. Pour une raison totalement ridicule, elle s'était sentie en danger à cause de Gabrielle alors qu'elle n'entretenait plus aucune relation avec Adrien depuis des lustres et que ça ne lui disait même plus rien du tout. Elle l'avait pourtant aguiché, provoqué, elle avait tenté de l'exciter. En vain. L'avocat était déjà totalement sous le charme de Gabrielle Géris. Jane aurait dû se réjouir de la présence de la jeune et belle ancienne archéologue, Adrien méritait d'être heureux et de trouver la paix, mais à la place, elle avait agi comme s'il lui appartenait, ou que le fait qu'il s'intéresse à une autre femme lui était insupportable. Ce qui était totalement faux. À ce moment-là, elle ne voulait pas d'attache. Elle avait même toujours traité les hommes comme des jouets qu'on prend et qu'on jette. Toutefois, son affection pour Adrien était sincère. D'une part, parce qu'il faisait partie des rares personnes à la respecter, d'autre part, parce qu'il avait souffert et qu'il lui avait ouvert son cœur à plusieurs reprises. Si elle l'avait fui au moment de la rechute de son fils, ce n'était pas par dédain, loin de là, elle s'était beaucoup souciée de lui, mais Jane n'avait jamais appris à voir les gens souffrir. Elle n'avait jamais su comment se comporter devant la détresse d'autrui, pas plus qu'elle ne s'était laissée aller elle-même à montrer ses failles. Chez elle, être faible n'était pas permis. C'est ainsi qu'elle avait grandi. Mais elle pouvait se trouver des milliards d'excuses, elle ne pourrait jamais revenir sur son passé, ses erreurs, et la honte qui la submergeait.

— Mademoiselle, il vous faut descendre, l'avertit d'une voix douce l'hôtesse de l'air penchée sur elle. Est-ce que tout va bien ?

Jane redressa la tête, regarda autour d'elle et remarqua que l'avant-dernier passager était en train de quitter de l'avion.

— Oui, bien sûr. Je... excusez-moi, balbutia-t-elle.

Elle s'empara de son sac à main sous le siège en face d'elle, se leva, lissa machinalement sa robe bleu marine. Avant de rejoindre la sortie, elle se saisit de son gilet dans le casier à bagages au-dessus d'elle.

— Merci d'avoir choisi *American Airlines* et bon séjour, la salua l'hôtesse.

Jane hocha la tête et s'engouffra dans le couloir en accordéon qui menait au terminal. Elle avait l'étrange et alarmante sensation d'avoir tout juste mis un pied aux portes de l'enfer.

Adrien regarda Jane arriver avec un étonnement non dissimulé. Sur le coup, il avait failli ne pas la reconnaître. Sa morphologie relativement osseuse avait fait place à des formes épanouies. Il aurait juré qu'elle avait bien dû prendre une dizaine de kilos. Mais ça lui allait plutôt bien. Alors qu'il était désormais marié et qu'il aurait dû poser les yeux ailleurs que sur cet endroit précis, Adrien ne put faire autrement que de constater que la poitrine de Jane avait suivi une évolution similaire. Ses charmes étaient, disons... éclatants de santé. De prime abord, il ne voyait même que ça.

Au fur et à mesure que la jeune Américaine avançait, Adrien se faisait violence pour ne pas ouvrir tout grand la mâchoire. Sous ses taches de rousseur, la peau de Jane était plus laiteuse qu'une porcelaine délicate. Il en fut stupéfié. Depuis quand Jane avait-elle des taches de rousseur ? Il ne l'avait pas vue depuis trois ans, certes, mais il se souvenait parfaitement de son teint hâlé par les séances d'UV, les poudres hors de prix et les maquillages savants. Oh, il la trouvait toujours aussi attirante, là n'était pas la question, mais elle était… différente. Simple, en somme. Et puis, il aurait parié qu'elle avait les cheveux lisses naturellement, et aujourd'hui, il se rendait compte que ce n'était pas le cas. Jane possédait une magnifique crinière bouclée et flamboyante. Et que dire de sa tenue ? Dans sa robe bleu marine façon kimono et ses escarpins plats de même couleur, elle était élégante, comme à son habitude, mais elle n'avait plus rien de la diva sophistiquée qu'il avait connue. Qu'était-il arrivé à Jane, bon sang ? Où était passée la rouquine sulfureuse avec qui il avait eu une relation des années plus tôt ?

— Jane ? demanda-t-il, hésitant.

Elle pencha la tête de côté et lui sourit timidement. Il vit même ses joues rosir, ce qui le déstabilisa davantage.

— Adrien… C'est bon de te revoir.

Il remarqua que son accent était plus traînant qu'avant. Bien qu'elle eût l'occasion de l'avoir régulièrement au téléphone, Jane n'avait probablement pas pratiqué le français depuis longtemps. Il l'observa encore une poignée de secondes, indécis, puis il lui ouvrit les bras comme il l'aurait fait avec une vieille amie. Ce qu'elle était, au demeurant.

— Sois la bienvenue, Jane.

Elle fit un pas et accepta son accolade avec réserve, maladresse même. Aussi puéril que cela puisse être, Adrien se sentit presque déçu qu'elle ne se frotte pas langoureusement contre lui, ce qui lui aurait prouvé que la jeune femme qui se tenait devant lui était bien Jane, *sa* Jane. Eh bien, non, et il en resta comme deux ronds de flan.

— Ton vol s'est-il bien passé ? s'enquit-il en s'écartant.

— Très bien, je te remercie. Tu as bonne mine, le complimenta-t-elle en souriant.

— Toi aussi, répliqua-t-il aussitôt.

Puis il jeta un œil à la valise à roulettes Louis Vuitton posée à côté d'elle. Il fronça les sourcils. Lorsque Jane venait pour quatre jours, elle ne se déplaçait jamais sans au moins trois bagages dans lesquels elle entassait suffisamment de vêtements pour survivre deux mois complets.

— Tu voyages léger, lui fit-il remarquer avec suspicion. Tu comptes rester moins longtemps que prévu ?

La jeune femme rajusta son sac à main sur son épaule et secoua la tête.

— On ne sait jamais quel temps il fera chez vous, j'aviserai sur place. Bien. Il est midi, je meurs de faim. Tu m'emmènes déjeuner quelque part ou tu as l'intention de retrouver ta famille ?

Le visage d'Adrien s'illumina.

— Je ne t'ai pas vue depuis trois ans, tu dois avoir des milliers de choses à me raconter. J'ai réservé une table à *La Coupole.*

Une heure plus tard, ils y étaient installés.

— Alors ? commença Jane. Remarié, papa pour la troisième fois, tu as l'air d'un homme épanoui.

Adrien resservit un verre d'eau à Jane en attendant le vin qu'ils avaient commandé et sourit.

— Je le suis. Gabi a totalement changé notre existence. Paul et Sophie sont en extase devant Hugo qui les rend pourtant totalement chèvres. André et Rosa-Louise ne savent plus où donner de la tête, mais ils semblent avoir rajeuni de dix ans, et… ma foi, je suis comblé. Nous sommes une famille heureuse.

En prononçant ces mots, Adrien décela une lueur mélancolique dans le regard de Jane.

— Et toi ? demanda-t-il alors. Que deviens-tu ?

Jane lui donna l'impression de se forcer à rire.

— Toujours la même ! Libre comme l'air. Sans attaches ni obligations.

Adrien plissa les paupières.

— Toujours la même, mais sensiblement différente… Que s'est-il passé ces trois dernières années, Jane ?

La jeune femme détourna le regard.

— Nous sommes restés en contact, Adrien. Tu es bien placé pour savoir de quelle manière j'ai occupé mon temps.

Il sourit malgré lui.

— Effectivement. Je sais mieux que personne que tu as travaillé d'arrache-pied. J'ai même l'impression que tu n'as fait que ça.

La bouche de Jane se tordit en un pli douloureux.

— J'avais besoin d'oublier.

— Y es-tu parvenue ?

Adrien vit le visage de Jane se déformer de tristesse. Il en fut si bouleversé qu'il tendit le bras et s'empara de la main de la jeune femme.

— Jane…

— Sera-t-il à l'anniversaire des enfants ?

Adrien resserra la pression de ses doigts.

— Oui.

Elle déglutit.

— J'ai peur de l'affronter…

— Rien ne t'y oblige.

Elle leva vers lui des yeux inondés de larmes.

— Je suis responsable, Adrien…

L'avocat conserva une expression sereine.

— C'est vrai, mais tu restes maîtresse de tes choix.

Le sommelier les interrompit lorsqu'il apporta une bouteille de château-margaux qu'il fit goûter à Adrien avant de servir Jane. Les deux amis le remercièrent et leurs regards se croisèrent. Jane vida son verre presque d'une traite.

— Je lui ai écrit pendant deux ans et il ne m'a jamais répondu. Il n'a aucune envie de me revoir, Adrien.

Il observa attentivement son ancienne maîtresse.

— Ce n'est pas ce qu'il y a de plus important, Jane. Ce qui compte, c'est de savoir si toi, tu en as envie. Est-ce le cas ?

Elle se passa nerveusement la main dans les cheveux.

— J'ai besoin de m'assurer de mes propres yeux qu'il va bien, et lui dire de vive voix, même s'il refuse de m'écouter, que je suis sincèrement désolée et que…

Elle s'interrompit, le souffle court.

— Je… je suis terrifiée…

Adrien ne savait pas quoi dire. Jane avait toutes les raisons du monde d'avoir peur. Martin ne lui réserverait sûrement pas un bon accueil. Il était même certain que ce dernier avait finalement accepté de venir à l'anniversaire de Paul et Sophie uniquement pour démontrer à Jane à quel point il la méprisait. Oh, Martin ne ferait pas d'esclandre, mais l'indifférence qu'il lui montrerait serait plus efficace que n'importe quel mot cinglant. Il avait de la peine pour Jane. Il se souvenait parfaitement de sa réaction lorsque, avec Gabi, il lui avait annoncé que Martin serait amputé. Elle s'était redressée sur son lit d'hôpital en criant. Puis, toute la culpabilité de l'univers s'était abattue sur elle. Adrien ne l'avait jamais vue plus sincère ni désemparée. Martin avait catégoriquement refusé de la voir et Jane s'était sentie encore plus anéantie. Il avait conscience de ce qu'elle endurait depuis trois ans et, en l'observant aujourd'hui, il se rendait compte à quel point cet événement l'avait changée autant que Martin. Il n'aurait su dire quelle version de Jane il préférait – peut-être la créature fragile qui se tenait devant lui, elle était si touchante –, mais il était sûr d'une chose : il détestait la souffrance qui se lisait sur son visage et il serrait les dents en songeant que ce serait pire lorsqu'elle se retrouverait en face de son accusateur.

— Jane, écoute-moi, dit-il finalement. Tu ne reviendras pas en arrière, ce qui est fait est fait. Il te faut aller de l'avant à présent. Si parler à Martin te permet de refermer une porte, alors tu dois…

— La porte ne se refermera jamais, Adrien, l'interrompit-elle. Je l'aime.

Adrien demeura bouche bée devant cette stupéfiante déclaration. Jane n'avait jamais aimé personne. Tout du moins, elle n'était jamais tombée amoureuse. Elle s'en était d'ailleurs toujours vantée.

— Tu l'aimes ? répéta-t-il, déconcerté.

La jeune femme baissa les yeux sur son assiette encore vide.

— Oui…

Adrien fronça les sourcils.

— Était-ce déjà le cas avant l'accident ?

Elle secoua la tête.

— Non, je… je ne sais pas comment c'est arrivé. C'est venu comme ça. J'ai appris à aimer son souvenir et puis…

Elle soupira.

— Je me doute que tu dois trouver ça étrange. Je ne me l'explique pas non plus, mais c'est ainsi. Je suis certaine de ce que je ressens.

Adrien n'avait jamais été fin psychologue, mais il lui semblait que, rongée par la culpabilité, Jane avait plutôt développé une fascination pour Martin. Un fantasme. Ça n'avait rien à voir avec l'amour. Elle s'en rendrait compte tôt ou tard. Ce qu'il se garda de lui faire remarquer, toutefois. La jeune femme paraissait assez perturbée comme ça. Bon sang ! Mais qui était la personne assise en face de lui ?

— Je ne sais pas quoi dire, Jane.

Elle esquissa un geste évasif de la main et soupira.

— Il n'y a rien à dire, Adrien. Parlons d'autre chose, si tu veux bien. Qu'avez-vous prévu pour la fête de Paul et Sophie ?

Il fit la grimace.

— Un *Cluedo* géant. Il ne reste plus qu'à croiser les doigts pour ne pas être celui qui se prendra le chandelier sur le crâne.

Jane sourit.

— Les enfants sont contents de te voir, ajouta-t-il.

Et c'était vrai. Elle leur avait souvent envoyé des petits cadeaux des États-Unis, et elle faisait mouche chaque fois.

— Moi aussi, lui assura-t-elle. Ils doivent avoir tellement changé.

Adrien leva les yeux au ciel en soupirant.

— Paul est plus grand que sa sœur et ça la rend malade. Elle s'est mis en tête de faire du basket dans l'espoir de gagner quelques centimètres. Au fait, changea-t-il subitement de sujet. Tu ne m'as pas dit où tu avais prévu de loger. Au cas où, nous t'avons fait préparer une chambre à la maison.

Jane leva une paume devant elle.

— C'est très gentil, Adrien, vraiment, mais... dans la mesure où nous avons été amants, toi et moi, je ne me sentirais pas très à l'aise chez vous, au milieu de votre couple, pendant un mois complet. J'espère que tu ne m'en veux pas. J'ai réservé une suite au *Victoria*.

Adrien lui resservit un verre de vin et sourit. Au moins, elle appréciait toujours les beaux hôtels. Toutefois, la femme qu'il avait connue aurait sauté sur l'occasion de venir chez lui pour le séduire sans hésiter. Qu'il soit marié ou non. Comme c'était étrange.

— Tu as vraiment changé, Jane.

Elle but une gorgée de château-margaux et rit doucement du nez.

— Je prends ça pour un compliment.

Adrien garda un moment le silence avant de porter un toast :

— À toi, Jane. Et puisse ton ciel s'éclaircir rapidement.

Elle l'imita et fit tinter son verre contre celui d'Adrien.

— Que mon ciel s'éclaircisse.

Il l'espérait sincèrement.

3

Les mains tremblantes, Martin noua les lacets de ses mocassins noirs et parfaitement cirés. Il lissa les plis du revers de son pantalon de costume beige, et leva la tête vers la table basse. Une bouteille de Chimay bleue le narguait.

Il ne buvait plus depuis trois ans, alors pourquoi en avait-il acheté plusieurs ? Parce qu'il était sur le point de craquer. Parce qu'il avait envie de tout envoyer paître. Parce que, moins d'une heure plus tard, il serait à l'anniversaire de Paul et Sophie et qu'il la reverrait. Jane.

Les sourcils froncés et la gorge sèche, Martin observa longtemps la bière des pères trappistes.

Maudite soit cette femme ! Elle ne le ferait pas céder. Il était plus fort que ça.

Il se leva d'un coup, mit sous le bras les cadeaux des gamins qui attendaient sur le canapé et quitta l'appartement en claquant la porte.

Pendant qu'il marchait jusqu'à la station de taxis la plus proche, il se repassa en boucle la manière dont il avait prévu d'accueillir Jane. Il conserverait un visage impassible, la regarderait droit dans les yeux quand elle viendrait lui parler, il donnerait l'impression d'écouter ce qu'elle avait à lui dire, puis il finirait par la planter comme si elle s'était adressée à un mur. En bref, l'objectif était de lui montrer à quel point sa présence, ses bla-bla et son parfum capiteux lui étaient indifférents. Puis il retournerait au reste des invités, un sourire plaqué sur les lèvres, et porterait un vif intérêt à chacun d'entre eux.

Martin se surprit à ricaner tout seul. S'il réussissait à faire ce qu'il avait prévu, il jetterait l'ancien paquet de clopes qu'il avait planqué au fond du tiroir de sa commode, ainsi que les Chimay qui l'attendaient sagement chez lui. Sauf qu'il songea amèrement qu'il avait plus de chance de se retrouver fumeur et alcoolique que de parvenir à garder son calme devant Jane. Il avait l'impression d'être en train de marcher sur un fil et d'être sur le point de tomber dans le vide encore une fois. C'était tout ce qu'il avait vécu après l'accident qui lui revenait en pleine face. Non. Il n'était pas franchement prêt à la revoir. L'année qui venait de s'écouler était celle qui lui avait permis de s'apaiser moralement et de regagner un semblant de confiance en lui avec un boulot qui lui plaisait, une autonomie physique intégralement retrouvée et un compte en banque qui ne ressemblait plus au désert sibérien… Pourquoi fallait-il qu'elle se pointe maintenant ? Bon Dieu, il pouvait toujours élaborer des plans, il n'avait qu'une envie, la gifler, la secouer comme un prunier et la jeter dans un tas d'ordures nauséabondes. Il ne se souvenait pas avoir autant détesté quelqu'un de toute sa vie, même pas ses parents contre qui il avait pourtant une animosité débordante. Cette haine était si grande qu'elle l'effrayait presque. Un soir, alors qu'il sortait d'une séance de rééducation particulièrement difficile et que sa jambe n'était que douleur, il s'était demandé dans quelle mesure il aurait été capable de tuer Jane si elle en était venue à passer la porte du centre. L'aurait-il pu ? Oui. Sans l'ombre d'une hésitation. Et ce désir meurtrier l'avait poursuivi pendant des mois, il s'était imaginé la torturer, lui faire mal, vraiment mal, la faire pleurer aussi fort que la souffrance lui avait arraché des larmes de rage. Souvent. Trop longtemps.

Il se frotta le front tandis qu'il arrivait devant la station de taxis. Il tremblait. Comment allait-il s'y prendre pour ne pas lui sauter à la gorge et mettre à exécution ses fantasmes morbides uniquement refoulés par son absence ces trois dernières années ? Parviendrait-il seulement à ignorer le vœu de vengeance qui brûlait en lui, le consumait de l'intérieur et le privait de toute compassion à l'égard de cette femme ? Il en doutait, car quand il songeait à elle, il avait l'impression d'avoir perdu toute trace d'humanité.

Sa moitié de corps retrouvée, Martin s'était efforcé de se concentrer sur l'avenir – bien qu'il eût toujours un mal de chien à l'idéaliser – et d'atteindre des objectifs réalisables. Le premier ayant été de retrouver une indépendance financière. Ensuite, il avait décidé d'aménager une salle de sport chez lui qui lui éviterait de se rendre au centre pour se maintenir en forme et d'y croiser tous les éclopés dont il ne pouvait plus voir l'infirmité en peinture. Leur handicap, leur acharnement et leur colère le ramenaient à sa propre situation. Mais en réalité, la jambe de Martin était un Post-it vivant, il n'avait nul besoin de fréquenter les gens comme lui pour se souvenir qu'il n'était plus le même qu'avant ; il lui suffisait de baisser la tête. Et parmi les buts qu'il s'était fixés, un en particulier lui tenait à cœur : mener sa vie exactement comme il l'entendait et se garder à l'écart de ceux qui pourraient minimiser ses ambitions. Voilà précisément la raison pour laquelle revoir Jane était important. Il allait lui montrer à quel point elle n'avait aucun impact sur lui, et par la même occasion s'en convaincre une bonne fois pour toutes pour avancer. Enfin.

Martin ouvrit la portière du taxi de tête et s'engouffra à l'intérieur.

— Avenue Foch, informa-t-il le chauffeur.

— Quel numéro ?

Martin le lui donna, boucla sa ceinture de sécurité et se cala confortablement contre son siège. C'était décidé. Dans quelques heures, Jane Stewart ne serait plus qu'un souvenir à jeter au rebut. Déterminé, il sourit, et ne pensa plus à rien.

***

Jane était de plus en plus convaincue d'avoir fait une erreur en mettant des talons de dix centimètres. Ses jambes étaient si flageolantes qu'elle pouvait perdre l'équilibre d'une minute à l'autre. Mais voilà, elle n'avait jamais su résister à une paire d'escarpins, à plus forte raison lorsqu'il s'agissait de Louboutin, qu'ils étaient bleu turquoise et qu'elle avait le moral dans les chaussettes. Habituellement, acheter des chaussures avait sur elle un effet réparateur, tout comme se tartiner de maquillage et se lisser les cheveux – ce qu'elle n'avait pas manqué de faire aujourd'hui pour sauver les apparences et donner l'illusion de se maîtriser aussi bien qu'avant. Pas cette fois. Jane soupira, liquida le verre de punch qu'elle tenait entre les mains et s'avança vers le buffet dressé dans l'atrium afin de s'en servir un autre.

Martin n'était pas arrivé, c'est pourquoi elle parvenait encore à faire bonne figure pour ne pas alarmer les enfants qui lui tournaient régulièrement autour – Sophie ne cessait de lui dire combien elle aurait aimé avoir les mêmes cheveux qu'elle, et Paul voulait tout savoir sur les États-Unis. Jane souriait du mieux qu'elle le pouvait, l'illusion était presque parfaite, mais son estomac était tellement noué que, plus le temps passait, plus ses expressions se figeaient.

— Tout va bien ? s'enquit Adrien en se plaçant en face d'elle.

— Au poil ! prétendit-elle. La fête est très réussie.

Il fronça les sourcils.

— Elle n'a pas encore commencé. Tu es nerveuse.

Ce qui était bien moins une question qu'une affirmation.

— Je le suis, avoua-t-elle.

Adrien lui retira doucement des mains le verre qu'il posa sur la table.

— Aligner les punchs ne t'aidera pas à te sentir mieux.

Peut-être, mais à la longue, elle finirait par en avoir l'illusion.

— Papa, papa ! s'écria Paul en venant à leur rencontre. Il faut que tu voies ce qu'André m'a offert !

Adrien sourit.

— Une grue *Lego Technic.* Tu me l'as déjà dit deux fois.

Paul haussa les épaules.

— Il y a une pièce que je n'arrive pas à monter.

Jane fit un signe du menton à Adrien pour lui signifier qu'il pouvait la laisser seule.

— Excuse-moi, souffla-t-il. Je joue les mécanos et je reviens.

Le fils et le père s'éloignèrent, Jane retourna à son verre.

Martin serait bientôt là et ça la rendait physiquement malade, si bien que, quand elle porta le cocktail à ses lèvres pour boire une gorgée supplémentaire, elle sentit une vague de nausée la saisir et elle se retint à la table.

— Est-ce que ça va ? intervint Gabi en s'approchant.

Jane sourit par automatisme.

— J'ai la tête qui tourne, prétendit-elle, en désignant le saladier de punch.

Gabi n'était pas dupe. Elle l'observa sans rien dire et lui renvoya poliment son sourire.

La politesse. Il n'y avait d'ailleurs rien de plus entre les deux femmes. Depuis le premier jour où elles s'étaient rencontrées, et à plus forte raison maintenant. Gabi faisait des efforts pour Adrien et les enfants, Jane le savait. Elle ne s'était, certes, jamais permis une seule réflexion, mais elle ne lui avait pas pardonné l'accident dont elle était responsable. Jane se souvenait trop bien de sa réaction quand elle lui avait expliqué dans quelles conditions leur voiture s'était crashée. L'effarement. La colère. Puis la haine sur son visage lorsque le chirurgien avait annoncé que Martin ne récupérerait jamais sa jambe. Toutefois, aujourd'hui, Jane avait l'impression que la nouvelle Mme de Bérail faisait preuve d'une certaine compassion pour elle, et que c'était la raison pour laquelle elle lui avait demandé comment elle allait. À moins qu'elle ne vienne seulement s'assurer des intentions de Jane ? Elle n'en savait trop rien.

L'Américaine avait conscience que Gabi n'avait pas abandonné Martin dans l'épreuve. Elle l'avait épaulé, soutenu, encouragé, et elle devait connaître ses sentiments les plus inavouables, toute l'animosité qu'il ressentait pour Jane et, sans aucun doute, ce qu'il ferait en la voyant, aussi fébrile soit-elle. Peut-être avait-il même préparé leur face-à-face dans les moindres détails tout comme elle avait elle-même répété cent fois dans sa tête ce qu'elle devrait lui dire ? À la différence près que Jane était ici pour lui demander son pardon, et que Martin, lui, n'avait probablement d'autres intentions que de la réduire en bouillie.

Durant toute la période où elle s'était résignée à ne plus lui écrire, elle avait essayé de ne plus penser à lui. En vain. Ses yeux, son visage et sa voix demeuraient gravés en elle. Jane était marquée au fer rouge par son souvenir, mais aujourd'hui, elle avait conscience d'être sur le point d'affronter un homme qu'elle ne reconnaîtrait pas. Car si Martin et elle n'avaient partagé que des moments charnels sans aucun sentiment, il ne lui avait jamais manqué de respect. Or, à présent, il en avait tous les droits. À ça, elle n'était pas prête.

Si seulement elle était toujours la même qu'avant… Elle aurait bravé cette situation avec assurance et détermination, elle aurait mis en scène les talents qui faisaient d'elle une avocate redoutable et redoutée. Elle l'aurait regardé de haut, lui aurait prouvé par A + B qu'il était aussi responsable qu'elle, même si ce n'était pas vrai, et elle l'aurait méprisé. Mais cette femme n'existait plus. Il ne restait d'elle que la honte et la volonté farouche de se reconstruire. Affronter Martin était la première étape. Que Dieu lui vienne en aide, elle doutait clairement d'y parvenir un jour.

— Jane… commença Gabi. Nous n'avons pas eu le temps de discuter depuis votre arrivée à Paris. Enfin, nous n'avons pas l'habitude de le faire, mais…

Elle soupira.

— Vous n'auriez peut-être pas dû venir aujourd'hui.

Sans un mot, Jane leva des yeux brillants d'émotion vers Gabi qui l'étudia, embarrassée, avant de secouer la tête.

— Suivez-moi.

Gabi la prit doucement par le coude pour la guider dans la bibliothèque, où elles seraient plus tranquilles. Là, elle referma la porte et observa celle qui l'avait tant jalousée. Le regard d'animal en détresse de Jane se posa sur Gabi. La nouvelle Mme de Bérail était belle, plus épanouie que jamais. Ses cheveux blonds et bouclés avaient poussé, lui retombant élégamment sur les épaules, ses joues étaient roses, et alors qu'elle s'apprêtait à avoir une conversation qui n'était pas des plus réjouissantes avec Jane, ses yeux pétillaient d'une joie de vivre que nul n'aurait pu ignorer. L'ancienne Jane l'aurait détestée pour ça.

— Écoutez, Jane, commença-t-elle. Je ne vais pas passer par quatre chemins. Martin est mon ami. Je l'ai vu dans les pires moments de sa vie comme dans les bons. Il s'est battu comme un lion pour s'en sortir. Il a gardé la tête hors de l'eau, il a repris de l'assurance et a tâché de se revaloriser. Je ne permettrai pas que vous anéantissiez tous ses efforts.

— Ce n'est pas mon intention, murmura Jane qui ne pouvait en vouloir à la jeune femme de l'en croire capable.

Gabi la considéra un instant sans rien dire, comme pour évaluer sa sincérité, puis elle souffla fort par le nez.

— Très bien. Adrien affirme que vous n'êtes plus la même, et je dois bien avouer que votre métamorphose est plutôt frappante. Je crois que vous regrettez profondément ce qui s'est passé il y a trois ans. Toutefois, Martin ne semble pas prêt à entendre vos excuses. Peut-être ne le sera-t-il jamais.

— Je le sais…

— Nous n'avons jamais été proches vous et moi, et reconnaissons que nous aurons bien du mal à l'être un jour ; cependant, je pense pouvoir comprendre ce que vous ressentez. Lorsque Martin a appris que vous viendriez à l'anniversaire des enfants, il a immédiatement annulé. Puis il a changé d'avis presque aussitôt. S'il l'a fait, c'est parce qu'il veut vous faire face, j'en suis convaincue, et je ne crois pas que ce qu'il aura à vous dire sera très agréable à entendre. Si vous n'êtes pas prête à l'affronter, ne le faites pas.

— Je ne le suis pas, mais je le dois.

Gabi plissa les paupières.

— Vous portez votre croix, Jane, j'en ai conscience, mais si vous n'êtes pas certaine que voir Martin vous aidera à avancer, rentrez à votre hôtel. Vous risquez de vous faire mutuellement plus de mal que de bien. La maison n'est, de toute façon, pas l'endroit idéal pour régler vos comptes.

— Je n'ai pas l'intention de faire d'esclandre, lui assura-t-elle.

Gabi eut un sourire sans joie.

— Vous, peut-être, mais concernant Martin, rien n'est moins sûr.

Si elle avait voulu l'effrayer, elle ne s'y serait pas mieux prise. L'estomac de Jane se comprima davantage. Elle n'avait que trop conscience de la situation et voyait les quelques grammes de courage dont elle disposait fondre comme neige au soleil.

Soudain, la porte de la bibliothèque s'ouvrit sur Adrien. Il braqua furtivement les yeux sur sa femme, puis il posa un regard attentif sur Jane. Martin était arrivé. C'était forcément ce qu'il était venu leur annoncer, et quand il desserra les lèvres, l'avocat confirma ce que sa consœur et amie savait déjà.

— Il est là.

Le cœur de Jane fit une embardée spectaculaire.

— Ça va aller ? s'enquit Adrien.

Elle sourit et hocha brièvement la tête.

— Jane… intervint Gabi. Repensez à ce que je vous ai dit. Vous n'êtes pas obligée de le voir aujourd'hui.

Adrien s'approcha de sa femme pour la prendre par la taille avant de déposer un baiser sur son front. Jane devait bien l'avouer, ils formaient un couple magnifique.

— Madame de Bérail, aussi avisée sois-tu, j'aimerais que tu restes à l'écart de tout ça.

Gabi se renfrogna.

— Peut-être, mais…

Après quoi Adrien lui cloua le bec en l'embrassant sur les lèvres. Jane en profita pour leur tourner le dos et sortir de la pièce. Elle ferait ce qu'elle avait décidé.

Elle pénétra dans l'atrium avec la sensation de peser une tonne et que ses chaussures s'étaient subitement transformées en plomb. Elle avança avec la grâce d'un lion de mer sur la banquise. Le corps tendu comme une corde à linge, et les muscles plus durs que du béton, elle s'immobilisa devant le petit jardin paysager en apercevant Martin sous les arcades du salon. Habillé d'un costume clair, il était de profil, et ne l'avait pas encore remarquée. Paul et Sophie l'avaient rejoint. Jane avait la poitrine tellement oppressée qu'elle dut prendre de courtes inspirations pour ne pas suffoquer. Puis Paul la regarda. Sophie également. Et Martin tourna la tête vers elle. Quand il la vit, elle se sentit près de craqueler et de s'éparpiller en mille morceaux sur le sol.

Quand était-elle tombée amoureuse de lui, exactement ? Elle ne s'en souvenait pas. Ni même comment. Mais c'était en elle, et elle n'avait jamais été aussi sûre de ses sentiments. Elle avait l'impression d'être sur le point de mourir. Instinctivement, elle porta la main à sa gorge et cessa de respirer. Pendant quelques secondes, ils s'affrontèrent du regard comme s'ils étaient seuls au monde. Le bruit autour de Jane se transforma en brouhaha confus. Les oreilles bourdonnantes, elle ne percevait plus que les battements lourds de son cœur tandis que le sang circulait plus vite dans ses veines.

Il marchait vers elle.

Au fur et à mesure qu'il avançait, Jane redécouvrait l'homme qui avait si souvent envahi ses songes tous ces interminables mois. Ses cheveux étaient un peu plus longs qu'avant, bouclant légèrement sur son front, ses tempes et sa nuque. Sa peau, hâlée par le soleil d'été, soulignait le bleu profond de ses yeux plus froids qu'une mer de givre. Sa carrure s'était étoffée, et sa démarche, lente et assurée, évoquait celle d'un félin. Mais surtout, il ne boitait pas.

Jane battit des paupières lorsqu'il s'arrêta devant elle, si proche qu'elle put percevoir les fragrances fraîches et boisées de son eau de toilette. Martin était si grand que même avec son mètre soixante-treize et ses dix centimètres de talons, elle était plus petite que lui.

Elle déglutit, littéralement pétrifiée. Il dardait sur elle un regard inamical et pénétrant, la bouche dessinant un pli amer et implacable qu'elle ne pouvait ignorer.

Tandis qu'elle détaillait son visage, incapable de s'en empêcher, elle remarqua la courte cicatrice qui lui barrait la pommette droite, il ne l'avait pas avant l'accident, et elle nota que deux fines rides ornaient l'espace de peau entre ses deux yeux, lui conférant un air encore plus impitoyable. Martin n'avait pas physiquement vieilli à proprement parler, mais tout dans son expression et son attitude témoignait du poids de ces trois dernières années. Jane en ressentit un vif pincement au cœur. Martin l'avait toujours fait rire. À présent, il l'effrayait.

Jane lutta pour se calmer, mais elle n'y parvint pas.

L'homme qu'elle aimait se tenait parfaitement immobile devant elle, prêt à l'écraser.

4

La beauté vénéneuse de Jane était étincelante. Elle irradiait et évinçait chaque femme autour d'elle. Martin la trouva magnifique et eut envie de vomir.

Moulée dans un tailleur haute couture bleu turquoise, elle n'avait guère changé, si ce n'est qu'elle s'était enrobée de quelques kilos supplémentaires qui la mettaient davantage en valeur. Ses longs cheveux raides et parfaitement coiffés avaient poussé, ils lui arrivaient au milieu de dos, à présent. Quant à son maquillage, il était toujours aussi sophistiqué. Pourtant, quelque chose en elle était résolument différent, mais quoi ? Il ne parvenait pas à le définir.

Les mâchoires de Martin se contractèrent.

Il s'était fait la promesse de garder son calme, mais sa volonté était mise à rude épreuve. Elle était à portée de main. Il n'avait qu'à tendre les bras pour enrouler les doigts autour de son cou frêle, et serrer. Serrer pour lui faire payer. Serrer pour se soulager, lui.

Martin pouvait presque voir l'appréhension crépiter dans ses immenses yeux verts. Son incertitude était si puissante qu'un petit muscle tressautait nerveusement au coin de la bouche de la jeune femme. Elle manquait d'assurance. Lui aussi. Mais il ne le montrerait pas. Il la méprisait bien trop pour ça.

— Martin... souffla-t-elle.

Sa voix s'insinua en lui comme un poison glacial, rongeant efficacement et définitivement les quelques microscopiques fragments de clémence dont il disposait encore. Il la haïssait et il allait le lui montrer.

— Je... je... Tu as l'air en forme, balbutia-t-elle, incertaine.

Ses poings se refermèrent le long de ses cuisses. Il préférait se taire. S'il ne le faisait pas, il dirait des insanités et ce n'était pas l'endroit idéal pour ça. Les lèvres de Jane se mirent à trembler, puis elle regarda autour d'elle comme un animal pris au piège.

Elle était très douée. Chapeau. Hélas, il n'y avait aucune chance pour qu'il s'apitoie sur son sort.

— Ga... Gabi pense que... que ce n'était pas une bonne idée que je vienne.

Tout le monde devrait toujours écouter Gabrielle.

— Mais je... je...

Si elle n'arrêtait pas de bégayer, il allait vraiment finir par la secouer comme un prunier. Il ne supportait pas cette mise en scène de la pauvre petite fille terrorisée. Jane Stewart n'avait peur de rien ni de personne.

— Je voulais te voir, te parler, avoua-t-elle enfin d'une voix presque inaudible.

Il dut se faire violence pour rester impassible et ne pas hausser un sourcil.

Jane se tut quelques secondes, dans l'espoir qu'il dise quelque chose, mais comme il demeurait indubitablement muet, elle continua :

— Tu… n'as répondu à aucune de mes lettres, peut-être ne les as-tu jamais lues. Mais je… je voulais que tu saches que… que… je…

Elle déglutit.

Cette situation était parfaitement ridicule. Pourquoi restait-il là à l'écouter ? Il se fichait comme d'une guigne de ce qu'elle avait à raconter. Toutefois, pour une raison qu'il ne parvenait pas à définir, il ne bougea pas.

— … je suis désolée pour ce que je t'ai fait, reprit-elle.

La colère enfla en lui avec une telle puissance qu'un rugissement manqua bien franchir la barrière de ses lèvres. Comment osait-elle prononcer cette phrase ? Comment pouvait-elle seulement imaginer que des mots bâtards et énoncés par automatisme suffiraient à effacer ce qu'elle lui avait fait ? Il braqua sur elle un regard si glacial qu'il la sentit véritablement flancher.

— Je sais bien que… que rien ne pourra te rendre ta…

Elle s'interrompit pour reformuler sa petite tirade toute préparée.

— Je sais bien que toutes les excuses du monde ne pourront jamais te rendre ce que je t'ai volé, mais je suis sincère, Martin. Si je pouvais revenir en arrière et prendre ta place, je le ferais.

Elle ne croyait pas si bien dire ! Il adorerait échanger leurs rôles et la regarder tomber sur le sol, ramper comme un chien blessé incapable de garder son équilibre. Oh, comme il aimerait voir l'une de ses jolies et longues jambes privée de ces putains de talons aiguilles qu'elle affectionnait. Bordel de merde ! Pourquoi l'observait-elle de cette façon-là ? Cette garce avait l'air de ne pas jouer la comédie. On aurait presque dit que la victime, c'était elle. Soudain, elle posa une main sur son épaule, et une violente envie de la frapper le submergea. Il lui fallut lutter de tout son être pour s'en empêcher. Il serra les dents, n'amorça pas un geste, et attendit qu'elle retire elle-même ses doigts. Ce qu'elle fit presque aussitôt, percevant, sans nul doute, le combat que livrait Martin.

Les lèvres tremblotantes, elle laissa retomber son bras le long de son corps.

— Je... j'espère que tu pourras me pardonner un jour.

Pour un peu, il en aurait cligné des cils. Était-elle sérieuse ? Avait-elle réfléchi une seule seconde à ce qu'elle venait de dire ? Il fut soudain pris d'une furieuse envie d'éclater de rire, si bien qu'il dut carrément s'arrêter de respirer pour se contrôler. Lui pardonner ? Il gèlerait en enfer avant que ce jour arrive !

Martin baissa les paupières et la considéra comme si elle était la plus écœurante des vermines. Les yeux de Jane étaient noyés de larmes. Martin lut en elle un désespoir si poignant que quelque chose en lui se fissura. Merde, elle était vraiment sincère. Puis il se rappela son rire au moment où elle appuyait sur l'accélérateur de la Mercedes. « Trouillard ! » avait-elle crié. Peu importe. Elle ne méritait aucune mansuétude. Et surtout pas la sienne.

Il lui concéda une dernière attention méprisante et tourna les talons.

Jane le suivit des yeux avec l'impression de tomber dans le vide, à tel point qu'elle dut légèrement écarter les jambes pour ne pas perdre l'équilibre. Elle avait conscience qu'il ne l'accueillerait pas à bras ouverts, qu'il la mésestimerait, mais pas à ce point. Ça faisait mal, très mal. Il n'avait pas prononcé un mot, pas émis le moindre son. Rien. Il ne lui avait rien donné de plus qu'un regard dédaigneux. Elle aurait préféré qu'il lui hurle dessus, qu'il la secoue, qu'il l'insulte. N'importe quoi d'autre que ce silence pire que l'indifférence. Jane avait le cœur brisé. Elle se sentait misérable. Il ne l'avait même pas écoutée. Tout du moins, il l'avait fait, mais il se fichait royalement de ce qu'elle avait eu à lui dire.

Elle se passa une main dans les cheveux et soupira profondément. Une seule chose la consolait. Il semblait être en forme. Elle ne l'avait d'ailleurs jamais trouvé aussi beau. Il dégageait une force et un charisme exceptionnels. Oui, il avait changé. Il s'était endurci. À cause d'elle. Lui qui était tellement rieur avant son accident, à présent, il ne lui évoquait plus qu'un mur de glace infranchissable. Jane aurait mis sa main au feu que ce n'était pas sa présence qui le rendait ainsi. C'était ce qu'il était devenu.

— Mademoiselle Stewart ?

Jane se retourna pour faire face à un homme qui approchait la quarantaine. Séduisant, blond, du genre musclé et presque aussi grand que Martin. Il lui fallut quelques secondes pour se souvenir de qui il s'agissait. Antoine Saint-Armand, l'oncologue qui s'était occupé de Paul, mais également excellent ami du docteur Berckin, le chirurgien qui avait amputé Martin. Même s'il connaissait Adrien depuis longtemps, elle n'avait pas eu l'occasion de le croiser très souvent. La dernière fois, c'était lorsqu'elle avait été hospitalisée après l'accident. Sans l'intervention de Saint-Armand, et à la demande d'Adrien, Martin aurait sans doute été opéré ailleurs qu'à la clinique Saint-Roch et n'aurait pas bénéficié de soins aussi pointus.

— Monsieur Saint-Armand, le salua-t-elle poliment en lui tendant la main.

Il la lui serra chaleureusement en souriant, faisant se former de fines rides au coin de ses grands yeux marron.

— Je suis ravi de vous revoir, mademoiselle. Vous êtes donc de retour à Paris.

Elle préférait ne pas imaginer une quelconque insinuation dans cette dernière phrase, et pourtant elle aurait juré qu'il faisait référence à ce qu'elle avait dit dans les couloirs de l'hôpital après que Martin l'avait fait informer qu'il ne voulait plus jamais la revoir. Elle avait prétendu qu'elle ne reviendrait jamais en France, et Antoine Saint-Armand était là.

— Pour un mois, répondit-elle platement. Adrien et moi sommes sur une affaire qui se terminera dans quelques semaines.

Il hocha la tête.

— J'en ai vaguement entendu parler. Il refuse catégoriquement d'échouer.

Jane ne put s'empêcher de sourire. Adrien n'en perdait jamais aucune quoi qu'il en soit. C'était même ce qui faisait de lui l'avocat le plus redouté du moment.

— Comment allez-vous ? s'enquit le médecin.

Si elle avait été parfaitement honnête, elle lui aurait répondu qu'elle allait très mal, mais elle préféra édulcorer la vérité. Inutile de mentir complètement, elle devait avoir une tête épouvantable.

— Eh bien… je crois avoir un peu trop abusé du punch.

Il lui sourit et lui offrit son bras.

— Dans ce cas, puis-je vous escorter jusqu'au salon ?

Jane dut se faire violence pour ne pas plisser les paupières. Était-il en train de la charmer ou tout simplement d'être poli ? Elle plongea dans le marron profond de ses yeux pour y puiser quelque explication, n'y trouva rien de bien probant, alors elle accepta sa proposition. Il la conduisit sous les arcades, et la fit s'installer sur un canapé deux places en cuir blanc.

— Ne bougez pas, lui intima-t-il.

Déconcertée, elle attendit une ou deux minutes, puis il revint avec un verre d'eau et une assiette de fruits en pâte d'amande qu'il lui remit. Elle s'en empara et la posa sur le guéridon à côté d'elle. Elle n'avait pas l'intention d'y toucher, elle avait l'estomac plus lourd qu'une chape de béton.

— Vous êtes si pâle qu'un peu de sucre ne vous fera pas de mal, argua-t-il. Vous permettez ?

Il désigna l'espace libre à côté d'elle, Jane acquiesça, puis, de manière totalement inattendue, Saint-Armand lui prit la main. Jane leva vers lui des yeux interrogateurs.

— J'ai suivi votre… monologue avec Martin Legrand.

— Ah.

Son doigt imprima un va-et-vient réconfortant sur le poignet de Jane qui n'osait pas bouger.

— Je crois comprendre ce que vous ressentez.

— Vous… croyez ? répéta-t-elle, déroutée d'aborder ce sujet avec lui.

Un côté des lèvres du médecin s'étira légèrement.

— Non. En réalité je n'en ai aucune idée. Toutefois, je sais ce qu'on éprouve lorsque notre sincérité est remise en question.

Jane l'observa sans rien dire.

— Le sentiment d'injustice est toujours très ancré chez les personnes ayant été privées d'un membre. Qu'ils en soient la cause directe ou non, ils ont besoin de trouver un responsable à leur situation. Quelque part, ça les rassure.

Jane fronça les sourcils.

— Vous vous trompez. Il n'a pas besoin de chercher qui que ce soit, *je* suis responsable de l'état de Martin, monsieur Saint-Armand.

Il soupira, un peu comme si elle ne comprenait pas un traître mot de ce qu'il était en train de lui dire.

— C'est vrai. Vous l'êtes. Ce que j'essaye de vous expliquer, c'est que même si votre contrition est sincère, Martin Legrand vous verra toujours comme celle qui l'a privé de la moitié de sa jambe.

Les yeux de Jane lancèrent des éclairs.

— Tout ceci est-il supposé m'encourager ?

Il soupira.

— Non. Vous ne saisissez pas. J'ai trouvé admirable la manière dont vous avez décidé de lui faire face, aujourd'hui. J'ai vu l'affliction sur votre visage. Mais j'y ai deviné de l'espoir, aussi.

Jane déglutit avec difficulté.

— Seriez-vous en train de me dire qu'il serait préférable que je n'en aie aucun ?

Le silence du médecin parla de lui-même.

— Pourquoi sommes-nous en train d'avoir cette conversation, monsieur Saint-Armand ? Nous nous connaissons à peine.

Il eut un sourire paresseux.

— J'entends parler de vous depuis tant d'années que je n'ai pas l'impression d'avoir affaire à une parfaite étrangère. Pardonnez-moi d'être aussi direct, mais accepteriez-vous une invitation à déjeuner ?

Jane en demeura bouche bée.

Puis soudain, Sophie fit irruption dans le salon, Paul sur ses talons.

— Toto ! On ne comprend rien au jeu que tu nous as offert. On doit faire quoi ?

Le médecin sourit de toutes ses dents, ce qui conféra à son visage un éclat exceptionnel.

— C'est un jeu de rôle. Il faut réunir cinq joueurs au minimum. Si vous me laissez un moment, je viendrai vous expliquer les règles.

Paul s'approcha en plissant le front.

— Qu'est-ce que vous faites ?

Il détailla Jane et Antoine avec suspicion, puis il s'arrêta sur leurs mains jointes.

— Nous discutons, répondit tranquillement l'ami d'enfance d'Adrien.

Jane retira doucement ses doigts avant de se lisser les sourcils d'un air détaché.

— Vous parlez de quoi ? insista le jeune garçon.

— Paul ! objecta Sophie. Papa t'a déjà dit de ne pas te mêler des conversations des grandes personnes.

Il fit mine de n'avoir rien entendu et planta ses yeux dans ceux de ce cher Toto.

— Tu la dragues ?

Jane blanchit d'un coup, Sophie était mortifiée de honte. Quant à Antoine Saint-Armand, il demeurait parfaitement serein.

— Eh bien… Disons que j'aimerais commencer par lui offrir un repas dans un bon restaurant.

Paul haussa un sourcil, peu convaincu.

— Tu vas accepter ? demanda-t-il tout naturellement à Jane.

Laquelle se racla la gorge et se leva en lissant la jupe de son tailleur.

— Quel est ce jeu dont tu parlais, Paul ?

Le gamin posa les yeux sur Jane.

— *Les loups-garous de* je ne sais plus quoi…

— *De Thiercelieux*, indiqua Saint-Armand en se mettant debout à son tour. Nous tentons une partie, mademoiselle Stewart ?

La question à double sens n'échappa pas à Jane. Antoine Saint-Armand était séduisant, vraiment séduisant, mais… non. Elle n'avait aucune envie de dîner en tête à tête avec lui, et le fait que sa tenue et sa plastique la rattrapent précisément le jour où elle avait décidé de faire comprendre à Martin qu'elle n'était plus la même lui déplut fortement. Si elle avait eu une paire de jeans et de baskets sous la main, elle se serait immédiatement changée.

— Je n'ai jamais été très douée pour les jeux de rôle, docteur Saint-Armand. Amusez-vous bien.

Et elle le planta là.

Il ne fallut pas cinq secondes au médecin pour la rejoindre.

— Mademoiselle Stewart. Jane… Adrien avait raison, vous avez décidément beaucoup changé. Je ne pensais pas que vous refuseriez mon invitation à dîner.

Elle écarquilla les yeux.

— Je vous demande pardon ?

L'imbécile amorça un sourire.

— Eh bien, dans d'autres circonstances, je crois que vous m'auriez laissé…

Il s'interrompit, comme gêné par les propres mots qu'il s'apprêtait à prononcer.

— Je vous aurais laissé quoi ? Me culbuter ?

Comme il ne démentait pas, une vague de colère surgit en Jane et un juron dans sa langue natale franchit ses lèvres.

— *Asshole!* Vous n'êtes pas irrésistible à ce point ! Vous pensiez que j'allais me jeter dans votre pieu en un battement de cils ?

Pieu… Un mot qu'elle avait appris avec Martin. Elle eut un haut-le-cœur.

— C'était un test ? continua-t-elle.

Saint-Armand prit soudain un air sincèrement désolé.

— Ça l'était et je vous demande pardon.

Elle vit rouge et chercha Adrien des yeux pour lui voler dans les plumes.

— Excuses refusées ! lança-t-elle avant de tourner les talons.

— Jane… la retint-il en l'agrippant par le bras.

Elle se dégagea d'un coup sec.

— Je ne vous permets pas de m'appeler par mon prénom. Martin vous est peut-être redevable de quelque chose, mais moi, je ne vous dois rien, Saint-Armand !

Il hocha la tête.

— Vous avez entièrement raison. J'ai trente-neuf ans et je me suis comporté comme un parfait crétin.

— Comme ? répéta-t-elle. Pas comme. Vous en êtes un ! De quel droit vous permettez-vous de vous amuser à mes dépens, Adrien et vous ?

Le médecin fronça les sourcils.

— Il n'y est pour rien. Il m'a exprimé son étonnement quant à votre... métamorphose, j'ai voulu m'en assurer par moi-même.

— Il faut vraiment être puant d'arrogance pour s'attribuer ce rôle ! Si tous les regards n'étaient pas braqués sur nous à cet instant, je vous décocherais une gifle que vous ne seriez pas près d'oublier.

Il jeta un œil autour de lui et constata qu'elle ne mentait pas. Paul et Sophie étaient même statufiés devant eux.

— Que se passe-t-il ? intervint Adrien, la mine soucieuse.

— Il se passe que je me suis comporté comme un con, lui répondit son ami sans quitter Jane du regard.

La jeune femme l'ignora. Elle venait de repérer Martin dans son champ de vision, et il avait les yeux braqués sur elle, l'expression indéchiffrable. Son souffle s'emballa. Elle se sentit étouffer. Elle s'était ridiculisée devant lui deux fois en moins d'une heure. Il fallait qu'elle sorte d'ici au plus vite.

— Mademoiselle... murmura Saint-Armand, bourré de remords.

Elle ferma les paupières pendant une seconde, refoula un sanglot, marmonna des excuses inaudibles à Adrien, s'empara de son sac et quitta la maison comme si elle avait le diable aux trousses.

Au prix d'un effort surhumain, elle se retint de verser la moindre larme, retira ses escarpins qu'elle garda à la main et marcha d'un pas vif sur le trottoir, prête à s'engouffrer dans le premier taxi qu'elle croiserait. Elle était en colère. En colère et blessée

Elle n'aurait jamais dû revenir à Paris. Jamais. Sa réputation, son passé, ses fautes… ils lui collaient au corps comme une seconde peau. Oh, elle ne faisait pas meilleure figure à Washington, mais là-bas, elle avait suffisamment d'influence pour qu'on lui fiche la paix. Enfin, c'était surtout son père qui en jetait, pas elle, mais elle en profitait.

La sensation de brûlure à l'estomac qui ne l'avait pas quittée depuis qu'elle avait revu Martin s'intensifia. Guidée par le GPS de son smartphone, elle grimaça et avança jusqu'à la station de taxis la plus proche. Lorsqu'elle l'atteignit et alors qu'elle s'apprêtait à se pencher vers la portière ouverte du chauffeur d'un gros coupé Citroën, la main d'Adrien se posa sur son épaule. Elle sursauta en se retournant.

— Viens, je vais te raccompagner à ton hôtel.

Parce que ce n'était pas à lui qu'elle en voulait, elle s'efforça de lui sourire.

— Je te remercie, mais ne t'embête pas. C'est l'anniversaire de tes enfants, ils seront déçus si tu n'es pas là.

Il fronça les sourcils, alors elle insista :

— Maintenant que je suis ici, je vais rentrer en taxi. Ne t'inquiète pas.

— Jane…

S'il usait d'un ton compatissant avec elle, elle se mettrait à pleurer à tous les coups.

— Ne te fais surtout pas de souci pour moi, Adrien, l'interrompit-elle.

— Je ne sais pas ce qui a pris à Antoine. Je suis sincèrement désolé.

Elle haussa les épaules d'un air détaché.

— Je n'arrive pas à déterminer ce qu'il y a de plus étrange à cette situation. Qu'un homme que je connais à peine ait voulu me mettre à l'épreuve ou que le meilleur ami de cet homme, et qui s'avère aussi être le mien, lui ait donné toutes les raisons de le faire. Tu lui as laissé entendre que je pouvais être ce genre de femme.

Le visage d'Adrien s'assombrit.

— Je n'ai rien demandé du tout à Antoine, Jane, mais il a toujours été au courant de la teneur de notre relation.

— Au courant que j'étais une fille facile ? siffla-t-elle.

Adrien soupira.

— Je ne t'ai jamais jugée, Jane. Mais oui, c'était le cas, et ça te convenait. Ça nous convenait à tous les deux.

Elle battit l'air de la main.

— Notre passé nous rattrape inévitablement, n'est-ce pas ?

Il garda le silence.

— Écoute, reprit-elle calmement, je ne veux plus avoir à revivre une telle situation, c'est pourquoi je préférerais que nous nous voyions au bureau, ou tout du moins, ailleurs que chez toi.

Adrien semblait presque contrarié. Elle savait qu'il la réinviterait à la moindre occasion.

— Ça n'arrivera plus, Jane.

La jeune femme secoua le menton.

— Il ne s'agit pas que de ça, Adrien. Martin me déteste. Le voir si méprisant à mon égard fait trop mal, et je risquerais de le croiser chez vous. J'ai été suffisamment stupide pour me jeter à sa tête en croyant qu'il… que… que… Seigneur ! Je ne sais même pas comment j'ai pu imaginer qu'il m'écouterait. Adrien, je suis éperdument amoureuse de lui et ce n'est pas près de passer, mais je ne suis pas suffisamment masochiste pour réitérer l'expérience. Sans compter que ta femme m'a avertie qu'elle m'avait à l'œil et que je trouve malsain le fait de me retrouver au milieu de vous deux. Et puis, par respect pour ta famille, je préférerais éviter d'être dans la même pièce que l'arrogant docteur Saint-Armand si par malheur il décidait de vous rendre visite au même moment que moi.

— Je te ferai changer d'avis, promit-il.

Puis le visage d'Adrien se fendit d'un large sourire.

— Quoi ?

Subitement, il éclata de rire.

— Tu l'as traité de crétin, je ne crois pas que ça lui soit déjà arrivé une seule fois de toute sa vie !

Amusée, Jane leva les yeux au ciel.

— Il n'aura qu'à en prendre de la graine.

Puis elle jeta un regard au taxi qui n'avait toujours pas bougé.

— Je vais rentrer. Merci d'avoir cherché à me rattraper.

— Tu es partie avant que les enfants ne soufflent leurs bougies, grommela-t-il.

Jane grimaça.

— Dis-leur que je suis désolée, mais…

Il leva la main pour la faire taire.

— Ne te justifie pas. Je suis navré pour Martin.

Elle haussa les épaules une nouvelle fois.

— Tu m'avais avertie. Transmets mes amitiés à André et Rosa-Louise, je les ai à peine aperçus.

— Je n'y manquerai pas.

Adrien se pencha et déposa un baiser sur la joue de Jane.

— À lundi, 9 heures. Et ne sois pas en retard.

— Moi ? En retard ? Jamais !

Elle sourit chaleureusement à Adrien et s'engouffra dans le taxi.

5

Jane soupira en arrivant dans sa chambre d'hôtel. Elle se déchaussa une seconde fois, abandonna sa veste sur la chaise de l'entrée et ses escarpins au pied de la porte, puis elle traversa la pièce principale tout en déboutonnant sa chemise. Elle aimait particulièrement les suites du *Victoria Palace.* Elle y était descendue très souvent lors de ses nombreux séjours à Paris. Elles étaient spacieuses, raffinées et bien évidemment hors de prix. Toutefois, *Stewart & Swain* veillait à loger ses meilleurs avocats dans les endroits les plus prisés. Par chance, Jane avait toujours adoré celui-ci.

La pièce principale, décorée dans les tons de beige, gris et doré, arborait un mobilier Louis XVI que tout Américain qui se respecte appréciait, et Jane ne faisait pas exception à la règle. La lumineuse soie blanc cassé des murs faisait étinceler la chambre. Et elle était particulièrement folle du grand lit à baldaquin surmonté de hautes tentures de velours clair qui donnait à la jeune femme l'impression d'être une princesse dans un palais. Enfin, en temps ordinaire, parce qu'aujourd'hui, la princesse était plus bas que terre.

Elle pénétra dans la vaste salle de bains en marbre et ouvrit en grand les robinets pour remplir la baignoire, puis elle fit couler un peu d'huile parfumée dans le bac. Il était à peine 15 heures, mais elle avait furieusement besoin de se détendre et d'oublier qu'elle avait été ridiculisée deux fois en un temps record. À une époque, Jane aurait pris la situation avec philosophie et en aurait sûrement ri. Aujourd'hui, tout était différent. Elle s'était déjà prouvé à elle-même qu'elle avait changé, mais le plus difficile restait de convaincre son entourage qu'elle n'avait plus rien à voir avec la femme manipulatrice et sans pitié qu'elle avait été. Oh, elle ne voulait pas persuader tout le monde, pas même ses propres parents qui n'avaient que faire de ses états d'âme, ou ses clients avec qui elle n'avait encore pas lâché un pouce de terrain, mais des personnes comme Adrien, Gabi aussi, lui tenaient à cœur. Concernant Martin, elle ne se faisait, hélas, aucune illusion. Il était bien trop en colère pour voir en elle quelqu'un de nouveau. Il n'en avait que faire, du reste, et n'aurait pu être plus clair : il ne lui pardonnerait jamais. Peu importe qu'elle se soit refait une conscience.

Il souffrait dans son corps, elle pourrissait dans son cœur.

Ils étaient presque quittes. Presque…

Jane se démaquilla, acheva de retirer ses vêtements et plongea dans l'eau chaude et bienfaitrice du bain où elle s'immergea totalement. Adieu lissage ! Elle ressortit la tête, plaqua en arrière ses boucles rousses, et ferma les paupières pour se détendre.

Après un long moment à patauger, elle se sentit beaucoup mieux. Elle se rinça, s'épongea, et traversa la chambre en peignoir, les cheveux enroulés dans une serviette, avant de s'affaler sur le canapé depuis lequel elle alluma la télévision. Elle s'arrêta sur une chaîne cinéma, estima qu'elle était d'humeur suffisamment égale pour regarder *Coup de foudre à Notting Hill* et se laissa entraîner dans l'histoire qu'elle connaissait pourtant sur le bout des doigts.

Une heure et deux boîtes d'amandes grillées plus tard – lesquelles provenaient du minibar –, trois coups secs furent donnés à la porte. Jane sursauta, mit le film en pause et se leva pour aller ouvrir. Elle crut que son cœur était sur le point de sortir de sa cage thoracique lorsqu'elle découvrit Martin sur le palier. Ses cheveux blonds étaient en bataille, sa chemise déboutonnée plus que nécessaire, mais surtout, le bleu profond de ses yeux recelait une telle violence qu'inévitablement elle porta la main à sa gorge et fit un pas en arrière.

— Martin…

Il fit courir son regard sur la tenue de Jane avant de s'arrêter plus longuement sur son visage, qu'il sembla détailler avec une pointe d'étonnement.

— Puis-je entrer ? demanda-t-il enfin.

Elle n'avait pas oublié sa voix grave et chaude, et l'entendre lui donna presque envie de pleurer. Bravant avec courage la horde d'émotions qui s'abattaient impitoyablement sur elle, elle s'obligea à conserver un brin de contenance et s'écarta pour le laisser passer. Seigneur, elle n'aurait jamais parié sur sa présence ici.

— Je t'en prie, articula-t-elle en désignant le salon de la main.

Martin hocha la tête et pénétra dans la suite. Il en fit rapidement le tour des yeux et s'arrêta un instant sur l'écran de télévision. Coupés dans leur élan par Jane, Hugh Grant et Julia Roberts étaient statufiés l'un en face de l'autre, leurs lèvres entrouvertes dans l'attente d'un baiser. Martin avisa les boîtes de fruits secs vides et se concentra sur Jane.

— Installe-toi, je vais m'habiller, dit-elle avant qu'il ne commence à lui expliquer la raison de sa venue.

Le cœur battant, elle tourna le dos, la démarche alourdie par le regard de Martin qui pesait sur sa nuque. Elle pénétra dans la chambre, chercha ce qu'elle avait de plus rapide à enfiler – un legging bleu marine et un tee-shirt à manches courtes blanc et cintré –, puis elle détacha la serviette de ses cheveux. Elle passa des dessous, se vêtit, et ne prit pas la peine de se coiffer autrement qu'avec le bout des doigts. Humides, ses boucles rousses étaient encore plus denses. Elle grogna en songeant que Martin ne l'avait jamais vue ainsi, puis elle haussa les épaules. Pour ce qu'il devait en avoir à faire…

Pieds nus, elle rejoignit le salon. Martin se tenait debout devant la fenêtre, il regardait la rue et son flot de voitures qu'on n'entendait absolument pas tant la suite était bien insonorisée.

Les pas de Jane ne faisaient aucun bruit sur la moquette blanche, c'est pourquoi elle toussota discrètement. Il se retourna avec lenteur et lui fit face, affichant un étonnement non contenu quand il vit sa tignasse lui retombant en dessous des épaules. Puis son expression se fit de nouveau de marbre.

— Je ne te pardonnerai pas, Jane, commença-t-il.

Elle baissa la tête, la gorge nouée.

— Je le sais… Tu n'avais pas besoin de faire le déplacement pour me le confirmer.

Un silence pesant s'installa, puis Martin s'approcha pour se planter devant elle.

— Je n'accepte pas tes excuses, insista-t-il.

Elle leva les yeux vers lui.

— Tu as pris ma vie. Tu as fait de moi une moitié d'homme et tu n'as écopé que d'une vulgaire interdiction de conduire sur le sol français pendant cinq ans. Je ne te le pardonnerai jamais.

Le cœur de Jane saignait, et parce qu'il percevait l'odeur du sang, Martin attaquait. Encore. Plus fort. Aussi vil qu'un prédateur. Il irait jusqu'au bout.

— C'est toi qui aurais dû perdre une jambe. Toi, qui mériterais de souffrir. Toi, qui devrais ramper comme un chien privé d'équilibre.

Jane tressaillit et retint le sanglot qui menaçait de franchir ses lèvres. Ces mots faisaient mal. Très mal. Mais elle les encaisserait.

— Je… j'ai compris. Je ne chercherai plus ton pardon.

Mais il continua à creuser dans la blessure béante de Jane.

— Rien de ce que tu pourras dire ou faire ne me fera moins te haïr. Je te veux du mal, Jane, il faut que tu le saches, annonça-t-il sans la moindre émotion.

Le rythme cardiaque de Jane s'accéléra.

— Du… du mal ?

Martin plissa les yeux et se pencha un peu plus vers elle, de telle façon que son souffle balaya son visage.

— Beaucoup de mal.

Elle retint sa respiration un instant et se ressaisit pour affronter son regard.

— Tu me menaces ?

Il se redressa pour l'étudier avec hauteur.

— Non. Je te donne le contenu de mes pensées. Je souhaite que tu souffres. Peu importe de la main de qui.

Une bouffée de chaleur envahit Jane, suivie d'un flot de colère.

— Que crois-tu, Martin ? Que la culpabilité ne m'a pas rongée ? Que pas un seul instant je n'ai regretté ce que je t'ai fait ? Que je n'ai pas souffert de cette responsabilité ? Que tu n'as pas hanté mes pensées, mes journées, mes nuits entières depuis trois ans ? Oh, bien sûr, rien de ce que je ressens ne peut égaler l'injure et la violence que tu as subies, et toutes les plaidoiries du monde ne pourront remplacer la jambe que tu as perdue, mais ma mémoire, mon cœur, ma vie ont été bouleversés à jamais. Je ne suis plus la même, Martin.

Il eut un rire cynique.

— Un bien pour un mal. Mais ça ne suffit pas.

— J'en ai conscience ! s'emporta-t-elle. Je ne te demande rien. J'ai fait une erreur en réclamant ton pardon, je m'en rends compte. Mais je voulais que tu saches à quel point je suis désolée et combien je prendrais ta place si je le pouvais.

Mue par un élan de tendresse, elle ne put s'empêcher de tendre la main vers lui et de frôler sa joue. Il n'eut aucune réaction, alors elle retira ses doigts. Martin l'observa un instant sans rien dire, le visage inexpressif, si bien que Jane ne put définir si oui ou non il était touché, même juste un peu, par ses aveux. Puis soudain, une lueur calculatrice passa dans le bleu de ses yeux.

— Ce ne sont que des mots, Jane, alors soyons pragmatiques. De l'ordre du réalisable, que serais-tu réellement prête à faire pour effacer tes fautes ? Coucherais-tu avec moi ?

Elle cessa de respirer, comme frappée par la foudre.

— Coucher avec toi ?

Il haussa les épaules avec nonchalance.

— Tu aimais ça à une époque.

Jane cligna des paupières, plongée dans l'incompréhension la plus totale.

— Tu voudrais coucher avec moi ?

Il croisa les bras sur sa poitrine.

— C'est ce que j'ai dit.

Jane était abasourdie.

— Mais tu me détestes, Martin. Comment peux-tu avoir envie de faire l'amour avec moi ?

Il haussa un sourcil et elle devina aussitôt ce qui allait suivre.

— Tu devrais supprimer ce mot-là de ton répertoire quand tu penses à moi, Jane. Il n'y aura jamais d'amour entre toi et moi. Mais il se trouve que tu es une femme et que tes attributs sont loin d'être dégueulasses. Trois ans d'abstinence, c'est long, mes besoins biologiques commencent à se faire sentir, et comme tu sembles toute disposée à compenser tes erreurs et à me rendre la vie plus agréable, voilà mon offre : reprenons les choses là où nous les avions laissées avant l'accident.

Jane ne savait pas quoi dire, mais une multitude de questions se bousculaient dans son esprit. Pourquoi n'avait-il eu aucune relation sexuelle en trois ans ? Ce n'était pas son handicap qui l'en empêchait et il était toujours aussi séduisant, même davantage.

Pourquoi elle ? Pour la punir ? L'humilier ? La rabaisser ? Se venger ? Prendrait-il un plaisir malsain à le faire avec elle spécifiquement, pour qu'elle juge les conséquences de ses actes, qu'elle le voie infirme et en action ? Pouvait-il à ce point être déterminé à la réduire en bouillie, à lui écraser le nez sur ce qu'elle avait fait ? Et ce n'était manifestement pas une seule partie de jambes en l'air qu'il exigeait, mais bel et bien des rencontres régulières durant tout le temps où elle serait à Paris, pour se satisfaire. Lui.

Et elle, que voulait-elle ?

Inutile de nier l'évidence. Elle avait envie de lui. Toujours. Encore. Mais comme ça… Cette proposition était tellement brutale qu'elle ne savait quoi penser. Quelle était sa vraie raison ? Partagée entre la nervosité et l'horreur, Jane leva les yeux sur Martin pour tâcher de trouver des réponses dans les siens. Elle n'y découvrit rien d'autre qu'une détermination paradoxalement mêlée d'indifférence.

Si Jane avait été sage, si elle avait eu une once de bon sens et de respect pour elle-même, elle lui aurait demandé de partir sur-le-champ. Elle lui aurait dit que c'était impossible, qu'elle n'était plus ce genre de femme, or elle en était incapable. Martin avait sur elle une influence extraordinaire et puis… elle détestait avoir à se l'avouer, mais au-delà des sentiments qu'elle éprouvait pour lui, elle avait l'impression que sa faute ne pourrait jamais être expiée différemment. Que si ça permettait à Martin de se sentir mieux, elle aurait l'impression de lui avoir apporté autre chose qu'un lot de souffrances. Ce pour quoi elle s'en voudrait toute sa vie. Sans doute se trompait-elle sur toute la ligne, mais la présence de Martin lui avait trop manqué pour qu'elle sache dire non. Elle avait besoin de lui. De le retrouver. Elle en avait tant rêvé. Pas dans ces circonstances, certes, mais… Au stade où elle en était, elle préférait les douces illusions aux réalités brutales. C'est pourquoi…

— D'accord, s'entendit-elle lui annoncer.

Pas l'ombre d'un sourire ne passa sur le visage de Martin, ni même l'assurance d'une quelconque satisfaction ; son regard demeura indéchiffrable.

— Très bien. J'ai toutefois deux ou trois exigences.

— Lesquelles ? l'interrogea Jane, le cœur battant.

— Aucun préservatif entre nous.

Elle écarquilla les yeux. Ils en avaient toujours utilisé.

— Pourquoi ?

— Parce que je te le demande, et parce que je suis suffisamment affublé de plastique comme ça, dit-il en soulevant légèrement sa jambe droite.

Elle n'insista pas.

— Tu as dû avoir une quantité non négligeable d'amants pendant ces trois ans, et je veux que tu m'apportes la preuve que tu es en bonne santé, continua-t-il. Bien que ce n'ait pas été le cas pour moi, j'en ferai de même.

Jane serra les dents. Elle ne perdrait pas son temps à lui dire qu'elle n'avait fréquenté personne, il ne la croirait pas.

— Très bien. Quoi d'autre ?

— Je décide où et quand. Tu ne m'appelles pas et tu n'entres pas en contact avec moi, sauf si c'est moi qui te le demande.

Jane fronça les sourcils.

— J'accepte de coucher avec toi, Martin, pas d'être ta chose.

Il eut un sourire mauvais.

— Je parle d'une décision prise d'un commun accord, Jane. Tu ne seras pas plus ma chose que moi je ne serai la tienne. Je veux simplement décider de quand et où on se verra. Si tu n'es pas disponible à ce moment-là, tu n'auras qu'à me le dire.

Devant la détermination de Martin, elle hocha la tête.

— Autre chose ?

Les yeux de Martin s'illuminèrent d'un éclat impitoyable, et elle sut qu'il n'avait pas encore exprimé le pire.

— Notre accord durera tout le temps de ton séjour à Paris. Après ça, je ne veux plus avoir un seul contact avec toi. Jamais.

Jane dut se faire violence pour ne pas fermer les paupières ni se mordre les lèvres.

— Soit… Puis-je moi aussi formuler mes doléances ?

Il tendit la main avec flegme pour l'inviter à parler.

— Je t'écoute.

— Je ne souhaite pas que tu m'embrasses sur la bouche. À aucun moment.

Il haussa un sourcil moqueur, et acquiesça.

— Je n'en ai pas particulièrement envie, donc c'est d'accord. Une requête de plus ?

Jane hocha doucement la tête sans le quitter du regard.

— Je ne veux pas voir ton visage lorsque nous coucherons ensemble. Et je ne veux pas non plus que tu voies le mien.

Cette fois, Martin ne put cacher sa surprise. Tous ses traits se tendirent tandis qu'il essayait de comprendre pourquoi elle exigeait une chose pareille. C'était très simple, Jane n'aurait pas supporté de lire le mépris et la haine dans ses yeux pendant qu'elle l'accueillerait en elle. Elle ne souhaitait pas non plus qu'en la regardant, il devine à quel point elle l'aimait, et combien le sacrifice auquel elle consentait n'en était pas vraiment un. Pas de baiser non plus. Elle refusait de goûter à la douceur de ses lèvres, à la saveur sucrée de sa langue autour de la sienne. Elle y aurait laissé son âme.

— Eh bien, finit-il par dire en décroisant seulement les bras de sa poitrine. C'est pour le moins inattendu, mais ça me convient. Tu n'auras qu'à… me tourner le dos. Je n'ai jamais aimé jouer les Belphégor.

— Je te tournerai le dos, lui assura-t-elle d'une voix qu'elle voulut dénuée d'émotions en se dirigeant vers la porte d'entrée pour la lui ouvrir.

Il fallait qu'il s'en aille, maintenant. Encore une minute de plus en face de lui et elle craquerait. Martin ne se fit pas prier, il avait dit ce qu'il avait à dire, il n'avait manifestement plus rien à faire ici. Il passa l'embrasure et se retourna sur elle juste avant de partir. Leurs regards se verrouillèrent, et le ventre de Jane se contracta.

Elle était sur le point de faire une grosse bêtise, mais après tous ces beaux discours, il était trop tard pour revenir sur sa décision.

— Pour ton information, je prends la pilule, ajouta-t-elle froidement.

Il hocha la tête.

— Veille à ce qu'on me laisse passer sans problème à l'accueil, quelle que soit l'heure.

— Ce sera fait.

— À bientôt, Jane, la salua-t-il en s'éloignant.

— À bientôt, souffla-t-elle avant de refermer derrière lui.

Elle s'adossa au battant en respirant fort, la poitrine comme comprimée dans un étau. Elle avait menti à Adrien. Elle était masochiste. Maintenant, elle le savait.

Jane était tombée amoureuse de lui. C'était en tout cas ce que lui avait affirmé Gabi juste après que l'avocate était partie de chez les de Bérail. La bonne blague ! Ils ne s'étaient pas vus depuis trois ans, alors quand ? Comment ? C'était irréel. D'autant que jamais il ne lui serait venu à l'esprit qu'elle ait pu développer ce genre de sentiment pour lui, à plus forte raison qu'avant son accident, elle n'avait jamais montré qu'un vif intérêt pour ses prouesses au lit. Ouais… il n'en croyait pas un mot, ce n'était vraiment pas le style de Jane. C'était une croqueuse d'hommes. Point. Toutefois, il devait reconnaître que sa prise de bec avec le toubib l'avait laissé bouche bée. Elle avait refusé ses avances et ça ne lui ressemblait pas. Pourquoi l'avait-elle fait ? À cause de lui ? Peu importait la réponse au final : si ce que Gabi lui avait raconté était vrai, sa vengeance n'en serait que plus jouissive.

Il resongea à leur conversation et fronça les sourcils.

« Tu n'auras qu'à me tourner le dos », lui avait-il suggéré. Et elle avait dit oui ! Il n'avait pas du tout prévu que la situation prendrait un tel tournant. Après les déclarations de Gabi, il voulait juste affronter Jane ouvertement, lâcher ce qu'il s'était efforcé de contenir pendant l'anniversaire des enfants et faire entrer dans sa petite tête d'Américaine bien sous tous rapports que ses pitoyables excuses étaient totalement stériles. Alors bon sang, que lui était-il passé par l'esprit de lui faire cette proposition ? Ah ! Il ne le savait que trop bien. Ce soir, il ne s'était pas attendu à une pareille plaidoirie quand elle lui avait expliqué combien elle regrettait ses actes et à quel point sa vie était devenue un enfer. Ça l'avait rendu dingue. Dingue qu'elle puisse imaginer que ce serait facile de le faire flancher. Puis elle lui avait frôlé la joue, et une vague de désir s'était emparée de lui. Il en avait ressenti une telle colère qu'il avait voulu se détourner, mais la manière dont Jane le regardait l'en avait empêché. C'est à cet instant précis qu'un scénario de vengeance s'était imposé à lui. Il s'était senti pousser des ailes. Il avait les moyens de l'écraser, de la briser. La rabaisser, l'humilier, la blesser, lui faire perdre tout espoir. Et cette idiote lui avait tenu tête en relevant ce putain de défi. Nom d'un chien ! Il s'était conduit comme un salaud. Qu'elle l'aime ou pas, Jane avait sûrement conscience qu'elle souffrirait, qu'il ne l'épargnerait pas, alors pourquoi ? Pourquoi avait-elle accepté ce deal abject ?

— Bordel de merde ! gronda-t-il, frémissant de colère, tandis que les portes de l'ascenseur se refermaient sur lui.

Il n'avait pas prémédité d'aller lui rendre visite à son hôtel avant que Gabi ne l'y incite, malgré elle, et qu'elle ne le pousse à mettre les choses au clair, et voilà qu'il ressortait de chez Jane avec la certitude qu'ils baiseraient encore. Le pire, c'était que maintenant qu'il l'avait vue, il en crevait d'envie, et rien que pour ça, il aurait dû se jeter dans la Seine au lieu d'attendre leur premier rendez-vous avec impatience. C'était Jane Stewart, bon sang, la femme qui lui avait fait perdre une jambe, qui avait foutu sa vie en l'air, et elle avait dit oui ! Il l'avait pourtant sentie faiblir quand elle avait compris que sa requête était on ne peut plus sérieuse – oh oui, à n'en point douter, elle l'était –, mais Jane avait quand même accepté.

Martin se cogna volontairement l'arrière du crâne contre la paroi en bois. Aurait-il les reins suffisamment solides pour assumer son rôle de grand méchant ?

Dans cette luxueuse chambre d'hôtel, il s'était senti troublé, car il avait à peine reconnu la femme qui se trouvait devant lui. Des cheveux étrangement bouclés, une peau exceptionnellement blanche, des taches de rousseur sur le visage qu'il n'avait encore jamais vues, une tenue des plus rudimentaires, des formes épanouies… Oui, ce soir, elle lui était apparue sous un nouveau jour. Fragile, naturelle et accessible. Mais il ne pouvait s'y résoudre. Ce n'était pas Jane Stewart. Jane Stewart était tout le contraire. Forte, sophistiquée, impitoyable, inatteignable. Et elle le faisait bander.

Martin rajusta discrètement le devant de son pantalon, se frotta les yeux et sortit de l'ascenseur, les nerfs à vif. Ces dernières années, il s'était convaincu que Jane le dégoûtait, qu'il ne supporterait pas d'avoir à la toucher de nouveau, et voilà que quelques heures seulement après sa venue, il avait déjà tout oublié. Cette faiblesse le mettait dans un état d'irritation extrême. Certes, il était un peu tard pour avoir des regrets, il n'allait pas revenir en arrière au risque de se ridiculiser, mais il devrait absolument veiller à ne pas être le dindon de la farce. Encore une fois. Puisqu'elle s'était si vaillamment engagée à expier ses fautes, il lui ferait payer le prix fort. À défaut de pouvoir lui rendre sa jambe, elle lui ferait du bien. Ce n'était que justice. Peu importe qu'il voie ou non le visage de Jane, qu'il goûte ou pas à ses lèvres, il comptait bien prendre son pied et n'éprouvait pas la moindre culpabilité à vouloir se venger, à désirer lui faire du mal. Non. Aucune.

La revanche était à portée de main. Enfin.

L'ancien archéologue s'efforça de sourire aux anges et sortit de l'hôtel.

6

Jane fut réveillée le lendemain matin vers 10 heures par le tambourinement discret du service d'étage à sa porte. Après le départ de Martin, elle était restée très tard devant la télévision, se concentrant sur les programmes nocturnes pour ne pas ressasser la décision qu'elle avait prise d'accepter le marché qu'il lui avait proposé. *Failed**. Elle y avait pensé toute la nuit et avait à peine dormi. S'arrachant du lit, elle se leva, enfila un déshabillé par-dessus son pyjama en satin et alla ouvrir en bâillant.

— Bonjour, mademoiselle Stewart, la salua le groom, ceci est arrivé pour vous.

Jane écarquilla les yeux. Le jeune homme qui se trouvait devant elle tenait entre les mains une superbe composition de roses multicolores entourées de délicates fougères.

— Je me suis permis de quémander une femme de chambre afin de vous apporter un vase, ajouta-t-il.

---

* Raté.

Elle ne prit pas la peine de le questionner pour savoir de qui cela provenait, il n'en avait certainement aucune idée. Elle fouilla rapidement dans son sac, en sortit un billet de 20 euros – tout ce qu'elle avait sur elle – et se saisit des roses en le remerciant. Lorsqu'elle se retrouva seule, après lui avoir demandé de lui faire monter un petit déjeuner continental, elle observa le bouquet avec suspicion. Adrien ? Non. Chaque fois qu'il lui avait offert des fleurs, c'était, d'une part, systématiquement des lys jaunes – les préférées de Jane –, et d'autre part, quand ils étaient ensemble. Edgard Rousset, son client ? Ç'aurait été de l'ordre du possible, il lui avait déjà fait livrer des chocolats pour acheter sa bonne volonté, mais toujours au cabinet *De Bérail et fils* et jamais un dimanche. Martin ? Elle n'y croyait pas une seule seconde et ne perdit pas de temps à essayer de s'en convaincre. Elle s'empara de la petite carte cachée au milieu des roses qu'elle posa sur la table basse du salon et décacheta l'enveloppe. La stupéfaction se peignit sur son visage quand elle lut le message.

Ces quelques roses ne seront pas suffisantes pour effacer l'affront que vous avez subi de ma part. Toutefois, je vous prie de bien vouloir les accepter.

Votre dévoué,
Antoine Saint-Armand

P.-S. : l'invitation à dîner tient toujours.

C'était suivi de son numéro de téléphone portable. Jane en resta bouche bée. Cet homme ne manquait pas de culot en insistant pour partager un repas avec elle, mais lui offrir des fleurs afin de s'excuser marquait un point en sa faveur. Jane sourit, laissa tomber la carte à côté du bouquet, et se dirigea vers la salle de bains pour faire une rapide toilette avant de passer une robe d'été bleu roi à manches courtes et joliment décolletée ainsi qu'une paire de sandales argentées à talons. Lorsqu'elle en ressortit, le petit déjeuner l'attendait dans le salon et les roses avaient été mises dans l'eau. Elle s'installa à table, se servit un café noir, se prépara une tartine de beurre et de confiture de fraises, puis elle se rendit compte que la délicatesse d'Antoine Saint-Armand lui avait non seulement fait plaisir, mais avait également eu le pouvoir de lui faire momentanément oublier ses déboires avec Martin. Étrangement, elle se sentait revalorisée par son geste. Oui, docteur Arrogance avait réussi à la mettre de bonne humeur, c'est pourquoi elle eut envie de lui envoyer un message pour le remercier sans imaginer lui jeter des insanités à la figure. Elle s'empara de son smartphone et de la petite carte laissée sur la table basse par la femme de chambre et composa un bref SMS.

J'apprécie votre attention, vous remercie,
et accepte vos excuses.
Jane Stewart

Jane termina de manger, se brossa les dents et entreprit de nouer ses cheveux en un chignon lâche. Elle était en train de passer une fine couche de mascara marron sur ses cils lorsqu'elle entendit son téléphone biper. Elle sourit, acheva de se maquiller et alla jeter un œil. Docteur Arrogance avait répondu.

Je suis enchanté que ces quelques fleurs vous aient plu et me réjouis d'être tout pardonné. Si vous avez eu l'occasion de regarder par la fenêtre, vous avez sûrement remarqué qu'il faisait très beau.

Elle sourit devant l'allusion à peine voilée.

En effet. Le soleil brille et les oiseaux chantent. Je vous souhaite une excellente journée, docteur.

Elle compta jusqu'à trente, et un nouveau bip retentit.

Il ne tient qu'à vous qu'elle le soit, mademoiselle Stewart.

Si Antoine Saint-Armand ne faisait pas palpiter son cœur, elle devait bien reconnaître que ce petit jeu de séduction n'avait rien de déplaisant. Il y avait tellement longtemps qu'elle ne s'y était pas prêtée qu'elle trouva la situation follement amusante. Elle regarda sa montre, qui affichait 11 h 45, et se dit qu'elle ne perdrait rien à prendre un peu de bon temps avant la semaine chargée qui l'attendait, d'autant que le médecin paraissait réellement contrit. Et bien que le ton employé dans son message soit indéniablement séducteur, et qu'il n'obtiendrait d'elle rien d'autre qu'un déjeuner et quelque conversation amicale, elle était prête à parier qu'il en avait conscience. C'est pourquoi elle ne réfléchit guère plus et pianota une réponse qui devrait faire plaisir à son interlocuteur.

Je n'aime ni les sushis, ni les grenouilles, et encore moins les escargots, mais je raffole du tzatziki et de la moussaka.

Le dernier message ne tarda pas à arriver.

Vos goûts seront les miens. Un taxi vous attendra devant votre hôtel dans vingt minutes. Descendez lorsque vous serez prête. Ah... j'espère que vous appréciez les nez rouges.

J'espère que vous appréciez les nez rouges. Elle n'avait aucune idée de ce que cela pouvait bien signifier. Jane remit de l'ordre dans son sac à main, appliqua un peu de parfum dans le creux de son cou et sur l'intérieur de ses poignets, puis elle sortit. Le taxi était déjà là. Elle s'engouffra dans la berline bleu marine et se laissa guider à travers la ville. Le véhicule s'arrêta vingt minutes plus tard en haut de la rue de Candolle, en plein Quartier latin. Antoine Saint-Armand la rejoignit au moment où le chauffeur lui ouvrait la portière. Il paya la course et se tourna vers la jeune femme, tout sourire, décontracté, vêtu d'un pantalon en toile beige et d'un polo blanc déboutonné sur sa poitrine. Au soleil, ses cheveux blonds brillaient de reflets exceptionnels que sa peau légèrement hâlée faisait davantage ressortir. Cet homme possédait un charme fou.

— Merci d'être venue, mademoiselle Stewart.

Elle comprit qu'il n'allait pas faire dans la surenchère parce qu'elle avait finalement accepté son invitation, et elle apprécia. Elle lui sourit à son tour.

— Je vous avertis, j'ai pris un petit déjeuner tardif, et je ne suis pas sûre de pouvoir faire autrement que picorer.

Antoine désigna la rue de Candolle de la main en lui suggérant d'avancer et plissa les yeux d'amusement.

— Je vous mets au défi de ne pas finir votre assiette. Je ne connais pas meilleure cuisine grecque à Paris.

— Nous verrons bien ! répliqua-t-elle d'une voix enjouée avant de le suivre.

Ils furent accueillis dans un cadre dont la simplicité mit immédiatement Jane à l'aise. En évitant de lui faire le grand jeu, Antoine Saint-Armand décrochait un troisième bon point. Le serveur les installa l'un en face de l'autre en terrasse, prit leurs commandes apéritives et s'éclipsa.

— Je viens régulièrement ici, l'informa-t-il, et je suis ravi de constater que nos goûts se rejoignent en matière de nourriture. Vous verrez, c'est un excellent restaurant.

— Je n'en doute pas, lui assura-t-elle aimablement. Je dois vous avouer que j'ai eu très peu l'occasion de déjeuner dans ce genre d'établissement en étant à Paris. En général, les repas avec mes clients m'obligent à réserver dans des endroits bien moins chaleureux.

Le médecin la détailla un instant sans rien dire, un léger sourire aux lèvres. Jane ne sut comment interpréter son regard, mais elle était sûre d'une chose, une profonde honnêteté s'y reflétait. Soudain, il glissa la main sous la table et sembla chercher quelque chose dans le fond de sa poche.

— Fermez les yeux, lui enjoignit-il.

Incertaine, elle fronça les sourcils.

— Faites-moi confiance. Je ne vais pas vous demander en mariage pour me faire pardonner.

Elle ne put s'empêcher de pouffer, et baissa finalement les paupières.

— Rouvrez-les, lui demanda-t-il au bout de quelques secondes.

Elle obéit et resta bouche bée pour la deuxième fois de la journée.

Il s'était affublé d'un nez de clown. Un nez rouge.

Sur le coup, Jane fut tellement déconcertée qu'elle n'osa même pas rire.

— Qu'est-ce qui vous prend ?

Le garçon de table arriva sur ces entrefaites avec leurs verres d'ouzo*, empêchant Antoine Saint-Armand de répondre, lequel ne parut pas gêné le moins du monde d'être surpris dans cet accoutrement. Toutefois, si le serveur fut étonné, il n'en laissa rien deviner ; en revanche, les clients des tables à côté semblaient follement amusés. Le médecin s'empara de son verre pour le porter à ses lèvres, son gros nez l'empêchant de boire correctement. La scène était si ridicule que Jane ne put réprimer un sourire.

— Vous comptez déjeuner comme ça ? lui demanda-t-elle, incrédule.

Il lui sourit à son tour.

— En effet, c'est bien mon intention.

---

* Alcool traditionnel grec à base d'anis.

Jane était perplexe.

— Mais… pourquoi ?

Cette fois, il prit une mine grave.

— Je me suis conduit comme un crétin, avec vous.

Jane haussa un sourcil.

— Certes, mais…

— Je mérite d'avoir l'air d'un idiot un peu plus longtemps, l'interrompit-il. Vous me l'enlèverez quand vous estimerez que je suis pardonné.

Elle n'en revenait pas. De toute sa vie, personne n'avait montré autant de propension à s'excuser auprès d'elle. Et à cet instant, il lui paraissait bien des choses : drôle, extravagant, loufoque, mais pas idiot.

— Eh bien… le nez rouge ne vous va pas si mal, docteur, dit-elle simplement.

Il la gratifia d'un clin d'œil et lui tendit l'une des cartes que le serveur avait déposées sur la table à leur arrivée.

— Moussaka et tzatziki, donc ?

Jane, qui ne pouvait s'empêcher de fixer la protubérance rouge, sourit de toutes ses dents.

— Moussaka et tzatziki !

Jane Stewart était une jeune femme charmante avec laquelle il prenait un véritable plaisir à déjeuner. Ils ne s'étaient croisés que de très rares fois, et il n'avait pas le souvenir qu'elle eût été aussi naturelle qu'aujourd'hui. Elle semblait très à l'aise en sa présence, ce qui, au regard de l'affront qu'il lui avait causé chez les de Bérail, relevait de l'exploit. Antoine ne savait toujours pas ce qui lui était passé par la tête de la traiter de cette manière : ce n'était pas dans ses habitudes de vouloir vérifier ce qu'Adrien prétendait, et encore moins de faire comprendre ostensiblement à une dame qu'elle ne valait rien d'autre qu'une partie de jambes en l'air à la va-vite. Sans compter que, indépendamment de sa réelle sympathie, la brillante avocate n'était pas du tout son genre. Il avait bien souvent craqué pour les brunes, les Latines au regard enflammé de passion, les blondes, mais jamais pour les rousses. Jane Stewart ne manquait pourtant pas d'intérêt. C'était une belle femme avec ses grands yeux verts, sa peau laiteuse, ses incroyables boucles fauves et ses ravissantes éphélides qui lui pigmentaient les pommettes et l'arête du nez. Adrien avait raison, elle avait littéralement changé. Ce qu'il n'avait pas remarqué la veille, de prime abord. Cachée sous un maquillage et une tenue sophistiqués, elle ne lui était pas apparue si différente que d'habitude.

En y resongeant, Antoine ne put s'empêcher de se remémorer l'entrevue de la jeune femme avec Martin Legrand. Ce n'était pas uniquement de la tristesse qu'il avait lue dans les yeux de l'Américaine, mais une véritable dévastation. Il y avait reconnu cette indicible culpabilité qu'on retrouvait dans le regard de ceux qui avaient provoqué la mort ou la destruction d'une vie entière. Antoine ne connaissait que trop ces visages anéantis, il les avait croisés si souvent tout au long de sa carrière. Jane regrettait et souffrait de savoir qu'elle ne serait jamais pardonnée, que ce qu'elle avait fait était irréparable. Pour une raison qu'Antoine ignorait totalement, sa sincérité le touchait. Il avait envie de la rassurer. Martin Legrand avait bénéficié d'un appui sans faille de la part d'Adrien et Gabi, mais Jane Stewart, qui l'avait épaulée, aidée à se reconstruire et à devenir la femme qu'elle était aujourd'hui ? À en croire ce que lui avait raconté Adrien, personne. Elle s'était battue seule, avait continué à avancer sans le soutien de qui que ce soit, ce qui, aux yeux d'Antoine, la rendait plus vaillante encore, même si elle était la grande coupable de l'histoire.

Jane consulta la carte rapidement et choisit une assiette découverte composée de plusieurs mets. Il prit lui-même une skordalia, un plat à base de mie de pain, d'ail et d'huile d'olive, des keftedes à l'agneau, puis il passa commande auprès du serveur.

— Vous êtes natif de Paris ? lui demanda Jane.

— J'ai grandi en région parisienne, dans les Yvelines. J'habite Paris depuis la fin de mes études. Ça remonte à loin maintenant, ajouta-t-il avec un sourire presque mélancolique. Et vous ? Vous êtes née à Washington DC, n'est-ce pas ?

Elle hocha la tête.

— Et j'y mourrai sûrement. Je ne m'imagine pas faire ma vie ailleurs. Y êtes-vous déjà allé ?

— Non, jamais, avoua-t-il. Jane…

Il fit un arrêt volontaire pour jauger la réaction de la jeune femme. Elle s'était immobilisée.

— Je peux vous appeler par votre prénom ?

Soulagé, il la vit finalement sourire.

— Si vous me permettez d'utiliser le vôtre.

— Je vous y oblige même, se réjouit-il.

Jane but une gorgée d'ouzo et leva les yeux sur lui.

— Martin vous doit beaucoup.

Antoine tâcha de ne trahir aucune émotion, mais il se doutait qu'elle allait aborder le sujet tôt ou tard, sans compter qu'il n'était pas exactement de son avis.

— Je n'ai fait que le mettre en relation avec un excellent chirurgien orthopédiste.

— Ce qui est déjà beaucoup.

Antoine soupira en souriant légèrement.

— Je n'ai pas fait un dixième du travail, Jane. Votre ami a été confié aux mains d'un professionnel compétent, lequel a fait le reste.

Jane baissa tristement la tête.

— Ce n'est pas mon ami. Tout du moins… je ne suis plus la sienne.

Une vague de compassion s'empara d'Antoine. Il eut envie de lui prendre la main, comme il l'avait déjà fait chez Adrien, mais il s'en empêcha.

— Vous ne pourrez jamais revenir en arrière et rien ne pourra effacer ce qui s'est passé, ce tragique accident… Toutefois, vous avez l'avenir devant vous pour entreprendre quelque chose de meilleur.

Jane émit un petit rire de gorge forcé.

— Je suis une acharnée du travail, c'est même la raison pour laquelle Adrien collabore avec moi. Alors vous vous trompez, il n'y a pas de place dans ma vie pour de grands projets. Je vis au jour le jour.

Antoine l'étudia un instant sans rien dire, puis il se jeta à l'eau :

— N'avez-vous personne ? Un fiancé ? Un conjoint ?

Jane porta son verre à ses lèvres et le finit d'une traite, manifestement troublée.

— Non. Et vous ?

— Non.

Les secondes s'égrenèrent.

— J'aimerais être votre ami, Jane, annonça-t-il très honnêtement. Un véritable ami. Acceptez-vous ?

Il n'avait pas l'intention d'avoir une aventure avec elle, c'est pourquoi il choisit de dissiper toute ambiguïté en posant cette question, ce dont la jeune femme lui parut presque reconnaissante. Elle sourit, tendit la main, et lui retira son nez rouge.

— J'en serais ravie, Antoine.

Jane leva son verre vide, Antoine le sien, et ils trinquèrent.

7

Le vendredi de la semaine suivante, adossée à la fenêtre du bureau d'Adrien, Jane observait Edgard Rousset qui étudiait avec attention les documents que l'avocat lui avait mis entre les mains. Confortablement assis sur un fauteuil en cuir, il les tournait, les retournait, lisait deux, trois, quatre fois chaque ligne et reprenait tout depuis le début. C'était insupportable. Jane se redressa légèrement et se pressa l'arête du nez en soupirant discrètement. Si Adrien attendait avec une patience d'ange que Rousset ait terminé son inspection, elle était nettement moins conciliante. Elle en avait par-dessus la tête des excès de ce type. Leur client connaissait exactement le contenu du nouveau contrat, ils en avaient parlé ensemble un nombre incalculable de fois, avaient revu chaque article avec précision, défini clairement les exigences de chacun. Personne ne devait être floué, et surtout pas Rousset. Tout ce qu'il avait à faire, c'était signer. Mais non. Il adorait faire du zèle.

« Je vous rappelle que c'est moi qui vous paye, j'ai le droit d'être intrusif ! » C'était sa phrase favorite et elle levait systématiquement les yeux au ciel quand il la prononçait.

S'il était tatillon, c'est parce qu'il avait parfaitement conscience d'être coincé, de ne plus rien pouvoir faire pour se retourner, à part attendre. Être pénible lui donnait l'impression d'être encore le maître à bord, mais en réalité, Jane et Adrien se moquaient bien de ses petits sursauts d'autorité. Les deux avocats savaient pertinemment que personne d'autre ne voudrait reprendre une affaire aussi compliquée à quelques semaines seulement de l'audience finale. Le procès contre la firme *Meyer & Griffith* donnerait lieu à un jugement définitif et irrévocable qui pourrait bien le mettre sur la paille si Adrien et Jane n'offraient pas des éléments convaincants. Edgard Rousset ne détiendrait plus rien de suffisamment probant pour faire appel, tout aurait été dit.

Le presque sexagénaire était président-directeur général des *Laboratoires R.*, une importante société pharmaceutique spécialisée dans les médicaments psychotropes. Leurs chercheurs avaient mis au point une toute nouvelle formule de neuroleptiques pour lutter contre les effets de certains troubles psychiatriques comme la schizophrénie. Un de leurs concurrents américains avec lequel il s'était associé pour tester et diffuser le produit aux États-Unis avait détourné la formule afin de proposer un traitement à plus large spectre. Les *Laboratoires R.* avaient donc déposé plainte et leur avaient collé sur le dos une armada d'avocats qui, hélas, ne leur avaient pas permis de gagner le procès. Débouté deux fois de suite, Edgard Rousset avait décidé de confier le dossier aux cabinets *De Bérail et fils* et *Stewart & Swain.* L'instance du 23 septembre – dans trois semaines jour pour jour – mettrait un point final au litige qui durait depuis des années. Jane pensa, non sans humour, qu'il était grand temps que tout s'arrête, sans quoi Rousset n'aurait bientôt plus un seul cheveu sur le caillou.

L'homme d'affaires leva les yeux de sa lecture et les planta dans ceux de Jane.

— Je reste persuadé que vous devriez plaider aux côtés de maître de Bérail.

Jane affronta son regard déterminé.

— Monsieur Rousset, faites-moi confiance, vous n'aimeriez pas que j'essaye de convaincre le juge que vous êtes blanc comme neige dans cette affaire.

Ce qui n'était de toute façon pas le cas, pensa-t-elle. On lui avait porté préjudice, certes, mais il ne s'était pas gêné pour faire mauvaise presse à ses concurrents américains en faisant circuler de fausses rumeurs. La vérité était qu'elle ne pouvait pas voir ce type en peinture, et que si elle avait dû prouver la parfaite innocence de son client devant les allégations de la défense, personne ne l'aurait crue. Edgard Rousset était arrogant, imbu de lui-même et totalement dépourvu d'humanité. Elle avait hâte de ne plus avoir affaire à lui. Il valait vraiment mieux que ce soit Adrien qui s'en charge.

— Vous connaissez le dossier par cœur, grommela-t-il en passant une main sur son crâne dégarni et transpirant.

— Et c'est aussi mon cas, l'interrompit Adrien d'une voix tranchante, depuis le fauteuil de son bureau. Vous ne me payez pas pour faire votre paperasse, mais pour vous défendre. Si vous pensez que je ne suis pas à la hauteur, vous pouvez toujours changer d'avocat.

L'espace d'un instant, Jane vit la mine catastrophée d'Egard Rousset. Si Adrien se retirait, il serait vraiment dans la panade. Parce que d'une part Adrien était un excellent orateur – le meilleur pour ce type de procès – et que gagner cette affaire lui tenait à cœur, d'autre part parce que si Rousset l'écartait, il ne trouverait personne pour le remplacer. C'est pourquoi l'industriel sourit et prit son air le plus complaisant.

— Voyons, maître, il est hors de question que je fasse appel à l'un de vos confrères, lui assura-t-il. Je faisais simplement remarquer que l'époustouflant travail de votre consœur pourrait nous être très utile durant l'audience.

Adrien le fixa droit dans les yeux, inflexible.

— Il le sera. Mais derrière le décor.

Jane sourit malgré elle. Adrien n'était pas en train de faire preuve de sexisme, de la rabaisser ou de minimiser son rôle dans cette affaire ; il ne voulait pas non plus se mettre en avant, loin de là : c'était juste qu'il était à la plaidoirie ce qu'elle était à la technique. Il savait Jane très pointue dans son domaine, capable de trouver des failles là où une horde d'avocats était déjà passée cent fois. C'est pour cette raison qu'Adrien faisait appel à elle dans les dossiers difficiles, et pas uniquement pour représenter les intérêts de ses clients sur le sol américain. Ensemble, ils formaient une excellente équipe, une association qui surprenait nombre de leurs confrères car ils étaient jeunes. L'un comme l'autre n'avaient encore jamais personnellement perdu une seule affaire, et celle de Rousset, même si elle était loin d'être la plus exceptionnelle de leur carrière, ne devait pas être la première. Jane avait apporté tous les éléments à Adrien pour qu'il puisse mener à bien sa plaidoirie et convaincre le juge du bien-fondé de la requête de son client.

— Très bien, finit par admettre Edgard Rousset. Je vous fais confiance, vous connaissez votre métier.

Adrien était bien trop diplomate pour lui rétorquer qu'il n'avait pas besoin de se l'entendre dire pour en être certain, mais étant donné la manière dont il plissa les paupières, ce n'était manifestement pas l'envie qui lui manquait.

— Donc tout est en règle pour vous ? demanda-t-il patiemment à la place tout en désignant du regard la liasse de feuillets que leur client tenait entre les mains.

Rousset y jeta un œil furtif, pinça les lèvres et hocha la tête.

— C'est parfait.

Adrien lui tendit un élégant stylo-plume noir. Le sien.

Rousset savait ce qu'il lui restait à faire. Il s'en empara, déposa le contrat sur la table et commença à parapher chaque page de ses initiales. Quand il eut terminé, Jane faillit soupirer de soulagement tant elle avait hâte de le voir partir. Mais l'homme d'affaires ne semblait pas aussi pressé qu'elle, hélas. Il s'appuya plus confortablement contre le dossier du fauteuil en cuir, croisa les jambes et attendit. Adrien vérifia avec attention que tout avait été signé, apposa le tampon du cabinet sur la dernière feuille et leva les yeux vers Rousset.

— Puis-je vous proposer quelque chose à boire, monsieur Rousset ? lui suggéra-t-il poliment.

C'était toujours ainsi que se terminaient les entretiens avec le patron des *Laboratoires R.*, et le bougre ne refusait jamais. Il offrit d'ailleurs à Adrien un large sourire satisfait.

— Avec grand plaisir, on est vendredi, je l'ai bien mérité ! Un whisky fera très bien l'affaire, l'informa-t-il en sortant un mouchoir en tissu de la poche de sa veste pour s'éponger le front.

Jane tâcha d'oublier qu'il était à peine 10 heures du matin, lissa la jupe de son tailleur et se dirigea vers le bar camouflé dans le vaste placard mural aménagé à droite du bureau d'Adrien. Ce dernier y rangeait plusieurs bouteilles d'alcool pour contenter ses clients. Elle s'empara d'un épais verre en cristal sans pied, y versa le liquide ambré et odorant et l'offrit à Rousset, lequel l'accueillit avec un piaffement d'impatience.

— Ah ! Merci, mademoiselle Stewart.

— Maître Stewart, le reprit-elle fermement.

Edgard Rousset avait tendance à oublier qu'un avocat qui portait des jupes et des talons bénéficiait du même titre honorifique qu'un homme, ce qu'elle ne se privait pas de lui rappeler. L'homme d'affaires leva le verre de whisky pour en sentir le contenu, puis il but une longue gorgée. Comme elle n'avait aucune envie d'attendre qu'il le termine et qu'il en réclame un deuxième – ce qu'il ne manquerait pas de faire –, Jane prétexta avoir un coup de fil urgent à passer et s'éclipsa dans la plus petite des salles de réunion où elle avait provisoirement établi son bureau. Elle y bénéficiait de tout le confort, accès Internet, ordinateur, fax, imprimante, et télévision pour les éventuelles visioconférences avec son cabinet. Elle se dirigea vers la machine à expresso installée dans un coin de la pièce, inséra une capsule, s'empara d'une tasse et se fit couler un café bien serré.

Jane avait très peu dormi cette nuit, comme toutes les précédentes d'ailleurs, hantée par sa discussion avec Martin et ce qu'ils avaient prévu de faire ensemble. L'homme qui s'était tenu devant elle était si différent de celui qu'elle avait connu ! Trois ans plus tôt, Martin n'était motivé que par la quête du plaisir. Aujourd'hui, elle avait conscience que, s'il lui avait proposé de coucher avec elle, ce n'était pas pour assouvir son appétit sexuel comme il l'avait prétendu, mais uniquement pour se venger d'elle. Lui faire mal. Et il y parviendrait.

Jane pouvait encore changer d'avis, mais presque une semaine après leur dernière rencontre, et bien qu'il ne se fût toujours pas manifesté, elle savait qu'elle ne le ferait pas. Elle irait jusqu'au bout, même si elle risquait d'y laisser des plumes. C'était en elle, dans ses tripes, dans son cœur, elle voulait être avec lui, sentir son odeur, toucher le velouté de sa peau, s'imprégner de sa présence. Peu importait la raison, seul un instinct primitif la guidait.

La jeune femme souleva sa tasse de café et s'installa à la table de réunion. Il demandait à ce qu'elle montre patte blanche concernant son état de santé, mais le fait qu'il souhaite la posséder sans préservatif la laissait grandement perplexe. Martin était un épicurien, certes, il avait beaucoup de conquêtes, mais sans jamais se mettre en danger. Il s'était toujours protégé, tout du moins avec Jane. Sans compter qu'il imaginait qu'elle avait eu un nombre incalculable d'amants en trois ans – ce qui était faux, c'était le désert saharien de ce côté-là –, alors pourquoi prendre un tel risque maintenant ? Jane se savait parfaitement saine ; toutefois, Martin n'en avait pas la preuve. Elle pourrait lui fournir un document falsifié. Ce serait si facile à faire… Détestait-il sa vie à ce point qu'il estimait n'avoir rien à perdre ? Que si elle lui transmettait le virus du sida, ça n'avait finalement aucune importance ? Jane refoula un haut-le-cœur en songeant que s'il en était à penser des choses pareilles, elle en était responsable. Elle ferma les yeux un instant et déglutit. D'ailleurs, c'était peut-être lui qui était porteur d'une maladie. Sa vengeance serait alors complète. Un frisson glacial remonta le long de sa colonne vertébrale. Elle refusait d'y croire. Martin ne pouvait pas la haïr à ce point. Mais tandis qu'elle tâchait de s'ôter cette odieuse idée de la tête, l'éventualité que ce soit possible revenait sans cesse cogner dans son esprit. Que ferait-elle si tel était le cas ?

La gorge nouée, Jane fouilla dans ses papiers, se saisit de ses résultats d'analyses et les consulta. Ils étaient excellents. Prise au dépourvu par le cours de ses pensées, elle songea au fameux instinct primitif qui la titillait depuis qu'elle avait revu Martin et se demanda si elle ne ferait pas mieux de le museler. Bien sûr, n'importe quelle personne ayant un tant soit peu de jugeote fermerait son ordinateur, passerait un coup de fil à Martin, et lui expliquerait qu'elle avait changé d'avis, mais dès qu'elle avait remis les pieds à Paris, Jane avait perdu toute notion de bon sens. Elle allait lui donner ce fichu document, et essayerait de savoir ce qu'il en était exactement de son état de santé.

Elle en était là de ses décisions lorsque son téléphone portable sonna. Elle jeta un œil à l'écran : il s'agissait d'Alejandra, son assistante. Jane se racla la gorge et décrocha.

— Bonjour, Alejandra, commença-t-elle avec le plaisir franc de parler un peu sa langue natale.

Quand elle était en France, c'était certainement ce qui lui manquait le plus.

— Bonjour, mademoiselle Stewart, j'espère que je ne vous dérange pas ?

Jane et Alejandra se connaissaient depuis des années, mais malgré tout, la jeune Mexicaine refusait de l'appeler par son prénom, quand bien même Jane lui en avait maintes fois donné l'autorisation. Elle demeurait très attachée aux codes imposés par la hiérarchie.

— Non, absolument pas, lui assura Jane. Que puis-je faire pour vous ? s'enquit-elle en se dirigeant vers la desserte.

— Nous venons de recevoir une copie de l'assignation en justice de John Owens.

— Ah, très bien. Quand aura-t-elle lieu ? lui demanda-t-elle en se servant un verre d'eau.

— Le 19 octobre.

Jane but d'une traite et retourna vers son ordinateur.

— C'est parfait. Je serai de retour le 1er. Contactez Owens et proposez-lui un rendez-vous pour le 3.

— Ce sera fait.

— Tout se passe bien au bureau, Alejandra ? Mon père ne vous en fait pas trop voir de toutes les couleurs ?

L'assistante de Jane ne put s'empêcher d'émettre un rire étouffé.

— Eh bien, disons que, quand vous n'êtes pas là, l'ambiance est nettement moins détendue. Mais je tiens bon.

Le père de Jane était un véritable tyran. Un homme au caractère épouvantable, autoritaire, exigeant et têtu comme une mule. Jane ne pouvait pas en vouloir à ses collaborateurs de préférer l'éviter comme la peste : elle-même ne le supportait pas. Lorsqu'elle partait en déplacement, il ne pouvait s'empêcher d'aller jouer les garde-fous auprès des membres de son équipe. Les pauvres en avaient encore pour trois bonnes semaines. Quand elle serait de retour, elle devrait lui faire un compte rendu complet de ce qui s'était passé ici – du moins professionnellement, la vie privée de Jane ne l'intéressant pas le moins du monde –, puis il leur ficherait enfin la paix en réinvestissant ses propres locaux, ceux qu'il avait fait aménager dans le centre administratif de Washington DC. Là-bas, il était à l'abri des oreilles indiscrètes, et le plus loin possible d'Albert Swain, son associé, avec qui il ne fraternisait plus depuis des années.

— Bien, conclut Jane. Tenez-moi au courant pour Owens.

— Ce sera fait.

La porte s'ouvrit lentement derrière Jane, qui se retourna et resta muette d'effroi quand elle vit Martin se dessiner dans l'embrasure. Elle n'entendait même plus ce qu'Alejandra lui disait, happée par l'odeur boisée de l'eau de toilette qu'il dégageait et par le regard d'une intense détermination qu'il posait sur elle.

— Mademoiselle Stewart ? Allô ? Mademoiselle Stewart ?

Jane se ressaisit.

— Je vous rappelle, Alejandra.

Et elle raccrocha, le cœur battant.

— Bonjour, Martin, tâcha-t-elle de l'accueillir d'une voix égale.

Sans la quitter des yeux, il fit quelques pas dans la pièce, une pochette plastique à la main. Vêtu d'un costume en lin clair et d'une chemise négligemment déboutonnée, il avait une allure folle. Jane dut se faire violence pour ne pas lui montrer l'effet qu'il produisait sur elle tandis que, des yeux, il parcourait lentement son corps de haut en bas. Elle ne s'était jamais sentie aussi étriquée dans son tailleur. Elle étouffait.

— Voici les documents dont nous avons parlé, annonça-t-il sans même la saluer.

Il les lui tendit. Jane s'en empara d'une main tremblante et les garda serrés entre ses doigts sans même les consulter. Elle ne put s'empêcher d'étudier Martin, d'essayer de trouver le plus petit signe de faiblesse qui lui aurait démontré qu'il était en mauvaise santé. Rien. Son teint était resplendissant, légèrement hâlé, sa peau ferme, et elle ne décela pas la moindre trace de fatigue sur son visage. Il dégageait une énergie extraordinaire. Toutefois, elle décida de se jeter à l'eau et de lui demander ce qui lui prouvait, exactement, que les résultats qu'il venait de lui transmettre n'étaient pas falsifiés. Elle n'en eut pas l'occasion : Adrien apparut subitement, l'expression grave.

— Bonjour, Martin, lança-t-il en lui offrant une poignée de main. Il y a un problème ?

Le visage de l'ancien archéologue se détendit à peine.

— Bonjour, Adrien. Non. Aucun. Jane avait un document à me remettre.

Perplexe, le directeur du cabinet haussa un sourcil et se concentra sur Jane. Laquelle se précipita vers son bureau pour se saisir de ses résultats d'analyse.

— Le voici ! s'exclama-t-elle en secouant le feuillet A4.

Elle veilla à le plier en deux avant de le donner à Martin, lequel l'enfouit dans la poche intérieure de sa veste sans cérémonie.

— C'est pour quand ? s'enquit Jane en restant suffisamment évasive pour qu'Adrien ne comprenne pas qu'ils avaient prévu de se voir.

Martin posa sur elle un regard sans expression.

— Je n'ai encore rien décidé.

Puis il se tourna vers Adrien.

— Embrasse Gabi et les enfants pour moi.

Adrien conserva les yeux plissés.

— Je n'y manquerai pas.

Martin hocha la tête et quitta les bureaux de *De Bérail et fils*. Adrien fronça les sourcils et croisa les bras sur son torse.

— Loin de moi l'idée d'être intrusif, mais c'était quoi, ça ?

— Rousset est parti ? éluda Jane en rassemblant les papiers qui traînaient sur la table.

Adrien la considéra un instant sans proférer un mot, puis il reprit :

— Que se passe-t-il, Jane ?

Elle lui tourna carrément le dos et ferma les paupières. Il était hors de question qu'elle parle de leur petit arrangement avec lui. Un, il n'aurait pas compris. Deux… Pas besoin de se trouver une autre excuse, elle ne lui dirait rien.

— Jane ? insista-t-il tandis qu'elle lui faisait face.

— Est-ce que Martin est en bonne santé ?

Déconcerté, Adrien cligna des paupières.

— Aux dernières nouvelles, sa santé est excellente, oui. Pourquoi cette question ?

— Est-ce que tu en es certain ? embraya-t-elle sans répondre.

Adrien la regarda bizarrement.

— On ne peut jamais être sûr de rien, Jane, mais Gabi est suffisamment proche de lui pour savoir s'il a oui ou non des soucis médicaux. Pourquoi cette question ? répéta-t-il.

Jane haussa les épaules et se donna quelques secondes pour trouver une explication.

— Simple curiosité, il a tellement changé…

Le silence qui régna après cette déclaration alourdit davantage l'atmosphère. Adrien était en train d'examiner la situation.

— Bien ! s'exclama-t-elle pour détourner son attention. Rousset m'a littéralement vidée. Maintenant qu'il est parti…

Elle fronça les sourcils.

— Il l'est, n'est-ce pas ?

Adrien acquiesça.

— Maintenant qu'il est parti, reprit-elle, j'aimerais bien que nous nous penchions sur son dossier. Je ne suis pas venue à Paris pour me la couler douce. On a du pain sur la planche.

Adrien avait compris qu'il était inutile d'insister, elle le savait, mais dans les yeux de cet avocat parmi les plus impitoyables qu'elle connaissait, elle lut une réalité non négociable : tôt ou tard, il finirait par la faire parler. Mais pas maintenant. Pas aujourd'hui. Pas demain.

Jane lui offrit un sourire crispé, prit le dossier Rousset sous le bras et sortit d'un pas décidé.

8

Adrien rentra particulièrement tard. Comme chaque veille de week-end, il réunissait ses collaborateurs les plus proches pour faire un bilan de la semaine écoulée. Cette fois, personne n'avait pu se libérer avant 19 heures, ils avaient donc tous dîné sur place et pris un long moment pour discuter. C'était nécessaire, mais pénible. Depuis que Gabi était entrée dans sa vie, il ne passait plus autant de temps au bureau, et quand il y était obligé, il revenait systématiquement grognon. C'était le cas ce soir. Ses trois enfants devaient être couchés depuis plusieurs heures, il n'aurait même pas l'occasion de les embrasser. Il posa son attaché-case au pied de la porte, retira sa veste qu'il jeta sur la commode en bois d'acajou et pénétra dans l'atrium. Le calme de la nuit avait envahi la maison et il ne flottait que quelques phrases monocordes provenant du poste de télévision. Un reportage sur la pêche. Adrien sourit. Gabi avait dû s'endormir sur le canapé. Il entra dans le petit salon et la découvrit emmitouflée sous un plaid en cachemire, ses jolis pieds fins dépassant de quelques centimètres. Il s'approcha, s'agenouilla, repoussa les boucles blondes de Gabi et déposa un léger baiser sur son front. La jeune femme cligna des cils et ouvrit les paupières.

— Hé… murmura-t-elle.

— Salut… Te voilà devenue une grande spécialiste de la pêche au goujon, se moqua-t-il.

Gabi mit la main devant sa bouche pour bâiller et s'étira.

— Quelle heure est-il ?

— Pas loin de minuit.

Elle grogna et se frotta les yeux.

— On monte se coucher ?

— Plutôt deux fois qu'une !

Sans la prévenir, il lui passa une main dans le dos, l'autre sous les genoux, et la souleva comme si elle pesait trois fois rien. Gabi enroula les bras autour de son cou et y enfouit son visage pour mordiller sa chair tendre.

— Mon amour, j'ai plusieurs marches à gravir, mon épicentre se trouve comprimé dans un caleçon, donc si tu voulais bien rester raisonnable, que j'évite de perdre l'équilibre…

Gabi gloussa.

Adrien monta l'escalier avec précaution, sans faire de bruit, longea le couloir et, du pied, poussa la porte de leur chambre. Là, il déposa délicatement Gabi sur leur lit et la délesta du plaid dans lequel elle était toujours enroulée. Elle portait un déshabillé de satin blanc qu'Adrien ne manqua pas de dénouer. Du regard, il parcourut son corps. Jamais, en trois ans, il ne s'était lassé de le contempler. Ce ventre légèrement arrondi et assoupli par la grossesse quelques mois plus tôt, ces longues jambes, cette taille fine, ces seins pleins… Il avait envie d'elle. Tout le temps.

— Tu es magnifique, murmura-t-il d'une voix rauque.

Gabi sourit et l'attira à elle pour l'embrasser et le serrer tout contre elle. Adrien ferma les yeux et savoura juste le fait d'être dans ses bras.

— Hugo a mis une éternité à s'endormir, dit-elle doucement en caressant les cheveux bruns de son mari.

— Les dents ?

— Hum… Il s'est assoupi vers 22 heures. Et toi, ta journée ?

Adrien se redressa et soupira.

— Très longue. Jane a reçu la visite de Martin ce matin.

Gabi écarquilla les yeux.

— Au bureau ?

Il hocha la tête.

— Elle avait un document à lui remettre.

Gabi plissa le front, sceptique.

— Un document ?

— Ne me demande pas de quoi il s'agit, elle n'a pas voulu me répondre. En revanche…

— Oui ?

Adrien se leva et dénoua sa cravate avant de commencer à déboutonner sa chemise.

— Jane souhaitait savoir si Martin était en bonne santé.

Manifestement intriguée, Gabi se redressa et s'adossa à la tête de lit.

— C'est-à-dire ?

— Elle trouve qu'il a changé.

— Jane aussi…

Adrien termina d'enlever son pantalon et s'engouffra dans la salle de bains attenante.

— C'est vrai. Je ne la reconnais pas.

La jeune femme secoua le menton de droite à gauche.

— Qu'est-ce qu'ils trament, tous les deux ?

— Mon amour, je ne suis pas certain d'avoir envie de le savoir, répliqua Adrien en ouvrant les robinets du lavabo.

Gabi se leva et rejoignit son mari. Elle s'adossa contre le chambranle et le regarda se passer de l'eau sur le visage.

— Elle ne t'a rien dit ?

Il s'épongea avec une serviette et l'observa dans le miroir.

— Je n'ai pas approfondi mon interrogatoire. Elle a éludé…

— Dommage…

— Est-ce si important ?

Gabi sourit.

— À toi de me le dire. Pourquoi m'aurais-tu mentionné l'entrevue de Jane et Martin si tu n'étais pas intrigué ?

— Je n'ai pas prétendu ne pas l'être, mais que je ne pensais pas avoir envie de savoir ce qu'ils ont derrière la tête, au final. N'oublie pas que nous parlons de Jane et Martin. Deux créatures dénuées de sentiments lorsqu'il s'agit de prendre leur propre plaisir.

— Tu es injuste ! s'exclama Gabi. Martin n'est plus comme ça depuis belle lurette !

Adrien haussa un sourcil, sceptique.

— Jane fait peut-être ressortir ce qu'il y a de plus mauvais en lui.

Gabi soupira.

— Je sais que la curiosité est un vilain défaut, mais je ne vais pas pouvoir m'empêcher de lui demander ce qui se passe entre eux.

— Comme tu voudras, Sherlock ! ironisa Adrien. Mais en attendant, va-t-on utiliser le reste de notre nuit à discuter de Jane et Martin ?

Gabi se colla contre le dos nu de son mari et l'encercla de ses bras avant de laisser tomber une pluie de baisers sur ses épaules.

— Il ne fallait pas commencer, tu as suscité ma curiosité.

Il se retourna d'un coup sec, un rictus carnassier sur les lèvres.

— Gabrielle Géris de Bérail… Ne m'oblige pas à te montrer ce que toi, tu suscites chez moi sans que j'aie pris une douche, car si je ne calme pas mes ardeurs avant de m'occuper de ta charmante petite personne, je ne donne pas cher de mes performances.

Gabi glissa les yeux sur le boxer d'Adrien et sourit.

— Je vois…

— Tu peux toucher aussi.

Et Gabi ne se fit pas prier.

La fièvre qui les emportait chaque fois qu'ils étaient l'un près de l'autre ne s'était jamais apaisée. Adrien était fou de sa femme, et Gabi le lui rendait au centuple. Adrien se baissa pour l'embrasser dans le cou tandis que ses mains remontaient de sa taille jusqu'à la poitrine qu'il engloba. Gabi gémit sourdement et renversa la tête en arrière.

— Maudite soit cette douche ! gronda-t-il en la soulevant dans les bras pour l'allonger une nouvelle fois sur le lit.

Il était tard, il se levait tôt le lendemain, mais il s'en moquait. Il lui ferait l'amour jusqu'au lever du jour si elle le lui demandait. Il lui retira son déshabillé, sa nuisette de satin, et fit courir ses doigts partout sur elle, sur sa peau douce et chaude. Gabi s'agrippa à lui, ouvrit les jambes pour l'accueillir en ondulant du bassin et…

Le babyphone se déclencha. Hugo venait de se réveiller.

Adrien s'arrêta de respirer et laissa retomber son front sur l'épaule de Gabi.

— La joie d'être parents, grommela cette dernière.

Adrien s'appuya sur ses bras pour se redresser et embrassa la jeune femme sur les lèvres.

— Je m'en occupe.

Gabi s'empara de sa nuisette et l'enfila tandis qu'Adrien récupérait son peignoir dans la salle de bains. Il sortit de la chambre et cinq minutes plus tard, il revint avec une petite tête blonde aux joues si rouges que Gabi grimaça et lui tendit les bras.

— Mon pauvre bonhomme.

— Il n'a pas de fièvre, l'informa Adrien.

Hugo se blottit contre elle et chercha le sein de sa mère comme l'apaisement ultime à tous les maux. Adrien regarda sa famille avec amour et tendresse. Gabi l'allaitait encore et il ne se lassait pas de ce spectacle magique. Il disposa deux oreillers derrière le dos de sa femme, rabattit le couvre-lit sur ses jambes et s'installa à côté d'eux pour caresser doucement les cheveux de son fils.

— Je vous aime, chuchota-t-il.

***

Antoine venait d'enchaîner seize heures d'affilée à la clinique, il n'était pas mécontent de finir la semaine et de profiter de son premier week-end complet depuis deux mois. Il sortit de la salle où s'était tenue la réunion hebdomadaire du service d'oncologie et se dirigea tout droit dans les vestiaires pour se changer. Il avait passé une journée de merde et avait hâte de rentrer chez lui afin de se jeter sur son lit pour oublier. C'est avec un amer pincement aux lèvres qu'il songea que, ces derniers temps, à part bosser, dormir et récupérer, son existence ne se résumait pas à grand-chose. Pourquoi s'imposait-il un tel rythme ? Il n'en avait pas la moindre idée. Il aurait pu faire différemment, ses responsabilités lui permettaient de déléguer sans que personne ne trouve à y redire, mais il ne le faisait pas. À trente-neuf ans, il n'était pas marié, n'avait pas d'enfant, alors que la plupart de ses collègues avaient une vie de famille qu'Antoine préférait ne pas voir mise à mal. Toutefois, il aurait largement pu lever le pied et se délester de quelques heures. Sauf que ce n'était pas le genre d'Antoine de passer le flambeau juste pour s'octroyer un petit confort personnel au détriment des autres. Il savait pourquoi il était devenu médecin : le plaisir d'avoir contribué à améliorer la santé de ses patients. En conséquence de quoi son compte en banque était bien rempli, et il ne pouvait nier qu'il était très satisfait de la qualité de son existence, qu'il n'aurait échangée pour rien au monde. Pour autant, il veillait à ne jamais perdre de vue ce qui l'avait poussé à entreprendre de si longues études et à sacrifier une bonne partie de sa vie privée. Antoine aimait les gens. Cependant, d'aussi loin qu'il se souvienne, étant gosse, il avait une réelle répugnance pour la maladie, les plaies, le sang, les cicatrices, les personnes subitement handicapées. À l'époque, il voyait ça comme une malédiction qu'il fallait éviter de regarder à tout prix sous peine que ça lui arrive également. Paradoxalement, il trouvait triste qu'on puisse mourir jeune, que des mômes soient emportés par la douleur, que leur corps se détruise de l'intérieur. Le déclic avait eu lieu vers son dix-septième anniversaire et sans raison apparente. Un jour, il s'était dit qu'il voulait soigner les gens. Les guérir. Leur donner l'occasion de se battre. Et il était devenu médecin.

Antoine ouvrit son casier et retira sa blouse blanche qu'il pendit à un cintre avant de se laisser tomber sur le banc derrière lui. Il posa les coudes sur ses cuisses et se frotta le visage entre les mains. Le gosse de la 302 allait mourir. Il ne parviendrait pas à le sauver. Rémy avait tout juste douze ans, l'âge de Paul. Un flot de bile lui remonta le long de la gorge. Les bureaucrates de la clinique avec qui il venait de passer deux heures ne voyaient qu'une chambre long séjour sur le point de se libérer. Lui, il voyait des larmes, une famille privée de leur fils unique, l'angoisse des gamins des chambres voisines qui redoutaient de subir le même sort. C'était dans ces moments-là qu'il détestait le plus son métier, lorsque l'impuissance s'y mêlait et le mettait au pied du mur. Bon Dieu ! Ce que la vie pouvait être chienne !

— Dure journée ?

Antoine se pinça l'arête du nez avant de se tourner vers Cédric Berckin, ami de longue date et chef du service orthopédique. Le chirurgien, la cinquantaine, un crâne dégarni et une corpulence soignée sans prétendre être athlétique, affichait une force tranquille façonnée par des années de pratique en milieu hospitalier. Il avait vu passer nombre de succès et d'échecs lui apprenant à rester détaché devant les injustices les plus lourdes, en retrait, pour garder la tête froide et apporter le meilleur de ses compétences. Cédric était un excellent médecin. C'était d'ailleurs lui qui avait opéré Martin Legrand. Antoine et lui avaient fait connaissance à l'université. Cédric terminait ses études alors qu'Antoine les commençait à peine. Les deux hommes s'étaient immédiatement liés d'amitié pour ne jamais se perdre de vue en vingt ans. Le plus âgé étant pour l'autre un exemple et une source de conseils précieuse. Antoine avait même obtenu un poste à la clinique grâce à lui. Toutefois, le quinquagénaire et lui étaient diamétralement opposés. Là où Antoine suivait le mouvement, glissait vers l'évolution sans faire de forcing, Cédric était carriériste, monstrueusement attaché à sa position sociale et à l'image qu'il donnait. Prendre la direction de l'établissement était son ultime objectif. Il assumait totalement le fait d'avoir les dents qui rayent le parquet, et encourageait régulièrement son jeune collègue à suivre son exemple. Antoine n'était cependant pas prêt à tout défoncer pour y arriver. Il faisait indubitablement partie des gens qui pensent que les récompenses doivent revenir au plus méritant, et pour le moment, son but n'était pas d'être le meilleur, mais de sauver des vies. Des gosses comme le petit Rémy lui donnaient la rage d'y parvenir.

— Ouais, dure journée, répondit-il enfin d'une voix sourde.

Cédric vint s'installer à côté de lui sans se départir du regard rieur qu'il ne quittait d'ailleurs jamais.

— Le gamin dont tu nous as parlé ?

Antoine hocha la tête.

— Mon vieux, tu as fait le maximum. Tu peux améliorer la vie, mais pas te battre contre la mort elle-même.

L'oncologue se passa la main dans les cheveux.

— Ouais… Je vais rentrer, la journée a été longue.

Cédric se leva, ôta sa blouse et consulta la Rolex qu'il portait au poignet.

— Il est à peine 18 heures, je te paye un verre, ça te changera les idées.

Antoine n'était pas certain d'être de bonne compagnie, mais d'un autre côté, il n'avait rien contre 20 cl d'un vieux whisky. Et puis, ça faisait un bout de temps que Cédric et lui ne s'étaient pas vus en dehors de la clinique. Il accepta.

— Si ça ne t'ennuie pas, je voudrais prendre une douche avant d'y aller, l'informa-t-il. Je te retrouve dans ton bureau.

Le chirurgien acquiesça avec un grand sourire.

— Je t'attends.

Lorsque Antoine le rejoignit, une bonne demi-heure plus tard, Cédric était en pleine conversation téléphonique. Sans cesser de parler, il l'invita à s'asseoir d'un geste de la main. Antoine préféra rester debout : s'il posait les fesses sur le confortable fauteuil en cuir, Cédric s'éterniserait, et ils ne seraient pas près de partir.

— Mais bien sûr, il est le bienvenu, vous pensez, répondit Cédric à son interlocuteur. Du moment qu'il est généreux !

Antoine grimaça lorsqu'il comprit à quoi son ami faisait allusion. Il venait de mentionner le gala de charité donné annuellement par la clinique et organisé par Cédric lui-même. Les fonds obtenus étaient reversés à une association se battant pour les victimes des mines antipersonnel. L'événement aurait lieu le mercredi de la semaine suivante, et bien sûr, Antoine l'avait complètement oublié.

— À très bientôt, cher ami, minauda Cédric de sa voix la plus onctueuse. Et n'ayez crainte, pour être vus parmi l'élite parisienne, les gens sont capables de débourser beaucoup d'argent ! Jacques Dussier ne fera pas exception à la règle, faites-moi confiance. Je vous souhaite une excellente soirée.

Quand il raccrocha, il leva la tête et nota la grimace toujours figée sur le visage d'Antoine.

— Ne me dis pas que tu as encore oublié ?

Antoine pinça les lèvres et haussa les épaules, contrit. Cédric s'esclaffa.

— Ça ne fera que la cinquième année consécutive. Mais cette fois, tu n'y couperas pas !

— Je déteste ce genre de manifestation, plaida Antoine qui espérait encore pouvoir se défiler.

Cédric s'enfonça un peu plus dans son fauteuil. Il ne semblait pas pressé de partir.

— Peut-être, rétorqua-t-il, mais elles sont excellentes pour ta carrière. Ne néglige jamais les avantages qu'on peut tirer à faire un peu de social. Plus tu feras rentrer de l'argent dans les caisses de la clinique et plus le conseil d'administration te sera reconnaissant !

Antoine fronça les sourcils en s'efforçant de se composer une mine perplexe.

— Les caisses de l'association, tu veux dire ?

Cette fois, Cédric aboya littéralement de rire.

— Tu sais aussi bien que moi comment ça fonctionne, mon vieux.

Hélas, oui. Il ne le savait que trop bien. Une partie des bénéfices de la soirée servirait à rembourser les frais engagés pour l'organisation du gala. Et très largement. Sans compter que réunir tout le gratin pour la bonne cause était l'occasion de dégotter de nouveaux investisseurs.

— Les de Bérail seront également présents, précisa Cédric pour faire pencher la balance de son côté.

— J'ai cru comprendre, grommela Antoine.

Depuis trois ans, depuis l'accident de Martin Legrand, Gabi avait pris à cœur de soutenir les victimes d'amputation violente, notamment ces gosses qui se retrouvaient culs-de-jatte parce qu'ils avaient eu le malheur de marcher au mauvais endroit.

— Les Tuvernier aussi. J'ai réservé une table pour huit, ajouta Cédric.

Antoine haussa un sourcil.

— Huit, pas sept ?

Cédric eut un petit sourire calculateur.

— Eh oui, mon vieux. Il te reste cinq jours pour faire dépoussiérer ton costume et te choisir une cavalière.

— Une cavalière ? répéta Antoine, hébété.

— Oui. Viens accompagné, ça fait toujours meilleure impression.

Si l'oncologue s'abstint de lui dire que faire bonne figure était le dernier de ses soucis, c'était parce que la réussite de cette soirée tenait à cœur à son ami, et cela passait par l'image que donnaient ses collaborateurs.

L'ascension vers les sommets était lente et semée d'embûches en tout genre, songea Antoine, amusé. Mais Cédric y arriverait, et jamais Antoine ne lui mettrait de bâtons dans les roues. Il inviterait Jane, si jamais elle avait envie de l'accompagner.

— Et si elle est jolie à regarder, c'est encore mieux, observa le chirurgien aux dents longues.

Antoine émit un ricanement moqueur.

— C'est la raison pour laquelle tu as épousé Annabelle ? Pour briller en société ?

Il regretta presque aussitôt cette petite plaisanterie mesquine.

— Pour quoi d'autre ? répondit Cédric avec sarcasme.

Antoine ne fit pas de commentaire. Le point noir entre les deux hommes, c'était justement Annabelle Berckin, l'arriviste opportuniste qui avait mis le grappin sur Cédric pour sa fortune. À l'époque, le quinquagénaire était l'héritier d'un immense patrimoine, lequel lui appartenait pleinement, désormais, et même si Antoine l'avait averti de l'intérêt tout financier que lui portait Annabelle, Cédric n'en avait fait qu'à sa tête. Il était tombé fou amoureux d'elle et rien n'aurait pu le dissuader de l'épouser. La jeune étudiante en médecine avait trouvé le pigeon du siècle. Aujourd'hui, elle passait la plupart de son temps à faire du shopping, se couvrir de bijoux hors de prix et parader aux côtés de son richissime mari. En bref, Cédric et Antoine évitaient d'aborder le sujet « Annabelle » s'ils ne voulaient pas que ça se termine en dispute, car si, à la longue, Cédric avait compris que c'était son argent qui intéressait sa moitié, il n'était pas du genre à admettre qu'il s'était fait avoir. Il niait, était sarcastique, et exposait cette femme, exceptionnellement belle et de dix ans sa cadette, comme un trophée. Toutefois, sans elle, nul doute qu'il aurait été malheureux. C'est tout du moins ce qu'espérait Antoine, sans quoi leur mariage était pire que ce qu'il imaginait.

— Ça fait une paie que je ne t'ai pas vu au bras d'une pépette, observa Cédric. Tu as toujours ça en stock ?

La manière qu'avait Cédric de parler des femmes amenait souvent Antoine à grincer des dents, mais ça faisait partie du personnage, et il se dispensait depuis longtemps de le reprendre. L'oncologue se contenta de laisser un petit sourire fleurir au coin de ses lèvres.

— Ne t'inquiète pas pour moi.

Il songea à Jane et se dit qu'elle serait ravie d'apprendre qui lui proposait d'être sa « pépette » pour un soir. Si elle acceptait de venir, Cédric allait être surpris. Jane était aussi belle qu'intelligente. Ça le changerait de son épouse.

— Et qu'elle ne soit pas trop pipelette ! l'avertit son ami, pince-sans-rire.

Antoine croisa les bras sur sa poitrine, affichant un air moqueur.

— Nul n'est plus bavard que toi, mon cher Cédric.

Lequel s'esclaffa avant d'attraper sa veste sur le dossier de sa chaise.

— Allons-y ! Tu me parleras de cette perle rare en chemin !

9

— Je veux qu'on trouve une faille ! gronda Adrien en tapant férocement du poing sur la table. Nom d'un chien, il doit bien y en avoir une !

Jane était assise en face de lui, dans la salle de réunion principale. Les trois avocats qu'Adrien avait mandatés en urgence sur le dossier avaient tous les yeux plongés dans la paperasse et évitaient de croiser ceux d'Adrien. Il y avait mieux comme ambiance pour un lundi matin.

— Pour le moment, nous avons fait le tour de la question, déclara alors calmement Jane.

— Certainement pas ! beugla-t-il de plus belle. Je sais que tu ne peux pas encadrer ce type et que tu voudrais te débarrasser de lui vite fait bien fait, mais je t'interdis de faire passer tes considérations personnelles en priorité ! Je ne t'ai pas fait venir un mois ici pour entendre ce genre de conneries !

Si le regard que Jane lança à Adrien avait pu tuer, l'avocat serait mort sur-le-champ.

— Je ne fais pas partie de tes employés, Adrien. Tu n'as pas à m'interdire quoi que ce soit. D'autre part, dois-je te rappeler que gagner cette affaire est également dans mon intérêt, même si Rousset est un vrai connard ? Maintenant, tu te calmes, et tu baisses d'un ton.

Fou de rage d'avoir été remis à sa place devant ses collaborateurs, Adrien appliqua un poing devant sa bouche pour s'éviter de dire quelque chose de vraiment désobligeant. Jane demeura parfaitement sereine – les petites crises de colère d'Adrien ne l'effrayaient plus depuis longtemps.

— Il reste dix-huit jours avant l'audience, on va tout revoir depuis le début.

Jane posa ses mains bien à plat sur la table et se leva.

— Sans moi. Il est 20 heures, je suis crevée, je rentre et tu ferais bien d'en faire autant.

Adrien croisa les bras sur sa poitrine.

— « À Rome, fais comme les Romains », cita Adrien. Ici, nous n'avons pas l'habitude de quitter le navire en pleine tempête.

— Pour mieux naviguer, il est parfois bon d'attendre l'accalmie, Adrien.

Elle lui tenait tête et il ne semblait pas en revenir.

— Nous avons du travail.

La jeune femme l'ignora et décrocha tranquillement sa veste du portemanteau avant de l'enfiler. Adrien pouvait toujours parler, elle n'en démordrait pas.

— Soit. Mais ce sera tout pour ce soir. J'y verrai plus clair demain. Je serai là à 7 heures.

Les trois autres avocats n'osaient pas piper mot, mais ils étaient certainement en tout point d'accord avec elle. Voilà près de huit heures qu'ils se trouvaient dans cette salle de réunion sans que rien de bon n'en ressorte.

— Bonsoir, messieurs.

Elle s'empara de son sac et sortit d'un pas vif avant qu'Adrien ne décide de la rattraper, puis elle commanda un taxi.

Quand elle fut dehors, la morsure du vent la fit frissonner. C'était la première fois qu'il faisait aussi froid depuis qu'elle était de retour à Paris, et il commençait à pleuvoir. On n'était même pas encore en automne. Elle rabattit le col de sa veste autour de son cou, s'abrita contre la porte cochère de l'immeuble et attendit. Le chauffeur mit à peine dix minutes à arriver, la station était toute proche. Elle s'engouffra dans le taxi et songea au bain chaud qu'elle allait se faire couler, à la tonne de mousse qu'elle y verserait et au plateau télé qu'elle commanderait. Puis elle pensa à Martin. Il ne l'avait pas encore contactée. Ce serait peut-être pour aujourd'hui. Ou pas. Chaque jour, elle attendait sa visite avec une fébrilité mêlée d'anxiété, mais chaque soir elle s'endormait, et chaque matin elle se réveillait sans qu'il soit venu, ce qui ne faisait qu'augmenter son trouble. Jane ne parvenait plus à se défaire de ses angoisses comme elle le faisait quelques années plus tôt. À cause de ce qui était arrivé trois ans auparavant, elle avait brisé toutes les armures qu'elle s'était elle-même forgées. Elle détestait reconnaître à quel point elle était devenue fragile et, comme toutes les fois où elle songeait à cet accident, la culpabilité affluait. Elle, la femme solide et maîtresse d'elle-même se retrouvait sous le joug d'émotions trop fortes à gérer.

Jane s'était rejoué la scène qui avait changé sa vie des centaines de fois. Si elle n'avait pas demandé à Martin de s'arrêter dans un bosquet, ils n'auraient pas fait l'amour, elle n'aurait pas pris le volant en repartant. Elle n'aurait pas grillé le feu rouge, ils n'auraient pas été percutés par une voiture et Martin aurait toujours sa jambe. Dieu… elle donnerait n'importe quoi pour revenir en arrière.

Elle laissa sa tête reposer contre la vitre et ferma les yeux. Rien de ce qu'elle avait vécu et fait ne s'effacerait jamais. Les voix surgies du passé la hanteraient éternellement, c'est pourquoi elle devait payer sa dette, pour les atténuer.

Jane rouvrit les paupières, le taxi était sur le point d'arriver à destination. Elle fouilla dans son sac et prépara un billet de 20 euros. Quand le véhicule fut garé en bas de l'hôtel, elle tendit l'argent au chauffeur, se fit remettre une facture et rejoignit sa chambre à la hâte. Elle était en train d'insérer la carte dans la serrure lorsque son téléphone sonna. Le cœur battant, elle vit s'afficher le prénom de Martin sur l'écran d'accueil.

Je serai chez toi dans une demi-heure. Si tu ne peux pas me recevoir, fais-le-moi savoir.

Jane s'immobilisa. Elle avait cessé de respirer. L'éventualité de dire non s'imposa à elle aussi fortement que le besoin de reprendre de l'air. Or, la conviction qu'elle devait aller jusqu'au bout pour se sauver elle-même, tourner la page, était plus forte. Elle pianota sur le clavier.

Je t'attends.

Martin ne répondit pas.

Jane recouvra graduellement ses esprits et entra dans la suite. Elle n'avait pas beaucoup de temps. Elle laissa tomber son sac à main par terre, posa son ordinateur portable à côté et se dirigea dans la salle de bains pour vérifier de quoi elle avait l'air. De quelqu'un de fatigué, assurément. Elle manquait de sommeil, de légers cernes bleus lui marquaient le regard. Elle s'attacha les cheveux, se démaquilla en vitesse, se passa de l'eau fraîche sur le visage et remit un peu de blush sur ses joues et de mascara sur ses cils. Elle se recoiffa brièvement du bout des doigts, ne put s'empêcher de disposer quelques gouttes de parfum au creux de son cou et de ses poignets, se fit une rapide toilette intime avant de changer de sous-vêtements. Puis elle s'installa dans le salon pour attendre. Sachant ce qui allait se produire, et la manière dont son entrevue avec Martin se déroulerait, une professionnelle du sexe ne s'y serait pas mieux prise pour séduire.

Jane pinça les lèvres d'amertume et compta les secondes dans sa tête. Il serait là dans quelques minutes.

Lorsque Martin frappa à la porte, elle pensait ne jamais pouvoir se lever pour lui ouvrir. Elle dut réunir tout le courage dont elle disposait afin de ne pas faire comme si elle n'était pas là. Les jambes flageolantes, elle se mit debout et s'obligea à traverser calmement la pièce. Quand elle tira le battant et que Martin se dessina dans l'embrasure, une flèche atteignit Jane en plein cœur. Il était magnifique, viril et effrayant. À en croire sa chemise légèrement froissée sous son costume gris perle et ses cheveux un peu décoiffés, il quittait à peine le bureau.

— Bonsoir, le salua-t-elle d'une voix hésitante.

Il ne prononça pas un mot et, immobile, se contenta de l'observer de la tête aux pieds. Juchée sur ses talons de dix centimètres, elle se sentit chanceler et dut se retenir fermement à la poignée de porte pour ne pas perdre l'équilibre.

— Tu peux entrer, murmura Jane.

Ce qu'il fit avec une sérénité déconcertante. Il marcha jusqu'au milieu du salon, l'inspecta du regard comme s'il n'y avait jamais mis les pieds et se tourna vers la jeune femme pour la fixer avec une intensité qui la fit frémir. Jane attendait qu'il dise quelque chose, mais rien. Il resta muet. Déconcertée, elle ne savait comment se comporter. D'un pas hésitant, elle avança vers lui, de telle façon qu'ils se retrouvèrent de part et d'autre du canapé trônant au centre de la pièce. Lui, devant. Elle, derrière.

— Tu… veux boire quelque chose ? bredouilla-t-elle.

Au lieu de répondre, il plissa les paupières et crispa les mâchoires. On aurait dit un prédateur.

— Es-tu toujours d'accord, Jane ?

Elle frissonna.

— Oui, dit-elle avec assurance.

Aussitôt, il fit lentement le tour du canapé et se plaça derrière elle. Ses mains descendirent le long des côtes de Jane pour atteindre l'ourlet de sa robe. Il la fit rouler jusqu'à sa taille, lentement, dévoilant une culotte en dentelle blanche et des bas couleur chair. Elle s'agrippa au coussin du canapé et ferma les paupières. Elle lui interdirait tout baiser, tout regard, et il ne lui donnerait rien. Pas de tendresse, pas d'amour. Il prendrait, elle donnerait. Rien de plus. Pas de sentiment, pas d'affection. Mais il était contre elle chaud et dur, et elle se sentait vivante. Ça ne lui était pas arrivé depuis des siècles. Son corps tout entier l'appelait, l'attendait, le désirait. Elle ne voulait que lui. Il glissa les doigts sous l'élastique de sa culotte et la fit descendre le long de ses jambes. Elle leva les pieds pour l'aider à la retirer. Jane déglutit et frémit en entendant les cliquetis de la ceinture que Martin était en train de déboucler. Il ne se déshabillerait pas. Elle le savait. Il passa une main sous son ventre pour faire remonter son bassin et d'une seule poussée, il fut en elle. Jane se mordit les lèvres pour ne pas crier. Son esprit se vida. Ils étaient unis par la haine, le désespoir, la culpabilité et l'injustice.

Rage et souffrance se mêlaient à chaque coup de boutoir que Martin imprimait. Il voulait l'écraser, la détruire, l'anéantir. Dieu qu'il la détestait pour ce qu'elle lui avait fait. La posséder et la repousser. Rien d'autre ne comptait. Par l'enfer ! Sa docilité le rendait fou. C'était grotesque ! Il aurait presque ri s'il n'avait pas été aussi excité. Jane était à la fois la dernière personne avec qui il avait fait l'amour, et la première avec qui il rompait le long jeûne duquel il ne pensait pas sortir de sitôt, et dans l'intervalle, il l'avait haïe plus que quiconque au monde. Il devait être mentalement malade pour s'imposer ça. Sans compter que ce moment aurait dû être une consécration pour lui, celle de la vengeance, mais au lieu de ça, il prenait un plaisir inexplicable à retrouver le corps de Jane et à toucher sa peau laiteuse, ça le mettait plus bas que terre. Si seulement il avait le courage de lui faire physiquement mal, de la réduire en miettes, de la briser comme elle l'avait brisé, lui. Il serra les dents, ralentit légèrement le rythme, se concentra sur l'essentiel : lui démontrer qu'il gérait parfaitement la situation, qu'elle ou une autre, ça ne ferait aucune différence, qu'elle n'était ni plus ni moins qu'une occasion de se libérer d'une tension longtemps contenue. Elle avait toujours eu sur lui un effet cataclysmique, elle le savait. C'était le moment de lui montrer que tout avait changé. Alors, au prix d'un effort surhumain, il fit l'impensable.

Il se retira.

Jane demeura immobile un instant, probablement dans l'attente d'un deuxième assaut qui ne vint pas. Martin remonta son boxer, son pantalon, enfouit sa chemise à l'intérieur et reboucla sa ceinture. Jane se retourna. Elle avait les joues roses, les cheveux tout ébouriffés et une expression déconcertée sur le visage.

— Tu… tu as terminé ?

Il baissa les cils sur le pubis de Jane. Elle était rousse partout, ce qu'il n'avait jamais eu l'occasion de vérifier dans le passé, Jane s'étant toujours présentée à lui intégralement épilée. Il détourna le regard pour croiser celui de Jane avant de lui répondre platement.

— On dirait bien.

La jeune femme baissa prestement sa robe qui lui retomba souplement au-dessous des genoux.

— Mais tu n'as… tu n'as pas…

— Joui ? termina-t-il à sa place. Je n'en avais pas envie.

— Pas envie ? répéta-t-elle, désorientée.

Il tourna les talons sans un regard de plus, et se dirigea vers la porte.

— À bientôt, Jane, dit-il avant de disparaître.

Elle était abasourdie, sidérée.

Jane ne savait pas quoi penser. Aucun mot ne lui venait à l'esprit pour qualifier ce qui s'était passé. L'unique chose dont elle avait parfaitement conscience était qu'elle était aussi vide que… que… Rien. Elle n'était rien. Elle avait lu du désir dans le regard de Martin, elle l'avait également perçu, alors pourquoi ? Pourquoi leur avait-il infligé ça à tous les deux ? Jane se sentait terriblement proche des larmes, mais elle se retint d'en laisser échapper une seule. Personne ne devait voir, pas même son propre reflet dans le miroir, à quel point elle était blessée, amoindrie, ébranlée. Elle déglutit, se ressaisit et s'empara de sa culotte abandonnée sur le canapé pour la mettre dans le sac de linge sale pendu au radiateur de la salle de bains. Tremblotante, elle s'assit sur le rebord de la baignoire et ferma les yeux. Ses mains sur elle, son souffle sur son cou, son sexe au creux de son ventre… Il n'était pas une chimère idéalisée par des années de fantasmes et de désespoir, elle l'aimait vraiment. Lui permettre de la toucher n'avait fait que lui confirmer à quel point elle l'avait en elle. Mais pour lui, elle ne représentait rien.

Un hoquet douloureux lui souleva la poitrine. Elle aurait dû sauver son amour-propre, arrêter cette mascarade, mais elle ne pouvait pas, car en lui accordant son corps, elle souhaitait qu'il puisse se sentir vengé, que tirer profit de la situation atténuerait ses souffrances, et qu'elle-même serait libérée d'un poids trop lourd à porter.

Jane rouvrit les paupières et prit une profonde inspiration. Bientôt, elle rentrerait à Washington pour ne plus jamais se retourner. Ici, elle se donnerait à Martin. Là-bas, elle se reconstruirait.

La brillante avocate s'agrippa à cette perceptive et se ressaisit, refoulant les larmes qui menaçaient de tomber. Oh, non ! Pas question de pleurer ! Elle tendit les mains vers les robinets pour remplir la baignoire et commença à se déshabiller. Puis le téléphone de la chambre sonna. Elle sursauta, coupa l'eau et se dirigea vers la table de nuit où le combiné était posé. Elle décrocha.

— Jane Stewart ?

— Bonsoir, Jane, c'est Antoine, je ne vous dérange pas ?

La jeune femme déglutit et respira un grand coup.

— Non, absolument pas.

— Pardonnez-moi de vous téléphoner aussi tard, mais je sors à l'instant de la clinique.

Antoine réussit à lui arracher un sourire. Il était toujours tellement poli.

— Il n'y a pas de problème, je ne serai pas couchée avant un bon moment.

Il se racla la gorge.

— La clinique donne un gala de charité chaque année pour soutenir les victimes de mines antipersonnel. Jusque-là, j'ai pu l'éviter, je déteste ce genre d'événement mondain, mais là, impossible de me défiler. On me suggère de venir accompagné, alors si vous étiez disponible, je serais ravi d'y aller avec vous.

Jane eut un mouvement de surprise. Antoine était-il si seul que c'était à elle qu'il proposait cette sortie ? C'était un bel homme, même plus que ça, on pouvait vraiment le qualifier d'Apollon. Il était intelligent, sensible, cultivé, il avait de la conversation et était particulièrement attentif. Alors pourquoi diable pensait-il à elle alors qu'il devait être entouré de tout un tas d'admiratrices ?

— Eh bien, je… suis surprise, avoua-t-elle.

Antoine eut un petit rire de gorge tout à fait charmant.

— J'apprécie votre compagnie, Jane, ne le soyez pas.

Elle se fit violence pour ne pas soupirer. Pourquoi n'était-elle pas tout simplement amoureuse d'un homme comme lui ?

— Où est-ce que ça se passe ?

— Une salle de réception a été réservée au *Pavillon Royal* du bois de Boulogne. Vous devriez goûter à ce qui se fait de mieux en matière de gastronomie française, avança-t-il, amusé. Adrien et Gabi seront là aussi.

Jane émit un petit gloussement qui la surprit elle-même. Antoine savait décidément la mettre de bonne humeur, même dans les pires moments.

— Voilà qui me rassure, je ne me retrouverai pas au milieu d'une horde d'étrangers.

— Non, promit-il. Ça veut dire oui ?

— Oui. Quand est-ce ?

Il se racla la gorge une seconde fois.

— J'espère que je ne m'y prends pas trop tard. J'avais l'intention de vous téléphoner le week-end dernier, mais pour être tout à fait honnête, j'étais tellement crevé que je n'ai fait que dormir. Le gala aura lieu mercredi soir.

— Bien, bien. Ça me laisse deux jours pour trouver une tenue.

Elle se réjouissait de sortir avec lui. Elle avait besoin de s'amuser.

— Parfait ! Je passerai vous prendre à votre hôtel vers 19 heures. À mercredi, Jane.

— Antoine, attendez ! s'exclama-t-elle alors qu'il était sur le point de couper.

— Oui ?

Elle déglutit. Jane ne savait pas vraiment comment aborder le sujet, et même s'il était trop tard, elle voulait en avoir le cœur net.

— Je… Martin est-il en bonne santé ?

Le bilan sanguin que lui avait remis l'ancien-archéologue était parfait, elle l'avait consulté de long en large, et plusieurs fois, mais elle avait réellement besoin de s'en assurer. Surpris par sa question, Antoine mit plusieurs secondes à réagir.

— Martin Legrand ? Je ne comprends pas.

— Vous le sauriez s'il était atteint d'une quelconque maladie ?

Antoine s'abîma dans une courte méditation.

— Probablement. Pourquoi cette question ?

— Est-ce que vous me le diriez ?

Cette fois, il ne prit pas le temps de réfléchir avant de répondre.

— Non.

Aucun médecin ne l'aurait fait.

Un silence pesant tomba soudain. C'est Antoine qui le brisa.

— Jane, je sais que nous ne sommes pas suffisamment proches, vous et moi, pour entrer dans de grandes confidences, mais j'ai surpris votre entrevue chez Adrien et Gabi, et j'ai parfaitement saisi le malaise qui règne entre vous. Toutefois j'ai comme l'impression qu'il se passe autre chose. Je me trompe ?

Le cœur de Jane battait à tout rompre, elle ne voulait rien dire du tout, ne jamais avouer à quiconque qu'elle avait accepté de coucher avec Martin pour se racheter une conscience et combler, même si c'était éphémère, le vide qu'elle ressentait depuis trois ans.

— Je… je suis inquiète. Il a changé, donna-t-elle comme excuse. Je ne le reconnais plus.

— Ce qui n'est guère surprenant, répliqua doucement Antoine.

Jane soupira.

— Pardonnez-moi de vous avoir ennuyé avec ça.

— Vous ne m'ennuyez pas, Jane. Je suis à peine un ami pour vous, mais si vous avez envie de parler un jour, de vous confier, je suis là.

La sensibilité d'Antoine était tout simplement étonnante. S'il avait été une femme, il aurait fait une meilleure copine extraordinaire.

— Je vous remercie. Bonne soirée, Antoine.

— Bonne nuit, Jane.

Et il raccrocha.

La jeune femme ne prit finalement pas le bain qu'elle avait commencé à faire couler. Elle ne fit pas non plus monter un plateau-repas. Elle se contenta d'une douche, d'un paquet de chips et d'une bouteille d'eau minérale gazeuse dérobée dans le minibar. Elle se lava les dents et se coucha en songeant à ce qui venait de se passer avec Martin.

Pas de larmes. Pas de drame.

Elle avait choisi ce qui lui arrivait. Elle l'assumait.

Le cœur lourd, elle s'endormit.

10

Martin fit la grimace en serrant son nœud papillon devant le miroir de sa chambre. Il détestait être en smoking. Il ressemblait à un pingouin.

Il rajusta son col, se passa une main dans les cheveux et soupira. Il n'avait aucune envie de se rendre au gala de charité de la clinique Saint-Roch, et s'il n'avait pas promis à Gabi de l'accompagner afin de remplacer son déserteur de mari retenu malgré lui à Londres, il aurait trouvé n'importe quel prétexte pour annuler. Mais Gabi pensait que, parmi les invités, il était très bien placé pour représenter la cause. Pourtant, il était prêt à parier qu'il y aurait beaucoup d'autres estropiés à cette soirée. Il en grinçait des dents d'avance. Martin ne supportait pas ces hommes et ces femmes qui assumaient leur handicap mieux que lui. Ils allaient de manifestation en manifestation, de réception en réception, ils apportaient leur témoignage, donnaient leur point de vue, encourageaient ceux qui étaient dans leur situation. Martin ne pouvait pas. C'était son corps.

Sa douleur. Sa déchéance. Il n'aimait pas être cité en exemple ou exposé comme un animal de foire pour informer, rassurer et mettre du baume au cœur de ces malheureux fraîchement privés d'un de leur membre. Cette amputation avait foutu son existence en l'air. Depuis, il faisait semblant d'être comme tout le monde, pas de quoi le crier sur tous les toits. Il était incapable de prétendre que, même sur un pied, la vie était belle. Elle ne l'était pas. La vie était une chienne qui vous rongeait jusqu'à l'os.

Fort de cette certitude, il acheva de se préparer et jeta un coup d'œil à sa montre.

19 h 30. Le taxi devait être en bas. Il sortit son manteau en cachemire de la penderie, s'empara de ses clés et quitta l'appartement.

À cause des bouchons, il arriva avec presque quarante minutes de retard. Gabi l'attendait dans le hall d'entrée de la salle de réception.

— Wow, wow, wow ! s'exclama-t-elle avec un regard admiratif en le voyant marcher vers elle. James Bond peut aller se rhabiller !

Il sourit. Elle était elle-même superbe dans sa longue robe fourreau bleu de Prusse. Le tissu soulignait le tient hâlé de sa peau et le blond clair de ses cheveux remontés en chignon. Avec un déhanché élégant, Gabi fit quelques pas dans sa direction, et, malgré ses talons, dut se mettre sur la pointe des pieds pour embrasser la joue de Martin.

— Je suis très contente que tu ne m'aies pas laissée en plan au dernier moment, j'ai bien cru que tu ne serais jamais là ! On a raté le discours de bienvenue.

— Comme c'est dommage, se moqua-t-il.

La jeune femme pouffa de rire.

— Je vais te faire un aveu, je suis arrivée il y a tout juste un quart d'heure et je n'ai pas encore mis les pieds dans la salle.

Puis elle glissa un bras sous celui de Martin.

— Viens, il y a des vestiaires, allons y déposer tes affaires.

Ils se dirigèrent calmement vers une file d'une bonne vingtaine de personnes – des retardataires, comme eux – et attendirent patiemment leur tour.

— Madame de Bérail ?

Gabi et Martin se retournèrent en même temps pour faire face à une quadragénaire brune, replète et tout habillée de violet, des escarpins au bibi qu'elle portait en travers du crâne.

— Bonsoir, je suis Laurence Vars, la maman de Pauline. Elle est dans la même classe que Paul et Sophie. Nous nous sommes croisées à plusieurs reprises au collège.

Martin vit Gabi froncer légèrement les sourcils en essayant de se souvenir de son interlocutrice.

— En effet. Bonsoir, madame Vars, la salua Gabi.

— Je vous présente mon mari, Pierre, dit-elle en se tournant vers lui. C'est la femme d'Adrien de Bérail, l'avocat dont je t'ai déjà parlé.

M. Vars offrit à Gabi un sourire avenant tout en lui tendant une poignée de mains.

— Enchanté, madame.

— Votre époux n'est pas avec vous ? enchaîna sa femme, non sans curiosité, tout en adressant un regard furtif à Martin.

Diverti par la situation, Martin eut presque envie de prendre son amie par la taille uniquement pour alimenter les ragots dont cette bonne femme semblait friande, mais il s'en abstint – Gabi l'aurait fusillé sur place.

— Non, répondit poliment cette dernière. Il a été retenu.

Comme Gabi tardait à lui présenter Martin, Mme Vars prit les devants, tout sourire.

— Bonsoir, cher monsieur, vous faites donc office de remplaçant ?

Martin plissa les yeux d'amusement. Les spécimens dans son genre, il n'en faisait qu'une bouchée.

— C'est exact. Auriez-vous vous-même besoin de mes services, madame Vars ? ajouta-t-il en voyant que son époux était déjà occupé à discuter avec la ravissante blonde se tenant derrière lui.

Remise à sa place, la quadragénaire rougit légèrement. Martin eut pitié d'elle. Il s'empara de sa main sur le dos de laquelle il déposa un léger baiser sans prévenir.

— Martin Legrand, pour vous servir, annonça-t-il de son timbre le plus charmeur.

Stupéfaite, Mme Vars battit des cils et retira lentement ses doigts. Gabi toussota.

— Nous devrions avancer, indiqua-t-elle en désignant la file d'attente.

Puis elle adressa un regard courroucé à Martin qui faillit éclater de rire.

— Tiens-toi tranquille, l'avertit-elle entre ses dents.

Martin prit son air le plus innocent. Elle se tourna et vint au secours de la très désorientée Mme Vars.

— Comment va Pauline ? La rentrée s'est-elle bien passée ?

La pauvre femme attrapa aussitôt la perche que Gabi lui tendait et évita de croiser les yeux de Martin.

— Bien, très bien ! Elle a absolument tenu à s'inscrire aux cours de handball proposés par l'association sportive. J'aurais aimé qu'elle fasse quelque chose d'un peu plus féminin, mais Pauline est une rebelle dans l'âme. Elle fait systématiquement l'inverse de ce que je lui recommande !

Ce que Martin pouvait comprendre sans mal, si sa mère était aussi sexiste. Il laissa les deux femmes discuter entre elles et reporta son attention sur le couloir. D'où il se tenait, il apercevait la salle de réception, tout au bout. À l'intérieur se trouvait tout le gratin. Des médecins, des industriels, des présidents de grosses associations caritatives, quelques politiciens, des avocats… tous engoncés dans leur plus belle tenue pour épater la galerie. Et quelle galerie ! Un ballet de pingouins, comme lui, et de poules multicolores. Le must de la superficialité parisienne réuni au même endroit. Gabi avait parfaitement réussi à s'acclimater à ce milieu, à cette bourgeoisie puante d'orgueil et de suffisance. Elle se contentait de rester elle-même et ça fonctionnait très bien. Il l'admirait, et du reste, il n'aurait pas été capable de décrocher un quart des sourires qu'elle offrait pour faire bonne figure. Il en avait rencontré peu, mais ces gens-là lui donnaient mal au crâne. Leur bla-bla mondain n'avait aucun intérêt pour lui. Ce soir, il viderait une ou deux coupes de champagne et autant de verres de vin hors de prix. Au moins, il ne serait pas venu pour rien. Puis il songea cyniquement qu'il avait arrêté de boire.

Martin interrompit ses pensées et se statufia lorsqu'il vit passer une rousse longiligne en robe noire devant l'encadrement de la porte. Elle était pendue au bras du très charismatique docteur Saint-Armand. Il plissa les yeux et se tourna vers Gabi qui discutait toujours.

— Tu savais qu'elle serait là ?

Gabi pencha la tête de côté.

— Qui ça ?

— Jane.

Le regard de la jeune femme s'assombrit. Manifestement, elle était aussi surprise que lui. D'un geste de la main, elle lui intima d'attendre une minute et éjecta avec doigté l'insupportable Mme Vars.

— Peut-être aurons-nous l'occasion de discuter pendant la soirée ? suggéra cette dernière.

— Mais certainement, répondit poliment Gabi.

— Nous sommes à la même table que M. Escoffier, le directeur de la clinique Saint-Roch, roucoula-t-elle non sans fierté. Retrouvons-nous plus tard.

Gabi hocha la tête.

— Je n'y manquerai pas.

Renonçant à déposer son manteau aux vestiaires, Martin agrippa Gabi par le bras et l'entraîna à l'écart.

— Alors ?

Elle leva des yeux navrés sur lui.

— Non, je n'étais pas au courant.

— Elle est manifestement venue accompagnée de Saint-Armand.

— Ce qui signifie que nous sommes à la même table qu'eux, lui apprit-elle.

Martin se garda de faire tout commentaire, il allait proférer des injures. Quand il avait quitté Jane le lundi soir, au lieu de ressentir la pleine satisfaction de l'avoir utilisée et laissée en plan comme un objet sans intérêt, il avait, l'espace d'un instant, éprouvé des remords. Pourquoi ? Parce qu'il n'avait jamais traité une femme de cette façon. Jamais. Il s'était conduit comme un salopard, ce qui au demeurant avait été son intention ; toutefois la vengeance à laquelle il aspirait lui était sensiblement restée en travers de la gorge tant il avait honte. Sauf qu'il s'agissait de Jane. Jane Stewart. Il était intolérable qu'il puisse faillir de la sorte. On regrette d'avoir écarté du pied un chaton qui nous colle un peu trop, on regrette d'avoir envoyé bouler un gosse qui veut à tout prix faire une énième partie de dames, on regrette de ne pas avoir mis la bonne paire de chaussettes avec son smoking, mais on ne regrette pas de vouloir rendre la monnaie de sa pièce à ceux qui le méritent ! Il était hors de question qu'il faiblisse devant elle, devant son visage rosi par le plaisir, sa peau douce, ses lèvres charnues, ses magnifiques cheveux bouclés, ses jambes interminables et son regard si empreint d'affection à son égard. Nom de Dieu ! Ne pouvait-elle pas rester la créature froide et égoïste qu'il avait connue ?

Gabi posa une main apaisante sur son bras.

— Est-ce que ça va aller ?

Martin serra un peu trop fort les mâchoires, ce qui eut pour effet de les faire craquer.

— Ai-je le choix ?

— Je ne veux rien t'imposer, Martin.

Il n'en doutait pas une seule seconde, mais s'il la laissait en plan maintenant, elle serait sûrement contrariée.

— Adrien m'a dit que tu étais venue voir Jane au cabinet la semaine dernière, annonça-t-elle soudain.

Il baissa les yeux sur son amie.

— En effet.

Gabi marqua une pause pour lui permettre de s'expliquer, mais il n'en fit rien. Elle claqua la langue d'agacement.

— Tu ne vas pas me dire ce qui se passe entre vous ?

Il conserva une expression implacable.

— Non.

Elle darda sur lui un regard redoutable.

— Est-ce que tu aurais l'intention de te venger ?

Pour seule réponse, un sourire se dessina au coin de ses lèvres.

Gabi l'observa un instant, puis elle soupira.

— Si tu joues avec elle, elle va terriblement souffrir.

Martin haussa les épaules d'un air nonchalant.

— C'est le principe de la vengeance, Gabi.

— Tu n'es pas un méchant, Martin, argumenta-t-elle avec assurance.

— En es-tu bien certaine, ma bonne Samaritaine ? avança-t-il à voix basse en se penchant vers Gabi pour qu'elle seule l'entende. Et si j'avais envie de lui faire du mal ? Et si je voulais la voir souffrir comme nulle autre personne sur cette planète ? Et si j'y prenais plaisir ?

Elle secoua la tête.

— Tu n'es pas ce genre d'homme.

Il plissa les paupières en même temps que son visage se refermait d'un coup.

— Tu as raison. Je suis pire que ça.

Il se redressa, fixa Gabi un instant et tourna les talons.

Ce soir-là, les préoccupations de Jane étaient sûrement les mêmes que la plupart des femmes présentes dans la salle. Son décolleté n'était-il pas trop plongeant, ses escarpins trop hauts et son rouge à lèvres trop voyant ? En réalité, elle était si détendue qu'elle n'avait pas d'autres sujets d'inquiétude que le choix de sa tenue. Antoine était un véritable gentleman. Attentif et d'une compagnie délicieuse. Avec lui, l'avocate oubliait que son boulot accaparait soixante pour cent de ses pensées et que les quarante autres étaient détenus par Martin. Elle lui sourit et accepta le coude qu'il lui offrit. Ils avancèrent jusqu'au buffet où le médecin s'empara d'une coupe de champagne qu'il proposa à Jane avant de se servir lui-même.

— Je vais être très franc, Jane. Tu es définitivement l'une des plus belles femmes de la soirée, observa-t-il en admirant sa longue robe noire et son décolleté retenu par deux fines lanières. Je suis un sacré veinard !

Elle leva un sourcil, se composant un air volontairement surpris.

— On se tutoie maintenant ?

Antoine la gratifia d'un clin d'œil.

— Puisqu'il semblerait que j'aie du bol, je pousse ma chance un peu plus loin.

— Et tu fais bien, lui assura-t-elle joyeusement.

Il lui sourit, regarda brièvement derrière elle et se pencha pour chuchoter à son oreille.

— Attention, le démon organisateur de ce gala arrive vers nous accompagné de la diablesse en titre.

Jane se retourna lentement et s'arrêta sur le couple le plus mal assorti qui soit. Bien que très élégant, l'homme était petit, dégarni et arborait la cinquantaine, tandis que la femme, d'au moins dix ans sa cadette, était grande, blonde et élancée. Elle était vêtue d'une longue robe dorée fendue sur une jambe et étincelant à la lumière. Sa taille et sa poitrine, comprimées dans un bustier soulignant par la même occasion l'arrondi pulpeux de ses hanches, attiraient tous les regards. Cette femme était si belle que Jane en demeura bouche bée.

— Qui sont-ils ? chuchota-t-elle.

— Le docteur Cédric Berckin et son épouse Annabelle, répondit Antoine d'un ton pincé.

— Le chirurgien qui a opéré Martin, dit-elle pour elle-même.

Antoine hocha la tête

— C'est tout à fait ça.

— Tu n'as pas l'air de beaucoup les apprécier, observa Jane en étudiant Antoine.

— Je l'apprécie, lui. Et uniquement lui.

Si son regard avait pu lancer des éclairs, Annabelle Berckin aurait été foudroyée sur place. Jane n'eut pas le temps de lui demander ce qui clochait précisément avec cette demi-déesse que le couple se postait déjà devant eux.

— Ah ! Ah ! Vieille fripouille ! lança le chirurgien à Antoine en lui donnant un coup amical sur l'épaule. Je ne t'ai pas vu pendant le discours. Mais dis-moi, tu as bien caché ton jeu ! Qui est cette ravissante créature ?

Puis il posa sur Jane un regard admiratif. Difficilement impressionnable, et n'appréciant pas particulièrement qu'on la qualifie de créature, celle-ci fronça les sourcils en se composant un air pincé.

— Et vous, qui êtes-vous, cher monsieur ? fit-elle mine de ne pas savoir.

Le quinquagénaire s'esclaffa si subitement qu'au moins dix personnes se retournèrent sur eux.

— Cédric Berckin, chef du service orthopédique de la clinique Saint-Roch, se présenta-t-il pompeusement en lui tendant une main.

Jane l'accepta et la serra volontairement avec force. Si ce monsieur la prenait pour un morceau de bidoche, il apprendrait à ses dépens qu'elle était des plus coriaces.

— Jane Stewart.

Surpris, le chirurgien se dégourdit discrètement les doigts quand elle l'eut lâché.

— Jane collabore avec Adrien de Bérail sur une affaire importante, l'informa Antoine qui ignorait superbement Annabelle Berckin.

Laquelle n'avait pas desserré les lèvres et regardait partout ailleurs que dans sa direction.

— Vous êtes avocate ? souligna Berckin avec un drôle d'air. Feu mon père m'avait donné le choix entre des études de médecine ou de droit. J'ai choisi la médecine.

— Pour quelle raison ? ne put s'empêcher de demander Jane.

Berckin lâcha un petit rire arrogant.

— La science fait avancer le monde, le droit l'enterre, et j'ai toujours aimé marcher.

Jane plissa les yeux.

— Dans ce cas, vous devriez peut-être vous méfier de mon coup de pelle, l'avertit-elle, mi-figue, mi-raisin.

Jane n'aimait pas émettre de jugements hâtifs, mais cet homme lui inspirait tout sauf de la sympathie. Son mépris était spectaculaire. Si elle retenait une chose de cette première rencontre, c'était qu'elle devait s'en méfier. Elle ignora le ricanement forcé de Berckin et se concentra sur son épouse.

— Bonsoir, nous n'avons pas été présentées.

La magnifique blonde qui se tenait devant elle souleva les paupières. Ses yeux étaient d'un bleu intense et pénétrant. Un instant, Jane eut envie de lui dire à quel point elle n'en avait jamais vu de semblables, azur, brillants et bordés d'une fine ligne marine, puis elle se ravisa. Ils étaient beaux, certes, mais ils reflétaient une tristesse si désarmante que Jane fut sur le point de lui demander si tout allait bien. Finalement, Annabelle battit des cils et lui offrit un sourire éblouissant.

— Annabelle Berckin, avança-t-elle en usant d'un timbre maîtrisé.

— Enchantée, répondit Jane du bout des lèvres. Jane Stewart.

Intriguée, l'avocate dut admettre qu'elle-même ne parvenait pas à camoufler ses émotions aussi bien que le faisait cette femme. Jane ne la connaissait pas, mais elle était certaine de ne pas se tromper. Les bijoux, la coiffure, la tenue d'Annabelle Berckin visaient à la rendre étincelante, mais la flamme à l'intérieur brûlait-elle seulement encore ? Frappée par cette subite empathie, Jane se ressaisit et serra la main que son interlocutrice lui tendait. Pour une raison qu'elle ignorait totalement, elle sentit le contact passer entre elles et lui sourit franchement, ce qui ne sembla pas du goût d'Antoine. Le médecin la saisit habilement par la taille pour la faire reculer et la ramena contre son flanc. Surprise, Jane leva furtivement des yeux interrogatifs vers lui en même temps qu'un voile assombrissait le regard d'Annabelle.

Depuis toujours, Jane était observatrice. Si Antoine détestait cette femme, sa haine était visiblement loin d'être partagée. Mal à l'aise, Jane ne comprenait que trop bien ce qu'Annabelle ressentait. Elle se racla discrètement la gorge et se composa une mine réjouie.

— Adrien et Gabrielle arrivent-ils bientôt ? demanda-t-elle à Antoine.

— Ah ! Quand on parle du loup ! s'exclama Cédric Berckin en regardant par-dessus l'épaule de Jane.

La jeune femme se retourna en même temps que tout le monde et se figea en apercevant Martin au bras de Gabrielle. Paniquée, elle jeta un œil à Antoine qui semblait aussi confus qu'elle. En revanche, Martin ne donnait pas l'impression d'être surpris : il la considérait de la tête aux pieds sans la moindre gêne, s'arrêtant longuement sur la main qu'Antoine avait posée au creux de sa taille. Jane déglutit difficilement et s'efforça de faire bonne figure. Elle ignora les flashs de leurs ébats qui remontaient dans son esprit, et tâcha de ne pas faire cas de l'étincelle prédatrice et calculatrice qui brillait dans le regard de Martin.

— Antoine ! s'écria Gabrielle Géris en s'approchant de son ami pour lui faire la bise.

Ce dernier recula sensiblement pour observer la jeune femme.

— Adrien n'est pas avec toi ?

Elle haussa les épaules, dépitée.

— Non. Il a été retenu à Londres, mais Martin m'a fait le plaisir de m'accompagner.

— Monsieur Legrand ! s'enthousiasma Cédric Berckin. Je suis ravi de vous avoir avec nous ce soir.

Votre présence sera un exemple pour tous nos généreux donateurs et suffira à convaincre les plus avares d'entre eux ! Votre témoignage, si vous l'acceptez, est le bienvenu.

Martin se contenta de hocher la tête sans émettre le moindre son tandis que les lèvres de Gabi formaient un pli de contrariété. Martin ne pourrait pas refuser ce service à celui qui l'avait opéré mieux que ne l'aurait fait n'importe lequel de ses confrères. Toutefois, Jane doutait qu'il apprécie d'être au centre de l'attention. À une époque, Martin aurait certainement aimé fanfaronner au milieu de tous ces gens, mais plus maintenant. Bien qu'ils n'aient pas eu l'occasion de vraiment discuter depuis son retour à Paris, la jeune femme avait noté la pudeur dont il faisait preuve. C'était même probablement la raison pour laquelle il avait choisi de n'avoir aucune relation ces trois dernières années : pour ne pas se montrer. Malgré elle, elle fut prise de nausée. Finalement, pour lui, Jane représentait bien plus qu'une pièce maîtresse sur l'échiquier de la vengeance : elle le libérait aussi de lui-même. Sauf qu'il ne l'admettrait jamais.

Cédric Berckin se détourna de Martin et se concentra sur Gabi pour lui demander des nouvelles d'Adrien. Antoine passa un bras autour des épaules de la jeune femme et la serra amicalement contre lui.

— Il ne sait pas ce qu'il perd ! lança-t-il. Si quelqu'un la lui vole, ce soir, il ne faudra pas qu'il vienne se plaindre !

Pendant que Cédric Berckin discutait avec Antoine et Gabi – Annabelle docilement en retrait –,

Martin s'approcha discrètement de Jane et se plaça plus ou moins derrière elle.

— Quelle heureuse coïncidence, murmura-t-il à son oreille.

Jane ferma furtivement les yeux et réprima un frisson.

— Je ne savais pas que tu serais là, se justifia-t-elle alors qu'elle n'aurait pas dû le faire.

— Vraiment ?

La jeune femme fit un effort dantesque pour continuer à sourire et ne rien laisser paraître de son trouble.

— Oui, Martin.

— Et si tu l'avais su ?

— Je ne serais pas venue, répondit-elle sans hésiter.

Elle entendit Martin rire doucement dans son dos, puis il se pencha une nouvelle fois vers son oreille.

— Menteuse…

Et il s'éloigna d'elle.

Cédric Berckin s'esclaffa subitement après une remarque d'Antoine et engloba ses amis d'un seul regard.

— Eh bien, maintenant que nous sommes au complet, nous allons pouvoir prendre place à table, décréta-t-il. Cette soirée s'annonce extraordinaire !

11

Lorsqu'ils pénétrèrent dans la salle annexe où se déroulerait le dîner, un grand nombre de convives s'y trouvait déjà. De vastes tables rondes drapées de nappes éclatantes de blancheur y étaient dressées. La leur se situait à quelques mètres de la scène, juste aux abords d'un espace de danse aménagé. Un couple de septuagénaires les attendait. Jane fronça les sourcils.

— Il s'agit de M. et Mme Tuvernier. Jean est le fondateur de la clinique, l'informa Antoine en chuchotant. Un personnage étonnant.

Après un échange pourtant court, Jane constata que le professeur Tuvernier était en effet un homme tout à fait charmant, au sourire franc et honnête. Sa compagne, probablement de quelques années sa cadette, se montra tout aussi sympathique et salua chaleureusement Martin que Berckin ne put s'empêcher de présenter comme l'une de ses plus belles réussites médicales. Quand le chirurgien eut terminé de s'autocongratuler, tout le monde prit place à table. Les quatre couples s'installèrent de façon à ce qu'il y ait une alternance d'hommes et de femmes, si bien que Jane se retrouva assise entre Antoine et Cédric Berckin, mais par un malheureux hasard, elle était quasiment en face de Martin. Il lui fut extrêmement difficile d'ignorer les regards scrutateurs et volontairement déstabilisateurs qu'il posait sur elle. Si bien que, pendant le dîner, elle s'obligea à discuter plusieurs fois avec le chirurgien pour détourner son attention, ce qui ne fit que renforcer son idée qu'elle avait affaire à un personnage qui ne savait pas être autrement qu'arrogant. Puis de temps à autre, Jane observait Antoine et constatait la froideur qu'il destinait à Annabelle tandis que, bien que visiblement tendue, elle s'efforçait de demeurer souriante et distinguée. Jane se demandait ce qui avait pu créer autant d'animosité entre eux. Alors que Cédric Berckin lui vantait les mérites de se couper en quatre pour apporter des fonds à son établissement, il s'excusa subitement auprès d'elle, se leva et secoua la petite cloche qui se trouvait sur la table. La salle entière se plongea dans le silence et les convives se tournèrent vers eux.

— Mes chers amis, commença-t-il. J'espère que le dîner vous plaît, c'est ma tendre compagne qui a eu l'idée du menu. Ôtez-vous de l'esprit qu'elle a mis la main à la pâte, elle ne saurait pas faire bouillir de l'eau ! Ce n'est heureusement pas pour ses talents de cuisinière que je l'ai épousée, elle a, par chance, d'autres qualités, comme celui de porter des bijoux hors de prix mieux que n'importe quelle femme !

Toute l'assemblée s'esclaffa tandis qu'Annabelle se raidissait sur sa chaise. Un petit sourire mesquin se dessina sur les lèvres de son mari, puis il reprit.

— Mais je ne vous ai pas interrompus pour vous parler de ma magnifique moitié. Vous nous avez fait l'honneur de vous joindre à nous, ce soir, pour la bonne cause. Avant d'écouter le témoignage de quelques-uns de mes patients, je souhaiterais, comme chaque année, ouvrir le bal et vous permettre de digérer ce somptueux repas avant le dessert. Toutefois, je vous saurais gré de ne pas vous moquer, ma femme est belle à regarder, mais c'est une piètre danseuse !

Nouvel éclat de rire général. Annabelle se força à sourire. Jane ne put s'empêcher de jeter un œil à Antoine qui, tendu comme un arc, venait de liquider d'une seule traite l'intégralité de son verre de vin. Cédric Berckin se pencha cérémonieusement vers son épouse et lui offrit sa main. Elle se leva et l'accompagna dignement au centre de la piste. Les notes de musique s'élevèrent. Annabelle, qui dépassait son mari de presque une tête avec ses talons, se laissa entraîner bon gré mal gré. Contrairement à ce qu'il avait prétendu, elle ne dansait pas mal du tout, elle était juste très laborieusement guidée. Le reste de l'assemblée attendit une minute, puis plusieurs couples les rejoignirent. M. Tuvernier invita sa femme et Antoine se tourna vers Jane, les yeux pétillants.

— Tu valses, Jane ?

Elle retint sa respiration sans pouvoir s'empêcher d'adresser un regard furtif à Martin, lequel affichait une expression indéchiffrable.

— Eh bien, je…

Antoine rit gaiement.

— Ne m'ôte pas le plaisir de faire danser une Américaine, ça ne m'est encore jamais arrivé !

Sur ce, il la saisit par la main et l'entraîna sur la piste. Antoine était grand et s'accordait à merveille à Jane. Il la fit tourner, tourner, tourner, si bien qu'à la fin du premier morceau, elle ne savait plus bien où elle était. Antoine la raccompagna à table et se pencha poliment vers Gabi pour l'inviter aussi. Se retrouvant seule avec Martin, Jane sentit son cœur battre la chamade alors qu'elle avait déjà du mal à reprendre son souffle. De manière inattendue, Martin, qui ne cessait de l'observer, tendit la main vers la bouteille d'eau minérale et lui servit un verre. La jeune femme s'en empara et but une gorgée.

— Merci…

Martin s'adossa totalement à sa chaise et croisa les bras sur sa poitrine.

— Tu baises avec lui ?

Jane eut l'impression d'avoir reçu une douche glacée. Toutefois, elle conserva son sang-froid.

— Ça ne te regarde pas, Martin.

Ses yeux bleus s'enflammèrent.

— J'ai bien peur que si. Entre nous, les dés sont lancés. Notre accord spécifiait que nous devions être tous les deux en bonne santé, donc s'il couche avec toi sans se protéger, ça me concerne.

Jane avait envie de lui envoyer son verre d'eau à la figure. Au lieu de démentir, elle l'affronta du regard.

— On se protège.

Elle crut voir des éclairs jaillir de ses yeux et s'en réjouit.

— Alors c'est parfait. Quels jours prend-il ? Je ne voudrais pas que nos moments de distraction se chevauchent.

Nos moments de distraction.

Évidemment que pour lui, il ne s'agissait que de ça. Même si elle en avait parfaitement conscience, un coup de poignard en plein cœur ne lui aurait pas fait plus mal. Mais plutôt mourir que de le lui montrer.

— Je consulterai mon planning.

Elle vida son verre d'eau, s'empara de son sac et quitta la table sans ajouter un mot. Sentant le regard de Martin peser sur sa nuque, elle traversa la salle. Au moment où elle bifurquait en direction des toilettes, elle aperçut Cédric Berckin qui tirait brutalement sa femme par le bras. La seconde d'après, ils disparaissaient derrière l'un des ficus qui décoraient le couloir. Surprise, Jane accusa un temps d'hésitation alors que personne à part elle ne semblait les avoir remarqués. À moins de deux mètres du couple, et malgré la musique se répandant avec puissance dans tout le bâtiment, la voix irritée de Cédric lui parvint. Intriguée, elle s'approcha discrètement, fléchit les genoux et fit mine d'inspecter l'arrière de sa robe.

— Je t'interdis de me faire honte ! Quand je te demande de sourire, tu souris. Quand je te dis de danser, tu danses. Et quand j'exige que tu te la fermes, tu ne desserres pas les lèvres, c'est compris ?

Jane sentit ses cheveux se dresser derrière sa nuque ; elle redressa la tête. À travers les feuillages, elle vit que le chirurgien avait acculé sa compagne contre le mur en la maintenant par les épaules.

— Je me tue au travail pour te donner un train de vie fastueux, te couvrir de cadeaux, de bijoux et de tenues à faire pâlir n'importe quelle femme parmi les plus riches, et c'est comme ça que tu me remercies ? Espèce de petite arriviste insipide. N'oublie pas que tu ne serais rien sans moi. Tu me dois tout !

Il y eut un court silence pendant lequel il sembla se ressaisir, puis il laissa échapper un profond soupir de lassitude.

— Tout se déroulait pourtant si bien avant que tu ne dérailles. Comment t'y prends-tu pour systématiquement tout gâcher, pour me mettre dans cet état ? Tu me désobéis, tu me pousses à bout. C'est ta faute si je craque. Tu mérites que je me fâche contre toi.

Au bruit que firent les talons de Berckin, Jane comprit qu'il avait reculé d'un pas.

— Ce que j'attends de toi n'est pourtant pas si compliqué, ajouta-t-il en s'adoucissant considérablement. Je veux que tu m'obéisses aveuglément, comme tu l'as toujours fait, Annabelle.

Laquelle resta obstinément muette.

— Dis quelque chose, la supplia-t-il presque.

Jane fronça les yeux pour mieux voir et distingua l'index de Berckin qui caressait sensuellement la joue de sa femme.

— Écoute, mon petit chat, nous devons à tout prix faire bonne figure. Tu sais que ma carrière dépend de la réussite de cette soirée. Demande-moi pardon et on oublie tout.

Après quelques secondes – d'hésitation, de réflexion ? –, Annabelle lui répondit sourdement :

— Je suis désolée, Cédric.

Jane aurait presque entendu cet enfoiré de Berckin sourire de satisfaction.

— C'est bien. Maintenant, embrasse-moi.

L'avocate n'aurait pu dire ce que le mari d'Annabelle lui reprochait précisément ni si elle était réellement coupable de quelque chose, mais elle était absolument certaine que rien ne méritait qu'on soit traité de la sorte. Écœurée, elle se redressa et marcha droit en direction des commodités sans leur accorder un seul regard. Si l'un ou l'autre la remarqua, elle n'en sut rien. Alors qu'elle venait juste de s'isoler, quelqu'un entra dans les toilettes et investit la cabine à côté d'elle. Presque aussitôt, des sanglots s'élevèrent. Ceux d'Annabelle, Jane en aurait mis sa main au feu. Gênée par la situation, elle eut d'abord envie de toussoter, mais ne souhaitant pas embarrasser cette femme – s'il s'agissait bien d'elle –, elle retira ses escarpins et s'éclipsa le plus discrètement possible. Une fois dans le couloir, elle faillit retourner dans la salle pour laisser le temps à Annabelle de se ressaisir, mais elle revint sur ses pas et fit volontairement claquer la porte. Elle se planta naturellement devant le miroir, fouilla dans son sac et en sortit de quoi se repoudrer le nez. Évidemment, la chasse d'eau retentit, et comme elle l'avait deviné, Annabelle apparut, les yeux rougis et le maquillage ravagé. Quand elle remarqua Jane, elle sembla d'abord stupéfaite, puis elle se composa un sourire confus.

— Les allergies, se justifia-t-elle en tapotant un mouchoir en papier au ras des cils.

Jane joua le jeu.

— Je compatis, c'est un enfer.

Annabelle s'avança et observa son reflet en simulant un petit rire de circonstance.

— Ouh ! Regardez-moi ça ! Je ressemble à un panda !

Les yeux de Jane glissèrent sur le biceps droit d'Annabelle. On y voyait l'empreinte des doigts de son mari, les marques qu'il avait laissées sur ses épaules également. Immédiatement, Annabelle se drapa de son étole, l'air de rien.

— Antoine et vous vous connaissez depuis longtemps ? demanda-t-elle à Jane en ouvrant son petit sac doré.

N'ignorant pas que sa question n'était pas aussi désintéressée qu'elle le paraissait, Jane s'abstint de sourire.

— Non. Nous nous sommes rencontrés par l'intermédiaire d'Adrien.

Annabelle appliqua de la poudre sur ses joues.

— Adrien de Bérail ?

— Oui, c'est un de mes plus proches amis.

Elle fit une courte pause et reprit :

— J'ai cru comprendre qu'Antoine et votre époux se connaissaient depuis longtemps.

— C'est exact. Nous nous sommes tous les trois côtoyés à l'université. Antoine et moi entrions en première année tandis que Cédric terminait son internat. Ça remonte à loin, ajouta-t-elle avec un petit sourire nostalgique.

N'y résistant pas, et parce que Jane n'aimait pas franchement jouer la comédie – elle s'y collait déjà bien assez avec Martin –, elle planta ses yeux dans ceux d'Annabelle à travers le miroir.

— Je vous ai surpris en train de vous disputer avec votre mari dans le couloir.

Annabelle blêmit, puis elle s'efforça de se composer un air détaché en secouant la tête.

— Oh, ne vous inquiétez pas, c'était trois fois rien.

Jane s'arrêta volontairement sur les contusions qu'Annabelle n'était pas parvenue à cacher à l'aide de son étole.

— Il vous a brutalisée.

— Il ne l'a pas fait exprès, contra aussitôt cette dernière.

Jane resta calme, bien qu'à l'intérieur, la colère montât en elle graduellement.

— Loin de moi l'idée de juger votre couple, Annabelle, mais de l'extérieur, ça en avait tout l'air au contraire.

— Il ne me bat pas ! s'énerva Annabelle. Et j'aimerais autant que vous vous mêliez de ce qui vous regarde.

Elle pinça brutalement le fermoir de son sac et sortit des toilettes en claquant la porte.

Jane se renfrogna. Cédric Berckin ne battait peut-être pas sa femme, mais cette dernière était manifestement victime de sa perversité. Il était narcissique, qui plus est. Antoine semblait lui reprocher tous les maux de la terre, mais était-il seulement au courant que son ami se comportait ainsi ? Si oui, pensait-il qu'elle le méritait ? Cette idée contraria tellement Jane qu'elle décida de mettre ça de côté en faisant exactement ce qu'Annabelle lui avait conseillé : s'occuper de ses oignons. Tant et si bien qu'à la fin de la soirée, elle était beurrée comme un Petit LU.

Pour oublier la présence de Martin, elle avait bu plus que nécessaire, et à présent, chaque pas qu'elle faisait lui donnait invariablement l'impression d'être assise sur une toupie. Maudit Martin ! Lorsque Antoine ouvrit la porte de sa chambre d'hôtel après l'avoir raccompagnée, elle ne savait plus trop différencier l'est de l'ouest.

— Est-ce qu'on t'a déjà dit que tu étais un excellent… danseur ? demanda-t-elle à son chevalier servant d'une voix éméchée tout en s'accrochant à ses épaules. Mais oui ! Un in-fa-ti-ga-ble… danseur.

— Tu te défends bien toi aussi. Mets tes bras autour de mon cou.

Jane obéit, et la seconde d'après, elle se sentit soulevée du sol. Antoine la déposa sur le canapé et s'agenouilla pour lui retirer ses chaussures.

— Ce que tu es gentil, toi ! Très, très gentil…

— C'est ce qu'on me dit toujours, lui assura-t-il en faisant basculer les jambes de Jane pour qu'elle s'allonge. Je te préviens, demain, tu vas te réveiller avec un mal de crâne du tonnerre.

— M'en fous… J'ai pas envie de voir Rousset. C'est un sale type. Et ton ami aussi c'est un sale type, lança-t-elle sans réfléchir.

Quoi qu'il en soit, ça devait bien faire une heure qu'elle n'était plus en état de le faire.

— De qui tu parles ?

Jane émit un hoquet strident. Elle commençait à avoir mal au ventre.

— Le chirurgien.

Antoine écarquilla les yeux.

— Cédric ? Je reconnais qu'il est plutôt du genre opportuniste, mais de là à dire qu'il s'agit d'un sale type…

— Oh, c'en est un, crois-moi. Il bat sa femme.

Il y eut plusieurs secondes de silence pendant lesquelles Antoine donna l'impression d'être perdu en plein vortex spatio-temporel, jusqu'à ce que, prise de nausée, Jane se plie en deux.

— Je vais vomir…

Antoine sauta comme un ressort pour l'aider à se mettre debout, et en moins de deux il la conduisit dans les toilettes où elle rendit tripes et boyaux. Lorsqu'elle releva la tête pour regarder Antoine qui était vaillamment resté à côté d'elle, elle ne s'était jamais sentie aussi misérable de toute sa vie.

— Je suis désolée…

Il sourit et lui passa un linge humide et frais sur le front.

— Tu feras ton *mea culpa* demain. Prends une douche si tu peux, je te commande un café.

Jane ne chercha même pas à réprimer le haut-le-cœur qui la secoua.

— Je ne peux plus rien avaler.

— Il va pourtant falloir que tu fasses un effort. Tu veux de l'aide ? s'enquit-il en voyant qu'elle n'avait pas bougé d'un pouce.

Elle fit non du menton et parvint à se mettre debout. Antoine était peut-être médecin, mais elle ne pousserait pas le comble de l'humiliation au point de se faire dévêtir parce qu'elle roulait sous les tables.

— Ça ira. Je peux me débrouiller.

Antoine acquiesça.

— Si tu as besoin de moi, je suis à côté.

La tête bourdonnante, Jane s'adossa contre la porte et ferma les paupières un instant. Elle ne se souvenait pas avoir déjà pris une telle cuite, même quand elle était plus jeune et insouciante – surtout pas à cette époque, en fait, où ses parents la fliquaient littéralement. Rien ne valait la peine de s'enivrer à ce point, mais les regards scrutateurs de Martin, Annabelle qui l'avait soigneusement évitée, et Cédric à qui elle aurait bien planté une fourchette dans la main toutes les fois où il plongeait dans son décolleté pour s'adresser à elle, avaient eu raison d'elle. Ce type était ignoble. La nausée la reprenait. Jane se brossa les dents, se déshabilla le plus rapidement possible et s'engouffra dans la baignoire où elle s'imposa une douche presque froide. À défaut d'atténuer le mal de crâne qui l'assaillait toujours, ce petit traitement drastique eut le mérite de lui remettre les idées en place et de lui donner la certitude de ne plus jamais se retrouver dans un état pareil. Quand elle pénétra dans le salon en tee-shirt et legging, il était un peu plus de 1 heure du matin et Antoine l'attendait avec du paracétamol et une tasse de café. Elle avala les deux sans rechigner et s'allongea sur le canapé, épuisée. Son bon Samaritain la couvrit d'un plaid, et glissa l'un des oreillers du lit sous sa tête. Il avait dénoué son nœud papillon et ouvert sa chemise de deux boutons. Cet homme n'avait pas l'air de se rendre compte à quel point il était sexy en diable.

— Tu te sens mieux ?

— À peine, admit Jane. Je n'ai pas l'habitude de boire, l'apéritif, le vin, le champagne… c'était trop.

À sa façon de l'observer, la jeune avocate comprit qu'il ne portait aucun jugement et elle en fut soulagée. Elle aurait détesté qu'il l'imagine être de celles qui aiment s'enivrer en toute occasion.

— Tu veux bien m'expliquer ta remarque à propos de Cédric et Annabelle ? demanda-t-il alors.

Jane fronça le nez et se frotta les yeux.

— Je ne suis pas certaine qu'il bat sa femme.

— Pourquoi l'avoir affirmé dans ce cas ?

Elle n'allait pas passer par quatre chemins.

— Parce que c'est un pervers narcissique et que la barrière entre les coups et l'acharnement psychologique est mince.

Antoine rejoignit les sourcils.

— Tu portes une grave accusation, Jane.

— Ça l'est, en effet.

Le médecin soupira et se pressa l'arête du nez.

— Explique-toi.

Jane regarda le plafond, et comme elle eut l'impression qu'il tanguait, elle ferma les paupières.

— Je les ai surpris en pleine dispute.

Et elle lui rapporta les propos de Cédric Berckin. Antoine sembla plus que dubitatif.

— Annabelle et Cédric forment un couple compliqué, commença-t-il. Elle a toujours profité de son argent, elle ne s'est mariée avec lui que pour cette raison, d'ailleurs. Il a fini par s'en rendre compte.

Ulcérée, Jane fit un effort surhumain pour s'asseoir et planter ses yeux dans ceux d'Antoine.

— Personne ne mérite d'être traité de la sorte par son conjoint, Antoine, et encore moins une souris du genre d'Annabelle. Cette femme ne ferait pas de mal à une mouche, c'est évident. Elle est constamment en retrait.

Antoine afficha un air surpris devant la défense de Jane, puis il éclata de rire. Lequel résonna très désagréablement dans les tempes de la jeune femme.

— Ma chère Jane, Annabelle n'a rien d'une souris, crois-moi. Dans la fable de La Fontaine, ce serait plutôt le lion.

Elle haussa les épaules.

— Tu ne vois que ce que tu veux voir. Que t'a fait cette femme pour que tu la haïsses à ce point ?

Il la fixa un instant comme s'il méditait la question.

— Tu penses que je la déteste ?

— Si ce n'est pas le cas, ça s'en rapproche. Antoine, tu étais si glacial à son égard qu'elle n'osait pas te regarder de peur de geler sur place.

— Un peu comme Martin t'observait ? nota-t-il avec sérieux.

Elle hocha la tête.

— Quand as-tu commencé à l'avoir dans le nez ? le questionna-t-elle.

Une drôle d'expression se peignit sur le visage d'Antoine. Jane ne parvint pas à la définir précisément, mais elle devina de l'amertume.

— J'étais amoureux d'elle. Très amoureux.

— Ah…

— Ouais, ah. Je pensais que c'était réciproque. J'étais jeune, mais prêt à l'épouser. Or elle a choisi Cédric alors qu'elle ne cessait de me dire de m'en méfier.

Sage conseil… Jane était intriguée.

— Annabelle est une fille manifestement intelligente, alors pourquoi s'est-elle jetée dans la gueule du loup, d'après toi ?

Dubitatif, Antoine arqua un sourcil.

— Mais le loup, c'est elle, Jane.

Puis il se passa nerveusement une main dans les cheveux, comme si ressasser tous ces souvenirs était encore pénible.

— Cédric avait de l'ambition et un héritage que tu n'imagines même pas.

Jane songea à ses parents, au patrimoine qu'ils avaient accumulé tout le long de leur vie et ne put s'empêcher un rictus cynique.

— Je crois que j'imagine très bien. Donc tu penses qu'elle en avait uniquement après son fric ?

Un sourire se dessina au coin des lèvres d'Antoine.

— Je ne le pense pas, madame l'avocate, j'en suis certain. Quand je lui ai demandé si elle tenait à moi, elle m'a répondu que oui, elle m'appréciait, mais qu'elle aimait davantage l'argent, et elle s'est mariée avec Cédric.

Tout ceci était sûrement vrai. Il n'empêche qu'Annabelle regardait Antoine un peu de la manière dont Jane contemplait Martin. Avec amertume.

— N'as-tu plus aucun sentiment pour elle ?

— Non. C'était il y a longtemps, conclut-il du tac au tac.

Certes… Mais, quand on brûle d'amour, vingt ans ne sont rien. La concernant, si Jane devait se projeter aussi loin, elle restait convaincue que ce qu'elle éprouvait pour Martin demeurerait intact. Antoine avait-il vraiment aimé Annabelle ?

— Toujours est-il que ton ami est loin d'être la personne admirable que tu connais.

Antoine haussa les épaules avec nonchalance.

— Nous portons tous notre croix, même Annabelle.

Jane baissa la tête.

— Tu veux dire qu'elle l'a bien cherché ? Tu penses qu'elle mérite ce que lui fait subir cet homme ?

C'était comme si elle lui posait la question pour elle-même. Estimait-il que souffrir pour expier le mal qu'elle avait fait à Martin était justifié ?

— Elle n'est pas aussi à plaindre que tu le crois, prétendit-il. Si cette situation ne lui convenait pas, elle l'aurait déjà quitté depuis longtemps. La contrepartie doit être suffisamment intéressante pour qu'elle reste.

— Et si tu te trompais ?

Le regard d'Antoine se fit plus noir que les ténèbres.

— Je ne me trompe pas.

Jane hocha la tête. Personne n'aurait été capable de lui prouver le contraire.

Antoine tapa des deux mains sur ses cuisses et se leva.

— Assez parlé de moi. Il se fait tard et…

— Martin m'a demandé de coucher avec lui pour payer ma dette, l'interrompit-elle.

Les paroles avaient jailli des lèvres de la jeune femme sans qu'elle n'ait eu le temps de réfléchir si oui ou non, c'était une bonne idée de faire une confidence pareille à Antoine.

Pris de court, ce dernier écarquilla les yeux.

Jane baissa les paupières et retint sa respiration.

— J'ai accepté.

Antoine la considéra quelques secondes, puis il se laissa lourdement tomber sur le fauteuil.

— Je devais le faire, continua-t-elle.

Il hocha brièvement le menton.

— Tu ne me demandes pas pourquoi ?

Antoine s'humecta les lèvres et secoua la tête.

— Non.

— Tu trouves que c'est mal ?

Jane l'observa en attendant sa réponse, et se dit qu'elle n'avait jamais rencontré d'homme possédant autant de bienveillance que lui. Ça se lisait dans ses yeux, il ne la jugeait pas.

— Je ne pense pas que ce soit bien ou mal, Jane. Tu as sûrement pesé le pour et le contre et tu as certainement de très bonnes raisons pour avoir accepté.

— Les dés sont lancés, dit-elle en reprenant les mots de Martin. Nous l'avons fait, une fois.

Il la dévisagea un long moment, affichant une franche compassion, comme s'il se doutait de ce qu'elle pouvait ressentir.

— Pourquoi est-ce à moi que tu en parles, Jane ?

— Je ne sais pas, murmura-t-elle.

Il y réfléchit quelques secondes et l'explication lui parvint comme une évidence. Si elle s'était confiée à Adrien, il ne se serait pas contenté de recueillir ses aveux. Il aurait cherché à comprendre, à creuser, à découvrir ce qui pouvait bien pousser Jane à accepter un tel marché. Il aurait également donné son avis, alors qu'en réalité, elle avait juste besoin d'être écoutée.

Elle sourit à Antoine.

— On dirait que nous commençons vraiment à être amis, n'est-ce pas ?

Il rit doucement.

— On dirait bien, oui.

Et pour Jane, à cet instant précis, il n'y avait rien de plus important.

Antoine se leva de nouveau et s'étira.

— Cette fois, il faut que j'y aille. Je prends ma garde à 10 heures demain matin, j'ai besoin de dormir un peu.

Jane bâilla et se pelotonna contre l'oreiller. Elle passerait la nuit sur le canapé, trop fatiguée pour regagner son lit.

— Merci d'avoir pris soin de moi, Antoine.

Il imita une courbette.

— C'était un plaisir.

Il se pencha et déposa un léger baiser sur son front.

— À bientôt, Jane. Je fais un tour dans la salle de bains et j'éteins avant de sortir.

— Merci…

Elle ferma les paupières et cinq minutes plus tard, elle dormait.

12

Assis au bar du *Victoria Palace,* Martin ruminait. Il ruminait, et il avait parfaitement conscience de l'image qu'il renverrait lorsqu'il se pointerait devant la chambre de la jeune femme et qu'elle ouvrirait la porte. Il donnerait l'impression d'être un toutou venant récupérer l'os qu'un de ses congénères lui aurait piqué pour la soirée. Antoine Saint-Armand n'avait qu'à aller se faire foutre. Jane et lui s'étaient mis d'accord pour un mois et il n'avait pas l'intention de s'effacer pour leur faire plaisir. Qu'elle se soit envoyée en l'air avec lui au point d'avoir mal aux cuisses ne l'émouvait pas le moins du monde. Quand il se pointerait, elle aurait intérêt à être prête à honorer les termes de leur négociation. Il avait peut-être prématurément mis fin à leurs ébats lors de la première manche, mais cette nuit, il lui montrerait ce qu'il attendait vraiment d'elle. Il irait même jusqu'à lui faire oublier ce salaud de toubib qui l'avait si gentiment raccompagnée chez elle parce qu'elle était pompette.

Pourquoi les avait-il suivis ? Martin détestait se l'avouer, mais Jane l'excitait plus que n'importe quelle femme, et la savoir au lit avec un autre le rendait presque hystérique. Nom de Dieu ! Il attendait depuis plus d'une heure que cet enfoiré sorte de sa piaule. Adossé au comptoir de l'hôtel, il défit son nœud papillon et ouvrit le col de sa chemise. Il déraillait. Il fallait qu'il se calme, qu'il recouvre un semblant de contrôle.

— Je vous sers autre chose ? demanda le barman derrière lui.

Martin ferma les yeux quelques secondes et se retourna pour observer son verre vide. Mojito sans alcool. C'était tout ce qu'il s'accordait alors qu'il ne rêvait que de se prendre une bonne cuite et d'oublier à quel point la présence de Jane le rendait dingue.

— Non merci, répondit-il avec un geste évasif de la main. Donnez-moi simplement l'addition.

Il valait peut-être mieux qu'il s'en aille avant de vraiment déconner.

L'employé acquiesça et se dirigea vers sa caisse.

Martin jeta un œil à la fausse rousse assise au bar juste en face de lui. Le comptoir en U les séparait d'à peine un mètre cinquante, si bien qu'il avait tout le loisir de l'examiner. Elle était plutôt pas mal, du genre bimbo, avec des seins énormes et un petit grain de beauté au coin des lèvres. Quant à ses yeux, eh bien… disons qu'il n'avait guère poussé son inspection plus haut que sa bouche rouge et pulpeuse, et n'avait donc pas enregistré ce détail. Ce qu'il avait remarqué, en revanche, c'était que le regard de la jeune femme était braqué sur lui depuis qu'il était arrivé. Racoleuse ? Célibataire en mal de tendresse ? Il n'en savait trop rien, mais il signa le début des réjouissances quand il leva son verre vide pour la saluer.

Elle lui sourit.

Il l'observa quelques secondes et lui rendit mécaniquement la politesse avant de se concentrer sur la note qu'on avait glissée devant lui. Il sortit son portefeuille de la poche intérieur de son manteau et le déposa sur le comptoir.

— Bonsoir…

Il n'eut pas besoin de se retourner pour voir qui venait de l'aborder. Il prit le temps de payer ses consommations et pivota vers la fausse rousse. Elle portait une robe noire moulante dont l'échancrure laissait deviner le bord en dentelle de son soutien-gorge. Ses appas se trouvant juste sous son nez, il ne put empêcher à ses yeux de faire un bref aller-retour jusqu'à son décolleté vertigineux.

Il n'avait pas envie de la sauter, mais la soirée s'annonçait prometteuse.

— Je m'appelle Michelle, se présenta-t-elle d'une voix volontairement hésitante et aguicheuse.

Un léger sourire en coin se dessina sur les lèvres de Martin.

— Bonsoir, Michelle.

— Vous partiez ?

Il la considéra d'un air amusé.

— Plus maintenant on dirait.

La rouquine gloussa de satisfaction.

— Vous m'offrez un verre ?

Du plat de la main, il désigna le tabouret à côté de lui. Elle remonta légèrement les pans de sa robe et s'assit avant de s'adresser le barman.

— Un whisky-coca, s'il vous plaît. Vous êtes installé à l'hôtel ? demanda-t-elle à Martin.

Il eut envie de la tester.

— Non, ma belle. Si tu veux qu'on s'envoie en l'air, il faudra nous rendre ailleurs.

La jeune femme cilla à peine et engagea une moue provocante.

— Où aimerais-tu aller ?

Il haussa un sourcil. C'était une pro. D'ailleurs, le barman qui écoutait leur conversation d'une oreille distraite le prenait sans doute pour le dernier pigeon de la soirée. Raté. Martin sourit franchement.

— Parle-moi un peu de toi, Michelle, et nous déciderons ensuite de ce que nous aurons envie de faire. D'où viens-tu ?

Elle s'empara du verre qu'on venait de lui apporter et en but une toute petite gorgée.

— Je suis née en banlieue parisienne. Et toi ?

— Paris. Qu'est-ce que tu fais dans la vie ? demanda-t-il comme s'il ne l'avait pas deviné.

Elle se mordilla les lèvres dans un numéro de séductrice qu'elle devait connaître par cœur.

— Je prends du bon temps.

De plus en plus diverti, Martin se pencha pour la regarder de plus près. Elle avait les yeux presque aussi verts qu'un billet de 100 euros. Que proposerait-elle de lui faire pour ce prix-là ? Tout un tas d'idées lui vinrent à l'esprit, mais ce n'était pas avec cette rousse-ci qu'il avait envie de s'amuser. Dommage. Michelle était délicieuse.

— C'est un beau métier. Quel âge as-tu ?

À vue de nez, elle devait avoir vingt-cinq ans, mais dans le milieu de la prostitution, il n'était pas rare de rencontrer des filles à peine majeures qui paraissaient beaucoup plus âgées. Il l'observa avec un peu plus de précision, elle n'avait pas une ride. Michelle sourit.

— Si je te dis que j'ai trente ans, tu ne me croiras pas, n'est-ce pas ?

Martin plissa le front.

— Je ne suis pas un vil flatteur, mais en effet, je pensais que tu étais plus jeune.

Amusée, Michelle fouilla dans son petit sac et en ressortit une carte d'identité qu'elle montra à Martin, lequel l'étudia avec attention. Elle ne mentait pas. Elle les avait depuis trois jours.

— Joyeux anniversaire, Michelle.

— Merci. Tu ne m'as pas dit ton prénom, nota-t-elle.

— C'est exact.

Elle but encore un peu de whisky-coca.

— Timide ?

Il souffla avec le nez.

— Prudent, mon chou. Combien tu prends ?

Michelle rejeta la tête en arrière et éclata de rire, dévoilant de belles dents saines.

— Je me demandais quand tu oserais me poser la question ! En général, je ne parle pas de ça ici. Mais vu le smoking que tu portes, tu ne devrais pas avoir à te faire de souci pour mes tarifs. Tu ne donnes pas l'air d'être à la rue.

Il sourit en coin.

— Je ne le suis pas. Mais ne te fie pas aux apparences, chérie, c'est une location.

Mais à 150 euros le prêt, il espérait bien que son allure tiendrait la route. Même jusque tard dans la nuit.

— Belle location… se moqua-t-elle, le regard brillant. Ne t'inquiète pas, on trouvera bien un moyen de s'arranger. Tu habites loin d'ici ?

Il secoua la tête.

— Une vingtaine de minutes en taxi. Mais je vais t'avouer un secret, bébé. Je n'ai pas l'intention de te baiser.

Une légère confusion s'afficha sur le visage de Michelle qui le considéra avec suspicion.

— J'ai peur de ne pas comprendre.

— C'est simple, tu es bandante, tu n'as pas l'air trop bête, mais je manque un peu de motivation.

Michelle le fixa droit dans les yeux et s'humecta les lèvres avant de tendre un bras vers Martin. De l'index, elle suivit le col entrouvert de sa chemise et laissa échapper un petit soupir.

— Il y a un moyen de te faire changer d'avis ?

Il rit encore. À une autre époque, sa question aurait fait les délices de Martin.

— Des tas, je suppose, mais tu regretterais sans doute de m'avoir accepté comme client.

— Tut, tut, tut… le contredit-elle. Les seules fois où j'ai des regrets, c'est quand je ne prends absolument pas mon pied. Je suis sûre qu'avec toi, je ne serais pas déçue.

— Tu pourrais faire fausse route.

Jetant un œil furtif au barman, qui avait le dos tourné, elle descendit la main jusqu'à l'entrejambe de Martin qu'elle frôla du bout de l'ongle. Malgré lui, il sentit son plus vieil ami répondre à cette petite attention par un tressaillement, puis son regard fut attiré par les portes de l'ascenseur qui s'ouvraient. Saint-Armand en sortit, débraillé, les cheveux en bataille. Martin se crispa imperceptiblement et oublia tout de la rouquine entreprenante.

— Alors, que décides-tu ? voulut-elle savoir, sûre de ses charmes.

Il ne supportait pas la présence de ce mec ici. Sans réfléchir davantage, il posa un billet de 20 euros sur le comptoir, mit son manteau sous le bras et se leva.

— Désolé, trésor, ce ne sera pas pour ce soir. Vous pouvez garder la monnaie, interpella-t-il l'employé.

— Merci, monsieur, lui répondit ce dernier en encaissant.

Michelle fit une moue boudeuse.

— Dommage, je suis certaine qu'on aurait passé du bon temps.

Martin sourit.

— Moi, sans aucun doute. Toi, tu aurais trouvé à y redire.

Car il n'aurait absolument pas cherché à lui donner du plaisir, juste à en prendre. Ce qu'il allait d'ailleurs faire de ce pas avec Jane. Saint-Armand venait de quitter l'hôtel, c'était son tour. Sans un regard de plus pour la jolie fausse rousse, il se dirigea vers les ascenseurs, avisa le gars de l'accueil qui lui fit un signe de tête afin de lui indiquer qu'il le reconnaissait, et il pénétra à l'intérieur pour monter jusqu'au cinquième étage.

Lorsque les portes s'ouvrirent, Martin prit une profonde inspiration et avança tout droit en direction de la chambre de Jane. Il leva la main pour frapper au battant et se rétracta au dernier moment. Qu'est-ce qui le poussait à être ici, en réalité ? Un instinct primitif de territorialité ? Un désir de possession tout animal ? La peur de voir s'échapper Jane avant d'avoir pu assouvir sa vengeance ? Il pouvait toujours essayer de se mentir, de se voiler la face autant qu'il le voulait, il savait qu'il n'y avait qu'une seule raison valable à son comportement :

il était jaloux. Jaloux d'un toubib qui se conduisait sûrement comme un vrai gentleman et qui offrait une épaule solide à Jane. Merde ! Il n'était pas supposé ressentir ça.

Martin recula prudemment de quelques pas et s'adossa au mur derrière lui, oppressé. Qu'est-ce qui lui prenait, à la fin ? Ne s'était-il pas juré d'aller jusqu'au bout et de faire mordre la poussière à Jane ? Qu'est-ce que ces niaiseries venaient faire là ? Depuis quand était-il enclin à éprouver cela ? C'était totalement insensé. Ils s'étaient revus quatre fois et Jane avait réussi à égratigner l'armure qu'il s'était construite. Il devait se ressaisir coûte que coûte avant qu'elle ne la perce totalement. C'était une femme intelligente. S'il frappait à cette porte ce soir, elle ne mettrait pas cinq minutes à se rendre compte qu'il fléchissait. Il était hors de question qu'il lui permette de trouver une seule faille, même si pour cela il lui fallait redoubler de méchanceté. Dieu, il la détestait encore plus d'avoir un tel ascendant sur lui. Mais Martin était plus fort que ça, il finirait bien par la convaincre qu'elle ne représentait strictement rien d'autre pour lui qu'un moyen de se soulager, et, quel qu'en soit le prix, il parviendrait à s'en persuader lui aussi, il s'en fit la promesse. C'est pourquoi, la rage au ventre et les poings serrés, il enfila son manteau et redescendit les cinq étages par les escaliers de secours, prêt à se prouver sans tarder qu'il en était capable. Il chercha des yeux Michelle qui était sur le point de quitter l'hôtel, seule. Il la rejoignit en quelques enjambées, déterminé à calmer l'obsession qu'il nourrissait pour l'Américaine contre quelques billets. Une fille payée pour donner du plaisir devrait bien réussir à atténuer ses pulsions sexuelles, tout du moins pour cette nuit. Il résistait depuis trois ans, mais jamais l'envie de coller son corps à celui d'une femme et de jouir n'avait été plus forte. Il voulait retrouver sa virilité abandonnée et se prouver que même en étant la moitié d'un homme, il était capable de se sentir entier, complet, mâle. S'il parvenait à aller jusqu'au bout avec la prostituée rousse, peut-être se rendrait-il compte que l'attraction que Jane exerçait sur lui n'était pas réelle et qu'il serait largement en mesure de la punir sans se perdre lui-même. Quand il coucherait avec elle pour assouvir ses besoins, il ne serait plus sous l'emprise de ses émotions et l'acte demeurerait purement mécanique. Car elle ne méritait rien d'autre.

— On a changé d'avis ? minauda Michelle, tout sourire.

Martin s'efforça d'avoir l'air très convaincant.

— Tu me plais, Michelle.

Ravie, la jeune femme gloussa.

— Où va-t-on ? J'ai déjà appelé un taxi.

Martin la prit par le bras, persuadé que s'il ne sortait pas de cet hôtel sur-le-champ, il reviendrait sur sa décision.

— Allons l'attendre dehors, nous aviserons.

Michelle s'accrocha à Martin sans se faire prier et patienta sur le trottoir avec lui. À cette heure-ci, il n'y avait ni voiturier ni groom, cependant toutes les lumières extérieures étaient allumées et Martin avait la désagréable impression que la personne de l'accueil avait les yeux braqués sur eux. Pour une raison qu'il n'essaya pas de comprendre, il détesta qu'on l'observe au bras d'une prostituée alors qu'il comptait revenir pour rendre visite à Jane. Agacé, il entraîna Michelle à l'angle du bâtiment et la fit bifurquer sous une porte cochère grande ouverte, à l'abri des regards indiscrets.

— Tu veux faire ça ici ?

Il regarda autour de lui.

— Allez, fais pas ton timide !

Il planta ses yeux dans ceux de Michelle, glissa ses lèvres sur son cou et respira l'odeur capiteuse de sa peau. Elle sentait bon.

Automatiquement, elle essaya de déboucler la ceinture de son jean. Les sachant à moitié cachés par l'obscurité, Martin réagit, fourra les mains sous les pans ouverts du manteau de Michelle et les plaqua sans cérémonie sur ses seins.

— Tu es un gourmand, toi…

Sans répondre, il souleva l'ourlet de sa robe et lui dévora la bouche. Michelle hoqueta, l'aida à remonter le tissu au-dessus de ses hanches et dévoila des jambes superbes gainées de bas noirs Puis soudain, l'image de Jane se superposa au visage de Michelle. Martin en perdit tous ses moyens et s'immobilisa.

— Quelque chose ne va pas, bébé ? s'enquit Michelle.

Secoué par son incapacité à oublier Jane dans un moment pareil, il ne répondit pas immédiatement et se contenta de reculer. La jeune femme le lâcha et se racla la gorge.

— Tu préfères finalement attendre le taxi ?

Il porta les mains à son pantalon et se rajusta.

— Allô ? tenta-t-elle encore.

Martin fouilla dans la poche intérieure de son manteau, s'empara de son portefeuille et en sortit deux billets de 50 euros. C'était cher payé pour la prestation, mais la faute lui incombait totalement.

— Rentre chez toi, dit-il d'une voix sans timbre.

Elle se saisit de l'argent, l'enfouit dans son sac, puis leva les yeux sur Martin.

— OK. Merci beaucoup, mais j'aurais quand même bien aimé m'amuser un peu.

— Désolé, ce ne sera pas avec moi.

Michelle fit la moue, rectifia sa tenue, et simula un soupir de désespoir.

— Dommage, tu avais l'air d'en avoir besoin.

— Bonne soirée, Michelle.

Sans un mot de plus, il tourna les talons et décida de rentrer à pied – il en aurait pour une heure au moins. Un minimum s'il escomptait remettre de l'ordre dans ses idées.

— Bonsoir ! lança Michelle dans son dos. Et merci !

Il ne répondit pas, longea le trottoir et arpenta d'un pas déterminé les rues du VIe arrondissement. Tout ce qu'il voulait, c'était arriver chez lui en vitesse et se noyer dans l'alcool comme avant. Il regretta même de ne pas avoir imité Jane en liquidant les verres de champagne et de vin qu'il avait refusés au gala de charité.

Jane… Jane… toujours Jane !

Il ne pouvait s'empêcher de penser à elle, il la voyait partout, quand bien même il aurait donné n'importe quoi pour l'effacer définitivement.

La prothèse qu'il portait ce soir-là n'était pas adaptée aux efforts physiques, mais il s'en moquait, il marcha encore plus vite, les dents et les poings serrés. Par chance, son genou le ferait suffisamment souffrir pour qu'il oublie à quel point il était faible.

Martin arriva en bas de son immeuble, grimpa les quatre étages et s'engouffra dans son appartement.

Il jeta son manteau sur le canapé, retira ses chaussures et fila tout droit en direction du frigo. Il en sortit toutes les bouteilles de Chimay bleue qu'il avait achetées quelques jours plus tôt, les ouvrit une par une et les disposa sur la table basse du salon. Assis sur le divan, il les regarda longtemps avant de se décider, puis, s'avouant vaincu, il fit la dernière chose à faire : boire jusqu'à plus soif et oublier.

13

— Ça pique, hein ?

Antoine leva furtivement les yeux de sa paperasse. Cédric venait de s'adosser au chambranle de la porte de son bureau, les bras croisés sur le torse. Comme l'oncologue gardait le silence – Antoine n'était pas vraiment d'humeur à plaisanter, il avait dormi à peine quatre heures –, Cédric pouffa de rire et pénétra dans la pièce.

— Tu t'es bien amusé cette nuit, on dirait.

Puis il se laissa nonchalamment tomber sur le fauteuil en cuir en face de son ami.

Antoine avait l'habitude des petites intrusions de Cédric en pleine journée, plus particulièrement quand celui-ci voulait lui tirer les vers du nez.

— Si maintenir le visage d'une femme au-dessus des toilettes est un jeu, dans ce cas, on peut dire que oui.

Cédric ricana.

— Alors j'ai eu plus de chance que toi…

Antoine posa son stylo et s'accouda à la table.

— J'ai trouvé Annabelle très étrange, hier soir, fit-il remarquer, bien qu'en réalité, il n'en fût rien.

Elle avait été parfaitement égale à elle-même, superficielle et inintéressante, mais les révélations que Jane lui avait faites ne cessaient de lui trotter dans la tête. C'est même ce qui l'avait tenu éveillé le restant de la nuit. Depuis que Cédric et Annabelle étaient mariés, il n'avait jamais eu l'occasion de la voir une seule fois en position de faiblesse. Il plissa les paupières et attendit la réponse de son ami. Celui-ci croisa les jambes et s'appuya un peu plus contre son dossier.

— C'est une femme, ça devrait suffire à tout expliquer.

— Jane vous a surpris en pleine dispute.

L'espace d'une seconde, Cédric sembla perdre son impassibilité.

— Annabelle est une emmerdeuse.

Antoine ne put s'empêcher de sourire en coin.

— Ce n'est pas nouveau, mais en public, ce n'est pas son genre, observa-t-il.

Cédric se frotta le dessous du nez avec l'index et s'empara d'un galet posé sur le bureau d'Antoine qu'il fit machinalement rouler entre ses doigts.

— La quarantaine la titille.

— Mais encore ? insista Antoine.

Il haussa les épaules.

— Qu'est-ce que tu veux que je te dise ? Un rien la met sur les nerfs. Elle se rebiffe, est incapable de faire le minimum de ce que je lui demande.

Antoine fronça les sourcils.

— Elle se rebiffe ? Ce n'est ni une gosse ni un animal.

Antoine n'avait pas l'habitude de prêcher pour la patrie d'Annabelle, et encore moins d'amorcer une conversation à son sujet ; c'est pourquoi Cédric haussa un sourcil, sérieusement étonné.

— Tu prends sa défense, maintenant ?

— Non. Je ne sais même pas ce qui vous oppose, mais ta façon de parler est étrange.

Cédric le considéra un instant sans rien dire, puis il se composa une mine grave.

— Je crois qu'elle me trompe.

Antoine dut se faire violence pour demeurer imperturbable. Il n'avait jamais vu Annabelle faire ouvertement des avances aux hommes de son entourage, et encore moins pendant cette soirée de gala où elle était restée particulièrement en retrait, souriant juste ce qu'il fallait pour donner le change et l'illusion d'un mariage heureux. Toutefois, si en apparence tout semblait aller comme sur des roulettes, Antoine devait avouer qu'Annabelle n'avait jamais regardé Cédric comme elle l'avait regardé lui lorsqu'ils étaient plus jeunes. Ensemble, ils étaient fous, se moquaient de tout et dévoraient la vie comme s'ils pouvaient la perdre d'une minute à l'autre. Annabelle s'enflammait, elle était insatiable, la passion brûlait en elle à chaque seconde. Cependant, Antoine avait toujours remarqué que quand elle posait les yeux sur son mari, ils demeuraient froids comme la glace, aussi calculateurs que le logiciel d'un jeu d'échecs. Vides. Elle n'avait jamais rien voulu de Cédric. Rien à part son énorme compte en banque. Alors oui, Cédric avait sûrement raison, il était possible qu'elle le trompe, que l'argent ne lui suffise plus et qu'elle s'abandonne dans les bras d'un homme. Antoine l'avait vraiment aimée, elle lui avait brisé le cœur, il s'était finalement habitué à la voir auprès de Cédric, puis il avait guéri. Dans ce cas, pourquoi ressentait-il un pincement désagréable à l'estomac en l'imaginant dans le lit d'un autre ?

Il se ressaisit. Ils étaient jeunes, il était con, elle était insouciante. Annabelle ne représentait désormais plus rien pour lui, et même si, à ses yeux, elle demeurait une femme désirable, ce qu'elle était réellement à l'intérieur avait suffi à l'écœurer pour le restant de sa vie.

— Qui est-ce que tu soupçonnes ? demanda-t-il tout en balayant les souvenirs déplacés de leurs folles étreintes alors qu'il se tenait devant son ami.

Cédric se passa nerveusement la main dans les cheveux.

— Personne précisément. Mais je vois bien que ça ne tourne pas rond. Son détachement, son désintérêt… Elle ne se sent plus concernée par ce que je fais, elle se force pour me soutenir, m'épauler. Elle n'est plus aussi dévouée qu'auparavant.

Mais l'avait-elle seulement été un jour ? Antoine savait que Cédric n'était pas aveugle à ce point, qu'il avait conscience que, sans cette fortune dont il avait hérité, Annabelle ne l'aurait pas suivi si facilement. Il était là quand Antoine s'était fait plaquer comme un malpropre, ils en étaient même venus aux mains et ça avait failli détruire leur amitié. Annabelle s'était toujours moquée de Cédric, elle n'avait cessé de raconter partout qu'il s'agissait du mec le plus puant de la planète, qu'elle n'en aurait voulu pour rien au monde alors qu'il lui avait montré à plusieurs reprises qu'il n'avait rien contre l'idée de la mettre dans son lit. Puis elle avait changé d'avis comme par enchantement quand ce dernier avait annoncé la mort tragique de son père. En sachant tout ça, à quoi son ami était-il en train de se raccrocher ? Pensait-il vraiment être parvenu à se faire aimer pour lui-même ? Antoine réprima un rire cynique. Foutaises ! À se demander par quel miracle leur mariage durait depuis si longtemps. Cédric était tombé amoureux d'elle, il l'avait couverte de bijoux, fait voyager à travers le monde, mais que leur restait-il ?

— Vous avez essayé de parler ? hasarda-t-il.

Un petit air arrogant se dessina sur le visage de son interlocuteur.

— Disons que je l'ai mise en garde.

— À quel sujet ?

Cédric plissa les paupières en regardant Antoine droit dans les yeux.

— Elle n'est rien sans moi, mon vieux. Tout ce qu'elle a, elle le possède parce que je le lui ai offert. Si elle brille, c'est parce que je la couvre de paillettes. Que crois-tu qu'il lui restera si je la fous dehors ? Qu'adviendra-t-il d'elle ?

Antoine pinça les lèvres. Soit, depuis le départ, son ami avait plus de jugeote qu'il ne l'avait imaginé concernant Annabelle, soit cette dernière était suffisamment bête pour ne pas s'être protégée financièrement en cas de pépin. Dans tous les cas, ça sentait le début de la fin et Antoine ne parvenait pas à faire autrement que s'en réjouir.

— Que comptes-tu faire ?

Le visage du chirurgien se fendit d'un lent sourire calculateur.

— La surveiller et la piéger si elle me cocufie vraiment. Si je fais erreur, je mettrai ça sur le dos de la ménopause.

Bien qu'il soit heureux de la tournure que prenait la situation, Antoine resta longuement dubitatif. Cette mascarade de mariage aurait dû voler en éclats depuis belle lurette, alors pourquoi était-il si surpris que ça arrive enfin ? Qu'est-ce qui ennuyait réellement Cédric ? Être touché dans son amour-propre, trahi par la femme avec qui il vivait, ou ne plus la tenir par l'argent comme il l'avait fait pendant des années ? Antoine n'aurait jamais cru Cédric capable de se séparer de son épouse et du halo rayonnant qu'elle lui apportait en société. De même qu'il était loin d'imaginer qu'Annabelle fût prête à prendre le risque de perdre le faste dans lequel elle évoluait depuis vingt ans.

Cédric se leva subitement, comme soulagé d'un poids.

— Mon vieux, il y a des choses qu'il est bon d'exprimer.

Antoine hocha la tête.

— Je te remercie pour ton soutien.

L'oncologue ne releva pas, parce qu'il n'était pas certain d'avoir envie de le lui offrir intégralement. Ça n'avait aucun rapport avec le fait qu'il croyait Annabelle blanche comme neige dans cette affaire, mais la façon dont Cédric donnait l'impression de prendre plaisir à diminuer sa femme le dérangeait. Tout, en lui, trahissait le besoin d'être plus fort et de l'écraser en conservant le beau rôle. Les paroles de Jane lui revinrent alors en tête : « C'est un pervers narcissique. » Antoine ne s'était jamais vanté d'être fin psychologue, mais si Cédric était vraiment de cette eau, il n'y avait vu que du feu. Il avait conscience que ce n'était pas le moment de creuser et de poser des questions directes ; toutefois, maintenant que l'idée avait germé, ça le démangeait d'en apprendre davantage. Son ami avait dit qu'il surveillerait Annabelle, eh bien, Antoine serait attentif, lui aussi. Il essaierait de comprendre. Pourquoi ? Il n'en savait foutrement rien, mais une part de lui-même lui soufflait que c'était important. Quelque chose avait changé en Cédric, il voulait découvrir quoi.

— Bien ! On m'attend pour une réunion de service, annonça ce dernier.

Antoine ne prit pas la peine de se lever, il se contenta de hocher la tête.

— Au fait, tu vas revoir ton avocate ?

L'oncologue grimaça.

— Ce n'est pas *mon* avocate.

Ce qui fit hausser un sourcil à Cédric.

— Vraiment ? Dans ce cas, avec qui passe-t-elle toutes ses nuits ?

Antoine refusa de soutenir son regard moqueur. Il s'empara d'un des documents posés à côté de lui et fit mine de devoir le consulter en urgence.

— Pas avec moi. N'oublie pas de refermer la porte en sortant.

Cédric éclata de rire et s'éclipsa.

***

Il était presque 17 heures lorsque Martin arriva à l'agence, la gueule de bois et une humeur exécrable en prime. Il passa la porte en traînant les pieds et s'engouffra à l'intérieur. Sa secrétaire était au téléphone, son programmateur en plein travail, il se faufila dans son bureau sans un mot et s'y enferma.

Douze bières, ni plus ni moins. C'était ce qu'il avait ingurgité la veille, réduisant à néant tous les beaux principes dont il s'était abreuvé pendant trois ans. Il ne pouvait même pas rire, son crâne lui faisait un mal de chien. Il jeta sa veste sur le portemanteau et s'affala sur sa chaise. S'il avait pu le faire à voix haute, il se serait traité de connard en hurlant. À la place, il allait opter pour un antidouleur et un café noir, sans sucre. Lequel attendrait quelques minutes, le temps que Martin se prépare à traverser la pièce principale pour se rendre jusqu'à la machine à expresso avant d'être assommé par les questions de Kimia qui ne manquerait pas de s'inquiéter, et pour son retard, et pour la mine de mort-vivant qu'il affichait. Il sortit une bouteille d'eau minérale de dessous la table, détacha un comprimé de paracétamol d'une plaquette et l'avala aussitôt. Il avait bien fait, Kimia ouvrit la porte de son bureau avant qu'il n'eût songé à se lever de sa chaise.

— Tout va bien ? s'enquit-elle en fronçant les sourcils. Tu arrives tard.

Ce n'était pas un reproche, son assistante était juste inquiète. Martin n'avait pas l'habitude de faire le mort quand il avait un empêchement, et il n'avait même pas encore consulté son téléphone. Kimia avait dû lui laisser plusieurs messages. Il leva les yeux sur le pull jaune poussin de son assistante, son legging rose et le nœud fuchsia qu'elle avait planté dans ses cheveux ébène. Malgré sa mauvaise humeur, il sourit. Kimia avait à peine vingt-cinq ans, était de nature joviale, et le couvait comme si c'était un gosse. Quand il le lui faisait remarquer, elle riait et affirmait que c'était à cause de ses origines congolaises, que chez elle, les femmes prenaient soin des hommes de la famille, les petits comme les grands. Et pour Kimia, Martin était un peu comme un frère. Du moins était-ce ce qu'elle s'était mis en tête, parce que bien que très coulant avec ses deux employés, il avait toujours veillé à ne pas franchir les limites professionnelles qu'il avait fixées depuis le début. Ils avaient tous les trois à peu près le même âge, tout aurait pu dérailler très facilement.

— J'ai passé une mauvaise nuit, grommela-t-il.

À boire et à cuver, ajouta-t-il pour lui-même. Il détourna volontairement le sujet de la conversation.

— Quoi de neuf ? Danguin s'est-il manifesté ?

Kimia le considéra quelques secondes sans un mot, comme si elle souhaitait évaluer par elle-même que Martin n'avait en effet aucun problème plus important. Elle ouvrit la bouche pour dire quelque chose, et renonça à l'interroger davantage en soupirant.

— Oui, il veut s'assurer que tout sera prêt demain. Il a laissé trois messages à ton attention depuis ce matin.

Il s'agissait d'un gros contrat avec une avance de 25 000 euros. Si tout n'était pas bouclé dans les temps, les pénalités tomberaient et il n'en était pas question. Jusqu'à présent, Martin s'était toujours débrouillé pour les éviter.

— Jimmy aura terminé à temps ?

Kimia se tourna brièvement vers son collègue qu'on voyait depuis la porte ouverte. Les yeux plantés sur son PC, caché derrière ses petites lunettes rondes, ce grand gaillard aussi fin qu'un fil de fer, aux cheveux longs et bruns, pianotait sur le clavier sans relâche, semblant hermétique à tout ce qui se passait autour de lui. C'était même l'une des raisons pour lesquelles Martin l'avait embauché : Jimmy se donnait toujours à fond et était doté d'une concentration à toute épreuve. Rien ne le perturbait jamais.

— Sans aucun doute, lui assura Kimia.

Martin acquiesça.

— Autre chose ?

— Ta mère a appelé.

Les secondes se cristallisèrent, il crut qu'il avait mal compris et faillit lui faire répéter.

— Elle a laissé deux messages sur le répondeur, poursuivit-elle. J'ai laissé son numéro sur ton bureau.

Puis elle fronça les sourcils.

— Loin de moi l'idée de me mêler de ce qui ne me regarde pas, mais c'est normal que tu n'aies pas les coordonnées de ta mère ?

Déconcerté, il battit des cils et fit un geste évasif de la main.

Qu'est-ce que sa mère pouvait bien lui vouloir ? La dernière fois qu'ils s'étaient appelés, trois ans plus tôt, elle lui avait gentiment fait comprendre que passer des heures au téléphone ne devait pas devenir une habitude.

— Merci, Kimia.

Il oublia le café qu'il avait l'intention de se servir et alluma son ordinateur.

La jeune Congolaise ne bougea pas d'un pouce.

— Est-ce que tu es sûr que ça va, Martin ?

Elle ne connaissait pour ainsi dire rien de sa vie, ni son histoire avec ses parents, ou le fait qu'il avait été amputé d'une jambe – il veillait à en garder farouchement le secret –, mais Kimia savait deviner quand quelque chose le tracassait, même quand il faisait des efforts pour ne pas le montrer.

— Oui, Kimia. Tu m'excuseras, j'ai quelques coups de fil à passer.

Elle le dévisagea encore un instant, absolument pas convaincue, puis elle sortit en refermant derrière elle. Martin s'accouda au bureau et se frotta les yeux. Il n'aimait décidément pas cette journée. Bon gré mal gré, il se saisit du combiné et composa le numéro de Danguin. Il prit tout le temps nécessaire pour le rassurer, acquiesçant dans le vide aux requêtes de son client, l'écoutant attentivement toutefois. Martin ne cessait de s'interroger sur les raisons qui poussaient sa mère à vouloir l'avoir au bout du fil, imaginant à peu près tout et n'importe quoi. Ses parents souhaitaient-ils qu'il leur restitue l'argent qu'ils lui avaient cédé ? À présent, il en avait les moyens, mais n'en avait aucunement l'intention. Il fignola les derniers détails avec son client et raccrocha un long moment plus tard. Absolument pas motivé pour travailler sur le design d'un site Web qu'on lui avait commandé, il répondit à ses mails, mit de l'ordre dans sa paperasse et termina de remplir quelques documents. Enfin, il posa les yeux sur le bloc-notes que Kimia avait laissé sur son bureau et lut à plusieurs reprises le numéro de téléphone qui y était inscrit. L'indicatif de la Polynésie le narguait. Il pourrait aussi ignorer les appels de sa mère, mais elle insisterait. Irrité, il se sentit d'humeur à boire encore. Ses excès de la veille l'avaient dangereusement rapproché d'un cercle vicieux. Il le savait, l'alcool avait toujours été son point faible, la mauvaise solution à ses problèmes, c'est pourquoi il allait tout particulièrement veiller à ne pas recommencer. Il consulta sa montre et serra les mâchoires. Il y avait dix heures de décalage horaire entre Papeete et Paris, elle était sûrement réveillée.

Trois petits coups furent donnés à la porte.

— Oui ?

Kimia ouvrit, passa la tête dans l'embrasure ; elle avait déjà enfilé son manteau.

— J'ai un rendez-vous chez le dentiste, je dois partir. J'ai mis à jour les fiches client pour la compta, elles ont été faxées, tu n'auras à t'occuper de rien.

Il sourit. La jeune femme était toujours d'une efficacité redoutable.

— Merci, Kimia. À demain.

— Ne tire pas trop sur la corde, l'avertit-elle gentiment, tu sembles avoir besoin de repos.

Et pas qu'un peu… Il hocha la tête, mais il avait encore du boulot, et resterait sûrement plus tard pour rattraper la débâcle de la journée.

Quand Kimia fut partie, Martin s'arma de courage. Il respira un grand coup et pianota le numéro de sa mère d'une main fébrile. Elle décrocha au bout de trois sonneries.

— Allô ?

— C'est Martin.

Prise de court alors qu'elle attendait pourtant son appel, elle eut un léger moment d'hésitation. Elle se ressaisit rapidement et se composa une voix étonnamment formelle.

— Je te remercie de m'avoir rappelée, Martin.

Incapable de faire dans la complaisance avec ses parents, il alla droit au but :

— Qu'est-ce que je peux faire pour toi ?

Adèle Legrand fonctionnait sur le même mode que lui, elle annonça la couleur sans tergiverser :

— Ton père est malade, nous devons rentrer en France.

Elle n'était sûrement pas en train de lui apprendre qu'il avait attrapé une mauvaise grippe, et pourtant il n'eut aucune réaction, comme si ça ne lui faisait rien, ce qui le perturba bien davantage. Il aurait dû s'inquiéter pour l'homme auprès de qui il avait grandi, et ce n'était pas le cas.

— Qu'a-t-il ? demanda-t-il néanmoins.

Il entendit le souffle court de sa mère, et attendit patiemment qu'elle lui réponde.

— Cancer du poumon.

Martin déglutit.

— Depuis quand le savez-vous ?

— Quinze jours. Il est entré à l'hôpital pour des douleurs abdominales. On a découvert des nodules sur le foie, les poumons, et des lésions osseuses.

Malgré lui, un filet glacé lui parcourut la colonne vertébrale.

— C'est généralisé ?

— Eh bien… commença-t-elle. Nous devons rentrer à Paris.

— Dis-moi ce que je peux faire, l'enjoignit-il à voix basse.

— Nous avons besoin d'un endroit pour nous loger. Un appartement meublé.

— Pour quand ?

— Le plus vite possible.

Martin réfléchit rapidement à la situation, il avait parmi ses clients quelques agents immobiliers avec qui il pourrait sûrement pouvoir s'arranger.

— Vous comptez venir tous les trois, j'imagine ?

Adèle Legrand renifla et prit le temps de se moucher.

— Oui.

Savoir qu'il y avait de fortes chances pour qu'il rencontre cette petite sœur qu'il n'avait jamais vue, même pas en photo, provoqua en lui une certaine appréhension. D'autant qu'il anticipait déjà celle de la gamine. Ils étaient des étrangers l'un pour l'autre, et sans doute avait-elle entendu moult horreurs à son sujet. Il n'imaginait pas un seul instant ses parents brosser de lui un portrait exemplaire.

— La petite ne vient-elle pas de reprendre l'école ?

— Elle est en primaire, changer d'établissement en début d'année devrait être moins perturbant que de perdre son père sans avoir l'occasion d'être avec lui.

Il ignora le sarcasme.

— Très bien, je vais voir ce que je peux faire.

— Je te remercie, dit-elle avec toute la dignité dont elle était capable.

Martin était bien tenté d'enfoncer le couteau dans la plaie, mais il savait que ça lui en coûtait de lui demander un tel service. À part lui, ils n'avaient plus personne à Paris, ni famille ni amis. Ils avaient tout plaqué en partant en Polynésie.

— Je te recontacte dès que j'ai quelque chose, conclut-il. Nous pouvons discuter par mail, si ça t'arrange.

Elle attrapa volontiers la perche qu'il lui tendait.

— Ce sera en effet plus pratique si tu as des visites virtuelles à nous soumettre.

Martin hocha la tête pour lui-même.

— Je dois te laisser, Léonie va bientôt se réveiller.

— Maman… l'interpella-t-il avant qu'elle ne coupe la communication alors qu'il ne l'avait pas appelée ainsi depuis des années.

— Oui ?

Il déglutit.

— Pour combien de temps en a-t-il ?

Les quelques secondes de silence qui séparèrent la réponse de sa mère lui semblèrent durer une éternité.

— Dieu seul le sait. À bientôt, Martin.

Et elle raccrocha.

Tous ses souvenirs de jeunesse remontèrent à la surface et, hélas, ses excès de la veille aussi – tout du moins décida-t-il de mettre le haut-le-cœur qui le secoua sur le compte de la beuverie. Il quitta précipitamment son bureau, passa devant celui de Jimmy sans s'arrêter et s'enferma dans les toilettes. Il déclara forfait, et vomit tripes et boyaux.

Ce soir, il tâcherait d'oublier toutes les raisons qui lui retournaient l'estomac et prendrait du bon temps. Dans quelques heures, il rendrait visite à Jane.

14

Il n'était pas tout à fait 21 heures lorsque Jane rentra à l'hôtel. Épuisée par les *brainstormings* interminables dans l'affaire *Laboratoires R./Meyer & Griffith*, elle avait bouclé sa journée avec soulagement. Se faire couler un bain, engloutir un plateau-repas et s'avachir devant la télé était tout ce dont elle rêvait pour se détendre. Il aurait fallu qu'elle travaille sur un dossier urgent que lui avait envoyé son assistante, mais ce soir, elle n'avait plus le courage de rien. Elle laissa tomber son sac par terre, retira ses chaussures et traversa le salon en déboutonnant sa chemise pour rejoindre la salle de bains. Elle ouvrit en grand les robinets et fit largement couler de l'huile parfumée dans la baignoire. Jane attendit qu'elle se remplisse avant de s'y glisser et de fermer les yeux pour savourer un moment d'isolement bien mérité. Elle en ressortit une bonne demi-heure plus tard, le bout des doigts tout fripé mais l'esprit plus léger. Elle enfila une nuisette et un déshabillé, attacha ses cheveux en chignon et se dirigea vers la porte en entendant les trois petits coups portés par le service d'étage qui lui montait son dîner. Or, ce n'était ni la salade parisienne ni le vin qu'elle avait commandés qui se tenaient devant elle, mais Martin. Les doigts serrés sur la poignée, elle resta bouche bée. Il avait une mine épouvantable, des cernes sous les yeux, les cheveux en bataille, la chemise entrouverte, froissée, par-dessus son jean… Il donnait presque l'impression de sortir de son lit – ce que la sacoche qu'il avait à la main démentit. Il rentrait probablement du bureau.

— Je te dérange ?

Jane sentit une boule incandescente se former dans le creux de son ventre et secoua la tête.

— Je peux entrer ?

Toujours incapable de proférer un son, elle s'écarta en acquiesçant. Martin posa son bagage au sol, avança de plusieurs pas dans le salon et attendit, de dos, qu'elle le rejoigne. Elle s'apprêtait à refermer lorsqu'elle entendit les roulements discrets d'une desserte qu'on poussait dans le couloir. Elle jeta un œil et vit qu'on lui apportait son repas. Elle rouvrit le battant en grand, permit à l'employé d'accéder à la suite, s'agenouilla et fouilla dans son sac afin d'en ressortir un pourboire qu'elle lui tendit. Elle referma une deuxième fois, et se tourna vers Martin qui la regardait fixement. Elle resserra gauchement les pans de son déshabillé, puis désigna le plateau.

— Tu as dîné ?

— Non, répondit-il d'une voix neutre.

Jane approcha et souleva la cloche en métal dissimulant une salade, ainsi que plusieurs tranches de charcuterie et de fromage. Il y en avait bien assez pour deux. D'un geste de la main, elle l'invita à prendre place sur le canapé. Martin ne bougea pas [illegible]

— Je ne suis pas venu pour partager ton repas, Jane.

Elle fit mine de se moquer éperdument de sa remarque et porta le plateau à deux mains avant de le déposer sur la table passe.

— Eh bien moi, j'ai faim, et quand mon estomac gronde…

— Tu n'es bonne à rien, finit-il à sa place.

Leurs regards se croisèrent un instant, puis le visage de Martin se détendit sensiblement. Aurait-il tenté une pointe d'humour ? Ou pas. Peu lui importait, il semblait prêt à ne pas la culbuter d'entrée de jeu. Jane l'abandonna quelques secondes et récupéra son gobelet à dents soigneusement rincé.

— Désolée, je n'ai rien d'autre, s'excusa-t-elle.

Martin l'observa sans rien dire et s'empara de la bouteille de saint-émilion que Jane avait commandée. Il versa le liquide carmin dans l'unique verre à pied et le lui tendit.

— Je ne bois pas, annonça-t-il.

Elle haussa un sourcil tout en se faisant la réflexion qu'elle avait effectivement remarqué qu'il n'avait pas pris une goutte d'alcool pendant la soirée de gala. Toutefois, ce n'était pas pour autant qu'elle avait l'intention de se priver d'un si bon vin. Elle s'installa sur le canapé et avala une gorgée en fermant les yeux. C'était divin.

Martin prit place sur le fauteuil en face d'elle et la regarda fixement. Nonchalamment, elle fit mine de repousser une mèche qui lui tombait sur le front. Ce soir, elle ne se laisserait pas intimider. Ce soir, elle lui montrerait qu'elle était capable de conserver tous ses moyens en sa présence. Ce qui était totalement faux, cela dit. Elle se désaltéra encore un peu, s'essuya le coin des lèvres du bout des doigts et se concentra sur Martin.

— Tu as l'air d'avoir passé une dure journée.

— Et toi une courte nuit, rétorqua-t-il du tac au tac.

Ses yeux brasillaient de sous-entendus. Martin avait parfaitement vu l'état dans lequel elle s'était retrouvée la veille, tout comme il savait qu'Antoine l'avait raccompagnée jusqu'ici parce qu'elle ne tenait presque plus debout. L'air de rien, elle déposa son verre sur la table, recouvrit une tranche de pain de seigle d'une fine épaisseur de beurre et d'un morceau de chiffonnade de jambon et la lui offrit. Puis, machinalement, elle porta son index à ses lèvres pour le suçoter. Martin ne la quittait pas des yeux.

— Sait-il que je couche avec toi ?

Le cœur battant la chamade, elle se tourna vers le plat de charcuterie pour se servir à son tour aussi tranquillement que possible.

— Il le sait.

— Et ça ne lui fait rien ?

Elle arqua un sourcil.

— Est-ce que ça te fait quelque chose, à toi ?

Un pli impitoyable étira la bouche de Martin.

— Pas le moins du monde.

Elle haussa les épaules avec toute la nonchalance dont elle fut capable.

— Il en va de même pour lui.

Elle pensait qu'il s'en tiendrait là, mais il insista.

— Depuis quand entretenez-vous des rapports intimes ?

Elle eut envie de rire. Était-ce vraiment l'impression qu'Antoine et elle donnaient, ou Martin était-il le seul à le croire ?

— Peu importe, Martin, tout ce que tu dois retenir, c'est que je t'ai dit que je me protégeais. Le reste ne compte pas.

Il plissa les paupières, se conférant l'allure d'un prédateur sur le point d'attaquer. Soudain, il jeta sa tranche de pain sur la table sans même l'avoir touchée.

— C'est vrai, ça ne compte pas, parce que soir, c'est à mon tour.

— Tu me prends pour un objet ?

— Tu as raison, je reformule. Jane, puis-je te baiser ?

Elle allait perdre toutes les facultés qu'elle avait pourtant vaillamment essayé de conserver. Elle se reprit, se donna de la contenance et se saisit de nouveau de son verre, comme si s'y accrocher lui conférait un quelconque pouvoir. Plus souplement qu'un félin, il se pencha sur elle et le lui ôta des doigts en même temps qu'il l'invita à se lever. Jane sentit ses jambes se ramollir. Martin se débarrassa du verre, se tint devant elle immobile quelques menues secondes.

— Alors ?

— Oui, dit-elle avec le plus d'applomb possible, je t'y autorise.

D'un geste leste, Martin dénoua la ceinture du déshabillé qu'elle portait, puis il fit courir sur elle un regard d'envie, vif et déterminé, qui la tétanisa presque entièrement. La bouche entrouverte, la jeune femme respirait par à-coups, en tentatives désespérées pour prendre de l'air qui lui soulevaient violemment la poitrine. Avec une lenteur étudiée, il laissa tomber sa robe de chambre en satin sur ses épaules qui glissa le long de ses bras.

Ce soir, il irait jusqu'au bout. Elle le voyait dans l'expression impitoyable de son visage.

Il enroula son index autour de la bride de sa nuisette et tira dessus, ouvrant légèrement le décolleté bordé de dentelle. Comme Martin était bien plus grand qu'elle, il n'eut qu'à baisser les yeux pour détailler le galbe rebondi de sa poitrine.

Elle ferma les paupières, en proie à un désir ronflant lui incendiant les sens et la privant de toute pensée cohérente. À cet instant, il aurait pu lui demander n'importe quoi, elle l'aurait fait.

Dieu qu'elle avait envie de lui…

Dieu qu'il avait envie d'elle…

Martin abandonna les bretelles de la nuisette de Jane puis, des pouces, il suivit le contour délicat de ses omoplates, la ligne de sa colonne vertébrale, dessinant des arabesques sur ses côtes du bout des doigts. La jeune femme frémit et bascula la tête en arrière, les lèvres entrouvertes. Une furieuse envie d'y goûter le saisit. Il fit taire ce traître désir d'un grognement, empoigna les épaules de Jane et la tourna dos à lui pour la coller contre son torse. Guidé par un instinct presque animal, il lui engloba les seins, les pressa, lui arrachant des petits gémissements qui le tuèrent littéralement. Cette femme le rendait fou. Faute de ne pouvoir l'embrasser, il enfouit son visage dans son cou, mordilla sa peau tendre et veloutée, et la caressa. Ses hanches plus arrondies que dans ses souvenirs, ses fesses plus pleines, fermes et blanches. L'esprit de Martin fut assailli de toutes les choses qu'il pourrait lui faire et pour lesquelles elle ne trouverait rien à redire.

Ils se dévisagèrent un instant, comme pris dans un tourbillon incompréhensible. Soudain, Jane se ressaisit, empoigna les pans de la chemise de Martin pour les déboutonner fébrilement. Il se laissa faire sans bouger, les yeux fixés sur ses lèvres tremblantes. Lorsque la jeune femme découvrit les tatouages sur le torse de Martin, elle s'immobilisa et écarquilla les yeux de surprise. Elle retint son souffle, s'attarda sur son pendentif représentant un soldat de plomb unijambiste, détailla chaque morceau de peau auquel elle avait accès, puis, timidement, elle finit par en suivre les dessins sinueux du bout de l'index et s'arrêta sur le sillon qui séparait ses pectoraux plus renflés qu'ils ne l'avaient été auparavant. Alors, Jane observa le visage de Martin dans une question muette : pourquoi ? *Pour oublier à quel point tu m'as mutilé*, eut-il envie de répondre. Une bouffée de rage le submergea instantanément, le ramenant à la raison même de sa présence ici. Il se saisit du poignet de Jane pour qu'elle contourne le canapé avec lui et la fit basculer en avant, les seins écrasés contre le dossier. Puis il la posséda. Il laissa sa fureur éclater. La gorge offerte, Jane se cambra davantage, vint à sa rencontre, et l'invita sciemment à aller plus vite, plus loin, plus fort. Agrippé à ses hanches comme un damné sur le point de perdre pied, Martin résista à la déferlante de plaisir qui s'approchait irrémédiablement de lui, et gronda. Quand il se sentit lui-même sur le point de non-retour, il s'arracha à elle et explosa dans un cri étranglé.

Martin demeura de longues secondes sans bouger, les yeux clos, incapable de rassembler ses idées et d'accepter de revenir totalement à la réalité. Il venait d'avoir l'orgasme le plus violent de toute sa vie, de vivre un moment d'une intensité presque destructrice. Cette soudaine prise de conscience lui écrasa littéralement les épaules, et quand Jane commença à se mouvoir, il rouvrit subitement les paupières et s'écarta comme si elle l'avait brûlé. Il n'osa pas la regarder en face, il n'osa pas lui montrer à quel point il était ébranlé ni combien il était prêt à se damner pour que ça arrive encore. Il se rhabilla et se passa nerveusement une main dans les cheveux.

— Je dois y aller.

Mais il fut incapable de bouger, happé par l'expression habitant le vert des iris de Jane. Elle semblait encore plus perdue que lui, saisie par un doute et une détresse qui le terrassèrent presque. Ils s'observèrent un instant, puis Martin décrocha. Il lui tourna le dos et marcha à grandes enjambées vers la porte. Jane ne fit pas un geste pour le retenir. Alors, il s'empara de sa sacoche et sortit, ne sachant pas s'il se sentait minable de l'avoir utilisée ou honteux de ne pas lui avoir dit à quel point ce moment était inoubliable pour lui. Probablement les deux.

La conscience en berne, il fuit.

Son cœur et ses poumons étaient si comprimés que Jane pensait ne plus jamais pouvoir respirer correctement. Unis par des raisons diamétralement opposées, ils avaient pourtant réussi à se projeter dans le même chaos, la même attente, le même désir brûlant. Ce soir, ils avaient chacun créé un besoin de l'autre qui reviendrait sans cesse. Certes, c'était déjà le cas pour elle, mais désormais, Martin l'avait rejointe dans ce tourbillon d'émotions qui la déstructuraient, la déséquilibraient depuis près de trois ans. Elle en était certaine. Elle l'avait vu dans ses yeux. Il était ébranlé.

Totalement sous le choc, la jeune femme ferma les paupières et, les mains en arrière, se retint au dossier du canapé pour ne pas flancher. Elle aimait Martin. Elle l'aimait si fort que la douceur bienfaitrice de l'amour avait fait place à une douleur inextinguible. Elle avait mal parce qu'elle ne lui avouerait jamais ce qu'elle ressentait pour lui sans être sûre qu'il ne la rejette pas. Elle ne le supporterait pas, ne pourrait pas se jeter volontairement dans la gueule du loup en sachant qu'il allait la déchiqueter pour ne laisser que des miettes. Rien ne pourrait contenir le désir ravageur que Martin avait d'elle. Oui, il était troublé et Jane l'avait probablement hanté toutes ces années, mais que voulait-il tout au fond ? Serait-il prêt à abandonner sa haine et sa rancœur ? Jamais elle ne parierait là-dessus. Jamais elle ne se bercerait d'illusions fracassantes et dévastatrices. Elle tiendrait bon. Attendrait que la vérité s'éveille à elle. Et si elle ne venait jamais, si elle n'était pas celle qu'il désirait au plus profond de son âme, alors Jane garderait au fond d'elle cet amour secret qui la tuait à petit feu, mais qui, paradoxalement, la tenait en vie.

Jane se redressa et marcha mécaniquement jusqu'à la salle de bains. Elle fit couler l'eau du pommeau de douche, retira ses vêtements de nuit et se lava une seconde fois. Quand elle retrouva intégralement nue dans le coton chaud et souple des draps, elle effleura ses lèvres du bout des doigts et trembla.

Que Dieu lui vienne en aide, elle mourrait sûrement avant la fin de son voyage.

15

— Avenue Foch, s'il vous plaît.

— Quel numéro ? demanda le chauffeur de taxi à Jane tandis qu'elle s'installait correctement à l'arrière.

Elle le lui donna et boucla sa ceinture.

La météo avait annoncé un week-end radieux, probablement le dernier de la saison, c'est pourquoi ce samedi, Adrien et Gabi organisaient un barbecue auquel elle était conviée. Elle avait accepté avec joie alors qu'elle se souvenait avoir dit à Adrien qu'elle préférait ne plus se rendre chez lui si Antoine et Martin étaient de la partie, lesquels seraient justement présents ce jour-là. Mais les choses avaient sensiblement changé depuis.

Les deux hommes ne s'étaient pas recroisés depuis la soirée de gala et Martin n'avait plus fait allusion à l'oncologue une seule fois en dix jours ; toutefois, elle ne pouvait nier qu'elle appréhendait de les côtoyer dans une même pièce, d'autant qu'à présent, Antoine connaissait tout de la situation avec Martin. Il n'était pas sans savoir qu'elle nourrissait de profonds sentiments pour lui. Son amitié avec Antoine avait fait un bond spectaculaire depuis qu'ils s'étaient confiés, avaient partagé leurs craintes, leurs espoirs. Jane appréciait qu'il ne la juge pas ni ne cherche à la persuader de prendre la tangente et de tenter de bâtir une relation saine avec quelqu'un d'autre. Il l'écoutait, la soutenait, la faisait rire, et c'était plus qu'elle n'avait reçu depuis des années de la part de quelqu'un. Quant à Martin, eh bien… Jane et lui s'étaient presque revus chaque soir sans que le masque implacable de l'ancien archéologue ne craquelle. Il semblait si bien maîtriser la situation que Jane en arrivait à se demander à quel point elle n'avait pas imaginé le trouble qu'elle avait ressenti chez lui la première fois où ils avaient refait l'amour pleinement. Lorsque Martin posait les mains sur elle, il la faisait vibrer, voler en éclats, l'emmenait plus loin qu'aucun homme ne l'avait fait, mais tout demeurait mécanique, distant et sous contrôle. Elle était là pour lui, disponible, comme ils l'avaient convenu, et rien d'autre ne paraissait avoir d'importance à ses yeux. Pas un compliment ne franchissait ses lèvres, pas un mot de trop – il restait d'ailleurs silencieux la plupart du temps et ne partageait pas plus que quelques phrases quand il arrivait et repartait. Il ne jouissait jamais en elle, tenait sa promesse, et ne cherchait jamais à la regarder au moment où ils s'unissaient. Jane se sentait vide et emplie à la fois. Martin entretenait entre eux une frénésie sexuelle qu'il gérait d'un bout à l'autre, sans accroc ni débordement. Il prenait, elle recevait ce qu'il donnait. Ni plus ni moins. C'était ce qui était convenu. Il ne permettait pas non plus qu'elle le touche, et quand elle essayait, il l'en empêchait.

Il la déshabillait, mais demeurait systématiquement vêtu. D'une certaine façon, Jane préférait qu'il en soit ainsi : elle redoutait d'avoir à affronter la vision de sa jambe mutilée.

Jane ferma les paupières. Huit jours, et tout serait terminé. Dans à peine plus d'une semaine, elle serait de retour à Washington et emporterait avec elle le souvenir de leurs ébats, de son amour déchu et de la colère à peine atténuée de Martin. Jane avait pris soin de ne rien laisser transparaître de sa tristesse, de ses émotions, mais comment se reconstruirait-elle après ça, après s'être donnée de cette façon ? Où tout ceci l'aurait-il menée ? À quoi se raccrocherait-elle pour avancer et guérir son cœur blessé ? La brûlure se calmerait-elle seulement un jour ? Jane aurait-elle seulement le courage de se pardonner elle-même ? Les questions repassaient en boucle dans sa tête, sans qu'elle fût capable de les faire taire puisqu'elle n'avait encore aucune réponse. Martin ne la verrait jamais autrement que comme la cause de sa vie bouleversée, et pourtant il faudrait bien qu'il aille de l'avant, et qu'en jetant un œil en arrière, il se souvienne que, quelle qu'en soit la raison, ils avaient partagé des moments intenses, des instants qu'il avait souhaités. C'est ce qu'elle ferait.

Le chauffeur interrompit le cours de ses pensées lorsqu'il s'arrêta devant l'immense bâtisse des de Bérail. Elle détacha sa ceinture de sécurité, fouilla dans son sac et lui tendit deux billets de 20 euros.

— Gardez la monnaie.

— Je vous remercie. Avez-vous besoin d'une note ?

Jane acquiesça.

— S'il vous plaît.

Il remplit la fiche, elle s'en empara et sortit du véhicule. Elle se présentait tout juste à l'interphone quand Antoine la rejoignit, un extraordinaire sourire aux lèvres.

— Tu es ravissante, la complimenta-t-il en détaillant sa tenue.

Elle le remercia et baissa les yeux sur ses sandales et la petite robe verte vaporeuse pour lesquelles elle avait opté. Rien de bien mirobolant, mais c'était de saison.

— Est-ce que ça va aller ? s'inquiéta-t-il, le regard vif.

Il faisait allusion à Martin, alors elle fit la moue.

— Je suis une grande fille.

— Je n'en doute pas une seule seconde, lui assura-t-il en la prenant par les épaules au moment où Rosa-Louise ouvrait la porte.

— Soyez les bienvenus ! leur lança-t-elle joyeusement.

Puis elle tendit les mains vers Jane et la libéra des cadeaux qu'elle avait apportés pour les enfants.

— Laissez-moi vous débarrasser.

Jane sourit, inspira profondément, et entra.

Martin était en train de discuter avec Gabi quand il vit Jane arriver avec Saint-Armand, et il dut faire preuve de toute sa volonté pour ne pas grogner. Ils avaient sûrement passé la nuit ensemble, partagé un petit déjeuner, et à présent, ils se comportaient comme deux amis. Non. Un couple.

Un couple… Ce mot lui donnait la nausée. D'une part parce qu'il les trouvait très mal assortis, fades et sans éclat, et d'autre part, qu'il le veuille ou non, ça ne lui plaisait guère qu'une femme soi-disant amoureuse de lui se console dans les bras d'un autre alors qu'il s'envoyait en l'air avec elle presque tous les soirs. Ça l'irritait. Comment Saint-Armand pouvait-il accepter de la partager tout en faisant comme si de rien n'était ? Il y réfléchit et fronça les sourcils en se renvoyant la question. Eh bien, pour lui, c'était différent. Jane était juste un aparté de quelques semaines, une façon de passer le temps… et de se venger. Il n'attendait rien d'elle de plus que ce qu'elle lui donnait : la chaleur de son ventre et ses gémissements. C'était exactement ce pour quoi ils s'étaient mis d'accord tous les deux. Si Saint-Armand en était au même point, eh bien… eh bien… Il plissa les paupières et se concentra sur sa conversation avec Gabi qui, de dos, n'avait pas encore remarqué ses nouveaux invités.

— Ils seront là ce soir, donc ?

— En fin d'après-midi.

— C'est toi qui les récupères à l'aéroport ?

Il hocha la tête. Ses parents arrivaient tout à l'heure. Il aurait préféré ne pas avoir à servir de chauffeur, mais il pouvait difficilement faire autrement. Son père serait transporté à l'hôpital en ambulance, tandis que sa sœur cadette et sa mère se retrouveraient seules.

— Où vont-ils loger ?

— Aux dernières nouvelles, dans le Xe. Je les ai mis en relation avec un agent immobilier pour qu'ils fassent affaire directement. Tu sais bien que moins je suis en rapport avec mes parents, mieux je me porte, répondit-il sans quitter Jane et Saint-Armand des yeux.

— Très bien… Je suis sincèrement désolée pour ce qui arrive à ton père.

Martin haussa les épaules.

— Ainsi va la vie.

Il jeta un regard en biais à Gabi au moment où il lui donnait cette réplique. Elle avait l'air véritablement choquée qu'il traite avec indifférence la maladie de son père, mais comment aurait-il pu en être autrement ? Il n'avait pas vu ses parents depuis des années, ces derniers n'avaient jamais montré un quelconque intérêt pour lui, même quand il leur avait annoncé son accident, ils étaient devenus de parfaits étrangers que seuls quelques souvenirs lointains unissaient encore – et pas des meilleurs. Sans compter que Martin était à peu près certain que son père ne voudrait pas de sa sollicitude, de sa compassion ni de sa pitié. Tant mieux, il n'avait envie de lui offrir aucune des trois.

— Hé ! s'écria soudain Saint-Armand en ouvrant les bras sur Hugo qui arrivait à quatre pattes vers lui.

— To-to !

— En voilà un grand bonhomme ! s'exclama-t-il en le soulevant dans les airs.

Il l'embrassa sur le bout du nez et le reposa par terre. L'enfant reprit aussitôt sa course à travers la maison. Gabi se retourna et sourit.

— Eh bien, on est au complet. Sois gentil avec Jane, veux-tu ? intima-t-elle à Martin.

Lequel inclina la tête.

— Exactement comme d'habitude, trésor.

Gabi fit la moue.

— C'est bien ce qui m'inquiète.

— Tu ne devrais pas, son garde du corps la protège.

Gabi l'observa quelques secondes, mais ne fit aucune remarque supplémentaire. Il semblait à peu près évident pour tout le monde que l'oncologue et Jane se fréquentaient. Elle plaqua un sourire étincelant sur ses lèvres et avança dans leur direction pour les accueillir.

Lorsque Martin serra la main d'Antoine, c'est toute la détermination de deux hommes jouant sur un même terrain qui y passa. Ils s'affrontèrent du regard un très court instant, mais suffisamment longtemps pour se transmettre un message on ne peut plus clair : *Attention, mec, tu marches sur mes plates-bandes.*

— Comment allez-vous ? lui demanda poliment le médecin sans qui son opération chirurgicale n'aurait pas été une si grande réussite.

Petite réalité pour laquelle Martin s'efforça de rester extrêmement courtois.

— Très bien, et vous-même ?

Saint-Armand détourna les yeux et s'attarda un moment sur Jane qui embrassait Paul et Sophie, puis il sourit de toutes ses putains de belles dents blanches.

— Je me porte comme un charme.

Il n'y avait pourtant rien à ajouter, mais son adversaire donna l'air d'avoir envie de discuter.

— Votre intervention à la soirée de gala est tombée à point nommé. Le professeur Berckin était très impressionné.

Martin serra les mâchoires. Impressionné ? Mais de quoi ? D'avoir fait de lui un homme capable de dire deux mots sur sa condition sans se mettre à chouiner comme un gosse, ou d'avoir purement et simplement donné le change à tout un parterre de bourgeois arrivistes qui n'attendaient qu'un témoignage comme le sien pour aligner de gros chèques ?

Tout cela l'avait positivement ennuyé, mais c'était vrai, il s'y était tout de même prêté et son chirurgien avait semblé content. Très bien, il avait fait sa B.A., qu'on ne vienne plus l'emmerder avec ça.

— Je vous remercie, répondit-il néanmoins.

Puis il leva les yeux vers Jane qui avançait vers eux, Adrien à son bras.

— Ma chère consœur meurt de soif, les avertit-il tous les deux en souriant. Rejoignons la terrasse avant que le soleil ne nous fasse défaut.

Jane pencha la tête pour le saluer, une épouvantable lueur d'indifférence dans le regard.

— Bonjour, Martin, dit-elle avec détachement.

Elle lui aurait tendu la main pour serrer la sienne que ça ne l'aurait pas étonné. Toutefois, il n'était pas dupe : quand elle se tenait dans ses bras, elle réagissait bien autrement. Son petit jeu ne prenait pas.

— Bonjour, Jane, répliqua-t-il sur le même ton. Plus que quelques jours et tu seras libérée de Paris. J'imagine que tu dois être plutôt pressée de rentrer chez toi.

Elle l'étudia un court un instant et plongea littéralement dans le bleu de ses yeux comme pour y graver la réponse qu'elle s'apprêtait à lui donner.

— En effet. J'ai hâte.

— Je l'ai assez martyrisée ! plaisanta Adrien.

— Tu ne crois pas si bien dire, grommela-t-elle.

Les deux avocats partirent dans un éclat de rire qu'eux seuls étaient en mesure de vraiment apprécier. D'après ce que Martin avait compris, depuis trois semaines, ils passaient le plus clair de leur temps ensemble et se battaient coude à coude pour faire gagner l'ultime procès de leur client. Pas une seconde Martin n'avait perdu de vue que c'était l'unique raison de la présence de Jane à Paris. Sans ça, sans doute ne serait-elle jamais revenue.

Martin n'eut pas l'occasion d'approfondir les mondanités avec Jane : Paul et Sophie se jetèrent sur lui en même temps pour l'entraîner avec eux.

— Viens ! Gabi a dit que tu pourrais nous aider, on a trouvé plein de silex dans le jardin !

Martin sourit. Leur belle-mère était une lâcheuse. Elle préférait refiler le bébé à Martin plutôt que de leur avouer qu'ils avaient en fait dégoté des éclats de cailloux bien urbains. Il fit cependant mine de s'extasier et les suivit.

Si Martin apprécia le déjeuner servi par ses hôtes, il dut à plusieurs reprises se contenir pour ne pas envoyer son verre à la figure de Saint-Armand qui semblait se complaire dans les niaiseries avec Jane. Il aurait tout aussi bien pu annoncer devant tout le monde qu'il souhaitait se retirer avec elle dans une chambre, ce serait très bien passé. Sans pour autant faire montre de gestes francs, il profitait de ce qu'elle lui demande de lui verser un peu de vin pour lui frôler la main, le poignet, ou il se couchait à moitié sur elle afin d'attraper la corbeille de pain. Le plaisir qu'en tirait Jane le dégoûta au plus haut point. Deux nuits avant, elle se tortillait devant lui comme une chatte en chaleur, ronronnait presque, le provoquait, l'appelait à la prendre plus fort et il s'exécutait. Il n'aurait pas fallu grand-chose pour que l'oncologue la pelote carrément, et elle ne s'en serait sans doute pas offusquée plus que ça. À quoi jouait-elle, nom de Dieu ? N'était-elle pas supposée être amoureuse de lui ? Gabi n'avait-elle pas prétendu à quel point elle souffrait d'être rejetée ? *Mon cul !* jura-t-il intérieurement. Depuis le début il avait trouvé ça bizarre. Quelle comédienne !

Ses pensées étaient tellement focalisées sur leur couple que Martin fut incapable d'aller plus loin que le plateau de fromages, auquel il toucha à peine. Il se contenta de les regarder finir leur repas mêlé d'éclats de rire et de plaisanteries diverses, sans quitter des yeux les mouvements sournois de ce maudit toubib. Lorsqu'ils eurent avalé leur café et, pour Adrien et Saint-Armand, apprécié un digestif, le maître de maison proposa une partie de pool dans une des salles aménagées. Il s'agissait d'un billard français de style Régence, sculpté dans un bois de rose extrêmement rare et de toute beauté. Bien évidemment, si Martin ne savait pas jouer, Antoine Saint-Armand, lui, en connaissait toutes les règles. C'est pourquoi il offrit de les apprendre à Jane, en lui montrant, par la même occasion, comment tenir une queue de billard. Il crut devenir fou quand il le vit se placer derrière elle, l'entourer de ses gros bras et la pencher en avant pour ajuster correctement sa position sur le tapis. En même temps que Saint-Armand faisait coulisser la canne entre les doigts de Jane, et qu'il entendait cette dernière glousser de ravissement, un nœud d'une violence inouïe se forma au creux de son estomac. Dans une rage noire, il se retint d'éjecter cet enfant de salaud à deux mètres et de lui coller son poing en pleine figure.

Les ongles enfoncés dans ses paumes et les mâchoires serrées, jamais la jalousie ne l'avait autant mis à l'épreuve. Ce n'était pas la première fois, il se souvenait parfaitement de l'état dans lequel il s'était trouvé après la soirée de gala, mais aujourd'hui, il se sentait vraiment sur le point de commettre un meurtre.

— Tout va bien ? lui demanda Gabi d'un air bien trop innocent pour être honnête.

— Parfaitement, oui, grinça-t-il entre ses dents. Tu as un truc à boire ?

La jeune femme arqua un sourcil d'étonnement.

— Dans le genre soda ou… une boisson plus forte, se moqua-t-elle.

Il la fusilla du regard, ce qui la fit pouffer de rire.

— Allez, viens avec moi.

Il ne se fit pas prier pour la suivre et disparaître avant de faire quelque chose qu'il pourrait regretter. Gabi le conduisit dans la cuisine et s'adossa au réfrigérateur, les bras croisés sur sa poitrine.

— Alors ?

— Alors quoi ? aboya-t-il.

Un petit sourire fleurit sur les lèvres de Gabi.

— Antoine assurerait-il une garde trop rapprochée à ton goût ?

Il ne répondit pas.

— Tu as de la bière ?

Cette fois, Gabi n'eut plus envie de rire.

— Depuis quand t'es-tu remis à boire, Martin ?

Agacé, il fit un geste indolent de la main.

— Laisse tomber.

Elle l'observa un instant sans prononcer un mot, puis elle claqua la langue contre son palais.

— Je vais te dire…

— Je ne suis pas sûr d'avoir envie que tu dises quoi que ce soit, Gabi, l'avertit-il d'un ton bourru.

— C'est pourtant ce que je vais faire, mon vaillant soldat. Voilà trois ans que tu te bats pour garder la tête hors de l'eau, que tu démontes un à un tous les obstacles qui se dressent sur ton chemin. Tu as progressé, évolué, grandi, et tu n'es plus le même. Cependant, il reste en toi quelque chose qui ne changera jamais : la fougue. Elle tempête dans tes yeux quand tu regardes Jane. Je ne sais pas exactement quels étaient vos sentiments lorsque vous aviez une aventure, mais aujourd'hui, ils ne sont manifestement plus si clairs que ça. Ou un peu trop, au contraire… termina-t-elle.

Comme frappé par la foudre, Martin eut un mouvement de recul de la tête.

— Tu dis n'importe quoi. Je baise avec elle, ça te va ? Je la baise presque chaque soir pour la punir et récupérer ce qu'elle m'a volé : ma dignité.

Si Gabi fut choquée par cette révélation, elle n'en laissa rien paraître. Elle ouvrit calmement le frigo et en sortit une canette de Schweppes qu'elle posa sur la table.

— Baise autant que tu veux, Martin, mais ne perds pas de vue ce que tu es devenu : un homme bien.

Et elle le planta là.

Martin avait disparu depuis une bonne demi-heure lorsque Jane traversa l'atrium et emprunta le couloir qui menait aux toilettes. Elle savait précisément à quoi était due cette absence, et au fond d'elle, elle s'en réjouissait. Elle ne s'était pas mise d'accord avec Antoine pour qu'il provoque Martin avec des armes psychologiques si typiquement masculines ; pourtant, il l'avait fait sciemment. Jamais il ne se comportait ainsi avec elle quand ils étaient seuls, Antoine demeurant éternellement dans la retenue. À une autre époque, on l'aurait qualifié de parfait gentleman. Du reste, elle avait conscience qu'il n'avait absolument pas l'intention de la glisser dans son lit. Mais Antoine était un homme exceptionnellement intelligent, doté d'une finesse d'esprit qui aurait laissé coi bien des gens. Il analysait, soupesait le pour et le contre et agissait en son âme et conscience. Aujourd'hui, il avait compris que Martin n'était pas aussi indifférent qu'il voulait bien le faire croire, et c'est exactement ce pour quoi il était allé si loin et l'avait poussé dans ses retranchements. Martin oserait-il seulement l'admettre ? Rien n'était moins sûr, mais à présent, la balle était dans son camp. Elle ouvrit la porte de la salle de bains et fut surprise d'être littéralement jetée à l'intérieur. Le battant se referma à double tour sur elle, elle fit volte-face, et se retrouva face à Martin.

— Assez joué, commença-t-il d'une voix hargneuse.

Elle secoua la tête.

— Je ne joue pas, Martin.

Il fit un pas menaçant vers elle.

— Oh si, Jane, tu joues de tes charmes, et mieux que personne. Tu as baisé avec Adrien, avec moi, et maintenant avec Saint-Armand. Il te les faut tous ?

Elle reçut l'affront de plein fouet sans ciller et redressa la nuque.

— Il me semble bien t'avoir déjà dit que ça ne te regardait pas. D'autre part, sauf erreur de ma part, je crois que tu y trouves ton parti. Tu n'es pas en reste, Martin. Mêle-toi de tes affaires.

Une lueur menaçante traversa son regard azur.

— Tu as fait de ma vie un enfer et tu penses que je vais accepter de voir la tienne enrobée de douceur ?

— Ma vie n'est absolument pas enrobée de douceur, protesta-t-elle.

— Tu aimes le sexe, Jane ?

Elle écarquilla les yeux avant de battre des cils.

— Je te demande pardon ?

D'un geste sec, il déboucla sa ceinture et déboutonna la braguette de son pantalon en toile.

— Déshabille-toi.

— Non.

— Non ?

— Non.

Il fondit sur elle en une enjambée et l'accula contre le mur, pressant son grand corps contre le sien.

— Tu oublies notre accord.

Elle plaqua les deux mains sur son torse et le repoussa sans qu'il résiste.

— Je n'oublie pas, mais je te rappelle que tu peux user de moi quand je t'en donne la permission, pas quand je n'ai pas envie de toi.

Un moment, il sembla pris de stupeur, puis il se ressaisit, pencha la tête de côté et plissa les yeux.

— Je peux douter de bien des choses, Jane, de l'attitude à adopter devant un chien enragé, de quelle fourchette il convient de se servir à table, de ce qu'il faut dire ou non en société pour ne pas avoir l'air d'un idiot, mais du fait que tu aies envie de moi, jamais.

Et comme pour mieux prouver ce qu'il avançait, il fit glisser sa main droite le long des côtes de Jane, souleva l'ourlet de sa robe et remonta les paumes à l'extérieur de ses cuisses. Jane eut du mal à retenir un frisson.

— Je te veux, Jane. Je te veux maintenant…

Il était magnifique. Le visage à quelques centimètres du sien, souffle heurté, il fixait sa bouche. Elle se serait damnée pour l'embrasser, mais elle résista. Puis soudain, Martin la lâcha, et se rajusta.

— Ce soir, tu viendras chez moi.

— Chez toi ?

Il hocha la tête.

— Vingt heures. Je t'enverrai l'adresse par SMS.

— D'accord, s'entendit-elle répondre.

Il plongea dans son regard et y demeura longuement, la mettant au défi de changer d'avis.

Aucun risque. Elle y serait.

Martin devait partir d'ici au plus vite. Si Saint-Armand ressortait son numéro de don Juan, il ne répondrait plus de rien. Cette situation le rendait totalement dingue. Il ne savait pas pourquoi il laissait Jane prendre autant d'ascendant sur lui, mais c'était un fait. Non seulement il ne pouvait le nier, mais il aurait été bien infichu de faire en sorte que ça n'arrive pas. Alors il allait saisir le taureau par les cornes, la mettre face à la réalité, lui imposer qui il était devenu, à cause d'elle. Martin venait de réveiller le démon qui dormait en lui. Quand Jane se tiendrait devant lui, offerte et consentante, il ne chercherait pas à dissimuler son apparence ni à minimiser le handicap de sa jambe en moins. Il se mettrait nu, intégralement, et il la prendrait ainsi. Il graverait à jamais dans sa mémoire la vision de son corps mutilé. Son crime. Ce qu'elle avait fait.

Martin trouva un prétexte quelconque pour s'en aller et quitta l'hôtel particulier des de Bérail.

Oui, ce soir, il détruirait Jane. Définitivement.

16

Martin attendait dans le hall des arrivées du terminal 2E avec une anxiété croissante. Il n'avait pas revu ses parents depuis bientôt dix ans. Neuf, précisément. Quasiment l'âge de sa sœur née en Polynésie peu de temps après que ses parents s'y étaient installés. Bon Dieu, il ne savait même pas ce qu'il faudrait leur dire au moment de les accueillir. Il regrettait presque de ne pas leur avoir demandé de prendre un taxi. Mais logiquement, si tout se passait comme il l'avait imaginé, une ambulance attendrait son père directement sur le tarmac, il n'aurait pas à l'affronter lui, ce serait déjà ça.

Il souleva la manche de son polo et consulta nerveusement sa montre. 18 h 30. Leur avion avait atterri depuis une demi-heure, les passagers ne tarderaient plus à se montrer. Il se fit violence pour ne pas arpenter le couloir de long en large et se tint immobile contre l'une des vitres de la baie principale, les yeux fixés sur les portes automatiques quelques mètres en face de lui. Elles s'ouvrirent une première fois et laissèrent passer un couple de trentenaires chaussés d'épaisses tongs multicolores parfaitement ridicules. Quelques secondes plus tard suivirent des grappes entières de voyageurs ramollis, la mine austère et le pas lourd. Martin les observa un par un, chercha des yeux sa mère, éventuellement son père, mais ne les vit nulle part. Tout le monde semblait d'ailleurs être sorti. Le cœur de Martin, qui battait la chamade depuis un bon moment, ralentit d'un coup dans une totale incompréhension. Avaient-ils changé d'avis sans même l'en avertir ? Auraient-ils raté leur vol ? À moins qu'il ne se soit tout simplement trompé d'horaire ? Il vérifia rapidement sur son smartphone le dernier mail qu'il avait échangé avec ses parents et constata que non, il n'avait pas fait d'erreur. Nom de Dieu, il détestait qu'on lui pose un lapin, particulièrement quand il s'était mis une pression pareille. Au moment où il jurait comme un idiot au milieu du hall, les portes automatiques s'écartèrent sur une superbe hôtesse et une gamine d'une dizaine d'années vêtue d'une salopette en jean, aux cheveux blonds comme les blés, à la peau dorée par le soleil et aux yeux aussi bleus que les siens. Il s'immobilisa, battit des paupières et ouvrit la bouche de stupéfaction en voyant la dragonne qu'elle portait autour du cou. Le ruban supportait une fiche signalétique pour les enfants voyageant seuls.

Un instant, il eut vraiment l'impression que la foudre venait de s'abattre sur lui. Ils n'avaient quand même pas fait ça !

Une valise à roulettes rose dans une main, l'autre dans celle de la fillette, l'accompagnatrice s'avança vers Martin, tout sourire.

— Monsieur Legrand ?

Il déglutit avant de répondre.

— Oui ?

— Notre petite passagère est ravie d'être enfin arrivée. Le voyage a été long. Puis-je vous demander de me suivre jusqu'au bureau des enregistrements afin que nous vérifiions votre identité et vous confiions Léonie ?

Estomaqué, il baissa les cils sur sa sœur. Elle ne le regardait même pas, son sac à dos vert serré contre sa poitrine, et les yeux rivés sur ses Converse bleu marine à étoiles.

— Où sont mes parents ? finit-il par questionner l'hôtesse d'une voix atone alors qu'il était fort probable qu'elle n'en sache rien du tout.

Sans se départir de son sourire, cette dernière pencha la tête de côté d'un air surpris.

— Vos parents ?

— M. et Mme Legrand.

Une expression de curiosité s'afficha sur son visage.

— Eh bien… toujours à Papeete, monsieur. Vous êtes bien Martin Legrand ? s'assura-t-elle encore.

— Oui ! Nom de Dieu ! ne put-il s'empêcher de maugréer.

Son interlocutrice sursauta.

— J'ai peur de ne pas comprendre. Y aurait-il un problème ?

Il considéra sa sœur qui était totalement affaissée sur elle-même, puis il balaya l'air d'un geste évasif de la main.

— Non. Aucun. Allons-y !

Déconcertée, la jeune femme l'observa un court instant, puis elle se pencha vers Léonie pour la rassurer. Laquelle aurait sans doute préféré se trouver n'importe où ailleurs que devant ce frère qu'elle n'avait jamais vu, au bord de l'explosion de surcroît. Cette constatation suffit à calmer Martin qui s'efforça d'étirer brièvement les lèvres sans que, toutefois, son sourire parvienne à atteindre ses yeux.

— Suivez-moi, lui ordonna l'hôtesse.

Il marcha à côté d'elles à leur rythme, prenant sur lui pour ne pas gueuler comme un veau dans tout l'aéroport et se jeter sur le téléphone afin de dire à ces deux énergumènes qui lui servaient de géniteurs ce qu'il pensait d'eux. Oh, il ne manquerait pas de le faire, lorsqu'il aurait réglé la situation avec la gamine et qu'il se serait assuré qu'elle n'entende pas la bordée de jurons qu'il allait leur débiter. Bande d'enfoirés ! Comment avaient-ils pu faire une chose pareille ? Que leur était-il passé par le crâne pour envoyer leur fille de neuf ans, sans eux, à l'autre bout du monde ? Comment ces gens, ses parents, pouvaient-ils être égoïstes et égocentriques au point de se débarrasser de leur fille ainsi ? Martin était tellement en colère qu'aucune explication plausible ne parvenait à lui traverser l'esprit. Nom de Dieu ! Il devait bien y en avoir une, pourtant.

Martin serra les dents, ils arrivaient au comptoir de la compagnie aérienne. L'accompagnatrice de Léonie posa une liasse de documents devant elle et se tourna vers Martin.

— J'aurais besoin de vos papiers d'identité, monsieur Legrand, et que vous remplissiez ce formulaire, s'il vous plaît.

Il hocha la tête, se saisit de son portefeuille et remit son passeport à l'hôtesse. Tout en obtempérant, il jeta un coup d'œil à sa sœur. La fillette croisa son regard une fraction de seconde, enfouit la main dans la poche frontale de sa salopette et en tira un chewing-gum qu'elle déballa avant de le fourrer dans sa bouche. Elle le mâcha discrètement et examina le plafond d'un air détaché. Elle lui ressemblait beaucoup. Les mêmes cheveux blonds, les mêmes yeux bleus, un nez droit, des cils noirs et fournis. Nul doute qu'ils sortaient du même moule.

Il reposa le stylo-bille à côté de l'attestation et soupira, réalisant qu'il ne lui avait encore pas dit un seul mot.

— Tout me semble en règle, nota l'hôtesse en parcourant le formulaire.

Puis elle se tourna vers Léonie.

— Je te souhaite un excellent séjour à Paris. J'espère que tu garderas un bon souvenir de ton voyage en avion.

La fillette hocha la tête avec indifférence et tendit la main vers la poignée de sa valise.

— Je vais la porter, l'arrêta Martin en soulevant son bagage. Tu es prête ?

Léonie acquiesça une nouvelle fois sans proférer un mot et commença à marcher devant. Martin salua poliment l'accompagnatrice et rejoignit sa sœur, incapable de savoir de quelle manière il convenait de se comporter. Il lui coula un regard en biais, incertain, et avisa le panneau publicitaire qui annonçait un *Starbucks Coffee*, à l'étage juste au-dessus.

— Tu as faim ?

La gamine haussa les épaules.

— Soif ?

Même réponse.

Il se retint de grogner. Les mioches et lui, ça faisait deux. Il n'avait jamais su comment les prendre et ne parlait absolument pas la même langue qu'eux. Toutefois, il imaginait sans mal le genre de nourriture qu'elle avait pu ingurgiter dans l'avion. Ça ne devait guère voler plus haut que crackers et fromage fondu. Comme il se doutait qu'elle n'oserait pas lui réclamer quoi que ce soit, et que, de toute façon, il allait bien falloir qu'il lui pose quelques questions à propos de ses parents, il avança vers l'escalator.

— Moi, j'ai faim. Et j'aime autant t'avertir que quand j'ai l'estomac dans les talons, je suis de très mauvaise humeur. Allons manger quelque chose.

Elle leva les cils pour le regarder et le suivit docilement.

— Tu sais qui je suis, n'est-ce pas ? voulut-il s'assurer alors qu'ils avaient pris une table et qu'elle était en train de siroter un milkshake à la fraise.

Sa muette de sœur n'avait encore pas dit un mot, même quand il avait commandé pour elle par déduction. Elle aspira un peu sur sa paille et le regarda de ses grands yeux bleus.

— Mon frère.

— J'imagine qu'on n'a pas dû beaucoup te parler de moi...

Elle ne répondit rien.

— Je ne m'attendais pas à ce que tu arrives seule, Léonie. Pourrais-tu m'expliquer ce qui s'est passé ?

Elle lâcha son gobelet et, d'un geste délicat, croisa les mains devant elle.

— Mon papa est malade.

— Je sais, gamine, et je suis désolé.

Elle amorça ce qui devait être sa mimique préférée : elle haussa les épaules.

— Maman dit que tu t'en fiches.

Que pouvait-il répondre à ça ? C'était partiellement vrai.

— Tes parents et moi avons une relation compliquée.

Bon Dieu, il en parlait comme s'il n'avait aucun lien familial avec eux. Pour donner l'impression à la gosse qu'elle n'était pas entre les mains d'un parfait étranger, il y avait mieux. En même temps, que représentait-il pour elle, à part un mec que son père et sa mère avaient dû dépeindre comme leur pire échec ?

— Pourquoi as-tu voyagé seule, Léonie ?

— Il y a eu un problème.

— De quel ordre ?

Encore un mouvement d'épaules.

— Nos parents ont-ils l'intention de te rejoindre ?

Elle opina.

— Quand ?

Elle le considéra fixement.

— Je ne sais pas.

La moutarde recommençait méchamment à monter au nez de Martin.

— Ils ne t'ont rien dit ?

Un vide intersidéral passa dans le regard de la gosse. Comme Martin était à peu près convaincu qu'il n'en saurait pas davantage, il prit sur lui d'arrêter de l'interroger. Puis, contre toute attente, c'est elle qui posa des questions.

— Où est-ce que je vais dormir ?

Bordel de merde ! Martin avait horreur d'être mis au pied du mur.

— Chez moi, répondit-il un peu plus sèchement qu'il ne l'aurait voulu.

Léonie baissa les yeux sur son milkshake.

— J'aurai une chambre ? pépia-t-elle.

Il hocha la tête. Par chance, son appartement était grand, il disposait d'une chambre d'amis. Il faudrait juste qu'il pousse le bazar accumulé dans des caisses pour lui faire de la place, à savoir tout un tas d'objets archéologiques sans réel intérêt pour la science, mais auquel il tenait beaucoup. Des tessons de céramique, des clous, des scories, quelques monnaies gauloises découvertes en prospection. Ses tout premiers trophées.

— Mais c'est un environnement de mec, la prévint-il.

— Pas grave. C'est grand chez toi ?

Sans doute pas autant que le palace auquel elle devait être habituée à Papeete. Vu ce que ses parents gagnaient là-bas, ils n'avaient sûrement pas dû se contenter d'un quatre-pièces.

— C'est honorable.

— Tu es loin de la tour Eiffel ?

C'était bien plus une invitation à l'y emmener qu'une question. Il ne connaissait pas un gamin qui n'avait pas envie de s'y rendre.

— Pas tant que ça en métro.

Elle ouvrit des yeux grands comme des soucoupes.

— On va prendre le métro ?

Les lèvres de Martin s'incurvèrent légèrement.

— Si ça te fait plaisir.

Un petit son inarticulé sortit de sa gorge – manifestement, ça voulait dire oui.

— C'est vrai que tu étais archéologue ? demanda-t-elle soudain.

Il acquiesça. Il avait l'impression que ça remontait à une éternité.

— Moi, plus tard, je veux étudier les fossiles.

Il haussa les sourcils, ses parents devaient être ravis.

— Tu aimes ça ?

— J'adore ! J'en ai déjà vu plein au musée. Il y a beaucoup de musées ici ?

Martin sourit.

— Des tas.

Léonie se mordilla les lèvres comme pour retenir la question qu'elle mourait d'envie de lui poser. Martin l'en dispensa, surpris d'avoir retourné aussi vite sa veste avec sa petite sœur.

— Je t'y emmènerai si tu veux.

— C'est vrai ?

Vu la tête qu'elle faisait, il n'aurait pas pu lui faire plus plaisir.

Il acquiesça.

— Mais d'abord, nous allons devoir mettre la situation au clair et savoir combien de temps, exactement, tu dois rester avec moi.

Le visage de Léonie se referma presque instantanément.

— Tu vas à l'école, n'est-ce pas ?

Elle hocha la tête.

— En quelle classe es-tu ?

— CE2.

Il l'observa. Elle était si grande qu'elle donnait l'impression d'être déjà en 6e.

— Nos parents ont-ils prévu de t'inscrire dans une école ici ?

Léonie fit rouler son muffin au chocolat entre ses mains et en détacha un petit morceau du bout des doigts.

— C'est ce que maman a dit.

Il fronça les sourcils. Qu'avait-elle dit d'autre encore ? Il ne lui posa pas la question, Léonie devait être suffisamment perturbée comme ça. Il obtiendrait toutes les réponses qu'il voulait dans moins d'une heure. Martin liquida son café d'une traite, s'essuya la bouche avec une serviette en papier et se leva.

— Allez, on y va.

La fillette emporta son milkshake et son muffin, et une heure plus tard, ils arrivaient chez lui. Jane attendait, assise sur les marches, dans la vaste cage d'escalier de l'immeuble haussmannien. Martin l'avait complètement oubliée. La jeune femme se mit debout et observa Léonie avec étonnement.

— C'est Léonie, ma sœur, grommela-t-il en ouvrant la porte de son appartement.

— Bonjour, la salua Léonie d'une voix fluette.

— Bonjour…

Martin pivota vers Jane.

— Mes parents étaient supposés arriver de Papeete avec elle ce soir, je l'ai découverte seule à l'aéroport, lui apprit-il en pénétrant chez lui.

Il retint le battant et attendit que Jane et Léonie soient entrées pour refermer derrière elles.

— Comment ça, seule ? demanda son avocate détestée.

— Il n'y avait personne. Ces enfoirés ne sont pas venus ! gronda-t-il en faisant plusieurs pas dans le salon.

— Ce ne sont pas des enfoirés ! protesta Léonie en le fusillant du regard.

Jane les observa à tour de rôle, totalement perdue. Un, elle n'avait jamais su que Martin avait une sœur, et deux… eh bien, deux… Où étaient les parents de cette gamine ?

Martin se figea quand Léonie s'énerva. Il la considéra quelques secondes, soupira profondément, et se passa une main dans les cheveux.

— Il faut que je leur téléphone, Léonie. Je vais te montrer ta chambre. Elle n'est pas aménagée pour le moment, mais tu y trouveras un placard pour installer tes affaires.

— Je ne veux pas rester ici ! vociféra-t-elle.

Martin fronça les sourcils, visiblement à bout de patience.

— Je doute que tu aies le choix, tu sais.

— Je veux que maman vienne me chercher !

— Sans blague ! siffla Martin, pince-sans-rire. Parce que tu crois que je vais la faire apparaître d'un claquement de doigts ?

Jane vit les yeux de la fillette s'humidifier de larmes qu'elle ne laisserait manifestement pas couler. Alors que son menton se mettait à trembler, elle serra les dents, regarda autour d'elle dans l'espoir de trouver une échappatoire, et réalisa qu'elle était dans un endroit qu'elle ne connaissait pas. Jane sentit son cœur se comprimer quand elle devina la panique sur son visage ; elle s'approcha et s'agenouilla devant elle.

— Bonjour, Léonie. Je m'appelle Jane et je suis une… je suis amie de ton frère. Est-ce que tu aimerais que je t'accompagne dans la chambre pour installer tes affaires pendant que Martin téléphone à tes parents ?

Avant que Léonie réponde, Jane se redressa et la prit par les épaules. Elle leva les yeux vers Martin qui l'observait, le visage de marbre.

— Où est-ce ? demanda-t-elle.

D'un signe du menton, il désigna un long couloir juste derrière lui.

— Troisième porte à gauche.

Jane acquiesça et suivit le regard de Léonie posé sur sa valise rose avant de s'en emparer.

— Viens, lui dit-elle.

Une fois dans la chambre, Jane veilla à bien refermer derrière pour que la gamine n'entende pas ce que Martin avait à dire à ses parents.

— Assieds-toi, lui proposa-t-elle en tapotant le matelas du lit.

Léonie obéit et croisa les mains sur son giron. Elle était tendue comme un arc.

— Quel âge as-tu, Léonie ?

— Je vais avoir neuf ans en décembre.

— Et moi, j'en ai trente et un. Je suis américaine.

— Il y a beaucoup de touristes américains à Papeete, observa Léonie.

Jane sourit.

— La Polynésie doit être un bien joli endroit.

Léonie haussa les épaules.

— Maintenant que nous sommes toutes les deux, tu veux bien m'expliquer ce qui se passe ? demanda Jane d'une voix douce.

La fillette leva des yeux immensément bleus sur elle.

— Mon papa va mourir.

Jane eut l'impression d'avoir reçu un seau d'eau glacée sur la tête.

— Pourquoi est-ce que tu dis ça ?

— Parce qu'il est malade.

— Malade ?

Léonie acquiesça.

— Maman dit qu'il a cancer du poumon et qu'on ne pourra jamais le guérir. Au début, elle pensait que si, et elle voulait qu'on vienne tous en France pour le faire soigner. Mais il ne va pas bien, il ne peut pas faire le voyage, alors je suis venue toute seule.

Jane déglutit. Elle tombait des nues. Elle ne connaissait rien des parents de Martin, il n'en avait jamais parlé. Pour être totalement honnête, elle s'était même imaginé qu'ils étaient morts. Elle resongea à la réaction violente de Martin dans le salon. Bon sang, il n'était quand même pas au courant ?

— C'est toi qui as voulu venir ? l'interrogea Jane.

Léonie hocha la tête.

— Papa est à l'hôpital, il est inconscient, et maman pleure tout le temps. Elle ne peut plus trop s'occuper de moi.

— Oh, Léonie… s'exclama Jane avec l'envie de serrer dans ses bras cette petite fille qu'elle n'avait jamais vue de sa vie. Mais ta maman va venir te chercher, n'est-ce pas ?

Léonie baissa les yeux sur ses doigts qu'elle entrecroisait nerveusement.

— Quand papa sera mort. Parce qu'on n'a pas d'amis là-bas.

Cette gamine avait rejoint son frère par désespoir. C'était tout simplement horrible.

— Je suis désolée, Léonie. Je suis certaine que Martin va bien prendre soin de toi.

— Il ne me connaît pas.

Jane avança la main et repoussa une mèche blonde du front de la fillette.

— Les grands frères sont souvent à côté de la plaque, mais je suis sûre que le tien fera des efforts pour te rendre la vie plus agréable.

Léonie secoua la tête.

— Avant aujourd'hui, on ne s'était jamais vus.

Jane arqua un sourcil.

— Jamais ?

— Non. Papa dit que Martin est un crétin et qu'on n'a pas besoin d'être entouré de crétins.

Décidément, Léonie avait le don de mettre sur le tapis des sujets qui faisaient mouche.

— Eh bien… Je sais que parfois, les apparences peuvent être trompeuses, mais je t'assure que ton frère est loin d'en être un.

La gamine la toisa bizarrement.

— Tu es amoureuse de lui ?

Jane incurva faiblement les lèvres.

— Je l'aime énormément.

Léonie regarda subitement autour d'elle et fronça les sourcils.

— C'est moche ici.

La jeune femme fit la moue. La chambre était grande, propre, mais elle n'était effectivement pas celle dont pourrait rêver une fillette. Les murs moulurés étaient blancs, c'était déjà ça, mais ils avaient dû accueillir un bon nombre de tableaux appartenant au locataire précédent, si bien que des petites chevilles étaient parsemées un peu partout. Le parquet en pin clair était magnifique en revanche, mais caché par l'immense lit deux places et la quantité impressionnante de caisses en plastique bleu éparpillées dans la pièce, on ne le voyait presque plus. Jane leva la tête et regarda l'immonde boule en papier jauni faisant office de lustre accroché au plafond. Ah ça, Martin aurait eu besoin des services d'un bon décorateur ! Ne sachant pas combien de temps Léonie resterait ici précisément, et ayant parfaitement conscience qu'elle serait elle-même partie six jours plus tard, elle proposa à la fillette de commencer immédiatement l'aménagement, avec les moyens du bord. D'abord, le grand placard qui prenait tout un pan de mur. Il était assez profond et put contenir une bonne partie des caisses que Jane empila les unes sur les autres, les dernières étant suffisamment basses pour aller sous le lit. Ensuite, elle grimpa sur une chaise et, grâce à son mètre soixante-treize, elle put détacher l'abat-jour qu'elle déchira sans le faire exprès. Si Martin avait eu l'idée saugrenue de s'en servir ailleurs, c'était fichu. Elle promit à Léonie de lui ramener un lustre plus joli, et quelques décorations aussi. Finalement, Jane remit en place les draps, lissa le couvre-lit beige et tapota les oreillers. Léonie y disposa les rares peluches qui avaient fait le voyage avec elle, rangea quelques livres sur la table de chevet et la chambre parut plus accueillante. Elles se sourirent, satisfaites.

Lorsque Martin les rejoignit une bonne heure plus tard, il les découvrit assises en tailleur sur le matelas en train de faire une partie de *Uno*. Léonie posa sur lui un regard farouche qu'elle déporta presque immédiatement sur les cartes qu'elle tenait en main. Quant à Jane, elle semblait retenir son souffle.

— Vous avez fait du bon boulot, constata-t-il en jetant un œil à la pièce.

Comme pas une n'ouvrit la bouche, il approcha du lit et prit place sur le rebord.

— J'ai commandé des pizzas.

— Est-ce que je peux téléphoner chez moi ? demanda Léonie qui se moquait manifestement de remplir son estomac.

Martin acquiesça et fouilla dans la poche arrière de son pantalon pour en sortir son portable. Il explora son journal d'appels et retrouva celui de sa mère.

— Tiens, enjoignit-il à sa sœur en le lui tendant. Tu as juste à appuyer sur le bouton vert.

Elle hocha la tête, s'en empara, et sauta du lit pour quitter la pièce. Martin se tourna vers Jane, la poitrine étrangement oppressée.

— Merci... dit-il simplement.

Elle lui sourit faiblement.

— C'est une chouette gamine.

— Une gamine qui est en train de perdre son père.

— Je sais... murmura Jane. Elle m'a tout expliqué. Je suis sincèrement désolée, Martin.

Il la dévisagea avec intensité.

— Je n'ai jamais été proche de lui. Même lorsque nous vivions ensemble. Ça a l'air différent pour elle.

— Que va-t-il se passer à présent ? Enfin...

Elle s'interrompit pour reprendre aussitôt.

— Tu n'es absolument pas obligé de m'en parler si tu n'en as pas envie.

L'ironie voulait que la femme qu'il détestait le plus fût également la seule auprès de qui il pouvait se confier. Parce qu'il savait qu'il pourrait dire n'importe quoi, elle ne le jugerait pas. Elle n'oserait pas.

— Mon père est atteint d'un cancer fulgurant des poumons. Les médecins ne lui laissent pas plus de deux semaines à vivre. Léonie va donc rester ici le temps que ma mère mette ses affaires en ordre. Elle souhaite revenir en France ensuite. En attendant, je dois inscrire la gamine à l'école et prendre soin d'elle. Mes très généreux parents ont veillé à ce que mon compte en banque soit largement approvisionné.

Ils avaient tout prévu, dans les moindres détails. Bon Dieu, ce qui lui arrivait était presque à hurler de rire. Il n'était pas du tout moulé pour s'occuper d'un môme. Il s'était souvent moqué de Gabi en racontant qu'elle n'aimait pas les enfants alors que c'était lui qui ne pouvait pas les supporter.

Jane incurva légèrement les lèvres.

— Ce que tu fais est…

— Parce que tu penses qu'on m'a demandé mon avis ? l'interrompit-il brusquement. Ils m'ont toujours mis au pied du mur. C'est ce qu'ils font encore aujourd'hui, sauf que cette fois, il y a une fillette de neuf ans entre nous.

— Je crois qu'elle a fait le choix de venir, dit-elle prudemment.

Il ricana.

— Tu parles d'un choix ! Sa mère est en pleine dépression nerveuse, son père n'est plus capable d'ouvrir la bouche tout seul, et ils n'ont pas un ami valable pour s'occuper correctement de leur fille ! Cette gamine est intelligente. Elle n'a pas hérité du meilleur frère du monde, mais au moins, elle a vite compris ce qui était préférable pour elle.

Jane le dévisageait avec attention et il se surprit à avoir très envie de connaître le fond de ses pensées. Elle baissa les yeux et s'humecta les lèvres.

— Je lui ai promis de lui ramener deux ou trois bricoles pour sa chambre.

— Rien ne va changer entre toi et moi, alors ne t'attache pas à elle, l'avertit-il d'un ton qu'il savait cruel.

La jeune femme garda la tête haute.

— Je pars dans une semaine, Martin, ne te fais aucun souci. Ce qui se passe à Paris restera à Paris.

Il affronta son regard vert et se composa une mine dédaigneuse.

— Dans ce cas, c'est parfait.

— J'ai terminé, intervint Léonie qui faisait irruption dans la pièce, les joues rouges et les yeux bouffis.

Elle avait pleuré.

Elle rendit son téléphone à Martin et, instinctivement, alla se réfugier à côté de Jane.

Martin se figea et l'avocate releva lentement la tête pour le fixer droit dans les yeux, le mettant au défi de faire la moindre remarque. Ce qui ne lui vint pas une seconde à l'esprit, et pour une bonne raison : ses pensées convergeaient vers des idées bien plus originales, et bien moins avouables.

— Je vais vous laisser, annonça subitement Jane en se levant, vous devez avoir des tas de choses à vous dire.

— Non ! s'écria-t-il en chœur avec sa sœur.

À tel point qu'il eut honte de lui montrer autant d'intérêt. Alors il fit en sorte de ne pas perdre la face.

— Je ne connais rien aux trucs de filles. J'ai besoin d'être briefé.

Jane arqua un sourcil, perplexe, mais il réussit à la convaincre.

Pour finir, Martin marmonna des paroles inintelligibles et quitta la pièce.

17

Lorsque Jane referma doucement la porte de la chambre de Léonie, il était presque 22 heures. La petite était tombée d'épuisement sans même avoir avalé une seule bouchée de pizza. Ses sandales à talons à la main pour ne pas faire de bruit, Jane rejoignit Martin dans le salon. Elle le trouva avachi sur son canapé, les cuisses écartées, la tête renversée en arrière contre le dossier et les yeux fermés. Il s'était endormi. Elle avança lentement et s'immobilisa à quelques pas pour l'observer. Le visage ainsi détendu, il paraissait beaucoup plus jeune, presque inoffensif, même si sa barbe naissante lui conférait une virilité dangereuse. Devant ses cheveux en bataille et la chemise entrouverte sur les premières lignes de ses tatouages, elle songea qu'il était magnifique et se serait damnée pour déposer un baiser sur ses lèvres. Le plus silencieusement possible, elle se saisit de son sac et de son gilet sur le fauteuil, puis elle se dirigea à pas de loup vers la porte d'entrée.

— Viens par ici, Jane, dit Martin d'une voix profonde au moment où elle enroulait ses doigts sur la poignée.

Elle s'immobilisa et ferma les paupières.

— Il est préférable que je m'en aille, dit-elle sans se retourner.

— Léonie est endormie.

Jane pivota pour lui faire face.

— C'est vrai, mais elle peut se réveiller à n'importe quel moment.

— Après plus de trente heures de voyage, je doute que ce soit avant demain.

Martin se leva souplement et se dirigea vers elle avec l'attitude d'un animal en chasse. Le cœur de Jane se mit à cogner trois fois plus vite que la normale quand il se posta devant elle et qu'il fit glisser sur son corps un regard lourd de sous-entendus.

Martin lui prit la main et l'entraîna à travers l'appartement jusqu'à sa chambre à coucher. Éclairée d'une lampe-ventilateur à pales en bois, la pièce était belle, spacieuse, les murs habillés de moulures et de caissons blancs, mais elle ne contenait rien d'autre qu'un grand lit capitonné de cuir marron encadré de deux tables de chevet. Les draps, immaculés, étaient tirés au carré, et pas un objet ne traînait. C'était propre, design, mais si impersonnel que Jane aurait juré que personne n'y dormait jamais. Martin se posta devant la fenêtre, ferma les épais rideaux de velours et se tourna vers Jane. Un peu oppressée, la jeune femme déglutit. Le cœur battant, alors qu'elle était incapable d'amorcer le moindre geste, elle le vit s'approcher tranquillement.

— Enlève ta robe, dit-il d'une voix chaude qui la pénétra jusqu'à l'os.

Elle brava son regard quelques instants puis, les mains tremblantes, elle fit glisser les bretelles. Le tissu tomba en flaque à ses pieds dans un bruit soyeux, et Jane se retrouva en sous-vêtements.

— Je voudrais que tu me déshabilles aussi.

Une boule incandescente se forma dans le ventre de Jane et la tétanisa littéralement. La terrifia. Elle avait déjà goûté chaque parcelle de sa peau, senti son odeur, apprécié sa douceur, mais le corps qui se tenait devant elle était si différent de celui qu'elle avait connu. Des muscles plus développés, des tatouages, une force brute, une jambe mutilée… Dieu qu'elle avait peur de faire face à son erreur, à son crime, à la douleur dont elle s'était rendue coupable. Au bord des larmes, elle ferma les paupières. Martin engloba son visage entre ses paumes et s'inclina sur elle, Jane le perçut à son souffle qui lui balayait la bouche.

— Jane, maintenant…

Une fine couche de sueur recouvrit le front de Jane tandis que Martin s'écartait d'elle. Elle chercha son regard et y lut une détermination étourdissante. Être nu devant elle, c'était ce qu'il voulait. Vraiment. La jeune femme se mordit les lèvres et posa les doigts sur les premiers boutons de la chemise de Martin. Les ouvrir un à un était comme descendre un pic rocheux : effrayant, grisant et vertigineux. Elle dévoila le torse de l'homme qu'elle aimait en luttant contre le désir d'y appliquer la joue et de fermer les yeux. Elle fit glisser la chemise le long de ses bras et, le souffle court, elle s'immobilisa afin d'admirer les dessins qui lui couvraient le flanc droit.

Ils se considérèrent fixement. Elle avait le visage en feu et une irrésistible envie de tomber à genoux devant lui. Ce qu'elle fit. Surpris, Martin se raidit légèrement. Les pieds repliés sous elle, Jane leva les yeux sur lui et entrouvrit les lèvres. La dominant de toute sa hauteur, il garda les jambes légèrement écartées, les bras le long du corps, dans l'attente de ce qu'elle allait faire. Jane posa les paumes sur les hanches de Martin et suivit la ligne de ses cuisses fermes. Elle s'arrêta un peu avant les genoux, le cœur battant, avec la conscience aiguë d'être sur le point de toucher le plastique de sa prothèse. Elle ferma les paupières puis, la respiration hachée, elle continua sa descente. À travers la toile de son pantalon, la main parcourut la surface uniforme et froide du manchon, jusqu'à ce que, surprise, elle rencontre une courte tige métallique qui se terminait au niveau du pied. Intimidée, Jane souleva l'ourlet gauche et défit les lacets de ses baskets en cuir. Martin leva le pied et l'aida à retirer sa chaussure, puis il amorça le même mouvement de l'autre côté. Paniquée, Jane chercha son regard. Martin demeura de marbre, inflexible. Maladroitement, la jeune femme fit glisser la basket sur le talon avec la précaution dont elle aurait fait preuve pour déchausser un petit enfant. Fascinée et bouleversée à la fois, elle découvrit un pied prothétique, dur, lisse et sans plus de détail qu'un embauchoir. Elle déglutit, croisa une nouvelle fois les yeux de Martin, et prit appui sur ses genoux pour s'attaquer à la boucle de sa ceinture. Avec une lenteur exacerbée et totalement involontaire, Jane, dont les poumons menaçaient d'exploser sous la pression intolérable et douloureuse qu'elle ressentait, fit descendre le pantalon le long des jambes de Martin, ignorant l'impressionnante érection qui tendait le tissu de son boxer. Quand elle atteignit la bordure de la prothèse, elle se mordit les lèvres, le menton tremblant, et ferma les paupières pour ne pas affronter ce qu'il voulait tant lui montrer. Elle abandonna la toile qui tomba sur le sol et attendit que Martin se déleste du reste de ses vêtements. Prostrée sur elle-même, les mains coincées entre ses cuisses, le dos voûté et la tête baissée, Jane conservait obstinément les yeux clos, convaincue qu'elle ne supporterait jamais la vue du plus grand péché qu'elle ait jamais commis.

— Regarde-moi, souffla Martin.

Un instant, elle fut tentée d'être lâche et de fuir, puis elle se souvint de la raison pour laquelle elle avait accepté cet accord douloureux que lui avait proposé Martin : elle voulait expier sa faute, lui montrer combien elle était désolée, combien elle se détestait pour ce qu'elle avait fait, et, même si les mots ne franchissaient jamais la barrière de ses lèvres, combien elle l'aimait, lui, tel qu'il était, quelle que soit son apparence.

Elle releva la tête et ouvrit les paupières. Martin se tenait entièrement nu devant elle, la moitié droite de son corps couverte de tatouages rouges, verts et noirs, la jambe emboîtée juste au milieu du tibia dans un manchon en plastique coqué et aussi coloré que les dessins sur sa peau. Le coup de poignard dans la poitrine de Jane fut si violent qu'elle fut prise de nausée et porta la main devant elle pour ne pas vomir toute la haine qu'elle éprouvait pour elle-même. C'était sa faute. Elle était coupable. Elle l'avait mutilé. Elle aurait dû être à sa place. Le cœur au bord des lèvres, elle sentit sa bouche se tordre dans un rictus douloureux, puis les larmes couler abondamment sur ses joues. Pour la première fois de sa vie, elle se crut sur le point de perdre connaissance. Qu'avait-elle fait ?

— Ne dis pas un mot, l'avertit-il, le regard dur, quand il comprit qu'elle était sur le point d'implorer son pardon.

Si elle proférait la moindre excuse, il ne le supporterait pas. Il tordrait son joli petit cou gracile et la jetterait ensuite par la fenêtre.

Jane renifla, s'essuya le nez du dos de la main, et se mit sur ses jambes. Elle tenait à peine debout. Il contempla un long moment son corps presque nu, le sien harassé par l'envie qu'il avait d'elle, ses muscles tendus à l'extrême. Cette femme le rendait fou. Ses yeux humides étaient encore plus verts que d'habitude. Martin retint la soif primitive qu'il avait d'elle et se rappela ce pour quoi il l'avait conduite ici, ce soir. D'un geste leste, il passa les mains derrière le dos de la jeune femme, glissa sous ses fesses et la souleva pour qu'elle s'enroule autour de lui. Sans la quitter des yeux, il la porta jusqu'au lit où il posa un genou pour la faire basculer. Jane se détacha de lui et se laissa choir souplement.

— Ne bouge pas…

Elle ferma les yeux. Martin s'assit sur le rebord du lit et retira sa prothèse, ne laissant que le bandage qui le protégeait des frottements. Puis il se leva en serrant les dents. Tenir debout sur une jambe lui était toujours aussi difficile, même après trois ans.

— Regarde-moi, Jane.

Jane obtempéra et se crispa en le voyant sans son appareillage. Il savait à quel point c'était impressionnant, choquant, à la vue de celui qui n'était pas habitué. Même pour lui, ça l'était encore. Alors qu'il aurait dû être satisfait de l'immense culpabilité que le visage de la jeune femme affichait, il n'en ressentit qu'un vif dégoût. Jusqu'où serait-il capable d'aller pour l'écraser ? Irait-il jusqu'à perdre le peu d'humanité qu'il lui restait ? Se renierait-il lui-même ? Il n'en savait rien. Martin portait en lui tellement d'armures qu'il en avait oublié de quoi il était fait. Et l'une des plus infranchissables était son orgueil. Étouffant, castrateur. Il pulvérisait tout.

Contre toute attente, elle avança sur les fesses et s'assit au bord du lit, ses cuisses de part et d'autre des jambes de Martin. Là, elle lui prit la main droite et la posa sur son épaule pour qu'il s'y appuie. Dérouté, il la vit se pencher sur son membre mutilé pour dérouler avec une douceur infinie le bandage qui protégeait son moignon. Le cœur de Martin se mit à battre à toute allure. Il était incapable de faire un geste. À part ses soigneurs, il n'avait jamais laissé personne le toucher à cet endroit-là, et le fait d'accepter que Jane le fasse l'ébranla au plus profond de lui-même. Un son inarticulé sortit de sa gorge quand elle atteignit sa peau et frôla du bout des doigts la forme conique. Le contact l'électrisa sans qu'il puisse définir s'il l'appréciait ou non. Les sensations étaient tellement étranges, comme si elles ne lui appartenaient pas. Jane s'inclina un peu plus et, subjugué, il la vit approcher les lèvres et l'embrasser.

Ce geste de tendresse eut raison de lui. Un grondement sourd s'échappa du fin fond de sa gorge. Il saisit Jane par les épaules et les fit basculer tous les deux sur le lit. Il encercla sa taille fermement et la fit s'allonger plus au centre du matelas. Jane gémit quand il se coucha à moitié sur elle et descendit jusqu'à avoir la tête entre ses cuisses. Jane explosa.

Martin s'écarta d'elle et se laissa tomber à genoux sur le sol. Il remit sa prothèse avant de croiser le regard affolé de Jane, et lui fit signe de ne pas bouger. Puis il se dirigea vers le placard mural dont il ouvrit les portes pour en sortir une cravate de soie bleue.

Jane arrondit les yeux de surprise quand il s'approcha avec le bout d'étoffe entre les mains.

— Que vas-tu faire ?

— Répondre à ta requête. T'empêcher de me voir.

Elle fronça les sourcils.

— Pourquoi ? demanda-t-elle alors qu'il s'était de nouveau agenouillé sur le lit. Tu ne l'as pas fait jusqu'à présent.

Il la dévisagea et son regard glissa sur la pointe érigée de ses seins. Ils ressemblaient à deux beaux fruits mûrs.

— Parce que j'en ai assez de te prendre comme un animal.

Jane ouvrit la bouche pour dire quelque chose, mais elle se ravisa. Toutefois, il crut déceler un léger sourire de satisfaction sur le coin de ses lèvres.

Il passa dans son dos, disposa la cravate sur ses paupières closes et la lui noua derrière la tête, suffisamment serrée pour qu'elle ne se détache pas. Il se repositionna devant elle et se pencha pour lui embrasser les seins. La jeune femme se cambra et glissa les doigts sur la nuque de Martin pour lui caresser les cheveux. Il se redressa subitement et leurs bouches se trouvèrent à seulement deux centimètres l'une de l'autre. Jane le perçut, mais elle ne bougea pas. Leurs deux souffles se mêlèrent, les enivrèrent littéralement et Jane s'humecta les lèvres. Martin prit ça pour un signal, il plongea sur elle, la fit basculer en arrière, et l'embrassa à en perdre haleine, la dévorant, enroulant sa langue autour de la sienne, se remémorant à quel point il aimait ça, combien c'était bon d'échanger un baiser avec elle. Ce contact raviva en lui des désirs enfouis depuis longtemps, des envies d'émotion brute, de spontanéité, de grandes aventures. Et c'était avec Jane qu'il voulait les partager. Cette révélation le fit exploser de l'intérieur. Il releva la tête et la dévisagea. Il réfléchirait aux conséquences de ses pensées plus tard.

— Viens… dit-elle d'une voix si adorable qu'il n'y résista pas.

Il se défit une seconde fois de sa prothèse, la laissa tomber par terre et se hissa au-dessus d'elle, totalement sous l'emprise de ses sens. Il ne pensait plus, ne réfléchissait plus. Jane poussa un petit cri étouffé et s'accrocha à ses épaules aussi désespérément qu'un naufragé à une bouée. Il roulait des hanches au-dessus d'elle, se refusant à perdre le contrôle sans l'avoir emmenée aussi loin qu'il le pouvait. Jane sombra dans l'extase avant que celle-ci ne le happe à son tour. Martin se crispa, gronda, et se désagrégea en un milliard de particules pour finalement s'effondrer sur elle.

Étourdi et confus, il mit une éternité pour reprendre ses esprits et réaliser qu'il avait joui en elle. Décontenancé, il prit appui sur ses bras et contempla la femme qui gisait sous lui, groggy et aussi comblée qu'il l'était. Il venait de partager une expérience si forte, si intense et enflammée, qu'il avait peine à croire qu'il était toujours en vie. Non seulement il l'était encore, mais il s'en trouvait secoué. Bouleversé. Incapable de comprendre comment il en était arrivé là.

Ce qu'il avait ressenti l'avait dévasté.

Martin avait donné bien plus qu'il n'en avait eu l'intention. L'espace d'un instant, même sans le voir, il parut si vulnérable à Jane qu'elle ne put s'empêcher de lui caresser la nuque dans un signe d'apaisement. Il ne réagit pas, alors elle laissa retomber son bras le long de son corps et attendit. Dieu qu'elle l'aimait. Si seulement elle pouvait le lui dire, si seulement il acceptait de l'entendre... Martin roula sur le côté. Au mouvement que fit le matelas, Jane comprit qu'il s'était assis. Elle abaissa la cravate qui lui bandait les yeux et se tourna vers lui. Le dos arrondi, les cuisses légèrement écartées, il avait appuyé ses coudes sur ses genoux et se tenait la tête entre les mains.

— Martin... murmura-t-elle, pleine d'espoir, en posant doucement la paume sur son épaule.

Il n'amorça pas un geste pour se dégager, mais il releva la nuque, se pencha un peu en avant et récupéra sa prothèse qu'il enfila. Puis il se mit debout et fit face à Jane, le regard si vide qu'elle en frémit.

— Je veux que tu sois partie dans dix minutes.

Sans un mot de plus, il lui tourna le dos et, en quelques enjambées, il disparut derrière la porte d'une pièce adjacente. Le cœur déchiré de toutes parts, elle mit un moment avant de réagir. Elle regarda les draps froissés autour d'elle, se passa les doigts dans les cheveux, et éclata en sanglots. Jane quitta le lit et chercha ses vêtements qu'elle enfila à la hâte. Elle sortit de la pièce comme si elle avait le diable aux trousses et récupéra son sac et ses sandales qu'elle chaussa sans même les attacher. Elle marcha jusqu'à la porte d'entrée et s'y appuya d'une main pour se ressaisir, la poitrine oppressée. Puis Martin surgit de la chambre, les cheveux humides, habillé d'un simple jean. Il s'immobilisa en la voyant.

Ses jambes la portaient à peine, elle était incapable d'affronter son regard. Il fallait qu'elle s'en aille maintenant.

— Jane… murmura-t-il en devinant sa détresse.

Elle ne voulait pas de sa pitié. Elle voulait son amour. Ce qu'elle n'obtiendrait jamais.

— Au revoir, Martin. C'était pas mal. N'hésite surtout pas à me téléphoner si tu as de nouveau besoin de mes services. Il te reste moins d'une semaine pour en profiter.

Et elle sortit.

Martin regarda la porte se refermer doucement derrière Jane. Il avait été brillant, ce soir, vraiment. Extraordinaire, même. Son plan avait fonctionné à merveille, il l'avait brisée, aurait dû s'en réjouir, mais, au lieu de ça, il avait l'impression d'être la pire ordure que la Terre ait engendrée. Oh, ce n'était manifestement pas une impression, le diable lui-même s'était emparé de lui. Dégoûté, mais sans avoir une seule seconde l'intention de revenir sur ses décisions, il fonça dans sa salle de sport pour faire l'unique chose intelligente et raisonnable à sa disposition : se tuer dans l'effort et oublier.

Oublier quoi ?

Que les plus beaux yeux verts qu'il ait jamais vus étaient noyés de larmes à cause lui.

18

C'est uniquement parce que Jane avait promis à Léonie qu'elle lui apporterait de quoi décorer sa chambre qu'elle retourna chez Martin le mardi suivant. Ça lui en coûtait de ravaler sa fierté. Car bien qu'elle eût suggéré à Martin de la recontacter en cas de besoin, elle avait été suffisamment blessée pour ne plus avoir envie de revenir de son propre chef. Or la gamine comptait sur elle et Jane aurait détesté lui faire faux bond. Martin se comportait peut-être comme un rustre, mais sa petite sœur n'y était pour rien. Elle prit son courage à deux mains et appuya sur le bouton de l'ascenseur sans toutefois être certaine de les trouver chez eux. Si tel était le cas, elle laisserait les paquets à la loge du concierge, ce qu'elle avait été tentée de faire avant même de vérifier s'ils étaient là. Mais bien qu'elle l'ait vue une seule fois, Jane voulait dire au revoir à Léonie. Cette gamine l'avait vraiment touchée.

Elle monta les quatre étages et frappa à la porte de l'appartement. Aucune réponse. Elle essaya une nouvelle fois, sans plus de succès. Déçue et soulagée à la fois, elle s'apprêtait à grimper dans l'ascenseur quand elle entendit qu'on entrebâillait discrètement le battant. Elle tourna la tête et devina le visage de Léonie, comme si elle vérifiait de qui il pouvait bien s'agir.

— Léonie ? C'est Jane, dit-elle en approchant.

La gamine ouvrit complètement la porte et sourit.

— Martin m'a interdit d'ouvrir à qui que ce soit pendant qu'il est pas là.

Jane fronça les sourcils.

— Tu es seule ?

— Juste pour une demi-heure, il est descendu chercher des pizzas.

— Encore ? ne put-elle s'empêcher de faire remarquer.

Léonie haussa les épaules, puis ses yeux se posèrent sur les sacs que Jane portait.

— Chose promise chose due ! s'exclama cette dernière. Plein de trucs de fille !

Léonie sourit de plus belle et prit Jane par la main pour la faire entrer.

— Martin m'a acheté des rideaux, hier, et une nouvelle couette. C'est moi qui les ai choisis. Tu veux voir ?

Jane hocha la tête et la suivit dans la chambre. La fillette avait déjà totalement investi les lieux en personnalisant la pièce de dessins accrochés au mur et au-dessus de son lit. Le cœur serré, Jane comprit que la plupart des illustrations maladroites la représentaient avec ses parents, au bord de la mer. Le sourire sur leurs lèvres reflétait des souvenirs pas si lointains encore gravés dans la mémoire de Léonie. Elle s'approcha de l'un d'entre eux et resta statufiée en s'y découvrant, tenant la main de Martin.

— J'avais pas d'orange pour les cheveux, alors je les ai faits rouges, s'excusa-t-elle.

Jane préféra ne pas montrer à quel point elle était émue par si peu de chose et leva les sacs qu'elle tenait toujours entre les doigts.

— Et si tu fouillais à l'intérieur pour voir ce que je t'ai ramené ?

Léonie ne se fit pas prier, s'en empara et s'installa sur le lit.

— Oh, génial ! s'exclama-t-elle en découvrant des étoiles phosphorescentes. Je vais pouvoir les accrocher au plafond si Martin est d'accord. Et ça ! J'en avais pas !

Elle sortit un réveil-matin *Monster High* qu'elle sembla trouver très à son goût. Elle le posa sur sa table de nuit et, le sourire aux lèvres, plongea les deux mains dans le plus gros des sacs pour en extirper une lampe de chevet et un lustre constitué d'une centaine de petites boules de papier mâché multicolore.

— Et ça ? Qu'est-ce que c'est ? l'interrogea-t-elle en lui montrant un sachet transparent laissant deviner du tulle blanc.

— Un ciel de lit. Il faudra que tu demandes à ton frère de percer un trou dans le plafond pour l'accrocher. Ensuite, tu le déploieras autour du matelas.

— Comme un baldaquin ! s'exclama-t-elle. J'en ai un dans ma chambre, à Papeete.

Son visage s'assombrit à l'évocation de sa vie là-bas, puis elle balaya sa mélancolie en quelques secondes comme pour s'éviter de souffrir.

— Martin m'a inscrite à l'école hier matin.

— Oh, vraiment ? Et alors ? Elle te plaît ?

Léonie haussa les épaules avec indifférence.

— Les gens sont bizarres ici. Ils n'ont jamais l'air contents.

Jane sourit.

— Tu dis ça parce que tu ne les connais pas encore. Laisse-toi le temps de bâtir des amitiés, tu découvriras forcément quelqu'un avec qui tu t'entendras bien.

— Ils me trouvent trop bronzée.

Jane ne put s'empêcher une mimique de stupéfaction.

— Trop bronzée ?

Certes, elle avait la peau particulièrement mate, mais elle était magnifique et éclatait de santé.

— On m'a dit que c'était pas normal avec mes cheveux blonds. Que je devrais être plus blanche. Il y a même un garçon qui m'a demandé si je me lavais.

Comme ils y allaient ! Elle venait tout juste d'investir cette école qu'elle avait déjà droit aux brimades les plus sordides. Les enfants entre eux pouvaient être impitoyables. Jane tendit la main et lui caressa la pommette.

— Normal ou pas, tu es superbe. Et puis, par chance, tout le monde ne peut pas ressembler à un cachet d'aspirine !

Léonie sourit.

— Comment ça se passe ici ? voulut savoir Jane.

La fillette se laissa un temps de réflexion avant de répondre.

— Martin est gentil.

— Mais encore ?

Son regard se perdit loin derrière l'épaule de Jane.

— Mes parents me manquent, et je ne peux pas parler d'eux avec lui sans qu'il s'énerve.

— Il se met en colère ?

Elle secoua le menton.

— Non, mais il devient tellement rouge qu'on dirait que sa tête va exploser. Il ne les aime pas.

Jane n'essaya pas de la convaincre du contraire, elle n'avait jamais abordé le sujet avec Martin et ne connaissait pas le fond de ses pensées. Toutefois, elle voulut rassurer Léonie.

— Parfois, les relations entre adultes sont si compliquées qu'ils préfèrent s'ignorer ou se fâcher plutôt que de s'avouer ce qu'ils ressentent vraiment.

Cette phrase faisait écho en elle.

— C'est pareil pour toi et mon frère ?

Jane plongea dans les immenses yeux bleus empreints de curiosité de Léonie et sourit. Cette petite était intelligente.

— Martin t'a-t-il parlé de sa jambe blessée ?

Elle acquiesça.

— On a dû la lui couper et aujourd'hui, il en porte une fausse.

— C'est exact, confirma tristement Jane. J'ai provoqué l'accident qui l'a privé de sa jambe. C'était il y a quelques années.

— Il ne t'a pas pardonné ?

— Je crois qu'il essaie, expliqua-t-elle à voix basse, mais ce n'est pas facile.

Léonie s'abîma dans quelques secondes de réflexion.

— Eh bien, moi, je crois qu'il t'aime bien ! décréta-t-elle finalement.

Si seulement… pensa Jane.

— C'est vrai que tu vas bientôt rentrer chez toi ? demanda-t-elle.

— Oui. Je pars vendredi matin.

Léonie ne sut dissimuler sa déception.

— J'aurais bien aimé que tu restes plus longtemps.

— J'ai un travail qui m'attend. Mais tu sais quoi ? Quand je serai à Washington, si tu as envie de parler avec moi, on se téléphonera !

— C'est pas pareil, maugréa Léonie.

Jane plissa les yeux maugréa.

— C'est vrai. Il n'empêche que si tu le souhaites, c'est possible.

Elle s'empara de son sac à main et fouilla à l'intérieur pour chercher un bout de papier et un crayon. Elle ne trouva que la carte de visite d'Adrien, alors elle y nota son numéro au dos. Léonie s'en saisit et la consulta.

— C'est qui, Adrien de Bérail ?

Jane rit doucement.

— Un vieux bougon qui est aussi l'un de mes meilleurs amis. Je travaille avec lui lorsque je suis à Paris. C'est même la raison pour laquelle je suis restée si longtemps cette fois.

Elle fronça les sourcils.

— Tu es avocat ?

— Avocate, la reprit-elle gentiment. Eh oui, c'est mon job.

Léonie se gratta la tête.

— Moi, plus tard, je veux travailler dans un musée et étudier plein de fossiles !

— Chouette programme.

Jane s'apprêtait à lui dire qu'elle avait de la chance d'avoir un ancien archéologue dans la famille et qu'il lui expliquerait tout ce qu'il fallait savoir lorsque la porte d'entrée claqua.

— Je suis de retour ! lança Martin.

Avant même que Jane ait pu faire un geste, il fit irruption dans la chambre, deux grosses boîtes de pizzas odorantes sur les bras.

— Jane m'a apporté plein de cadeaux ! se justifia Léonie en voyant le visage sombre de son frère. Même un ciel de lit. Tu me l'accrocheras ?

— On fera ça, bougonna-t-il sans quitter Jane des yeux.

Jane se leva et remit en place sa jupe de tailleur.

— Bien, je vais vous laisser.

Puis elle se tourna vers Léonie et se racla la gorge pour cacher le voile d'émotion qui menaçait de la faire bégayer.

— J'ai été ravie de te rencontrer, mademoiselle.

Soudain très triste, Léonie se mit debout.

— Moi aussi, murmura-t-elle. On se reverra un jour ?

Le cœur gros, Jane lui caressa doucement les cheveux.

— On ne sait jamais ce que l'avenir nous réserve, alors on va dire que tout est possible !

Contre toute attente, Léonie se serra subitement contre elle.

— Merci pour tous les cadeaux.

— Mais de rien, chuchota Jane d'une voix triste, de rien.

Elle embrassa la petite sur la joue, cala son sac à main sur son épaule et se tourna vers Martin. Ses yeux étincelaient.

D'un pas mal assuré, elle avança pour sortir. Posté dans l'encadrement de la porte, il ne semblait pas vouloir la laisser passer. Un sourire crispé se dessina sur les lèvres de Jane.

— Je dois partir.

— Tu retournes au bureau ?

— Non, mais je m'en vais dans trois jours, je dois préparer mes affaires.

Il ne bougea pas d'un millimètre. Jane leva les paupières et affronta son regard tandis que Léonie demeurait silencieuse derrière eux. Elle n'y lut rien de particulier.

— Veux-tu rester dîner avec nous ?

Surprise, Jane battit des cils. Non. Jane ne pouvait pas rester. Son cœur était tombé en morceaux quelques jours plus tôt, et elle n'était pas certaine que la maigre réparation qu'elle avait opérée tienne le coup. Elle ne laisserait plus Martin lui faire du mal.

— Je trouve les pizzas françaises très mauvaises, prétexta-t-elle.

Il plissa les paupières, absolument pas convaincu.

— Il faut vraiment que je m'en aille, insista-t-elle. Je me lève aux aurores demain. J'ai un travail monstre qui m'attend. Tout doit être bouclé avant mon départ.

Il la dévisagea quelques instants sans rien dire, puis il s'écarta.

— Merci, susurra-t-elle en évitant de croiser ses yeux.

— Au revoir, la salua une dernière fois Léonie d'une voix fluette.

Jane se retourna pour lui sourire, convaincue qu'elle se souviendrait toute sa vie du regard triste de la fillette.

— Au revoir, ma chérie.

Et elle se rua vers la sortie.

***

La veille de son départ, Jane se battait contre un mal de crâne épouvantable qui n'avait rien à voir avec la prévision du voyage, mais avec les coups de poing énervés qu'Adrien donnait sur la table de réunion, ainsi que les décibels qu'il avait décidé d'augmenter chaque fois qu'il ouvrait la bouche. Le procès aurait lieu le lendemain matin, et elle ne se souvenait pas l'avoir déjà vu aussi tendu. Il braillait pour tout et n'importe quoi, s'excitait sur les documents disposés devant lui et envoyait promener quiconque lui suggérait de rester calme. Jane n'en pouvait plus et ne rêvait que d'une chose, sortir marcher dans le parc le plus proche et savourer une glace italienne crémeuse sur un banc. Hélas, elle devait renoncer à cette douce envie, ce bourreau d'Adrien ne laisserait personne quitter la pièce tant qu'il n'aurait pas eu les réponses à toutes ses questions, même les plus impossibles à satisfaire.

— Jacques, redonne-moi tes conclusions sur les pertes générées par la production de *Meyer & Griffith*.

L'avocat assis devant lui, un quadragénaire brun et si sexy que ses plaidoiries étaient toujours un régal pour les yeux, chercha dans ses dossiers pendant qu'Adrien épluchait les dernières notes de Jane.

— J'espère que ces messieurs des *Laboratoires R.* vont apprécier les efforts que tu as faits pour arracher des chiffres pareils, lui fit-il remarquer avec un rictus qui en disait long sur ses intentions à lui : les faire raquer un max s'il ressortait vainqueur de ce procès.

— Tu aurais fait un excellent analyste financier, ajouta-t-il avec respect. Le plan économique sur les dix prochaines années me laisse sans voix.

Jane sourit. En lisant ce rapport, n'importe quel juge aurait la larme à l'œil. Elle s'était débrouillée pour tracer un avenir si noir à la firme française que l'hypothétique licenciement de 1 350 salariés pour survivre ne pouvait les laisser de marbre. Il n'en était rien, mais son job n'était-il pas justement de leur faire croire tout le contraire ?

— Tu es sûre que tu ne veux pas rester pour voir ça ?

Elle secoua la tête. Si elle s'attardait quelques jours de plus à Paris, son équipe ferait une syncope. Elle était attendue pour superviser les dossiers dans une affaire opposant un magnat du pétrole et une association écologiste locale souhaitant l'empêcher de continuer à forer à proximité d'une réserve indienne, et plus spécifiquement dans une zone où étaient organisés des *pow-wow**. La bataille à venir s'avérait particulièrement inégale. Le pot de terre contre le pot de fer. Mais si le cabinet de Jane avait décidé de défendre les intérêts du Groupement pour la Sauvegarde de la Nature, c'était précisément parce que le procès semblait impossible à gagner. D'une part, la compagnie pétrolière était propriétaire des concessions, et *a priori*, rien ne pouvait légalement les contraindre à en exploiter les nombreux gisements ; d'autre part, elle avait le bras long, armé d'une flopée d'avocats qui aurait dissuadé n'importe qui. Jane aimait les défis, c'est pourquoi elle reprenait le dossier. Voilà deux ans

* Rassemblements tribaux ancestraux.

que l'affaire avait commencé et tout devrait se jouer dans les mois à venir. Donc, pas question de retarder son départ.

— Certaine, répondit-elle à Adrien en souriant. Tu vas devoir te passer de moi, mon chou.

Jane était la seule à se permettre autant de familiarité avec lui, et aussi rigide qu'il fût sur son lieu de travail, il adorait ça. L'atmosphère s'en trouvait irrémédiablement détendue.

— Tu ne sais pas ce que tu perds, lui assura-t-il sur le ton de la plaisanterie.

En réalité, Adrien aurait préféré être à sa place et laisser Edgard Rousset se dépatouiller. Il espérait gagner cette affaire pour ne plus jamais en entendre parler.

— Tiens, intervint Jacques en remettant le document réclamé par Adrien.

Lequel le consulta très attentivement.

— Je veux une plaidoirie digne d'*Ally McBeal*, exigea-t-il.

Jacques arqua un sourcil.

— Je te demande pardon ?

— Tu en feras des caisses. Le sourire en prime.

L'avocat se frotta le bout du nez, amusé.

— Serais-tu en train de me demander de faire du charme à Mme le juge ?

Adrien leva à peine les yeux du compte-rendu.

— Je l'exige.

Jacques s'esclaffa littéralement, jusqu'à ce que son rire soit stoppé par l'assistante d'Adrien qui pénétrait dans la salle de réunion.

— Oui, Émilia ?

Dans ses petits souliers, elle se tourna vers Jane.

— Pardonnez-moi de vous interrompre, quelqu'un vous demande, mademoiselle Stewart.

Jane plissa le front.

— Qui ça ?

Émilia jeta un regard gêné à Adrien.

— Une petite fille, elle a refusé de se présenter.

Jane fronça les sourcils et se leva de sa chaise.

— Veuillez m'excuser, dit-elle avant de sortir. Je reviens.

Elle avait un drôle de pressentiment et vit qu'elle ne se trompait pas lorsqu'elle découvrit Léonie assise sur l'un des fauteuils en cuir de la salle d'attente.

— Léonie ?

Par réflexe, elle regarda l'heure sur la pendule de l'entrée : il était à peine 14 h 30.

— Qu'est-ce que tu fais ici ?

L'enfant s'éjecta de son siège et se jeta dans les bras de Jane, en larmes.

— Je ne veux plus y retourner ! Plus jamais y retourner !

Surprise, Jane la serra contre elle pour l'apaiser.

— Tout va bien ? intervint Adrien en les rejoignant. Qui est-ce ?

Léonie n'osa pas lever la tête et s'enfouit de plus belle contre la poitrine de Jane, le corps secoué de longs sanglots.

— Léonie Legrand, la petite sœur de Martin.

L'avocat s'approcha et se composa un air extrêmement doux.

— Que se passe-t-il ?

— Je n'en sais encore rien, lui répondit Jane. Viens avec moi, intima-t-elle à Léonie en la prenant par la main.

La gamine la suivit docilement dans la salle de réunion qui servait de bureau à Jane. Elle installa Léonie sur son fauteuil en cuir et se dirigea vers la fontaine à eau pour lui remplir un verre. Elle lui offrit un mouchoir en papier et s'assit à même la table, presque en face d'elle. Adrien se fit discret, mais demeura dans l'encadrement de la porte.

— Tu te sens mieux ? s'enquit Jane quand Léonie eut bu tout son gobelet.

Léonie renifla et hocha imperceptiblement la tête.

— Je ne veux plus y aller ! Plus jamais ! lança-t-elle une nouvelle fois.

— Où ça ? lui demanda doucement Jane. À l'école ?

— Oui !

Jane et Adrien échangèrent un regard interrogateur, puis elle s'agenouilla devant Léonie pour se mettre à sa hauteur. Elle lui prit les mains et, du pouce, caressera tendrement son poignet.

— Tu veux bien me raconter ce qui s'est passé ?

— Ils ont dit que j'étais sale, que je me lavais jamais, et que c'était parce que mon père était sale lui aussi qu'il allait mourir, que c'était bien fait !

Le cœur de Jane se fendit en deux.

— Qui ça « ils » ? chercha-t-elle à savoir.

— Les garçons de ma classe.

Adrien s'approcha de Léonie, les sourcils froncés.

— Les garçons de ta classe sont des idiots.

— Je vais être obligée d'y retourner ? demanda craintivement Léonie.

Jane et Adrien s'observèrent une nouvelle fois.

— Ce n'est pas à nous d'en décider, princesse, lui expliqua gentiment Jane. Mais si tu veux bien, je vais prévenir ton frère, qui doit déjà être au courant que tu as disparu, et mort d'inquiétude.

Elle hocha la tête.

— Est-ce que tu as faim ? s'inquiéta Adrien.

— Oui, je n'ai rien mangé à la cantine.

— Je m'en doutais, petite, je m'en doutais. Viens avec moi pendant que Jane passe un coup de fil. Émilia va te trouver quelque chose.

Jane sortit récupérer son portable dans la salle de réunion et s'isola pour appeler Martin. Il répondit au bout de deux sonneries.

— Ce n'est pas le moment, commença-t-il férocement. Léonie s'est enfuie de l'école, je suis avec la directrice.

— Justement, l'interrompit Jane avant qu'il ne raccroche précipitamment. Cesse de t'inquiéter, elle est avec moi.

Il y eut un blanc de quelques secondes.

— Qu'est-ce que ça veut dire ?

— Elle vient d'arriver au cabinet d'Adrien. Elle m'a tout raconté.

— Raconté quoi ? aboya-t-il.

— Que des petits malins de sa classe lui avaient dit que si votre père était sur le point de mourir, c'est parce qu'il était sale.

Martin jura.

— Qu'est-ce que c'est que cette histoire ?

Jane soupira longuement.

— Je crois que ce serait mieux que ce soit elle qui t'explique tout ça. Ton bureau n'est pas très loin de l'école de Léonie, n'est-ce pas ?

— Cinq cents mètres.

— Donne-moi ton adresse, je la ramène.

Bien que soulagé, Martin grommela dans sa barbe et finit par lui laisser ses coordonnées.

— Comment a-t-elle eu l'adresse d'Adrien, bon Dieu ? Et comment s'y est-elle rendue ?

— J'ai lui avais noté mon numéro de téléphone au dos d'une des cartes du cabinet. Comment ? Eh bien, en métro, je suppose, dit-elle en remarquant un ticket froissé juste au pied de la chaise où Léonie s'était trouvée.

Il gronda encore.

— Je serai à mon bureau dans dix minutes, je vous attends.

Et il raccrocha.

Martin ne s'était toujours pas calmé lorsqu'elles passèrent la porte de l'agence. La gamine avait traversé plusieurs arrondissements en métro alors qu'elle était à Paris depuis moins d'une semaine ! Et pourquoi diable sa petite sœur avait-elle préféré filer tout droit vers Jane plutôt que vers lui ?

Bordel de merde ! Ce n'était pas la jalousie qui était en train de l'étouffer, mais l'incompréhension et la colère. Qu'avait-elle dans la tête ? Il aurait pu lui arriver n'importe quoi !

— Je suis désolée, pépia Léonie devant son regard noir et la position clairement hostile qu'il avait adoptée.

Sourcils froncés et mains sur les hanches.

Jane se tint en retrait et attendit aux côtés de Kimia, l'assistante de Martin, qui semblait se ronger les sangs autant que lui. Antoine avait retourné toute l'agence quand l'école l'avait appelé. Même Jimmy avait préféré prendre le large et rentrer chez lui.

— Nom de Dieu, Léonie, je peux savoir ce qui t'a pris ? commença-t-il sans pouvoir dissimuler sa fureur.

Stoïque, elle garda le silence.

— On n'est pas sur ton île ici ! Tu sais ce qui peut arriver à Paris, à une gamine seule dans le métro ? Je t'avertis, tu as intérêt à avoir une bonne explication !

Rien.

Une bouffée de chaleur lui brûla les oreilles et lui picota le bout des doigts. Si elle s'obstinait à rester muette, il allait l'étrangler.

— Je t'écoute ! assena-t-il.

Elle affronta son regard et soudain, contre toute attente, elle traversa la pièce et se jeta dans ses bras en pleurant. Martin en fut tellement désarmé que dans les premières secondes, il n'osa pas faire un geste. Puis il enroula ses bras autour de sa sœur et la berça.

— Tu m'as fait la peur de ma vie, Léonie, dit-il plus calmement. Ne recommence jamais une chose pareille.

— Pardon, pardon… sanglota-t-elle.

Il lui caressa les cheveux.

— Si tu as le moindre souci, tu files dans le bureau de la directrice, tu lui racontes tout et tu demandes à me faire appeler. Je viendrai. N'importe quand, Léonie. Je viendrai.

Elle se détacha doucement et leva des yeux rougis sur lui.

— Papa n'est pas sale, et il ne mérite pas de mourir !

Martin sentit son cœur se comprimer comme sous le coup d'une violente révélation. Non, quels que soient ses crimes, son père ne méritait pas de mourir, et Léonie n'aurait jamais dû être éloignée de lui. Il s'agenouilla et posa la main sur son épaule.

— Non, princesse, il ne le mérite pas. Demain, nous irons voir ces petits merdeux qui t'ont si mal traitée et je leur dirai ma façon de penser. Je peux te garantir qu'ils n'oseront plus te regarder sans avoir peur que la foudre ne leur tombe sur la tête. Ne laisse jamais personne t'écraser ou te faire fuir, Léonie. Jamais.

Elle renifla, s'essuya avec la manche de sa veste et se serra contre son frère.

— Est-ce que je peux avoir un verre d'eau ? demanda-t-elle quand elle se fut calmée.

Kimia s'approcha et lui sourit.

— Est-ce que tu voudrais un chocolat chaud ? Je sais qu'il ne fait pas si froid dehors, mais quand ils sont tristes, mes petits frères aiment beaucoup en boire un. Avec de la chantilly, ça te dit ?

Léonie timidement hocha la tête.

— De la chantilly ? On a ça ici ? s'étonna Martin.

Kimia secoua la tête.

— Non, mais je vais aller en chercher de ce pas ! C'est à côté d'ici. Et des pâtisseries aussi ! Tu veux venir avec moi ? demanda-t-elle à Léonie. Enfin, si ton frère est d'accord.

Il se releva et acquiesça avant de regarder sa sœur droit dans les yeux.

— On reparlera de tout ça à la maison, quand on sera tous les deux.

— D'accord, murmura-t-elle avant de suivre Kimia.

Il leva les yeux sur Jane, l'observa un instant sans rien dire et poussa un long soupir.

— Merci.

Elle lui sourit brièvement.

— Il n'y a pas de quoi.

Il avisa la machine à expresso et se pinça l'arête du nez.

— J'ai besoin d'un café, tu en veux un ?

— Non, merci.

Il ignora qu'elle demeurait presque immobile, et se servit une tasse avant de s'installer dans le fauteuil de Kimia.

— Tu pars demain, n'est-ce pas ?

Elle hocha la tête.

— Eh bien… on dirait que notre petite aventure touche à sa fin.

Elle ne répondit rien.

— Y as-tu pris plaisir, Jane ?

Ses immenses yeux verts se mirent à briller d'un éclat particulier. Il avait envie d'elle.

— Est-ce important ? rétorqua-t-elle. La question est plutôt : est-ce que toi, tu en as pris ?

Il but une gorgée de café, reposa doucement sa tasse et se laissa aller contre le dossier.

— Pas plus que nécessaire, mais tu m'as permis de me dérouiller.

C'était plus fort que lui, il fallait qu'il soit méchant avec elle, et il sut, à la tempête qui faisait rage dans son regard, qu'elle n'était pas en mesure de supporter ses railleries.

— Ravie d'avoir pu t'être utile. Puisque tout est bien qui finit bien, je t'abandonne. Dis au revoir à Léonie de ma part, et surtout, rappelle-lui que je n'oublierai pas de lui téléphoner.

Sans attendre sa réponse, elle tourna les talons et posa la main sur la poignée de porte. Il ne put se résoudre à la laisser partir sans avoir le dernier mot, sans la marquer une ultime fois au fer rouge. Il recula le fauteuil sur lequel il était assis et fut sur Jane en quelques enjambées. Elle poussa un petit cri de surprise qu'il étouffa sous un baiser sauvage, brut, tandis qu'il la plaquait contre le battant. Il bénit la jupe ample qu'elle portait et glissa les mains dessous pour lui agripper les fesses et la coller contre lui. Au lieu de le repousser, Jane réagit immédiatement, l'embrassa à perdre haleine, et en moins de temps qu'il n'en fallut pour le dire, ils se retrouvèrent enfermés dans son bureau. D'un geste de la main, Martin balaya tout ce qu'il y avait sur la table, tira Jane par le poignet et l'y assit avec l'intention de la prendre, ici et maintenant. Consentante, elle s'allongea d'elle-même. Il lui retira sa culotte et s'insinua entre ses cuisses. La seconde d'après, il avait ouvert son pantalon et entrait en elle d'un puissant coup de reins.

— Regarde-moi, dit-il alors qu'elle tournait volontairement la tête.

Comme elle n'osait pas, il se pencha et prit son visage en coupe. Elle gardait obstinément les paupières closes.

Il commença à se mouvoir, lentement, jusqu'à sentir les dernières barrières de Jane s'effondrer.

— Regarde-moi…

Elle obéit, les yeux empreints d'émotion. Il gronda.

Déchaîné et atteint d'une soif d'elle qu'il pensait ne jamais pouvoir assouvir, il la posséda avec l'énergie du désespoir, la rage de la dernière fois, redoublant le rythme de ses assauts jusqu'à ce que, sur le point de non-retour, il jouisse avec elle, en elle, et retombe contre sa poitrine, le souffle saccadé. Au contact de sa main sur sa nuque, il ferma les yeux et serra les dents. Il était bien, si bien en elle, contre elle, avec elle, qu'il se sentit plonger dans une profonde mélancolie. Elle partait demain. Il voulait qu'elle reste. Il n'aurait pas dû. Il la détestait. C'est du moins ce qu'il se répéta une bonne dizaine de fois pour se convaincre avant de se retirer et de se relever en s'efforçant de paraître détaché.

Jane se redressa. Ses longs cheveux bouclés retombaient en cascade sur ses épaules, ses joues étaient roses, ses lèvres gonflées, ses vêtements sens dessus dessous. Il la trouva belle. Très belle, son amazone indomptable. Elle allait lui manquer.

— C'était pas mal pour une dernière fois. Pas inoubliable, mais pas mal, ne put-il s'empêcher de faire froidement remarquer pour dissimuler son propre trouble, se protéger de lui-même de ce qu'il ressentait pour elle. Tu devrais te dépêcher de remettre de l'ordre dans ta tenue, Léonie et Kimia vont arriver d'une minute à l'autre.

Il leva les yeux vers Jane et y croisa une lueur de révolte.

— Va au diable ! s'emporta-t-elle en sautant sur ses pieds pour récupérer sa culotte. Que crois-tu ? Que je ne ressens rien ?

S'astreignant à demeurer impassible, Martin ferma calmement les boutons de son pantalon alors qu'il n'avait qu'une envie : envoyer bouler son foutu orgueil et la prendre dans ses bras. Il se comportait comme le dernier des salauds, mais il avait une obligation envers lui-même. Cette femme avait ruiné sa vie, il ne flancherait pas, il se l'était promis.

— Je me fous de ce que tu ressens, Jane. Un deal est un deal. La part du mien était de te baiser et de prendre mon pied. S'il t'a manqué quoi que ce soit pour t'épanouir, il ne te reste plus qu'à te faire sauter par un autre.

Il la vit blêmir. Il savait qu'un coup de poignard ne lui aurait pas fait plus mal. Il s'attendait même à ce qu'elle le gifle, il l'aurait mérité, mille fois, mais elle ne le fit pas, et il se sentit encore plus minable. Mais la vengeance était un poison plus fort que lui. Elle le faisait aller jusqu'au bout.

— Je te hais, Martin, cracha-t-elle.

Il accueillit cette déclaration d'un haussement de sourcils.

— Tu m'en vois honoré. J'aurais détesté que tu tombes amoureuse de moi.

Elle refoula un sanglot et le fusilla du regard.

— Tu es l'être le plus méprisable que je connaisse.

Elle avait raison. C'était une ordure.

Un sourire calculateur se dessina sur les lèvres de Martin :

— Fais attention, si tu continues à me faire des compliments, je vais me remettre à bander.

La colère de la jeune femme enfla plus vite qu'un ballon.

— Profites-en, Martin, bander, c'est la seule chose de valeur qu'il te reste. Quant à moi, c'était la dernière fois que je te servais de vidoir.

Martin fit mine d'être choqué, mais en réalité, il l'était vraiment. Il exécrait cette façon qu'elle avait de se définir, même si c'était ce qu'il lui avait démontré. Jane était tellement plus que ça. Son passé, son présent, son avenir, elle était sa malédiction éternelle. Elle ne quitterait jamais son esprit.

Il se ressaisit et fronça les sourcils.

— Cette métaphore est pour le moins saisissante. Si c'est comme ça que tu te vois…

Jane se posta devant lui, le dos bien raide, et planta ses yeux dans ceux de l'homme qu'elle aimait.

— C'est comme ça que *toi*, tu m'as toujours vue. Adieu, Martin.

Elle attrapa son sac à main et sortit de l'appartement en claquant la porte, le laissant plus vide qu'un gouffre sans fond.

19

— Je suis désolée, Alejandra, mais ce matin, vous allez devoir faire sans moi, s'excusa Jane d'une voix nasale. Je suis malade comme un chien.

Jane enrageait. Nez qui coule, mal au crâne, tremblements, elle était revenue à Washington depuis trois semaines et croulait sous les dossiers pour rattraper le retard accumulé quand elle était à Paris. Elle n'avait vraiment pas besoin de ça.

— Vous avez pris rendez-vous avec le médecin, au moins ? s'assura son assistante.

— Je vais le faire, quand j'aurai dormi une heure ou deux. Je pense être de retour en début d'après-midi, de toute façon.

Alejandra claqua la langue.

— Ça ne vous ferait pas de mal de rester chez vous quelques jours.

— Et rater la visite de mon père aujourd'hui ? ironisa-t-elle. Voyons, je ne manquerais son audit pour rien au monde !

Son assistante gloussa derrière le combiné.

Chaque fois qu'il venait, c'était la même chose. Il contrôlait tout, prenait des dossiers au hasard pour vérifier que tout était en règle, et tombait à bras raccourcis sur le premier qui avait commis une erreur. En un mot, il était insupportable.

— On devrait pouvoir surmonter ça sans vous, lui certifia Alejandra. Vous devez vous reposer.

Jane devait admettre qu'elle avait raison. Elle n'avait pas encore pris sa température, mais elle devait avoisiner les 39 °C et il n'y avait pas l'ombre d'un comprimé de paracétamol dans sa boîte à pharmacie. Autant dire qu'elle n'était bonne à rien et se demandait comment elle pourrait aller jusque chez le médecin sans risquer de faire un malaise en cours de route.

— Je vous tiens au courant, répondit Jane. Si vous avez le moindre souci, appelez-moi.

— Uniquement si la Terre s'arrête de tourner ! rétorqua Alejandra avant de raccrocher.

Son assistante était une perle.

Jane se laissa tomber sur son oreiller et fixa le plafond. Elle ne se souvenait pas s'être déjà sentie aussi mal en point. Elle avait passé une nuit infernale. Elle pivota légèrement pour attraper un mouchoir en papier sur la table de chevet, souffla un bon coup dedans, et décréta qu'elle était trop faible pour aller jusqu'au cabinet médical. Le docteur Grant était un ami de la famille, elle était presque certaine qu'il se déplacerait jusque chez elle si elle le lui demandait. Elle chercha son numéro dans son répertoire téléphonique et le composa, pleine d'espoir.

Le docteur Grant la suivait depuis qu'elle était toute petite, et s'il n'était pas réputé pour être très conciliant avec les patients prétextant ne pas pouvoir se rendre au travail, il lui suffit d'entendre la voix anormalement défaillante de Jane pour comprendre qu'elle devait être au plus mal. Il sonna à la porte de son appartement sur le coup de 10 heures, lui laissant à peine le temps de dormir un peu. Elle enfila rapidement une robe de chambre et lui ouvrit, groggy.

— Eh bien, mon petit ! s'exclama-t-il en la découvrant pâle comme la mort, et le nez gros comme une fraise bien mûre. On dirait que tu es passée sous un rouleau compresseur.

Elle fit la moue et l'invita à entrer.

— Direction le lit ! Ouste ! lui intima-t-il.

— Juste une minute, implora-t-elle devant son expression autoritaire. Je me lave au moins les dents et je vous rejoins.

Plutôt mourir que lui imposer son haleine fiévreuse. Elle s'enferma dans la salle de bains et en profita pour se rafraîchir le visage et dompter le nid d'oiseau qui lui servait de cheveux. Elle retrouva le docteur Grant dans sa chambre, prête à être examinée. Ce qu'il fit sans perdre de temps.

— Grippe et rhume, annonça-t-il. Le combo gagnant. Les virus vont être particulièrement méchants cet hiver. Tu prendras du Tylenol trois fois par jour pour combattre la fièvre, ainsi qu'un complexe vitaminé chaque matin pendant au moins un mois.

— Je m'en occuperai demain, grommela-t-elle en se calant contre la tête de lit.

Le médecin leva un sourcil, elle lui adressa un regard suppliant.

— Je ne suis pas en état de sortir jusqu'au drugstore.

Autant dire qu'elle pouvait oublier son idée d'aller bosser dans l'après-midi. Le docteur Grant lui sourit avec toute l'affection du monde, de cette façon si sécurisante qui le caractérisait.

— Je te les ferai livrer, lui promit-il en refermant sa sacoche.

Soulagée, Jane se rallongea.

— Merci, pépia-t-elle.

— Tu te remettras vite. Cependant, je te prescris un prélèvement sanguin pour faire un bilan. Tu m'as l'air d'être particulièrement épuisée. Il faudrait peut-être penser à lever le pied, petite.

L'avocate fronça le nez.

— Va pour les examens, abdiqua-t-elle.

Pour le reste… il pouvait toujours rêver.

***

À cause de cette fichue prise de sang, Jane arriva au cabinet avec deux heures de retard le lendemain matin. L'infirmière avait refusé de la laisser partir sans qu'elle n'ait avalé un copieux petit déjeuner. Toutefois, elle allait beaucoup mieux que la veille et son estomac criait famine, c'est pourquoi elle ne s'était pas fait prier bien longtemps pour engloutir un bol de céréales, un pancake et une bonne tasse de thé. Jane pénétra dans les locaux au moment même où son portable bipait. Elle fouilla dans son sac pour le sortir et s'immobilisa en lisant le message d'Adrien.

Le père de Martin est décédé cette nuit. Je me suis dit que tu aimerais le savoir.

Bouleversée pour Martin et Léonie, qu'elle avait eue deux jours plus tôt au téléphone sans que la gamine ait mentionné quoi que ce soit, Jane pianota un vague merci à Adrien et se demanda quelle attitude elle devait adopter. Si elle avait papoté avec Léonie, Martin ne lui avait donné aucune nouvelle et elle ne l'avait pas non plus fait indirectement. En bref, ils ne s'étaient pas dit un mot depuis qu'elle avait quitté Paris, et elle n'avait pas prévu de céder la première. Jane était fière – surtout après la dernière humiliation qu'elle avait subie –, mais pas suffisamment pour ignorer que lorsqu'on était quelqu'un de bien élevé, et de surcroît amoureux à en crever, on présentait des condoléances aux personnes endeuillées. Appeler Martin ? Non. Elle n'en avait aucune envie, et vu l'état dans lequel il devait se trouver en ce moment, elle n'était même pas certaine qu'il répondrait. Elle opta pour un SMS. Elle aurait pu envoyer un courrier, mais il aurait mis plusieurs jours avant de le recevoir et, finalement, cela aurait paru bien plus détaché. Elle n'en était pas à chercher à lui prouver qu'elle n'était pas touchée par ce qui arrivait à sa famille. Elle s'enferma dans son bureau en saluant brièvement son assistante, expliquant qu'elle ne souhaitait pas être dérangée, et s'installa dans son fauteuil sans même se donner la peine de retirer son manteau. Elle dut s'y reprendre à plusieurs reprises avant de trouver les bons mots. Et encore, elle n'était pas certaine qu'ils le soient vraiment. Martin se fichait sûrement de savoir qu'elle pensait à lui dans ce douloureux moment. Un instant, elle se sentit ridicule, mais c'était trop tard, le message était parti.

Toutes mes condoléances pour ton papa.

Embrasse fort Léonie pour moi. Je suis de tout cœur avec vous.

Jane ne s'attendait pas à ce qu'il réponde, mais elle se trompait. Il le fit à peine quelques secondes plus tard.

Merci. Je transmets ton message à Léonie.

Cordialement.

Ce « cordialement » la prit tellement de court qu'elle demeura bouche bée devant son téléphone. Il n'aurait pas pu être plus froid et distant. Il n'aurait pas pu lui signifier mieux que ça qu'elle n'était guère plus qu'une étrangère. Le souvenir de leurs ébats, de l'amour qu'elle lui avait donné sans qu'il le sache, lui revint en pleine figure et elle se sentit prise de nausées. De vraies nausées. Tout son petit déjeuner lui remonta le long de l'œsophage, elle eut juste le temps de sortir en courant pour gagner les toilettes et vomir.

— Tout va bien ? intervint Alejandra alors que Jane se relevait tout juste.

L'avocate arracha un morceau de papier et s'essuya les yeux et la bouche avant d'en tirer quelques feuilles de plus pour se moucher.

— Oui, on dirait que j'ai mal digéré mon petit déj, prétendit-elle.

Alejandra fronça les sourcils.

— Vous n'auriez pas dû revenir si tôt. Vous êtes toujours malade, Jane.

— Je ne suis pas mourante, la taquina cette dernière tout en se lavant les mains.

— Vous avez la grippe et vous vomissez ! Vous allez contaminer tout le monde !

Jane sourit. Elle était certaine que son assistante n'avait pas peur d'être affaiblie. Elle cherchait simplement un prétexte valable pour la faire rentrer chez elle. Celui-ci ne l'était pas.

— Je vous promets que tout va bien, lui assura-t-elle. Si vous pouviez me faire un café, j'en serais ravie.

Alejandra l'observa avec circonspection.

— Je vous préviens, si vous vomissez encore, j'appelle un médecin, lança-t-elle avant de tourner les talons.

Lorsque Jane rejoignit son bureau, une tasse de café fumante l'attendait. Elle s'assit confortablement sur son fauteuil et commença à consulter la liste de messages qu'Alejandra lui avait laissée. Elle mit un sucre dans son café, remua lentement et le porta sans enthousiasme à ses lèvres. Vu le retard qu'elle avait accumulé, il lui en faudrait toutefois plus d'un pour tenir le coup. Elle oublia son rhume, ses maux de tête et Martin, puis se plongea dans le travail.

Vers 17 heures, Alejandra l'avertit que le docteur Grant était en ligne. Elle transféra l'appel et Jane décrocha.

— Ne m'annoncez pas que vous allez m'arrêter dix jours, c'est hors de question, le prévint-elle en posant les yeux sur sa paperasse.

Le médecin ne goûta pas à la plaisanterie et demeura impassible.

— Rien de tel, bien que j'aimerais que tu ne sois pas aussi entêtée que ton père et que tu acceptes de te relaxer un peu.

Être comparée à l'impitoyable George Stewart la fit grimacer.

— Je vous écoute, dit-elle en soupirant.

Il y eut un blanc pendant lequel le docteur Grant sembla chercher ses mots. Instantanément, les doutes que Jane avait émis quelques semaines plus tôt sur l'état de santé de Martin, le plan diabolique qu'elle avait imaginé, s'imposèrent à son esprit. Son médecin venait-il de découvrir qu'elle avait contracté un virus ? Une MST ? La panique la tétanisa.

— Il y a un problème ? Je… je suis malade ? bredouilla-t-elle.

Il émit un petit rire cynique.

— Malade ? Non, pas exactement. Quant à savoir s'il y a un problème, à toi de me le dire, mon petit. J'ai donc demandé un bilan complet, et les résultats ont révélé que tu étais enceinte.

Jane cessa de respirer.

— Enceinte ?

— Tout à fait. Le taux de fer, de vitamine D et de calcium présent dans ton sang était si faible par rapport à tes derniers examens que j'ai réclamé qu'on contrôle ton dosage de bêta-HCG*. À première vue, ça ne doit faire guère plus de deux semaines.

Au moins trois… et un jour. Tout s'embrouilla dans la tête de Jane.

— Mais… je prends la pilule, lui fit-elle remarquer, désorientée.

— Eh bien, tu vas commencer par arrêter de la prendre et réfléchir à ce que tu souhaites faire.

* Hormone Chorionique Gonadotrope, plus connue sous le nom d'hormone de grossesse.

Instinctivement, elle posa une main tremblante sur son ventre. Ce qu'elle souhaitait faire ? Mais elle n'en savait foutrement rien !

— Est-ce que ça va aller ? se soucia le médecin.

— Je… oui, je suppose que oui. C'est un choc, je ne m'attendais pas à…

Elle s'interrompit pour déglutir.

— Merci de m'avoir appelée, docteur Grant. Je vous tiens au courant.

— Très bien, mon petit. J'aimerais que tu te reposes quelques jours afin de prendre une décision en toute sérénité.

En toute sérénité ? Elle faillit éclater de rire. Comment pourrait-elle être sereine en sachant que le choix incombait à elle seule, que le père de cet enfant ne voudrait sûrement jamais en entendre parler ou qu'il la dissuaderait de le garder ? Jane sentit les nausées revenir. Elle raccrocha précipitamment et se dirigea une nouvelle fois vers les toilettes. Calmement, pour n'alerter personne.

Fatalement, elle ne vomit presque rien, son estomac était déjà à sec. Alors elle se redressa et s'assit sur la cuvette, les bras ballants, aussi sonnée que si elle venait de recevoir un uppercut en pleine figure. Enceinte ? Comment était-ce possible ? Qu'est-ce qui n'avait pas fonctionné ? Dieu sait qu'elle avait eu un nombre incalculable d'amants, qu'elle était loin d'avoir toujours pris ses précautions, mais là… là… elle n'avait pas oublié sa pilule une seule fois, avait même veillé à ne pas l'arrêter entre deux plaquettes pour être tranquille pendant toute la durée de son voyage.

Piégée entre la surprise et la consternation, Jane était incapable de définir si une part d'elle-même était heureuse d'attendre un enfant. D'aussi loin qu'elle se souvienne, elle ne s'était jamais représenté ce moment, et pour une raison toute simple : elle avait détesté être la fille de ses parents, et à ce titre, elle s'était toujours dit qu'il valait mieux ne jamais être mère. Elle aurait pu reproduire le schéma familial et, rien que d'y penser, elle avait de nouveau envie de vomir. Mais voilà, ses principes se retrouvaient subitement réduits à néant, parce qu'en réalité Jane n'avait pas besoin de prendre quelques jours de congé pour réfléchir à sa situation. Elle venait de décider. Jamais elle n'avorterait.

Elle avait conscience que ce qu'elle s'apprêtait à faire était monstrueusement égoïste, mais cet enfant ne connaîtrait jamais son père. Tout simplement parce qu'elle avait la certitude qu'il n'en voudrait pas et que peut-être, il le détesterait autant qu'il la détestait elle. Lui reprocherait-il d'exister et d'avoir bouleversé sa vie comme Jane l'avait fait avant lui ? Elle n'en savait rien, en réalité, mais était-elle prête à prendre le risque de souffrir encore ? Non. Elle avait assez donné, et son crime n'était pas assez grand pour qu'elle accepte d'imposer l'hostilité de Martin à son enfant, qui lui était innocent. Son bébé n'était pas responsable de leur passé, de l'accident, ni des actes qui lui avaient donné vie.

Mon Dieu, « son bébé »... Elle connaissait son existence depuis à peine quinze minutes et elle en parlait déjà ainsi. Comment pouvait-elle se sentir si rapidement concernée, si protectrice ? Comment allait-elle gérer cette nouvelle situation ? Saurait-elle être à la hauteur ? Qui la soutiendrait ? Elle affronta la réalité. Personne. Jane porta la main à ses lèvres, elle était bouleversée, perdue. Et seule.

Elle sortit des toilettes comme un automate, s'étonnant de ne pas avoir encore versé une larme. Téléguidée par une force indescriptible et incompréhensible, elle s'installa derrière son bureau et reprit là où elle en était avant que le docteur Grant n'appelle. Elle aligna les coups de fil, les mails, les signatures de comptes rendus et les conseils à ses collaborateurs sans que nul ne se doute un instant de ce qu'elle était en train de vivre. Pas un n'eut l'idée de mettre sa mine taciturne autrement que sur le dos de la grippe. Tant mieux, Jane n'avait envie de se confier à personne. À bien y réfléchir, elle n'en parlerait même pas à Adrien qui s'empresserait de le répéter à Gabi qui en ferait tout autant avec Martin. Antoine ? Non plus. Si elle avait pu, Jane n'en aurait rien dit à personne. Mais au cabinet, son état se remarquerait rapidement. Dans quelque temps, elle n'aurait plus le choix.

Il n'était pas loin de 19 h 30 quand elle rassembla ses affaires pour partir. Elle était épuisée. Elle s'apprêtait à passer la porte de son bureau lorsque sa ligne directe sonna. Elle soupira et, malgré la fatigue, elle posa sa sacoche et son PC portable au sol et décida de prendre l'appel. Elle grimaça en voyant le numéro de son père s'afficher, inspira profondément et décrocha.

— Bonsoir, papa, j'étais sur le point de partir.

— Comment as-tu osé ? gronda-t-il.

Jane cligna des paupières.

— Excuse-moi ?

— Nous demander pardon, c'est exactement ce que tu feras lorsque je t'aurai expliqué quelles sont les conséquences de tes actes, Jane Eleonora Stewart !

Son cœur se mit à battre plus fort.

— Les conséquences de mes actes ?

— Ne joue pas à la plus maligne avec moi, ma fille. Nous avons reçu un appel de Roger.

Cette fois, Jane cessa de respirer. Roger Grant. Elle retint un cri de rage. Comment avait-il pu parler de son état à ses parents sans qu'elle lui en ait donné l'autorisation ? Elle allait l'étriper, le traîner en justice, lui faire retirer son droit d'exercer, le couper en plusieurs morceaux et les jeter en pâture aux cochons !

— Très bien, dit Jane en se faisant violence pour ne pas exploser. Je n'ai pas l'intention de discuter de ça avec toi, papa. Ça ne vous concerne en rien, toi et maman. Par ailleurs, le docteur Grant n'aurait jamais dû vous mettre au courant.

— Nous nous réjouissons qu'il ait eu le courage de le faire ! aboya-t-il. Cela nous permettra de faire face à la honte qui nous attend si tu décides de garder ce petit bâtard !

Jane eut la sensation que tout son sang refluait dans sa tête.

— La honte ? De quel droit tu…

— J'ai tous les droits, Jane, il en va de la carrière de ta mère. Les journalistes sont partout. Comment réagiront ses électeurs quand ils apprendront que sa fille est suffisamment dévergondée pour s'être laissé engrosser comme une moins-que-rien ?

— Je ne te permets pas ! vociféra Jane, rouge de colère.

Ses parents avaient toujours été de fichus égoïstes, ils ne pensaient qu'à eux et à l'image qu'ils renvoyaient, mais là, ils poussaient le bouchon trop loin. Jane n'avait strictement rien à cirer des pseudo-conséquences qu'il mettait en avant. Elle ferait exactement comme bon lui semblerait !

— Tu n'as rien à me permettre du tout, ma fille ! Tu ne sais pas ce que tu fais !

— Détrompe-toi, *papa*. Non seulement j'ai l'intention de garder cet enfant, mais en plus, je ne te demande pas ton avis. Ni celui de maman. Si tu penses me menacer pour arriver à tes fins, ne te gêne surtout pas. Mais j'aime autant te prévenir, tout George Stewart que tu sois, je me moque comme d'une guigne de ce que tu pourrais me faire pour me dissuader d'aller jusqu'au bout de ma grossesse. Renie-moi, déshérite-moi si ça te chante, mais fiche-moi la paix !

Et elle raccrocha violemment, à bout de souffle.

Elle ne se souvenait pas avoir jamais parlé à son père sur ce ton. Mais lui et sa mère la rendaient folle depuis si longtemps que l'explosion ne l'étonnait même pas. Ses parents ne s'étaient jamais souciés d'elle, jamais. Le grand George Stewart était bien trop occupé à devenir riche pour s'intéresser à une fillette qu'il avait accepté d'avoir uniquement pour asseoir la carrière politique de sa femme, lui offrir une merveilleuse image de mère de famille bien comme il faut. Quant à cette dernière, elle s'était empressée de remettre Jane dans les bras d'une nourrice dès qu'elle avait eu six mois. Jane était une étrangère pour ses parents, et ils étaient des étrangers pour elle. Ils avaient trop longtemps décidé de la conduite qu'elle devait tenir pour ne pas leur faire honte – même ses études d'avocate, Jane ne les avait pas choisies. Son père et sa mère l'avaient exigé. À présent, la jeune femme était autonome, elle avait de l'argent, beaucoup d'argent, une tête bien faite et une vie saine, et elle ne leur permettrait jamais plus d'imposer leur loi.

Le téléphone se remit à sonner. Son père, elle en était certaine.

Enragée comme elle ne l'avait jamais été, elle se saisit de ses affaires et sortit en claquant la porte.

Qu'ils aillent se faire voir ! Tous les deux !

Installé sur son canapé, Martin lut plusieurs fois le message que lui avait envoyé Jane. Il était déconcerté par sa gentillesse. Il l'avait traitée comme une moins-que-rien, n'avait eu aucun égard pour elle, ne s'était pas gêné pour la mettre plus bas que terre. Cette femme avait plus d'humanité qu'il n'en aurait jamais. Léonie adorait Jane, et il commençait à comprendre pourquoi. C'était quelqu'un de bien. Toutefois, en prendre conscience n'était pas suffisant pour le faire revenir sur sa décision. Il s'était débarrassé d'elle pour se prouver que ces trois ans de souffrance n'étaient pas passés aux oubliettes, qu'elle avait mérité d'être utilisée et rejetée. Cependant, se sentait-il plus serein maintenant qu'il avait accompli ses sinistres ambitions ? Non. Vide elle l'avait laissé, vide il était toujours, et plus vide encore il serait. Il détestait s'avouer que penser à elle lui embrasait le ventre, souvent, et qu'il était envieux de la complicité que la jeune femme avait développée avec sa sœur. Il aurait parfois aimé être à la place de Léonie, et savoir quel effet ça faisait d'entretenir une relation normale avec Jane, de ne pas mentir sur ses propres sentiments et être lui, tout simplement.

— Martin ?

Il leva les yeux sur Léonie. Les siens étaient tout gonflés et encore larmoyants. Son lapin en peluche préféré serré contre sa poitrine, elle se décidait enfin à sortir de sa chambre. Elle s'y était enfermée immédiatement après l'annonce de la mort de leur père.

— Viens, murmura Martin en lui tendant la main.

Elle l'observa un instant sans bouger, puis elle se jeta dans les bras de son frère.

— Il va tellement me manquer, sanglota-t-elle, le visage enfoui dans son cou.

— Je sais Léonie, je sais… chuchota-t-il en lui caressant les cheveux.

Si seulement il avait pu en dire autant. Léonie lui faisait de la peine, mais le décès de son père le touchait trop peu, c'était comme s'il avait appris la mort d'une simple connaissance. Comment avait-il pu s'endurcir à ce point ? N'avait-il plus de cœur ?

— Nous allons y aller, n'est-ce pas ? Lui dire au revoir une dernière fois ?

— Bien sûr, princesse, nous partons demain matin.

À défaut de partager sa tristesse, il accéderait au désir de sa sœur de se rendre aux funérailles de leur père. C'était tout ce qu'il pouvait faire pour atténuer sa peine.

— Qu'est-ce qui va se passer ensuite ? Je vais rester à Papeete avec maman ?

— Je ne sais pas, admit-il.

Il n'avait pas abordé ce sujet avec sa mère au téléphone. Mais il fut surpris de se rendre compte qu'il n'avait pas vraiment envie que Léonie s'en aille. Il s'était habitué à elle durant les quatre semaines où elle avait séjourné chez lui. Cette gamine était touchante, sincère, il s'y était attaché autant qu'un frère peut l'être à sa sœur.

— Je ne veux pas que tu me laisses, Martin, dit-elle en pleurant de plus belle.

Il la serra un peu plus contre lui.

— Calme-toi, calme-toi, princesse. Nous en discuterons le moment venu.

— Promets que tu ne m'abandonneras pas, que tu ne feras pas comme si tu ne m'avais jamais rencontrée.

— Je te le promets, mon cœur. Je te le promets.

20

Environ six mois et demi plus tard.

Jane entamait son huitième mois de grossesse, elle était au milieu de la trente-troisième semaine précisément, et malgré le peu de kilos qu'elle avait pris – à peine huit – elle n'en pouvait déjà plus. Le plus difficile était sans doute de ne pas avoir levé le pied au boulot. La délibération du procès opposant la compagnie pétrolière et l'association écologique aurait lieu ce matin même, et elle avait souhaité aller jusqu'au bout de l'affaire. Cet après-midi, ils sauraient si l'industriel pouvait continuer à forer en toute impunité ou non. Elle s'était donnée corps et âme dans ce dossier et attendait beaucoup de la décision du jury. L'exploitant extrayait du gaz de schiste dans pas moins de dix-huit puits à proximité de la réserve indienne, et au regard des nombreuses maladies contractées par le bétail, des nuisances privées, des conséquences sur la flore et des préjudices subis par les communautés amérindiennes, l'accusation avait demandé un dédommagement exemplaire, 3,5 millions de dollars. Le père de Jane ne lui avait, à proprement parler, pas mis de bâtons dans les roues, mais il avait refusé de faire jouer ses connaissances pour l'aider, et Dieu sait qu'il en avait et que ça lui aurait été bien utile. Mais d'une certaine façon, elle se réjouissait qu'il ne l'ait pas fait. Ce procès était l'occasion pour elle de lui prouver que non seulement elle savait voler de ses propres ailes, mais qu'en plus elle était capable d'aller loin sans lui.

Jane termina de se préparer, ajusta sa jolie robe de grossesse bleu marine, s'attacha les cheveux et se maquilla légèrement. Aujourd'hui, elle soignait particulièrement sa tenue. Parce que les dossiers en cours sur l'extraction de gaz de schiste aux États-Unis avaient été encore peu délibérés, Jane avait conscience que les journalistes en feraient leurs choux gras. Que *Stewart & Swain* gagne ou non ce procès, les caméras se feraient un plaisir de les attendre à la sortie du tribunal, elle et ses confrères, pour leur soutirer un maximum d'informations et avoir leurs impressions. Ils étaient prêts. S'ils perdaient, ils feraient quand même parler d'eux et l'affaire rebondirait. Jane partait sereine. Si elle avait dirigé le dossier, elle plaiderait peu elle-même ; toutefois, elle avait toute confiance en ses deux collaborateurs, qui étaient des orateurs exceptionnels.

Alors qu'elle se contorsionnait pour ramasser ses chaussures, elle sentit quelques petites poussées contre son abdomen et sourit en se redressant.

— Tu n'apprécies pas d'être secoué, toi, hein ? dit-elle en caressant son ventre de haut en bas. Tu vas pourtant vivre de grandes émotions aujourd'hui. Mais après ça, promis, repos !

Jane adorait parler à son bébé. Elle partageait avec lui toutes sortes de choses, quelques lignes d'un livre, de la musique, des chansons, ses opinions parfois. Elle lui avait aussi détaillé sa future chambre à coucher, et expliqué que, dans ce vaste appartement, ils ne seraient que tous les deux, et qu'elle l'aimerait de toutes ses forces.

Jane avait tenu bon pendant ces sept mois, personne outre-Atlantique n'était au courant qu'elle attendait un enfant. Elle ne partageait plus d'affaires avec Adrien pour le moment, ce qui avait bien arrangé les choses. Elle finirait par lui avouer la vérité, mais le plus tard possible, et sans doute n'évoquerait-elle jamais la responsabilité de Martin. Jane savait qu'elle agissait mal, qu'elle aurait dû avertir Martin, mais elle ne s'y résignait pas. D'une certaine façon, elle était coupable de trahison, mais d'un autre côté, il avait été parfaitement clair : il n'attendait rien d'autre que du sexe de sa part. Elle avait totalement imprimé les derniers mots qu'il avait prononcés. Pourtant, elle était presque certaine qu'il prendrait ses responsabilités s'il savait. Mais assumer totalement son rôle en donnant de l'affection à un enfant qu'il n'avait pas voulu, de ça, elle était moins sûre, et c'est exactement ce qui la motivait à se taire. Ses parents n'avaient eu pour elle qu'indifférence et résignation. Elle était née, ils lui avaient offert une éducation de qualité, et avaient oublié de lui donner le principal : l'amour. Elle ne permettrait pas que son fils ou sa fille se sente comme un pion sur un échiquier. Utile, mais transparent. Elle chérissait déjà ce bébé de tout son cœur, et elle saurait lui apporter toute la tendresse du monde. Il ne connaîtrait pas son père, mais elle l'aimerait pour deux.

Forte de cette conviction, Jane s'empara de son attaché-case, de son manteau, et quitta l'appartement direction le tribunal.

***

Après une mauvaise nuit, Martin buvait son café devant les informations avant de se rendre au bureau. N'ayant pas à l'accompagner à l'école, il était moins pressé les jours où Léonie n'était pas chez lui. Un mois et demi après le décès de leur père, leur mère était venue s'installer à Paris. Elle louait un grand appartement dans le XVe arrondissement où elle vivait avec Léonie. Hélas, elle se retrouvait livrée à elle-même, totalement désorientée, et plongée dans une dépression qui ne semblait pas vouloir se dissiper. Un jour elle allait bien, l'autre non. De fait, Léonie fuyait en passant le plus clair de son temps chez son frère. Martin l'avait au moins trois jours par semaine et souvent, les week-ends aussi. Malgré ça, la relation qu'il entretenait avec sa mère ne s'était pas arrangée. Qu'il lui ait rendu service ou non, elle s'en désintéressait toujours, mais pour que Léonie ne soit pas prise entre deux feux, ne souffre pas de la situation, il faisait des efforts dont il ne se serait jamais cru capable. Il adorait cette gamine.

Martin vida son mug, augmenta fortement le volume de la télé et se dirigea vers la salle de bains pour se laver les dents. Il écoutait d'une oreille distraite les informations internationales lorsqu'il eut l'impression d'avoir entendu le nom de Jane

Stewart. Intrigué, la brosse à dents à la bouche, il s'approcha du poste et vit une retransmission de CNN. Le cameraman filmait la façade néoclassique du tribunal de la Cour suprême de Washington DC. En contrebas des escaliers monumentaux, une horde de manifestants brandissaient des pancartes « Non au gaz de schiste ! » et scandaient un slogan du même ton.

Le bandeau inférieur affiché sur l'écran annonçait un verdict sans précédent dans le procès qui opposait une association de militants écologistes et un exploitant pétrolier. Manifestement, l'industriel avait été condamné la veille à payer une amende de 4,2 millions de dollars. Jolie somme… Martin resta devant la télé jusqu'à ce que le sujet change et fronça les sourcils. Il avait entendu le journaliste prononcer le nom de Jane, et parce que c'était un jugement rendu à Washington DC, la ville où la jeune femme résidait, il y avait peu de chances pour qu'il ne s'agisse pas d'elle. Il se saisit de la télécommande, et grâce à l'enregistrement des programmes par son décodeur, il fit un retour en arrière, jusqu'au début de l'information. Le présentateur commençait effectivement par dire que le cabinet *Stewart & Swain* avait mené l'association à la victoire dans un procès brillamment mené par l'avocate Jane Stewart. La seconde d'après, il y eut un gros plan sur elle. Elle sortait d'une salle accompagnée de plusieurs personnes, immédiatement assaillies par les flashs et les micros. Martin eut un coup au cœur totalement involontaire quand il la vit. Les cheveux noués dans un chignon strict, un maquillage discret et impeccable, un sourire éclatant sur le visage, elle rayonnait. La caméra prit du recul et engloba toute la scène le temps d'un instant, de façon que les avocats soient visibles en pied. Martin, qui ne quittait pas Jane des yeux, eut l'impression d'avoir reçu un uppercut en pleine face et s'étrangla avec son dentifrice en découvrant la taille de son ventre. Il était énorme. Le focus changea et revint à la façade du tribunal. Martin demeura pétrifié et retourna finalement en arrière une nouvelle fois avant de faire un arrêt sur image. À moins d'avoir avalé une grosse pomme, elle était bel et bien enceinte ! Son pouls s'accéléra. Enceinte de qui ? De combien de temps ? Une multitude de questions lui traversèrent l'esprit en quelques secondes, mais une seule subsista : était-il le père de l'enfant qu'elle attendait ? Bien qu'elle n'eût manifestement pas pris beaucoup de poids, l'abdomen de Jane semblait suffisamment distendu pour que ce soit le cas. Puis, le visage de ce maudit médecin s'imposa à lui. Et si c'était Saint-Armand, le géniteur ? Cette idée l'irrita tellement qu'il fit claquer ses mâchoires sans même s'en rendre compte. Il se rua dans la salle de bains, se rinça la bouche et fonça sur son téléphone. Gabi et Adrien étaient forcément au courant. Pourquoi ne lui avaient-ils rien dit ? Ça, c'était la seconde question mystère à laquelle il comptait bien obtenir une réponse. Gabi décrocha au bout de cinq sonneries.

— Depuis quand ? aboya-t-il.

Gabi eut un temps d'hésitation.

— Martin ?

— Oui, c'est moi ! Depuis quand es-tu au courant pour Jane ?

— Euh… au courant de quoi ?

Il l'imagina parfaitement battre des cils en feignant l'innocence, ce qui lui mit encore plus les nerfs en pelote.

— Ne joue pas à la plus maligne avec moi, s'emporta-t-il. Elle est enceinte !

— Jane ?

Gabi semblait réellement étonnée.

— Oui, Jane ! De qui ? De qui est-elle enceinte ?

— Nom d'un chien, Martin ! finit-elle par s'irriter. Comment veux-tu que je le sache ?

— Tu savais qu'elle attendait un enfant, n'est-ce pas ? Tu le savais et tu t'es bien gardée de me le dire !

— Pas du tout ! s'insurgea Gabi. Et d'où tiens-tu cette information ? Je croyais que vous n'aviez plus aucune relation.

Martin grogna.

— CNN est mon ami, lui ! Cette chère Jane est passée aux infos, elle vient de gagner le procès du siècle !

— Martin, protesta Gabi. Je ne suis au courant de rien. Rien du tout. Adrien non plus, il me l'aurait dit, sinon.

— Et toi ? demanda-t-il, hargneux. L'aurais-tu fait ? De qui est-elle enceinte, nom de Dieu ?

Gabi observa quelques secondes de réflexion avant de répondre.

— Si c'est de huit mois, tu es fixé. C'est de toi.

Il ne put s'empêcher de rire cyniquement.

— Moi, ou Saint-Armand, tu veux dire !

— Antoine ? s'exclama la jeune femme. Tu rigoles, j'espère ?

— Absolument pas. Elle se tapait le toubib en même temps que moi.

Il crut que Gabi allait s'étrangler.

— Ce que tu peux être idiot. Elle essayait de te rendre jaloux, rien de plus.

— C'est bien mal la connaître.

Gabi claqua la langue.

— Martin, je suis certaine qu'ils n'ont eu aucune liaison.

— Tu te trouvais au lit avec eux ? cingla-t-il.

Il savait très bien que Jane et lui s'étaient envoyés en l'air à plusieurs reprises.

— Non… avoua-t-elle.

— Tu vois ! C'est beaucoup plus drôle comme ça, hein ?

Gabi soupira.

— Qu'est-ce que tu comptes faire ?

— Arracher la tête de Saint-Armand et l'envoyer à Jane !

Elle demeura de marbre.

— Je croyais que tu te moquais éperdument d'elle.

— Mais c'est le cas. Toutefois, j'apprécie moyennement qu'elle sème le doute dans mon esprit.

— Et en quoi Antoine est-il concerné ?

Ses narines se gonflèrent malgré lui.

— Lui, je ne l'aime pas. C'est une raison suffisante.

Et il raccrocha avant même que Gabi ait pu dire quoi que ce soit.

Il avait parfaitement conscience de réagir exagérément – après tout, il n'y était peut-être bel et bien pour rien, Saint-Armand non plus, et Jane avait été engrossée par un parfait étranger. Tout le problème était là : le toubib ou un autre, ça le rendait fou. Et pourquoi ? Il n'en savait foutrement rien. Il s'était parfaitement passé d'elle depuis plus de sept mois et vu l'état dans lequel elle l'avait laissé, il en avait été le premier surpris. Bon Dieu, allait-elle toujours tout bousculer dans sa vie ? Quel pouvoir détenait-elle sur lui pour y parvenir aussi bien et sans même le faire exprès ?

Martin jeta rageusement le combiné téléphonique sur le canapé. Il examinerait les faiblesses de son existence plus tard. Pour l'heure, il n'avait qu'un seul moyen de savoir de qui Jane était enceinte, le lui demander directement. Quand il aurait sa réponse, il aviserait.

***

Au réveil, le vendredi, deux jours après le procès, Jane écouta pour la énième fois le message qu'Adrien lui avait laissé la veille. Sans lui poser aucune question, il la félicitait pour sa victoire et pour l'heureux événement qu'elle attendait. Elle n'en revenait toujours pas d'avoir été aussi stupide. Comment avait-elle pu se montrer si négligente ? Comment avait-elle pu imaginer une seconde que les caméras ne filmeraient que son visage ? Dans le feu de l'action, elle n'y avait pas pensé une seule seconde. Mais une évidence bien plus angoissante la frappa : si Adrien avait vu le flash info, il était fort possible que ce soit également le cas de Martin. Toujours est-il que ce dernier ne s'était absolument pas manifesté. Il n'y avait pas trente-six solutions pour expliquer ce silence. D'une, il ne regardait jamais les *news*. De deux, il n'avait pas encore eu l'occasion de se mettre devant la télé. Ou de trois, il était parfaitement au courant, mais il se fichait royalement de son état et n'avait pas l'intention de revendiquer quoi que ce soit. Jane occulta presque naturellement les deux premières solutions au profit de la troisième. En tout cas, c'était ce qu'elle espérait. Dans une autre existence, elle aurait adoré avoir une vie de famille avec Martin, mais vu la situation, elle détesterait qu'il prenne la responsabilité de la paternité sans émotionnellement l'assumer.

Bref, pour l'heure, Jane n'avait toujours aucune envie de rappeler Adrien ni de se justifier. Aujourd'hui, elle se rendait au bureau pour la dernière fois avant son congé maternité, elle réfléchirait plus tard à la meilleure façon d'expliquer la raison pour laquelle elle ne lui avait rien dit. Jane fila dans la salle de bains, prit une bonne douche, enfila une tenue de grossesse confortable – une robe ample à manches courtes et un gilet utile dans la fraîcheur du matin –, puis elle quitta son appartement pour rejoindre le parking souterrain de son immeuble.

Jane vivait dans un bâtiment très moderne, dans le centre administratif de la ville, mais elle détestait les transports en commun, pourtant très pratiques pour parcourir les quatre kilomètres qui la séparaient des locaux de *Stewart & Swain*. Généralement, elle circulait en taxi, mais aujourd'hui, elle aurait un certain nombre de cartons et de dossiers à ramener chez elle. C'est pourquoi elle préférait utiliser sa propre voiture. Elle bipa sa Dodge Avenger noire pour ouvrir les portes, repoussa le siège presque à son maximum et s'installa derrière en prenant conscience de la taille de son ventre. Voilà des semaines qu'elle n'avait pas conduit, et ce serait sans aucun doute la dernière fois avant longtemps. Elle avait de grandes jambes, ce qui lui permettait de ne pas se retrouver collée au volant, mais la position n'avait rien de très confortable. Son bébé ne paraissait pas apprécier non plus, et se mit à donner de violents coups de pied.

— Hé ! On se calme là-dedans ! s'exclama-t-elle en souriant, une main caressant tendrement son abdomen. C'est pour la bonne cause. À partir de ce soir, on va se la couler douce pendant au moins cinq mois.

Cette promesse n'eut pas l'air de le convaincre, il cogna encore plus fort. Jane attendit quelques minutes qu'il cesse et démarra la voiture.

— Si tu es un garçon, je ferai de toi un excellent *kicker*[*]. Si tu es une fille, eh bien… tu auras intérêt à faire un autre sport !

Elle rit, et quitta le parking. Une demi-heure plus tard, elle pénétrait dans son bureau.

Jane ne serait pas remplacée pendant ses congés, mais elle déléguait ses dossiers en cours à son plus proche collaborateur. Elle avait toute confiance en Jeff et partait en totale sérénité. Toutefois, elle redoutait les interventions de son père qui ne manquerait pas de le pousser à bout juste pour vérifier qu'il était bel et bien à la hauteur. Elle avait prévenu Jeff, celui-ci pensait avoir les épaules suffisamment solides pour remettre l'impitoyable George Stewart à sa place, mais l'avocat quadragénaire, aussi remarquable fût-il, était loin de se douter à qui il aurait affaire. C'était sans compter que le fait de devenir grand-père le rendait dix fois plus hargneux que

* Le *kicker* est un joueur du football américain chargé des coups d'envoi et des transformations.

d'habitude, bien qu'il se moque comme d'une guigne de cet enfant. Ce qu'il ne supportait pas, c'était de ne pas avoir eu le mot de la fin, que Jane n'ait pas tenu compte de ses injonctions et protestations. Sans parler de sa mère… Depuis l'annonce de sa grossesse, elle l'ignorait totalement. Pour être honnête, Jane ne s'en plaignait pas, elles n'avaient jamais eu aucun atome crochu. Jane était bien plus proche de la multitude de nourrices qu'elle avait eues que de sa propre mère, c'était pour dire.

Elle soupira et consulta les messages qu'Alejandra avait laissés à son intention. Le premier provenait d'Albert Swain, l'associé de son père. Il la félicitait pour la victoire écrasante qu'elle venait d'arracher avec son équipe. Jane serra les dents. Même quand il était en déplacement, l'avocat directeur ne manquait pas de se manifester pour encourager ses collaborateurs, ce que ne faisait jamais George Stewart, et surtout pas lorsqu'il s'agissait d'admettre que sa fille avait mené à bien une affaire sans son intervention. Elle haussa les épaules et continua à consulter les notes de son assistante. Dépitée, elle soupira profondément. Jane sentait qu'elle passerait sa journée au téléphone.

Elle donna plusieurs coups de fil d'affilée, signa quelques documents, et vers midi, elle fit une courte pause pour se rendre aux toilettes. Lorsqu'elle en ressortit, elle entendit les protestations de Penny, la réceptionniste, qui tentait manifestement de faire barrage à un visiteur imprévu. Ce qui arrivait très souvent, hélas.

— Je suis désolée, monsieur, mais vous ne pouvez pas vous imposer ainsi. Mlle Stewart ne reçoit que sur rendez-vous.

— Vraiment ? C'est ce qu'on va voir ! rétorqua l'homme avec un accent qui glaça Jane d'effroi.

Il était français.

— Faites-la venir immédiatement ou je défonce toutes les portes jusqu'à ce que je la trouve ! Faites-moi confiance, je suis très doué à ce petit jeu.

Jane sursauta. Son cœur n'avait jamais battu aussi vite. À moins de trois mètres d'elle, au bout du couloir, se tenait Martin. Nul besoin de le voir pour être certaine qu'il s'agissait de lui. Il savait…

— Monsieur, si vous ne partez pas immédiatement, je serai obligée d'appeler la sécurité, l'avertit Penny qui gardait consciencieusement son sang-froid.

Elle essaya de se convaincre qu'il suivrait les conseils de Penny, mais non. Si Martin avait été suffisamment impulsif pour venir jusqu'ici, il n'allait sûrement pas rebrousser chemin aussi facilement.

— Faites donc ! la menaça-t-il à demi-mot avec toute l'assurance d'un homme en colère.

Jane frémit. Elle devait à tout prix éviter que l'esclandre ne se propage à tout l'étage. Elle prit son courage à deux mains et avança d'un pas chancelant jusqu'à apparaître dans le hall d'entrée. Martin leva la tête, leurs regards se croisèrent et, l'espace d'un instant, le temps parut suspendu. De profonds cernes marquaient son visage et sa chemise entrouverte était froissée. Il avait dû voyager une bonne partie de la nuit.

Seigneur, elle avait oublié combien il était beau, combien ses yeux profondément bleus savaient la happer, et combien elle se sentait démunie en sa présence. Ses intestins faisaient des nœuds, et son petit déjeuner, qui remontait pourtant à plusieurs heures, semblait être sur le point de surgir de son estomac d'une seconde à l'autre. Elle porta une main à ses lèvres, jamais elle n'avait vu Martin si furieux.

— Alors comme ça on s'apprête à pouponner en toute discrétion ? lâcha-t-il d'un ton si cassant qu'elle en tressaillit.

— Pas ici, Martin, l'avertit-elle en désignant le couloir en face de celui par lequel elle était arrivée.

Elle n'attendit pas qu'il réponde et passa devant lui. Il la suivit sans dire un mot et referma la porte en la faisant intentionnellement claquer. Elle sursauta.

— Je n'en croyais pas mes yeux en te voyant exposer fièrement ton ventre devant les caméras. Je remercie les passeports électroniques ; sans ça, je n'aurais jamais pu prendre l'avion aussi vite. Comment as-tu pu être si sournoise, Jane ?

— Ce n'était pas volontaire, se défendit-elle.

Il haussa un sourcil.

— Pas volontaire ? À quoi fais-tu allusion ? Aux caméras ou à ça ? assena-t-il d'un ton glacial en pointant l'index sur son estomac.

Jane était horriblement angoissée, mais elle ne le laisserait pas la réduire en bouillie.

— Les deux, Martin. Je n'ai pas souhaité être enceinte. C'est un accident.

— Un accident de pilule ? siffla-t-il, mauvais.

Jane lui lança un regard noir.

— Mon partenaire a décidé sur un coup de tête que ses spermatozoïdes méritaient de voir du pays.

— Il est de moi, n'est-ce pas ? demanda-t-il d'un ton bourru.

Elle se contenta de le toiser fixement.

— Réponds.

— Qui peut savoir ? ironisa-t-elle. N'oublie pas que tu parles à celle qui s'envoie en l'air avec le premier venu !

Martin avança de deux pas, s'immobilisant quand il vit qu'elle reculait.

— Ne me prends pas pour un con, Jane. Tu en es à quel mois ? Plus ou moins le huitième, n'est-ce pas ?

Elle sentit ses lèvres trembler et se les mordit. À quoi bon mentir, maintenant qu'il était là ?

— C'est exact. J'entre dans mon huitième mois.

Il lâcha un rire amer.

— Qui est l'heureux gagnant ? Ton médecin classos ou moi ?

L'avocate lutta contre l'envie de lui faire croire qu'il n'y était pour rien, mais elle aurait mis Antoine dans une situation très délicate, d'autant qu'il n'était au courant de rien.

— C'est toi, Martin, toi ! s'emporta-t-elle en se gardant de dire qu'elle n'avait jamais couché avec Antoine. Mais ne te fais surtout aucun souci, je n'attends rien de toi. Tu peux continuer à mener une petite vie tranquille, mon enfant et moi n'avons absolument besoin de personne !

Elle vit son visage devenir rouge de fureur, et l'espace d'un instant, elle le crut sur le point de lui mettre une gifle. Mais non, il gonfla les narines, serra les poings le long de son corps et prit une profonde inspiration.

— Où habites-tu ?

Déconcertée, elle cligna des paupières.

— Comment ?

— Ton français s'est-il à ce point appauvri que tu ne comprends pas une phrase aussi simple ? Où est-ce que tu habites ? répéta-t-il en articulant.

— À quelques kilomètres du bureau.

— Très bien. Appelle un taxi, on y va.

Elle blêmit.

— Pourquoi veux-tu que nous nous rendions chez moi ?

Un sourire mauvais barra le visage de Martin.

— Tu sembles insister pour préserver à tout prix tes collègues de tes petites manigances, c'est pourquoi je propose de te tordre le cou ailleurs qu'ici. Prends tes affaires.

Elle ne bougea pas.

— Maintenant !

Jane était sur le fil du rasoir, ce n'était pas une simple menace. Si elle ne le suivait pas, il la mettrait dans une situation embarrassante.

— Tu sais… C'est… c'est mon dernier jour de travail, bredouilla-t-elle. J'avais prévu de ramener avec moi quelques effets. Je n'ai rien eu le temps de préparer.

Il croisa les bras tranquillement sur sa poitrine.

— Ton dernier jour de travail, dis-tu ? Alors, fais en sorte de ne pas laisser un mauvais souvenir à tes collaborateurs. Prends l'essentiel et partons. Je te donne dix minutes.

Elle pensait qu'il allait sortir, mais il demeura parfaitement immobile. Prise de court, Jane jeta un coup d'œil circulaire à la pièce pour évaluer rapidement ce qui pouvait rester et ce dont elle ne pourrait pas se passer. Son bureau serait utilisé par quelqu'un d'autre, elle ne pouvait décemment rien laisser de personnel. Elle s'empressa de ramasser une des boîtes vides qu'elle avait conservées et commença à la remplir. Elle n'allait pas pouvoir ramener la moitié de ce qu'elle avait prévu. Martin ne fit pas un geste pour l'aider, mais quand elle eut terminé, il se baissa afin de fermer le carton et de le soulever, puis il le coinça sous un bras et ouvrit la porte de sa main libre.

— Dis au revoir à tout le monde, Jane, et fais ta prière.

21

Animé par une fureur telle qu'il n'en avait pas connu depuis trois ans, Martin se demandait par quel miracle il n'était pas déjà en train de couper Jane en morceaux. Même s'il était soulagé d'apprendre que le semeur de graine, c'était lui et personne d'autre, il n'en revenait toujours pas qu'elle ait osé lui faire un coup pareil. Oh, il ne doutait pas un instant qu'elle n'avait pas fait exprès de tomber enceinte, mais comment avait-elle le lui cacher purement et simplement ? Elle se fichait royalement des conséquences, ne semblait pas perturbée outre mesure que son enfant, *leur* enfant, ne connaisse jamais son père. L'indignation de Martin était si palpable qu'il aurait pu s'étouffer avec. Jane s'était mise dans une situation délicate, très délicate, parce que non seulement, et contrairement à ce qu'elle avait laissé entendre, il ne s'en moquait pas, mais en plus, il comptait bien détruire tous les plans qu'elle croyait avoir si intelligemment élaborés. Oui, il allait tout chambouler et n'aurait aucun remords.

Pendant qu'il était en train de songer à l'enfant à naître et à la manière dont ce dernier s'imposerait dans sa vie, Martin garda les yeux rivés sur Jane. Il la fixa tout le temps où l'ascenseur descendit. Quand il s'arrêta dans les sous-sols des locaux de l'immeuble où Jane travaillait et que les portes s'ouvrirent, il la laissa passer et resta volontairement derrière, sachant que ça la mettrait davantage mal à l'aise. D'ailleurs, son avocate détestée marchait d'un pas incertain. Il aurait juré voir ses longues jambes trembler.

Martin parcourut lentement les courbes de son corps. C'était étonnant, mais de dos, personne n'aurait pu deviner qu'elle attendait un enfant, et encore moins depuis huit mois. Elle avait une ligne extraordinaire que seul son profil trahissait. Jane était belle. Elle était belle à couper le souffle.

— Ma voiture est ici, annonça-t-elle en actionnant le bip qui ouvrait les portières.

Il prêta à peine attention au véhicule flambant neuf, bien trop concentré à regarder la silhouette de Jane, joliment mise en valeur dans une robe de mousseline bleue ceinturée juste en dessous des seins. Sa tenue était tout ce qu'on faisait de plus simple, mais Jane la portait sans doute mieux que nulle autre femme. Irrité d'être si faible, il passa devant elle comme une furie et souleva le hayon de la berline pour y déposer le carton. Au lieu de fantasmer sur sa plastique, il aurait mieux fait de se souvenir que c'était elle qui allait conduire, et que la dernière fois qu'il l'avait laissée faire, il s'était retrouvé avec un membre en moins !

Toutefois, comme Jane prenait place derrière le volant, il contourna la voiture et s'installa côté passager. Là, sans un mot, les mâchoires crispées, il attacha sa ceinture et se tourna vers la jeune femme pour l'étudier. Elle se contorsionnait comme elle pouvait pour essayer d'attacher la sienne et bien que son siège fût reculé presque au maximum, avec son ventre proéminent, elle ne disposait que d'un infime espace pour se mouvoir. Agacé, Martin tendit la main vers la sangle et la boucla à sa place.

— Merci, pépia-t-elle, à bout de souffle.

Il fronça les sourcils.

— Tu vas réussir à conduire ?

— Bien sûr, lui assura-t-elle en passant son bras derrière l'appuie-tête de Martin pour faire marche arrière.

Mais le mouvement était tellement difficile pour elle qu'elle ne put s'empêcher de grimacer. Elle avait chaud, un voile de transpiration apparaissait sur son front. Elle appuya sur l'accélérateur et commença à reculer, s'y prenant à trois fois pour sortir d'une place sur laquelle on aurait pu garer un bateau tant elle était spacieuse. Essoufflée comme il ne l'avait encore jamais vue, elle essaya pourtant de donner l'illusion de gérer la situation. Elle observa une pause et fit mine d'avoir besoin de régler son rétroviseur. Martin ne se laissa pas abuser un instant.

— Mets le frein à main, lui demanda-t-il d'une voix tendue.

Jane écarquilla les yeux en le regardant.

— Pardon ?

Exaspéré, Martin détacha sa ceinture.

— Mets le frein à main et prends ma place.

La jeune femme sembla indignée.

— Je suis parfaitement capable de conduire !

Ça tombait bien, lui aussi ; sa prothèse ne le gênait en rien.

— Oui, c'est sûr ! Vu la manière dont tu t'y prends, tu vas nous envoyer dans le décor une seconde fois et équilibrer mon handicap en me coupant une deuxième jambe. Maintenant, descends, s'il te plaît.

Médusée, Jane ne bougea pas immédiatement. Ce n'est que lorsque Martin lui ouvrit la portière qu'elle se ressaisit et sortit à son tour.

— Tu n'as pas changé, toujours aussi con, maugréa-t-elle en passant du côté passager.

Cinq minutes plus tard, ils quittaient le parking.

Jane le guida pendant une bonne demi-heure, jusqu'à ce qu'ils arrivent au pied d'un immeuble en plein centre administratif de Washington. Il ne s'était évidemment pas attendu à ce qu'elle vive dans un taudis, mais pas non plus dans un de ces bâtiments luxueux qu'on ne voit que dans les séries télévisées. Jane avait énormément d'argent, il le savait, mais elle avait tellement changé que lors du dernier mois qu'elle avait passé à Paris, il avait presque oublié ce détail. Cela dit, il n'était pas au bout de ses surprises : quand ils pénétrèrent chez elle, à l'étage le plus haut, il dut se faire violence pour ne pas siffler et plaindre à voix haute le pauvre type payé pour faire les vitres. D'immenses baies constituaient les trois côtés d'un vaste salon. Martin embrassa des yeux la pièce qui accueillait un mobilier ultra-design. Il se fit la remarque que le style ressemblait finalement peu à celle qu'était devenue Jane. Il se demanda d'ailleurs si elle appréciait vraiment de vivre ici. Il se retourna pour examiner ce qu'il y avait derrière lui et, lentement, son regard erra sur une série de photos qui habillaient tout un pan de mur ouvrant sur le reste de l'appartement. Subjugué, il s'en approcha pour mieux les détailler. Il s'agissait de clichés de Jane. Ils avaient tous la particularité de la montrer en tenue de danseuse étoile, absorbée dans des figures d'une grâce époustouflante. Mince, élancée, et plus délicate qu'une porcelaine de Chine, elle était sans nul doute la femme la plus raffinée qu'il ait jamais vue, la plus belle aussi.

Martin plissa les paupières. Il n'avait jamais su que Jane dansait. En fait, il ne connaissait rien d'elle, il ne s'était jamais intéressé à ce qu'elle faisait, même avant l'accident, et cette constatation suffit à le rendre maussade.

— Mes parents ont toujours refusé que je fasse carrière, souffla-t-elle derrière lui.

Absorbé dans ses pensées, Martin ne nota pas immédiatement les regrets qui voilaient la voix de Jane.

— Pourquoi ?

— L'idée d'avoir une artiste dans la famille leur faisait honte.

Il se tourna lentement pour la regarder et découvrit, à l'expression lasse de Jane, qu'ils n'étaient pas si différents l'un de l'autre. Leurs parents auraient probablement pu concourir ensemble pour la palme des plus parfaits connards.

— Tu sembles avoir été très douée, fit-il remarquer avec une étrange douceur.

Jane avança de quelques pas et se positionna devant une photo où elle effectuait un saut spectaculaire, les bras en coupe, les jambes ouvertes sur un impeccable grand écart latéral.

— Je l'étais et j'aurais pu aller très loin si on me l'avait permis.

Il faillit lui demander pourquoi elle ne s'était pas battue quand même pour y arriver, mais il connaissait la réponse. Ses parents l'auraient sans doute privée de tout. Exactement comme les siens l'avaient fait avec lui.

Jane demeura les yeux rivés sur le cadre, puis elle lâcha un soupir angoissé.

— J'ai conscience que ce que j'ai fait est mal, Martin. Si je t'ai délibérément caché la vérité, c'est parce que tu me détestes et que je redoute que tu n'éprouves les mêmes sentiments à l'égard de mon enfant.

Avant qu'il ne puisse dire un mot, elle fit volte-face et le regarda fixement.

— Je ne permettrai pas que tu le fasses souffrir parce que tu es incapable de l'aimer ni qu'il subisse ce que j'ai vécu. Je voudrais que tu sois honnête avec toi-même, et que tu admettes qu'à cause de ça, de cet amour que tu ne pourras pas lui donner, il est préférable que tu fasses comme s'il n'existait pas, comme si tu n'avais jamais su que j'étais enceinte, et que tu rentres à Paris.

S'il avait été en train de boire quelque chose, il se serait étranglé sur-le-champ. Pensait-elle sincèrement qu'il était infoutu de faire le distinguo entre ce qu'il ressentait pour elle et l'enfant qui devait naître ? Il n'était clairement pas très heureux d'apprendre, à quelques semaines de l'échéance, qu'il allait être père. Il ne s'y était pas préparé, il n'était d'ailleurs pas certain de savoir comment s'y prendre, mais de là à le croire capable de faire payer à un gosse innocent les erreurs de sa mère, il ne fallait pas pousser ! Ce n'était pas comme s'il n'avait jamais souffert de l'indifférence de ses propres parents, bon sang ! Soit, Jane n'en savait peut-être pas grand-chose, mais qu'elle l'imagine être ce genre de personne lui donna tout simplement envie de vomir.

Il lutta pour se calmer. Bien que le fond de son explication fût compréhensible et raisonné, il était incapable d'accepter le fait qu'elle lui ait menti sur un sujet aussi grave. Certes, il l'avait très mal traitée, il s'était servi d'elle pour assouvir sa vengeance, mais qu'elle lui cache la naissance de son propre enfant le confortait dans l'idée que même s'il regrettait d'avoir été plus dur avec elle qu'avec n'importe quelle autre personne, il venait d'avoir la preuve qu'il ne pouvait, de toute façon, pas lui faire confiance. Pour la deuxième fois, Jane bouleversait son existence sans lui donner le choix. Une fois de trop. Bordel, mais jusqu'où irait-elle ? Si elle n'avait pas été enceinte, il l'aurait sans doute giflée de toutes ses forces et sans états d'âme.

— J'ai bien des défauts, Jane, mais il ne sera pas dit que je suis le genre de mec à abandonner son gosse pour avoir la paix et une vie sans contraintes. Il faut être deux pour faire un enfant, et bien que tu ne m'aies pas demandé mon avis, je compte assumer mes responsabilités. À toi d'en faire autant.

Les joues de la jeune femme se colorèrent d'indignation.

— Mais j'assume totalement mes responsabilités, Martin ! Il est dans mon ventre depuis huit mois, alors crois-moi, j'ai eu le temps de me faire à l'idée d'être mère. Et tu veux un scoop ? C'est la meilleure chose qui me soit arrivée de toute ma vie. Je l'aime déjà de tout mon cœur !

Martin plissa les paupières. Cette dernière déclaration le toucha plus qu'il ne l'aurait imaginé.

— Eh bien, je suis ravi que nous soyons sur la même longueur d'onde, toi et moi. Tu peux d'ores et déjà préparer tes valises.

Les yeux de Jane s'arrondirent de surprise.

— Mes valises ?

— Tu as parfaitement entendu. Tu m'accompagnes à Paris.

Il n'attendit pas trois secondes avant qu'elle n'explose.

— À Paris ? C'est hors de question !

— Je ne te demande pas ton avis.

Elle devint rouge de colère

— Je rêve ! Tu te prends pour qui ?

— Le futur père de l'enfant que tu portes.

Elle leva les yeux au ciel.

— Que veux-tu que je fasse à Paris ? Je vis à Washington, aux États-Unis, pas dans votre fichu pays de mangeurs de grenouilles !

Il haussa un sourcil.

— Je n'ai jamais dit que tu devais venir y vivre, mais simplement y terminer ta grossesse.

— Jamais de la vie ! Je reste ici.

Martin avança d'un pas.

— Ôte-toi cette idée de la tête, Jane. Parce que ce gamin, je compte bien le reconnaître.

— Mais... tu peux parfaitement le faire ici !

Il secoua le menton de droite à gauche.

— Tut, tut, tut. N'essaye pas de me flouer. Je sais comment ça fonctionne là-bas, pas ici. Alors, tu accouches à Paris, je reconnais officiellement cet enfant, nous consignons chez un avocat un accord pour les droits de visite et les responsabilités qui incombent à chacun, et seulement ensuite, tu rentres chez toi.

— Ce que tu exiges est totalement insensé, Martin !

Piqué au vif, il pencha la tête de côté et crispa les mâchoires.

— Tu veux bien répéter ? Je n'ai pas compris ce que tu viens de dire. Insensé ? Tu veux que je t'explique en long, en large et en travers lequel de nous deux est insensé ? Ce qui arrive est entièrement ta faute, Jane. Si tu avais fait preuve d'un minimum d'honnêteté avec moi, nous n'en serions pas là !

— Je refuse d'aller à Paris, tu ne peux pas décider ça à ma place !

Sans s'en rendre compte, il avait avancé de plusieurs pas. Jane se retrouva acculée contre la cloison, les yeux levés vers lui.

— Parce que toi, tu m'as donné le choix ? Tu me mets au pied au mur et tu refuses mes conditions ? Tu ne manques pas d'air ! Refuse ce que je te demande, et je ferai de ta vie un enfer, tu peux me croire.

Il fit un pas de plus et se tint presque contre son ventre, qu'il évita cependant de toucher. Il la sentit paniquer.

— Martin, aucune… aucune compagnie aérienne n'acceptera que je prenne l'avion si… si proche du terme.

Il s'efforça de sourire en coin avant de ricaner.

— Tu es pile dans les clous, chérie, le délai est de trente-quatre semaines. Nous partons ce soir.

Ce soir ? Les bras le long de son corps, les paumes à plat contre le mur, Jane fut saisie de vertige, et se concentra pour que Martin ne s'en rende pas compte. Elle ne trouvait rien à répliquer, parce qu'il avait raison sur un point. Il était peut-être aussi responsable qu'elle de son état, mais elle s'était mise toute seule dans cette situation. Toutefois, lorsqu'elle avait décidé de ne rien dire à personne, elle était très loin d'imaginer un tel dénouement. Revenir à Paris ? OK, mais… où ça ? À l'hôtel ? Dans un meublé ? Elle avait tout préparé ici, ses conditions d'hospitalisation, son retour à la maison, les meilleurs médecins… Qui la prendrait en charge à Paris ? Où dormirait son bébé le temps que Martin daigne le laisser repartir ? Il n'aurait même pas de chambre à lui ! Jane était révoltée sans pour autant se sentir le droit de l'exprimer. Elle s'était vraiment mise dans un pétrin pas possible. Martin ne lui ferait aucun mal, du moins physiquement, et encore moins à leur enfant, elle en avait l'intime conviction, mais bon sang, ce n'était pas du tout ainsi qu'elle avait prévu les choses !

— Ça va être compliqué, Martin. Je préférerais vraiment rester ici. J'ai mes habitudes, mes médecins… Si tu acceptes et que tu veux m'accompagner jusqu'au bout, je te trouverai de quoi te loger. Je peux même te faire immédiatement signer une reconnaissance de paternité.

Martin la regarda intensément. D'avance, elle comprit qu'il ne fléchirait pas.

— C'est non, Jane. Tu viens avec moi. Nos médecins sont tout à fait compétents et Paris offre des cliniques qui sauront t'accueillir aussi efficacement que celle que tu as dû choisir ici.

— Martin… le supplia-t-elle. Je ne vais pas te faire de coup en douce, je te le promets. Nous ne sommes pas obligés d'en arriver à de tels extrêmes.

Il s'écarta d'elle et haussa un sourcil.

— Tu ne seras guère étonnée si je te dis que je doute sincèrement de ta bonne foi. Je ne suis pas en train de jouer ni toi de négocier une affaire. Je te le répète, je ne me ferai pas flouer. Cet enfant est également le mien, et si je n'ai jamais voulu être père jusqu'à présent, considère qu'aujourd'hui, j'ai changé d'avis.

— Pourquoi ? murmura-t-elle en s'enveloppant de ses bras.

Il ne faisait pas loin de 25 °C dehors, 23 dans l'appartement, et elle avait froid. Non. Elle avait peur. Elle était terrorisée.

— Parce qu'il mérite d'avoir deux parents.

Elle sonda son regard, espérant y déceler n'importe quel mensonge, sournoiserie, qui l'aurait conduite à se battre, à contrer ses exigences, mais elle n'en trouva aucun. Martin était sincère. Déjà, elle abdiquait. Certes, elle devrait renoncer à tout ce qu'elle avait préparé ici en vue de son accouchement, mais elle gagnait un avantage de taille. Elle serait loin de ses parents, de leurs jugements, et de leur façon tout administrative de recevoir son enfant. Ce petit être qui hériterait d'une fortune afin de leur donner une bonne image et d'alléger leur fiscalité. Jamais ils ne feraient le voyage jusqu'en France pour l'accueillir. À Paris, elle serait tranquille.

— Où logerai-je ? demanda-t-elle alors.

S'il était satisfait de sa décision, il ne le montra pas. Il resta de marbre devant elle.

— Chez moi.

Elle en eut le souffle coupé. Vivre avec Martin ? Partager le même toit, regarder la même télé, manger dans les mêmes assiettes ? Elle ferma les yeux un instant, prise de tournis. Quand elle rouvrit les paupières, il l'observait fixement.

— D'accord, mais je… Et Léonie ?

— Tu l'as régulièrement au téléphone, alors tu n'es pas sans savoir qu'elle ne vit pas exactement avec moi. Toutefois, rassure-toi, je ne compte pas mettre ma sœur dehors. Je possède une chambre supplémentaire que nous pourrons aménager à ta guise le temps de ton séjour.

Elle fronça les sourcils.

— Ta salle de sport ?

Léonie lui avait souvent dit que Martin s'y enfermait pendant une heure tous les matins avant d'aller travailler, c'est pourquoi elle fut encore plus étonnée qu'il consente à ce sacrifice.

— Celle-ci même.

— Mais…

Il leva une main pour l'interrompre.

— Nous avons plus urgent à régler.

Cette fois, il recula franchement et fit quelques pas dans le salon.

— Où se trouve ta chambre ?

La tournure prise par les événements la déstabilisa complètement, et l'espace d'un instant, elle fut incapable de s'en souvenir. Elle recouvra ses esprits, et posa une paume sur son ventre.

— Ma chambre ? Tu veux y faire quoi ?

Martin lui lança un regard méprisant.

— Tu peux être rassurée, je ne suis pas d'humeur pour des galipettes.

À ces mots, les pensées de la jeune femme s'envolèrent malgré elle vers des visions voluptueuses qu'elle aurait préféré oublier. Elle devait garder la tête froide et ne pas perdre de vue son unique objectif. L'enfant qu'elle portait. Lui seul comptait, désormais. Oh, elle aimait toujours aussi passionnément Martin, mais elle avait repris sa vie en main et admit que son amour ne serait jamais partagé.

— Jane ? s'exaspéra Martin. Où est ta chambre ?

Elle avala une profonde goulée d'air.

— Si tu n'y vois pas d'inconvénient, je souhaiterais que tu t'en ailles et que tu me laisses préparer mes affaires seule. Si tu veux utiliser ma voiture, ne te gêne pas.

Le silence dans lequel s'abîma Martin l'angoissa. Si elle devait partir avec lui, elle préférerait rassembler tranquillement les vêtements de son bébé, les effets dont elle aurait besoin pour prendre soin de lui. Pas question de faire à la va-vite sous prétexte qu'elle pourrait se fournir à Paris. Elle avait fait ses emplettes avec amour, pris une attention toute particulière à choisir ce qu'il y avait de mieux, elle ne voulait pas que Martin la prive de ces instants privilégiés.

— Mais peut-être as-tu peur que je file ? le provoqua-t-elle, irritée à l'idée qu'il lui refuse cette simple requête.

Martin braqua sur elle un regard noir.

— Je te le déconseille, Jane. Pour le moment, je reste relativement calme, mais joue-toi encore de moi et tu apprendras de quel bois je me chauffe, l'avertit-il avec une expression suffisamment menaçante pour la dissuader de tenter quoi que ce soit. Je viens te chercher ici à 15 heures précises. Sois prête.

— Je le serai, répondit-elle sèchement.

Martin tourna les talons et se dirigea vers la porte sans que Jane prenne la peine de le raccompagner. Juste avant de sortir, il pivota vers elle.

— C'est un garçon ou une fille ?
Jane sourit timidement malgré elle.
— Je n'en sais rien.
Martin hocha la tête et quitta l'appartement.

22

Ils arrivèrent à Paris le lendemain à 22 h 30, l'un de leurs vols ayant eu plus de deux heures de retard. Le temps de récupérer les valises et de faire le trajet en taxi jusqu'à Paris, il s'écoula encore plus d'une heure. Ils étaient vannés. Malgré toutes les attentions du personnel de bord et le confort de la cabine première classe, Jane avait trouvé le voyage particulièrement éprouvant. Elle l'avait ponctué de moult allers-retours aux toilettes, s'était retrouvée dans l'incapacité de manger quoi que ce soit sans avoir des nausées, et surtout, elle n'avait pas dormi une seule minute depuis qu'elle s'était levée la veille. Même si Martin n'avait pas décoléré et qu'il lui en voulait toujours terriblement, il avait fait son possible pour lui rendre le vol plus agréable, et n'avait pas fermé l'œil afin de s'assurer que tout allait bien. En vérité, jusqu'à ce qu'ils atterrissent, il était resté dans la crainte de la voir accoucher dans l'avion sans que personne ne sache quoi faire pour l'aider. Incapable de se contrôler, il avait imaginé les pires scénarios. Il n'était pas mécontent d'arriver chez lui.

Quand il poussa la porte de son appartement, il eut la surprise d'entendre le son de la télé, de constater que la liseuse était allumée et que sa mère dormait sur le canapé. L'angoisse le saisit. Était-il arrivé quelque chose à Léonie ?

— Qui est-ce ? chuchota Jane.

Sans même lui répondre, il se dirigea vers la chambre qu'occupait sa sœur quand elle était chez lui et la trouva dans son lit, plongée dans un sommeil profond, son ours préféré serré contre elle.

Les battements de son cœur ralentirent leur course et, rassuré, il referma derrière lui. Habituellement, Léonie passait le week-end chez lui. Comme il n'avait prévenu personne qu'il partait à Washington et qu'elle possédait un double des clés, la gamine avait dû faire des pieds et des mains pour l'attendre, et sa mère était restée aussi. Martin n'avait même pas consulté son portable une seule fois, lequel était toujours bloqué en mode avion. Il rejoignit Jane dans le couloir, s'empara des valises et lui fit signe de le suivre jusqu'à sa chambre. Elle y pénétra et demeura immobile devant la porte.

— Que se passe-t-il ?

— Ma mère et ma sœur sont ici, ce n'était pas prévu.

— Oh, fit Jane qui venait de comprendre que par conséquent, ils allaient devoir partager son lit.

Et vu l'état de fatigue dans lequel se trouvait Martin, il n'avait pas l'intention de rester éveillé pour lui faire plaisir, et encore moins de dormir par terre.

— Si tu veux prendre une douche, c'est par là, fit-il observer en désignant d'un signe du menton la salle de bains attenante. Il y a un deuxième cabinet de toilette à côté de la chambre de Léonie, mais tu risquerais de la réveiller.

Et pour l'heure, il n'avait surtout pas envie de se justifier. La gamine lui poserait un milliard de questions et sa mère en ferait sans doute tout autant.

— Nous allons dormir ensemble ? voulut s'assurer Jane en jetant un regard au grand lit.

Martin s'y assit pour ôter ses chaussures.

— Il paraît que les femmes enceintes ronflent plus fort que cent cochons. Si c'est le cas, je te préviens, tu finiras dans la baignoire !

Épuisée, Jane réagit à peine. Il en fut presque déçu. Il était crevé lui aussi, mais rien n'aurait pu l'empêcher de la provoquer.

— Je ne crois pas que ce soit une bonne idée…

Il commença à déboutonner sa chemise et arqua les sourcils.

— Quoi donc ? De te cantonner dans la baignoire ? Ça ne dépend que de toi !

— Nous ne pouvons pas partager le même lit.

Cette fois, il la considéra franchement.

— Il est minuit. Ni toi ni moi n'avons dormi depuis hier. Tu fais comme tu veux, mais si tu crois que je vais me priver d'une bonne dizaine d'heures de sommeil pour préserver ta pudeur, tu te fourres le doigt dans l'œil.

Sur ces mots, il se leva et se débarrassa de son jean. Il traversa la chambre en caleçon, ignorant le regard de Jane probablement posé sur sa prothèse, et s'enferma dans la salle de bains le temps de se brosser les dents. Il irait sous la douche plus tard, après Jane, si elle se décidait rapidement. Quand il en sortit, la jeune femme était agenouillée devant l'une de ses valises et prenait manifestement de quoi dormir.

— Tu cherches une tenue sexy, mon cœur ? la railla-t-il.

Il la vit serrer les mâchoires et retenir une réplique cinglante. Elle s'appuya contre le mur pour se relever et, sa chemise de nuit sous le bras, elle se dirigea vers la salle de bains.

— Il y a des serviettes dans le meuble sous le lavabo, l'informa-t-il avant qu'elle ne referme derrière elle, et un peignoir pendu sur un cintre. Il est propre, tu peux le prendre.

Elle hocha la tête et disparut derrière la porte.

Martin avança jusqu'à la fenêtre et entrouvrit les rideaux pour observer la rue. C'était étonnamment calme pour un samedi soir, sans doute à cause de la pluie qui tombait en trombes. Il appuya son front contre la vitre et se pinça l'arête du nez. Dans quel merdier venait-il de se fourrer malgré lui ? Toutes les responsabilités qu'impliquait un enfant, il les avait toujours soigneusement évitées, mais pas avec elle. Il s'était laissé emporter deux fois, et voilà où ça l'avait conduit. Il aurait été tellement plus facile de faire comme s'il n'était au courant de rien, mais tellement plus lâche aussi. Ce qu'il n'était pas. Cet enfant allait bouleverser sa vie, c'était effrayant.

Il se redressa et se frotta les yeux.

Et s'il avait le pouvoir de guérir ton cœur ? lui souffla une petite voix.

Son cœur ? Son cœur était mort, tué par la vengeance et la haine. Il n'existait plus.

C'est faux. Tu t'apitoies sur toi !

Et alors ? Il en avait le droit !

Passe à autre chose.

Pour quoi faire ?

Parce qu'ils en valent peut-être la peine tous les deux.

La porte du cabinet de toilette s'ouvrit au même moment, il sortit de derrière les rideaux et vit apparaître Jane dans une nuisette blanche tendue par son ventre, ses seins plus lourds que d'habitude, ses hanches délicieusement arrondies. Elle avait des cernes sous les yeux, et ses joues étaient toutes roses. Il la trouva magnifique. Proportionnée comme une déesse. Et elle portait son enfant. Passer la nuit à côté d'elle sans la toucher serait plus difficile que de marcher avec une seule jambe. Une douche froide calmerait ses ardeurs.

— J'ai terminé, tu peux prendre la place, dit-elle à voix basse.

Il hocha la tête et disparut dans la salle de bains sans un mot.

Quand il revint, vêtu d'un simple caleçon, il la trouva endormie. Elle avait pris son côté du lit. À droite. Il s'approcha sans faire de bruit, la regarda un instant, écouta son souffle régulier et sourit. Elle ne ronflait pas. Il n'aurait pas juré être capable d'en faire autant.

À bout de forces, il s'assit doucement sur le matelas et retira sa prothèse qu'il avait remise à la va-vite, le plus silencieusement possible. Avec autant de prudence que s'il risquait de réveiller un nouveau-né, il se glissa sous la couette, tendit le bras pour éteindre la lumière et posa la tête avec délectation sur l'oreiller. S'efforçant d'oublier que Jane était allongée à côté de lui, que son odeur était plus grisante qu'un aphrodisiaque et qu'il n'avait qu'à bouger un peu pour se retrouver serré contre elle, il ferma les paupières et tomba dans un sommeil profond.

Jane fut tirée de ses songes par de très petits coups donnés dans son ventre. Machinalement, elle y posa la main et se caressa doucement comme pour apaiser son bébé. Il cessa presque immédiatement. Elle s'humecta les lèvres, ouvrit les yeux, et mit plusieurs secondes avant de se souvenir qu'elle avait traversé l'Atlantique la veille et qu'elle se trouvait chez Martin. Elle observa les rais de lumière qui passaient à travers les rideaux et bâilla. Quelle heure était-il ? Elle n'entendait pas un bruit dans l'appartement, rien à part la respiration lente de Martin. Elle bougea avec précaution pour le regarder ; il dormait profondément, allongé sur le dos, le visage tourné vers elle. Un jour plus tôt, elle se persuadait de la pertinence de son choix, se convainquait que la meilleure solution était de ne jamais parler de son bébé à Martin, et ce matin, il savait tout, il partageait son lit avec elle, et allait officiellement endosser la paternité de l'enfant qu'elle portait. Jane ne pouvait plus reculer, mais elle n'était pas certaine d'avoir pris la bonne décision en acceptant de le suivre. Face à Martin, face aux erreurs qu'elle avait commises, elle laissait la culpabilité l'envahir et finissait systématiquement par faire exactement ce qu'il attendait. Il agissait impulsivement, sous le coup de la colère, sans jamais remettre en question ses propres fautes. Elle aurait dû s'imposer, trouver un compromis plus satisfaisant, au moins pour qu'il comprenne qu'il ne pouvait pas constamment avoir le dernier mot.

Ce que Jane éprouvait pour Martin était toujours aussi fort. Une humiliation et six mois et demi n'avaient pas suffi à atténuer ses sentiments ; toutefois, elle était parvenue à se faire une raison. Elle avait enfoui cet amour au fond de son cœur et avait appris à oublier à quel point ça faisait mal de l'aimer. Aujourd'hui, elle était ici, avec lui, mais elle ne le laisserait pas l'affaiblir. Elle ne lui permettrait plus de lui faire payer l'accident qu'elle avait provoqué s'il en était toujours là. Certes, il ne retrouverait jamais sa jambe, mais elle aussi avait versé un lourd tribut. Elle avait perdu la moitié de son âme en la déposant à ses pieds, et il l'avait écrasée.

Jane le contempla encore quelques secondes, tendit la main pour frôler sa joue, et sortit du lit aussi doucement que possible. Elle fouilla dans sa valise pour en tirer des vêtements, s'habilla sans bruit et quitta la pièce silencieusement.

La chambre de Martin donnait sur le salon et, à peine Jane apparue, Léonie, qui était assise sur le canapé avec sa DS, se leva d'un bond.

— Jane ! Mais tu n'avais pas dit que tu venais !

La gamine se rua sur elle et lui sauta dans les bras. Jane dut la retenir pour qu'elle ne s'écrase pas contre son ventre. Léonie recula, effarée.

— Tu attends un bébé ?

La jeune femme sourit et hocha la tête.

— Eh oui !

— Il est gros ! s'exclama Léonie en touchant l'imposante proéminence. Il bouge ?

Jane rit doucement.

— Tout le temps.

— C'est un garçon ou une fille ?

— Je ne sais pas encore. Ce sera une surprise.

Léonie se serra prudemment contre elle et soupira de satisfaction.

— Je suis contente de te voir !

Jane lui caressa les cheveux avec tendresse.

— Moi aussi, mon trésor, moi aussi.

Quelqu'un toussota discrètement au même moment. Jane leva les yeux vers une femme arborant la petite soixantaine, grande, blonde, la coiffure soignée et le regard aussi profondément bleu que celui de Martin. Debout devant l'encadrement de la double porte du salon, elle attendait que Jane se présente.

— C'est ma maman, la prévint Léonie.

— Bonjour, madame Legrand. Je suis Jane Stewart, une amie de Martin.

Elle jeta un œil furtif au ventre de Jane qui était mis en valeur par une jolie robe en lin couleur crème, puis elle revint à son visage en souriant.

— Bonjour. Je suis Adèle Legrand. Je vais vous paraître très impolie pour une première conversation, mais il est 10 h 30 et j'ai un rendez-vous très important dans moins d'une heure. Je ne veux pas laisser Léonie seule. Vous pensez que mon fils va dormir encore longtemps ?

— Martin a fait un aller-retour jusqu'à Washington pour venir me chercher, se justifia Jane à sa place. Il est épuisé. Mais je peux m'occuper de Léonie si vous le souhaitez.

— Je connais très bien Jane, maman ! s'écria cette dernière. Et puis tu vas être grand-mère, tu sais ! C'est bien ça, hein ? Hein, Jane ?

Laquelle manqua s'étrangler. Mme Legrand avait remarqué son ventre, mais sans immédiatement réaliser ce que ça impliquait.

— Vous attendez son enfant ? lui demanda-t-elle pour confirmation.

Inutile de mentir. Jane prit une courte inspiration.

— Oui, madame.

Cette fois, elle accorda à son ventre un regard empreint de curiosité.

— Quand est-ce que vous accouchez ?

Jane posa machinalement la main sur son abdomen.

— Autour du 19 juin.

La mère de Martin hocha simplement la tête, mais Jane aperçut une lueur de bienveillance dans ses yeux.

— Souhaitez-vous prendre un petit déjeuner ?

Jane n'avait rien mangé de vraiment consistant depuis leur départ de Washington, son estomac criait famine.

— Ce n'est pas de refus, je meurs de faim.

La jeune femme la suivit dans la cuisine, séparée du salon par un couloir, et s'installa sur la chaise qu'Adèle Legrand venait de tirer pour elle.

— Café ? demanda-t-elle.

Jane hocha la tête.

— S'il vous plaît.

— Je vous prie d'excuser mes propos quelque peu directs, commença-t-elle en déposant un mug et des couverts sur la table, mais Martin n'a mentionné à aucun moment qu'il allait être père.

— Pour ça, il faudrait que toi et moi ayons envie de converser. Ce qui n'est pas le cas.

Surprises, Mme Legrand et Jane levèrent la tête vers Martin. Il venait d'apparaître torse nu, en jean, les cheveux ébouriffés et les pieds « nus » que sa mère évita soigneusement de regarder.

— Tu t'apprêtais à partir ? lui suggéra-t-il plus qu'il ne l'interrogeait.

Mme Legrand conserva un sang-froid irréprochable.

— Non. J'étais sur le point de préparer un petit déjeuner à cette jeune femme, la mère de ton futur enfant que je découvre aujourd'hui. Assieds-toi, je vais te servir du café.

— Je suis peut-être estropié, mais pas manchot.

Il s'approcha, ouvrit le placard et choisit une tasse avant de la remplir lui-même. Mme Legrand haussa un sourcil.

— Estropié, pas manchot… Toutefois, ton savoir-vivre laisse vraiment à désirer, lui jeta-t-elle en lui prenant la cafetière des mains pour servir Jane.

La tension qui régnait entre la mère et le fils était presque plus palpable que celle qu'elle partageait malgré elle avec Martin. La jeune femme avait envie de disparaître dans un trou de souris.

— Qu'est-ce que vous avez l'habitude de manger le matin ? l'interrogea poliment Mme Legrand.

Elle ouvrit la bouche pour répondre qu'elle apprécierait un toast beurré et de la confiture, mais Martin l'interrompit.

— Devenir grand-mère réveillerait-il les sentiments maternels qui sont en toi ? cingla Martin en prenant place à table. Comme c'est touchant. Je vais pouvoir en profiter, je ne les ai encore jamais vus.

Adèle Legrand le fusilla du regard.

— Martin Frédéric Legrand. Ce n'est pas parce que tu ne m'en as jamais inspiré aucun qu'il en va de même pour tout le monde ! Je m'en vais. Je récupère Léonie demain en milieu d'après-midi.

Elle jeta le torchon qu'elle tenait dans les mains sur le plan de travail et sortit en trombe de la cuisine.

— Bon vent, marmonna Martin, le nez dans sa tasse.

Jane était interloquée. Si elle n'avait jamais bénéficié de l'affection de ses parents, en public, ceux-ci se comportaient comme s'ils étaient les meilleurs géniteurs de l'univers. Tout n'était manifestement que violence verbale entre Martin et sa mère. Jane eut un pincement au cœur pour Léonie. Elle espérait que la gamine n'avait rien entendu. Hélas, quand Mme Legrand eut claqué la porte d'entrée, Léonie fit son apparition.

— Vous vous êtes encore disputés.

Martin but tranquillement une gorgée de café.

— « Disputés » est un bien grand mot.

— Maman avait les larmes aux yeux !

Martin fronça les sourcils. Léonie ne se laissa pas impressionner.

— Pourquoi es-tu si méchant avec elle ? Elle t'a dit qu'elle voulait que vous vous entendiez mieux.

Il posa brutalement sa tasse sur la table et se leva.

— Va prendre une douche et habille-toi. Nous allons aménager la chambre de Jane.

Et il les planta là toutes les deux.

Léonie ne donna pas l'impression d'avoir envie de pleurer, mais son regard était plus noir que jamais. Jane y lut tant de maturité, de souffrance, qu'elle en eut le cœur serré.

— Ne t'inquiète pas, je suis sûre que ça va finir par s'arranger, lui assura-t-elle doucement.

Léonie s'approcha.

— Je crois que papa et maman n'ont pas été très gentils avec Martin, mais maman veut arranger la situation. C'est Martin qui ne veut pas faire d'effort. Il la provoque constamment, alors elle se fâche. Et après, elle pleure.

Jane lui ouvrit les bras, où elle se blottit sans se faire prier.

— C'est peut-être plus compliqué que ça, Léonie. Il faut lui laisser du temps.

— Il n'a même pas pleuré quand papa est mort ! Il le détestait.

Jane ne savait que répondre à ça, ne pouvant même pas l'assurer du contraire.

— Je suis désolée…

Léonie battit des cils.

— Pourquoi ?

— Parce que ça te fait de la peine.

La fillette soupira profondément.

— Au début, j'aimais pas beaucoup Martin. Et après, j'ai appris à le connaître. Il a mauvais caractère, mais il est gentil avec moi. Ce serait bien qu'il s'entende avec maman.

— Il t'aime aussi beaucoup.

Léonie leva les yeux vers Jane.

— Il te l'a dit ?

Martin ne disait ces choses-là à personne.

— Non. Mais ça se voit.

Léonie tendit le bras et s'empara d'une tranche de pain grillé qu'elle grignota du bout des lèvres.

— Tu vas habiter ici, alors ?

— Oui, jusqu'à la naissance du bébé.

— Et ensuite ?

Elle tourna les yeux pour ne pas avoir à affronter le regard scrutateur de Léonie.

— Je rentrerai chez moi.

— Avec le bébé ?

Jane hocha imperceptiblement la tête. Une ligne soucieuse barra le front de la gamine.

— Martin va venir avec toi ?

— Non, Léonie, murmura-t-elle avec l'impression d'avoir avalé une poignée d'aiguilles. Il restera à Paris.

— Vous n'allez pas vivre ensemble ? Mais… comment il va faire pour voir le bébé alors ?

Martin apparut une deuxième fois dans l'encadrement de la porte, sans doute alerté par la curiosité de sa sœur. Léonie était de dos, elle ne le remarqua pas, mais Jane s'arrêta de respirer quand elle vit l'intensité de son regard. Il semblait attendre avec impatience la réponse à cette question. Elle fut incapable de la donner et opta pour la plaisanterie :

— T'ai-je déjà dit que nous avions des superpouvoirs dans ma famille ? Le bébé se téléportera, c'est aussi simple que ça !

Léonie leva les yeux au ciel.

— N'importe quoi !

— Je t'attends, dit Martin de sa belle voix grave.

Elle sursauta et se retourna.

— J'ai besoin de tes muscles pour m'aider à porter les haltères. Jane a peut-être des superpouvoirs, mais elle est incapable de soulever une allumette, ajouta-t-il avec un clin d'œil.

Jane se détendit et le remercia silencieusement d'avoir changé de sujet.

Un sujet sur lequel ils reviendraient tous tantôt.

Hélas.

En début d'après-midi, les appareils de sport de Martin étaient installés dans sa chambre, suffisamment grande pour tous les accueillir sans aucun problème. À présent, il ne lui restait plus qu'à meubler celle de Jane. Un lit, une table de chevet, une commode… et un berceau. Il habitait à deux pas d'un vaste magasin de meubles, et pourtant il ne se résignait pas à y aller, à faire comme s'il était en train d'aménager un nid douillet pour sa famille. Ce n'était pas le cas. Jane ne resterait pas ici. Elle partirait le plus vite possible, le temps de consulter un avocat et de mettre au point les conditions qu'ils devraient tous deux respecter s'ils voulaient être des parents plus dignes que ceux qu'ils avaient eus eux-mêmes.

Il termina de vider le placard mural des deux ou trois babioles qu'il contenait encore et sortit de la pièce. Jane se trouvait dans le salon avec Léonie, où elles regardaient *Raiponce* en DVD.

— La chambre est libre, bougonna-t-il. Il ne reste plus qu'à la meubler.

— D'accord, répondit Jane sans quitter l'écran des yeux.

Il la dévisagea quelques secondes, attendit qu'elle se manifeste davantage. Rien.

— Je pensais tout acheter sur le Net, est-ce que ça te convient ? continua-t-il.

— C'est parfait.

Elle ne l'avait toujours pas regardé.

Martin se retint de claquer la langue d'agacement et insista :

— As-tu des préférences ?

Elle secoua la tête, obstinément fixée sur le dessin animé.

— Non. Aucune.

Si par malheur elle avait l'intention de rester passive et spectatrice, ça allait le rendre dingue. Martin gonfla les narines et serra les dents.

— Je peux te parler deux minutes, s'il te plaît ?

Cette fois, elle leva les yeux. À côté d'elle, Léonie ne se laissa pas perturber. Du menton, il désigna la double porte et traversa le couloir qui séparait la cuisine du salon.

— Que puis-je faire pour toi ? demanda Jane en entrant.

Sur le point d'exploser, il ferma le battant derrière elle.

— Cesse ce jeu-là, Jane !

Elle le considéra en clignant exagérément des paupières, ce qui eut le don de l'énerver davantage.

— Et ne fais pas comme si tu n'avais aucune idée de ce dont je parle.

Elle le défia du regard et croisa lentement les bras sur sa poitrine.

— Que suis-je supposée faire ? Faire semblant d'être heureuse d'avoir été obligée de t'accompagner ici ? Tu voudrais qu'on ait l'air d'une famille, peut-être ?

Il se crispa.

— Je ne demande rien de tel. Simplement que tu ne donnes pas l'impression d'être… d'être…

— D'être quoi ? le coupa-t-elle. Que suis-je exactement, à part un parasite qui te pollue l'existence ? Comment aimerais-tu que je me comporte ?

— Normalement ! aboya-t-il.

Le regard de Jane se voila.

— Pour ça, il faudrait que tu arrêtes de me détester, Martin…

— Je ne te…

Il s'interrompit et se passa une main dans les cheveux. Elle n'était pas obligée de savoir qu'il était passé à autre chose et qu'il n'était plus guidé par la haine.

— Laissons tomber. Je vais passer commande cet après-midi pour les meubles, nous serons livrés en milieu de semaine. Tu prendras ma chambre, en attendant. J'utiliserai le canapé pendant que Léonie sera ici.

Jane l'observait sans rien dire, déconcertée.

— D'accord... je te remercie.

Il baissa les yeux sur elle, sur ses lèvres qu'elle mordillait, mal à l'aise, et son désir s'embrasa comme une allumette.

— Martin ? sembla-t-elle s'inquiéter à le voir ainsi immobile.

Il marmonna dans sa barbe des paroles incompréhensibles, passa devant elle en évitant soigneusement de la toucher, et quitta la pièce.

23

L'acquisition était belle, Martin n'avait pas regardé à la dépense, la chambre à coucher qu'il avait « offerte » à Jane était vraiment superbe. Il avait fait livrer un lit bicolore, marron et blanc, une table de nuit assortie, une commode, un tapis gris clair en laine tressée, de lourds rideaux de même couleur, ainsi qu'une jolie lampe de chevet en galets et bois flotté. Tout était parfait. Sauf que, en se levant de son lit chaque matin depuis trois jours, Jane grimaçait de douleur. Il ne pouvait y avoir pire matelas pour une femme enceinte. Trop mou, il lui mettait le dos en vrac et lui donnait l'impression de devoir s'extirper d'un pot de marshmallows. Jane bâilla, plaqua les paumes de ses mains sur ses reins et bascula les épaules en arrière pour s'étirer.

Groggy, elle ne se sentait pas particulièrement en forme pour honorer l'invitation à déjeuner d'Adrien et Gabrielle. En début de semaine, chacun de leur côté, Martin et elle les avaient informés de la situation. Si, au bout du fil, Adrien était presque resté sans réaction, incertain de l'attitude à adopter, elle ne doutait pas qu'il la prendrait à part pour comprendre de quoi il retournait précisément. Et ça, elle le redoutait, parce qu'elle voulait à tout prix éviter de vider ses tripes devant lui – devant quiconque, d'ailleurs. Toutefois, si elle s'était sentie capable d'ouvrir son cœur à quelqu'un, elle aurait sans doute avoué que la distance que Martin imposait entre eux depuis plusieurs jours la rendait malade. Ils ne se voyaient pour ainsi dire que le soir, quand il rentrait du bureau. La plupart du temps, il engloutissait son repas en dix minutes chrono, échangeait quelques mots avec Jane pour s'assurer qu'elle ne manquait de rien et s'enfermait dans sa chambre avec son ordinateur portable. Quant au matin, il était souvent parti avant qu'elle ne se réveille. À ce rythme-là, elle allait trouver le temps particulièrement long jusqu'à l'accouchement.

Jane soupira et se dirigea vers la commode pour choisir sa tenue. Elle en sortit des sous-vêtements, une ample chemise blanche et un legging bleu marine. Elle disposa ses affaires sur le lit et quitta la chambre pour se rendre dans la salle de bains qu'elle partageait avec Léonie.

Jane aurait préféré que la sœur de Martin soit présente ce week-end, ce qui aurait facilité des choses, allégé l'ambiance, mais Mme Legrand avait décidé que sa fille devait se faire plus discrète et laisser de l'intimité au couple de futurs parents. Si seulement elle savait à quel point il n'en avait aucune… La vérité était que Martin n'avait fourni aucune explication à sa mère. Elle ne savait ni d'où Jane sortait ni quelle place elle tenait dans la vie son fils. Quant à déterminer si elle se réjouissait à l'idée de devenir grand-mère, Jane était dans le flou, Mme Legrand n'en ayant rien montré. Cacher ses émotions était un sport dans cette famille. La jeune femme n'y était pas habituée. Dans la sienne, personne n'en avait aucune.

Jane se déshabilla et se glissa sous la douche.

Martin lui avait dit qu'il ne la détestait pas. Enfin… failli seulement, mais ça lui revenait sans cesse à l'esprit. Elle avait conscience qu'il lui en voulait terriblement de lui avoir caché sa grossesse, et s'il faisait à peine attention à elle, c'était uniquement pour lui montrer à quel point il était en colère, mais ses sentiments à son égard s'étaient nettement améliorés. Cette constatation aurait dû constituer une réelle source de satisfaction pour Jane. Or, ce n'était pas le cas. Il ne l'aimerait jamais suffisamment pour la retenir, ou partir avec elle, et élever leur enfant ensemble. Jane était lucide et elle en souffrait. Avoir un père vivant à des milliers de kilomètres et qu'il ne verrait qu'un ou deux mois par an serait bien plus difficile à supporter pour son enfant que s'il n'en avait pas du tout. Martin n'aurait jamais dû apprendre qu'elle était enceinte. Jane s'en voulait d'avoir été aussi stupide, mais à présent, elle ne pouvait plus revenir en arrière. Il lui faudrait composer au mieux, dans l'intérêt de son bébé. Le protéger et faire ce qu'il y aurait de mieux pour lui.

D'ailleurs, à partir d'aujourd'hui, bien qu'elle fût à des milliers de kilomètres de chez elle, Jane décida qu'elle profiterait pleinement de ses dernières semaines de grossesse. Paris regorgeait d'infrastructures. Les loisirs adaptés aux femmes enceintes ne devaient pas manquer. Puis une idée en amenant une autre, les pensées de Jane convergèrent vers

Antoine. Elle ne l'avait pas revu depuis son retour. Il était peut-être temps de se manifester. Même s'ils ne s'étaient pas donné de nouvelles depuis des mois, ils avaient entretenu d'excellents rapports et appréciaient la compagnie l'un de l'autre. Elle se ferait un plaisir de passer un moment avec lui.

Motivée par ses décisions, Jane sortit de la douche de meilleure humeur. Elle s'essora rapidement les cheveux, s'emmitoufla dans le large peignoir blanc que Martin lui avait cédé, et regagna sa chambre où elle commença à s'habiller. Elle avait à peine entrepris de fermer les boutons de sa tunique lorsque la porte s'ouvrit à la volée. Elle poussa un cri de surprise et recula de deux pas en voyant apparaître Martin. Encore en tenue de sport – short et tee-shirt humide de transpiration –, la jambe droite bandée et enfoncée dans sa prothèse bariolée, son téléphone portable à la main, il était rouge de colère. Stupéfaite, Jane n'essaya pas de se couvrir quand elle remarqua qu'il avait les yeux fixés sur la dentelle blanche de son soutien-gorge largement exposé. Elle avait pris deux tailles depuis le début de sa grossesse, fatalement, il ne devait pas s'attendre à trouver sa poitrine si épanouie.

— Tu n'as pas pu t'en empêcher ! rugit-il en se ressaisissant.

Elle resta bouche bée un instant. Quelle mouche l'avait piqué ?

— Si tu fais allusion aux triplés que nous allons avoir, répondit-elle ironiquement tout en lui tournant le dos pour terminer de s'habiller, non, je ne l'ai pas fait exprès.

Il y eut comme un flottement.

— Quoi ?

Jane lui fit de nouveau face et soupira en le voyant froncer les sourcils.

— Qu'est-ce que tu me reproches cette fois, Martin ?

— Tu as fait venir Saint-Armand chez les de Bérail ?

Elle écarquilla les yeux comme des soucoupes. Eh bien… elle pouvait se vanter d'avoir des pensées en totale connexion avec la réalité.

— Non. Je n'ai pas eu ce plaisir. Il sera donc parmi nous à midi ?

— Comme si tu ne le savais pas !

Elle haussa les épaules.

— Non, je n'en avais aucune idée, mais apprends que je me réjouis de le revoir, fit-elle volontairement remarquer.

Ce qui n'était que la vérité, néanmoins. Les narines de Martin frémirent.

— Je te préviens, tempêta-t-il en levant un index devant elle, je n'ai pas l'intention de me laisser ridiculiser. S'il t'approche d'un peu trop près, je lui mets mon poing dans la figure !

Jane eut un mouvement de recul révolté.

— Et en quel honneur ? Parce qu'il est sympa, attentif et bien élevé, lui ? grinça-t-elle. Tu m'ignores totalement depuis que tu m'as forcée à venir ici, alors permets-moi de te demander ce qui te prend, tout à coup. Serais-tu jaloux ?

Martin sembla horrifié par sa question.

— Certainement pas ! Mais je ne tolérerai pas que la mère de mon futur enfant se laisse peloter sous mes yeux par un connard à la bouche en cœur, qui plus est son ancien amant.

Jane prit sur elle pour ne pas exploser et lui dire ses quatre vérités dans un vocabulaire fleuri. Elle résista de toutes ses forces et le fusilla du regard.

— C'est noté. Si sa bouche reste parfaitement correcte, je le laisserai me tripoter comme au bon vieux temps.

Un grognement sourd s'échappa de la gorge de Martin.

— Ne me provoque pas, Jane Stewart, tu pourrais le regretter.

— Pour le moment, tout ce que je regrette, c'est de devoir partager cette journée avec toi !

Écumante de rage, elle passa devant lui en le bousculant et s'engouffra dans le couloir. Il la rattrapa en moins de deux et la retint par l'épaule.

— Je n'en ai pas fini avec toi !

— Eh bien moi, si ! Tu te conduis comme un crétin, Martin. Oh ! s'exclama-t-elle avec un air désolé. Au temps pour moi, c'est parce que tu en es un ! Maintenant, retiens bien une chose : enceinte ou pas, je baise avec qui je veux, et quand je veux. Autant t'enfoncer ça dans le crâne une bonne fois pour toutes.

Jane soutenait son regard sans ciller, inconsciente du danger et de la réaction foudroyante qu'elle était sur le point de provoquer. Il était à deux doigts de l'étrangler. Fini les culbutes avec le premier venu. Tant qu'elle serait enceinte et sous son toit, elle avait intérêt à se tenir à carreau ! Repoussant l'image abjecte de Jane dans les bras du toubib, il crispa les mâchoires.

— Si tu laisses ce mec te toucher, je le défonce.

Elle émit un petit son indigné.

— Oh, comme c'est élégant ! *Moi Tarzan, toi Jane !* parodia-t-elle à juste titre. Réveille-toi Martin ! Le seul qui ait jamais pensé à me tringler lors de mon séjour en France il y a quelques mois, c'est toi ! Antoine Saint-Armand est bien plus délicat que ça !

— Un saint ! siffla-t-il, mauvais. Délicat ou pas, tu es avertie. Terminé les parties de jambes en l'air avec ton gentleman médecin ! Tu oublies !

À ces mots, la lueur qu'il découvrit dans les yeux de Jane l'effraya presque. Elle semblait prête à le défigurer avec ses ongles.

— Sombre idiot ! explosa-t-elle, les pupilles brillantes de colère. Je n'ai jamais couché avec Antoine, jamais ! Pas plus avec lui qu'avec un autre que toi depuis plus de trois ans et demi ! Tu sais pourquoi ?

D'abord, cet aveu lui fit l'effet d'une gifle retentissante. Jane était une croqueuse d'hommes, il n'avait jamais imaginé qu'elle ait pu changer à ce point ; du moins, il avait tâché de s'en convaincre toutes ces années. Mais maintenant qu'elle avait lâché sa bombe, il devait se rendre à l'évidence. Si elle s'était réellement privée de relations amoureuses, il en connaissait parfaitement la raison. Il n'était pas idiot. Il savait ce qu'elle allait lui livrer et il refusait de l'entendre.

— Tais-toi ! assena-t-il en levant une main pour l'empêcher de continuer. Je ne veux aucune explication, ça ne me regarde pas.

Le visage de Jane se fit de marbre.

— Lâche.

Le sang de Martin se mit à courir plus vite dans ses veines. Il ne répondrait pas à cette provocation. Elle le poussait à accepter ses aveux pour l'obliger à écouter sa déclaration d'amour. La pente était déjà suffisamment glissante comme ça, inutile d'en rajouter. Alors il s'arma d'un sourire à toute épreuve.

— La lâcheté est une particularité que j'ai héritée de mon père.

Puis il consulta sa montre avec détachement. Il était tout juste 10 heures.

— Toutefois, te voilà prévenue pour la suite des événements, conclut-il. Si cet enfoiré pose les mains sur toi, il goûtera aux miennes. Tu peux en être certaine.

Jane redressa la nuque aussi dignement que possible et étira les lèvres d'un air qui ne lui disait rien qui vaille.

— Message reçu cinq sur cinq. J'espère qu'il te cassera toutes les dents.

Le déjeuner venu, Jane prit sur elle pour se comporter normalement et éviter de montrer à quel point elle était tendue. Lorsque Adrien les accueillit dans la cour où Martin avait garé sa voiture, elle se fit souriante et accepta avec joie les bras que son plus fidèle ami lui ouvrait.

— Tu es radieuse, la complimenta Adrien en la détaillant de la tête aux pieds. C'est étrange de te voir ainsi, mais sache-le, la grossesse te va à ravir.

— Merci, murmura-t-elle en réalisant que, depuis qu'elle était enceinte, personne ne le lui avait encore jamais dit.

Les joues rosies de plaisir, elle se tourna vers Gabrielle qui arrivait avec Antoine et les enfants par la terrasse. Presque instantanément, Martin se positionna aux côtés de Jane dans une attitude ridiculement dominatrice. Jane dut se retenir pour ne pas lui mettre un bon coup de coude dans les côtes.

— Waouh ! s'écria Sophie en voyant le ventre de Jane. Ça fait bizarre !

La jeune femme sourit et ouvrit les bras à Sophie pour l'étreindre. Plus prudent, Paul demeura en retrait et l'observa avec scepticisme.

— Alors c'est vrai ?

Jane hocha la tête.

— Tu veux toucher pour t'en assurer ?

Paul secoua énergiquement le menton et ne bougea plus d'un pouce.

Gabi et Antoine s'approchèrent pour lui dire bonjour.

— Tu es superbe, la félicita Antoine avec un regard qui ne laissa transparaître aucun jugement, juste le plaisir de la revoir.

Ce que Jane apprécia. Antoine avait toujours d'exquises manières. Quand il se pencha pour l'embrasser sur les joues, elle crut entendre Martin gronder derrière elle. Ce qui ne sembla pas impressionner le médecin outre mesure, puisqu'il le salua d'une poignée de main vigoureuse.

— Rentrons à l'intérieur, proposa Gabi en levant le nez au ciel. Le temps est à l'orage.

Ils pénétrèrent tous dans l'hôtel particulier par les doubles baies donnant sur le salon principal. C'était une vaste pièce lumineuse, luxueusement meublée et ouverte sur les arcades de l'atrium. Leurs hôtes les délestèrent de leurs vestes, puis ils s'installèrent autour de la table basse où avait été disposé un apéritif gargantuesque.

— Rosa-Louise et André sont en vacances, les informa Gabi. Alors je ne vous promets pas un repas aussi bon que d'habitude !

Tous goûtèrent à la plaisanterie, bien que Jane n'eût jamais eu l'occasion de tester les talents de cuisinière de la maîtresse de maison. La jeune femme observa Martin à la dérobée. Il s'était assis sur un fauteuil, juste à sa droite, Antoine dans sa ligne de mire, en face. Il n'était pas particulièrement prolixe et se contentait d'écouter les conversations qui, malgré Jane, s'étaient centrées sur le procès que son équipe et elle avaient vaillamment gagné. Adrien ne manqua pas de la féliciter à plusieurs reprises, avançant les conséquences de l'exploitation du gaz de schiste et du désastre écologique qui en résultait. Cette affaire était sans précédent, et sans doute ferait-elle jurisprudence. Du moins Adrien, tout comme Jane, l'espéraient. Quoi qu'il en soit, sa grossesse et sa relation avec Martin passèrent totalement à la trappe. Elle mit ça sur le compte de la présence d'Antoine, et rien que pour ça, elle aurait pu lui baiser les pieds pour le remercier d'être là. Le repas se déroula sur le même mode. Adrien parla de son travail et aborda non sans humour les difficultés qu'il avait à être dans les clous depuis qu'il était marié. Antoine se félicita de ne pas être concerné par le problème, Adrien le traita de vieux garçon, et Jane et Martin se gardèrent de s'en mêler de peur que la discussion ne vienne à tourner autour des enfants et qu'ils ne se retrouvent au centre de l'attention. Ils évitèrent avec brio le sujet et, pendant un temps, Jane crut qu'ils avaient échappé aux interrogations houleuses, jusqu'au moment du dessert où Sophie revint de la salle de jeux avec son petit frère dans les bras.

— Tu vas l'avoir quand ton bébé, Jane ?

Gênée, la jeune femme jeta un bref regard à Martin et sourit à Sophie.

— Vers le 19 juin.

— Vous savez si c'est un garçon ou une fille ?

Jane secoua la tête et formula la même réponse qu'à Léonie :

— Ce sera la surprise.

— Tu n'as pas été trop malade ? intervint Gabi qui donna l'impression d'avoir attendu impatiemment cet instant où quelqu'un ouvrirait la porte aux questions.

Jane avait les joues en feu.

— Euh… non. Juste le premier mois et demi.

Assis en bout de table, à sa gauche, Martin ne la quittait pas des yeux.

— Tu as bien de la chance ! s'exclama Gabi. Pour Hugo, c'était un véritable enfer.

— Elle vomissait partout et tout le temps, s'amusa Adrien.

— Tu exagères ! gloussa Gabi.

— Tu parles ! Je ne compte pas les fois où tu t'obstinais à boire du café pour le rendre dans les trente secondes !

Gabi fit rouler son verre d'eau entre ses doigts et sourit.

— C'est vrai.

Puis elle se reconcentra sur Jane qui faillit prétexter avoir envie d'aller aux toilettes pour se soustraire à la conversation.

— Et toi ? Il y a quelque chose que tu ne peux plus du tout consommer, qui t'écœure ? voulut savoir Gabi, visiblement passionnée par le sujet.

— Le riz, répondit Martin à sa place.

Stupéfaite, Jane leva les yeux vers lui. C'était vrai. Sauf qu'elle ne le lui avait jamais dit.

— Elle le laisse systématiquement au bord de son assiette quand il y en a et le regarde comme si c'était une fiente de pigeon, ajouta-t-il. Pourtant, elle aimait ça avant.

Il avait remarqué…

— Papa s'y connaît en crotte de pigeon ! lança Paul en éclatant de rire.

Communicatif, du reste… Mais Jane ne suivit pas le mouvement, troublée par l'attention que Martin lui avait portée.

— Et à l'inverse, qu'est-ce que tu adores manger ? l'interrogea Antoine avec l'œil de quelqu'un qui retiendrait précieusement l'information.

Ce qui n'échappa pas à Martin qui posa sa cuillère à dessert un peu brutalement sur son assiette. Antoine l'ignora et insista pour que Jane lui réponde.

— Eh bien… Je crois que je pourrais me lever la nuit pour dévorer un *McChicken*, précisément ce burger-là.

— C'est orignal.

— Finalement pas tant que ça pour une Américaine ! plaisanta-t-elle.

Antoine, qui était assis juste en face d'elle, lui sourit de toutes ses dents.

— Je saurai quoi t'offrir pour te faire plaisir désormais.

— Non, surtout pas ! s'exclama-t-elle en riant. Je ressemblerais à un éléphant sinon. Déjà que je n'en suis pas loin.

— Tu es magnifique, la contra-t-il immédiatement avec sincérité.

Jane n'avait pas besoin de se tourner pour voir que, à côté d'elle, Martin semblait sur le point d'entrer en ébullition. Au lieu de rester prudente, la jeune femme enfonça le couteau dans la plaie, juste pour le plaisir d'énerver Martin.

— Mais toi aussi, lui retourna-t-elle le compliment en se tapotant le coin des lèvres avec sa serviette.

— Au fait, c'est Martin le papa ? demanda soudain Sophie de la façon la plus naturelle qui soit.

Il n'y eut plus un bruit à table.

— C'est exact, répondit alors l'intéressé avec le ton de quelqu'un qui marquait clairement son territoire.

Jane serra les poings sur ses cuisses.

— C'est génial ! s'exclama Sophie. Ça veut dire qu'il va parler deux langues !

— Vous allez vous marier ? lâcha Paul en levant le nez de sa console de jeux.

Le cœur de Jane fit un double salto dans sa cage thoracique.

— Non, souffla-t-elle avec l'envie de fuir au bout du monde.

— Pourquoi ?

— Assez avec les questions ! intervint Gabi en sortant de table. Aidez-moi à débarrasser, les enfants.

Jane regarda Gabi avec reconnaissance.

Paul et Sophie émirent quelques grognements de protestations et obéirent finalement, laissant derrière eux un silence de plomb. Adrien se racla la gorge et se tourna vers son ami de toujours.

— Dis-moi, qu'en est-il de ce bon vieux Berckin ? A-t-il enfin atteint les sommets ?

Antoine, qui avait le regard posé sur Jane, pivota vers Adrien.

— Le conseil d'administration de la clinique se réunit dans quelques mois pour choisir un nouveau directeur. Avec les nombreux fonds qu'il a fait entrer ces quatre dernières années, Cédric ne désespère pas d'être désigné.

— Pour quelle raison l'ancien directeur est-il destitué ?

Antoine but une gorgée de champagne.

— Il ne l'est pas, il part en retraite.

Adrien sourit en coin.

— Ce qui fait l'affaire de ce loup de Berckin.

Antoine hocha la tête.

— Et sa charmante épouse Annabelle ?

Comme chaque fois, Jane remarqua que le visage d'Antoine se fermait à l'évocation du prénom de son amour de jeunesse.

— Toujours aussi charmante, riche, et superficielle, répondit-il sans laisser transparaître la moindre émotion.

Jane se demanda ce qu'il en était de sa relation avec son mari. Antoine avait été troublé par les révélations qu'elle lui avait faites quelques mois plus tôt. Elle se souvint qu'il lui avait dit avoir l'intention de creuser. L'avait-il fait ? Elle aurait aimé le questionner à ce sujet, mais ce n'était guère le moment. De fil en aiguille, la discussion tourna très rapidement autour du travail d'Antoine puis, fatalement, ils abordèrent la santé de Paul et le fait que depuis quatre ans maintenant, la maladie avait complètement battu en retraite. Martin et Jane suivirent la conversation d'une oreille distraite, échangeant des regards furtifs, puis de plus en plus appuyés. Martin posait sur elle des yeux recelant une intensité indéfinissable. Qu'était-il en train de penser ? Elle fut si gênée qu'elle ne tarda pas à se tortiller sur sa chaise et à prétexter avoir besoin de se rendre dans la salle de bains. Elle refermait les doigts sur la poignée lorsque Martin la rejoignit. Il la poussa doucement à l'intérieur et verrouilla la porte derrière eux.

— Pourquoi m'as-tu fait croire que tu couchais avec lui durant le mois que tu as passé à Paris ? Pourquoi ce mensonge ?

Surprise par cette soudaine question qu'il aurait pu lui poser plus tôt, Jane ne se donna néanmoins pas le temps de réfléchir avant de répondre.

— Parce que c'était ce que tu voulais entendre.

— Pensais-tu que ça me rendrait jaloux ?

Elle baissa la tête, incapable de faire autrement qu'avouer la vérité.

— Je l'espérais.

— Ce n'était pas le cas.

Il mentait.

— Jane…

Il posa les mains sur ses épaules et la força à le regarder. Une tempête faisait rage dans ses yeux. Contre quoi luttait-il ?

— Je sais que tu es amoureuse de moi. Je le sais depuis des mois.

Elle cligna des paupières.

— Tu m'as accusé d'être lâche, tout à l'heure, parce que je ne voulais pas l'entendre, et je ne le souhaite pas davantage, mais ce n'est pas par lâcheté. Je ne veux pas que tu penses que me l'avouer changera quoi que ce soit entre nous. Je suis en colère contre toi, Jane. Très en colère.

Elle avala douloureusement sa salive.

— N'éprouves-tu rien d'autre pour moi, Martin ?

Il recula légèrement et parcourut son corps d'un regard avide.

— Je te désire.

Le cœur de la jeune femme entama une course folle. Comme frappée par l'évidence, elle aurait subitement mis sa main au feu qu'il n'y avait pas que ça. De la colère, du désir, oui, mais autre chose aussi. Un sentiment contre lequel il luttait comme un fou pour ne pas perdre pied, pour ne pas renoncer à ce qu'il s'était promis suite à l'accident, pour ne pas se trahir. Elle voyait de plus en plus clair dans son jeu. C'était toujours la présence d'Antoine qui entrouvrait la cuirasse derrière laquelle Martin se protégeait. Oui, la jalousie était sa faiblesse, mais ça faisait aussi la force de Jane.

— Je te désire, répéta-t-il d'une voix rauque, mais ça ne suffit pas.

Elle laissa échapper un petit soupir, et leva la tête pour se perdre dans son regard bleu.

— Je m'en contenterai.

Ce fut plus fort qu'elle. Elle l'embrassa.

D'abord, Martin ne bougea pas. Les bras immobiles le long de son corps, il se laissa faire tandis qu'elle cueillait sur sa bouche le goût du champagne. Mais quand Jane insinua sa langue entre ses lèvres closes et vint à la rencontre de la sienne, un grondement sourd sortit de la gorge de Martin. Il posa ses grandes mains sur les joues de Jane, puis il approfondit lui-même leur baiser, la dévorant comme s'il était pris d'une faim insatiable. Le besoin de le toucher partout fut si fort que Jane oublia où ils se trouvaient et commença à ouvrir sa chemise afin d'y glisser les doigts. Il grogna encore, la saisit par les épaules et la fit pivoter pour la plaquer contre la porte. Là, il insinua une cuisse entre les siennes et s'enhardit à déboutonner sa tunique à son tour. Quand il vit ses seins gonflés, les yeux de Martin s'arrondirent de désir. Il les engloba dans ses paumes, les pressa doucement, revint à ses lèvres et la fit gémir d'impatience. Elle avait tellement envie de lui…

Soudain, il émit un son étouffé et s'arracha à sa bouche.

— Tu me rends fou, murmura-t-il à son oreille, le souffle court. Tu me rends fou.

Il se détacha d'elle, comme à regret, et la considéra avec un air torturé.

— Nous ferions mieux d'aller rejoindre les autres.

Ils se rajustèrent et Jane regarda autour d'elle, désorientée.

— Cette salle de bains est envoûtée.

Martin sourit.

— Si seulement il n'y avait qu'elle… Allons-y.

24

Il était plus de 22 heures lorsque Martin et Jane poussèrent la porte de l'appartement. Bien que Jane ait redouté cette invitation, et malgré les enfants qui avaient mis les pieds dans le plat, ils avaient passé une excellente journée. Martin était même parvenu à rester poli et parfaitement calme devant Antoine qui les avait quittés en milieu d'après-midi. Le reste du temps, leurs amis s'étaient abstenus de poser des questions gênantes. Tous les quatre avaient plaisanté, ri, partagé quelques discussions sérieuses, abordé des sujets de société, mais jamais ils n'avaient parlé d'avenir. Malgré tout, Jane s'était fait la réflexion que, pour quelques heures, Martin et elle avaient presque donné l'impression d'être un couple, et cette sensation lui fit autant mal que plaisir. Martin n'était pas prêt. Peut-être ne le serait-il jamais… Toutefois, elle ne cessait de penser au baiser qu'ils avaient échangé, à cette bataille qu'il menait contre lui-même. Elle pourrait coucher avec lui si elle le décidait, elle n'en doutait pas, il en crevait d'envie autant qu'elle, mais parviendrait-elle à lui faire comprendre qu'il était inutile d'ignorer ce qu'il ressentait vraiment pour elle ? Que, désormais, qu'il le veuille ou non, ils étaient liés l'un à l'autre de mille façons ? Après des mois à se convaincre qu'il lui vouait encore une haine aiguë, elle venait elle-même de lâcher prise et de reconnaître qu'elle s'était trompée, qu'il avait du mal à se passer d'elle, et pas seulement dans son lit, mais aussi dans sa vie.

— Donne-moi ta veste, lui demanda Martin qui se tenait debout devant le placard de l'entrée.

Perdue dans ses pensées, Jane n'obtempéra pas immédiatement.

— Jane ?

— Oh, oui, pardon !

Elle se déshabilla et lui tendit son trench-coat, un sourire crispé sur les lèvres. Immobile, Martin l'observait avec une intensité pesante, faisant instantanément resurgir la faim qu'elle avait de lui. Elle déglutit comme une débutante.

— Qu'y a-t-il ?

— Rien du tout ! C'était une belle journée, n'est-ce pas ? dit-elle pour dissiper le malaise qui prenait naissance en elle.

Martin plissa les paupières et la fixa plus ardemment encore.

— Tu as envie de moi, déclara-t-il d'une voix rauque.

Elle aurait pu le trouver arrogant, mais il avait cent fois raison. Les intestins de Jane faisaient des nœuds. Si elle s'était écoutée, elle se serait déshabillée devant lui, l'aurait poussé à faire l'amour ici même, sur le tapis, et sans égard pour sa condition de femme enceinte. Or, elle ne se laisserait pas abuser par ses désirs. Elle allait attendre qu'il vienne à elle et décider ce qu'il convenait de faire. Il était impératif que Martin cède du terrain de son propre chef, et pas parce qu'elle l'avait séduit. Pas ce soir. Pas cette fois.

— N'importe quoi, je suis épuisée, prétendit-elle en longeant le couloir. Je prends une douche et je vais au lit. Bonne nuit !

Martin demeura immobile et muet. Il la suivit du regard jusqu'à ce qu'elle disparaisse derrière la porte de la salle de bains. Il la désirait tellement que ça commençait à devenir douloureux. Elle l'avait hanté tout l'après-midi, parvenant même à lui faire oublier la présence de Saint-Armand. Les heures étaient passées sans qu'il puisse se ressaisir vraiment, l'imaginant tour à tour sous lui, sur lui... Il la voulait de toutes les façons possibles, il avait du mal à se contrôler. Aucune autre femme n'avait cette d'influence sur lui, ne lui faisait autant d'effet. Jane le mettait dans un état d'excitation comme il en avait rarement connu, et cette petite insolente lui lançait froidement qu'elle était fatiguée ? Il n'en croyait pas un mot ! Elle mentait et il allait le lui prouver sur-le-champ.

Il rejoignit la salle de bains en quelques enjambées et ouvrit brusquement la porte que Jane, il en était certain, n'avait volontairement pas verrouillée. Elle ne sursauta même pas, et rinça tranquillement le dentifrice qu'elle avait dans la bouche avant de se retourner pour lui faire face.

— Tu as besoin de quelque chose ?

Elle parut si sûre d'elle, si déterminée à garder le contrôle, qu'il en perdit ses mots, se sentit ridicule, et ne sut plus trop comment réagir.

— Non, rien… bougonna-t-il en tournant les talons.

Les poings serrés, il gagna son propre cabinet de toilette à grands pas, et à son tour, il se brossa les dents, y mettant toute la hargne possible. Il détestait passer pour un idiot, mais il savait particulièrement comment s'y prendre pour en avoir l'air !

Elle avait envie de lui, il ne pouvait pas manquer de discernement à ce point !

Était-ce si important qu'il ait raison ? Oui, ça l'était ! Parfaitement ! Parce qu'il en crevait, de cette bonne femme ! Parce qu'il voulait que ce sentiment soit partagé, tout le temps. Il était hors de question qu'il soit le seul à en baver. Elle avait sur lui une ascendance intolérable et il refusait catégoriquement qu'elle en joue. Il ne la laisserait pas faire. Il exigeait qu'elle avoue. Qu'elle le supplie. Qu'elle lui hurle son désir. Elle l'aimait, pas lui. OK. Eh bien, ce n'était pas une raison ! Il voulait la sentir tremblante et fiévreuse entre ses bras, lui prouver qu'elle n'était pas la seule à pouvoir tirer sur la corde sensible.

Il s'essuya rageusement les lèvres et traversa salle de bains, chambre et couloir comme un fou furieux. Il se posta devant la porte de Jane avec l'intention d'entrer sans prévenir, mais à sa grande surprise, c'est elle qui lui ouvrit.

— Tu es vraiment certain de n'avoir besoin de rien ?

Cette façon qu'elle avait de battre les cils le rendit totalement dingue.

— Tu m'attendais, grinça-t-il.

Elle fit mine d'être étonnée.

— Non, mais avec le bruit que tu as fait en marchant dans le couloir, je me suis dit que tu avais un problème, alors j'ai souhaité vérifier.

— Tu m'attendais, répéta-t-il avec plus de force dans la voix.

Elle demeura impassible et croisa les bras sur sa poitrine.

— Absolument pas.

Mais le petit tremblement de ses lèvres la trahit.

— Tu mens.

— Mais pas du tout, Martin, répliqua-t-elle calmement.

Martin baissa les paupières de telle façon qu'il ne la voyait plus qu'à travers ses cils.

— Oh que si. Tu es une vilaine menteuse, Jane. Et les menteurs, on les torture jusqu'à ce qu'ils avouent.

Le visage de Jane fut si marqué par la surprise qu'il faillit éclater de rire. Un sourire carnassier étira alors les lèvres de Martin. Il avait envie de jouer. Il avança d'un pas. Elle sursauta et recula d'un bon mètre. Au deuxième pas qu'il fit, pareil. Au troisième, elle était dos au mur.

Parfait.

Martin franchit les derniers centimètres qui les séparaient, et se posta devant elle de telle façon qu'ils se retrouvèrent ventre contre ventre.

— Martin, l'avertit-elle d'une voix qu'elle voulut contrôlée, je suis enceinte, n'oublie pas.

Sans s'émouvoir, il plaça ses paumes de part et d'autre de la tête de Jane et plia les coudes pour se baisser et la regarder droit dans les yeux.

— M'attendais-tu, Jane ?

Obstinée, elle secoua le menton.

— Je t'ai déjà dit que non.

— C'est ta dernière chance.

Elle redressa la nuque et prit sa respiration.

— *Martin, you piss me off!*[*]

Cette fois, il arqua un sourcil. Elle ne manquait pas de bravoure, son amazone. Dommage, lui non plus. Avant qu'elle ait pu faire quoi que ce soit pour s'échapper, il lui saisit les poignets et les lui bloqua dans le dos. Là, ignorant ses protestations, il la traîna avec lui et la fit s'allonger tant bien que mal sur le lit. Il l'empêcha de bouger en s'asseyant sur ses cuisses et d'une main, il lui maintint les bras au-dessus de la tête. De l'autre, il entreprit de la chatouiller, prenant bien garde à ne pas lui faire mal ou à ne pas s'appuyer sur son ventre.

— Arrête ! Arrête ! supplia-t-elle entre deux hoquets de rire.

Il obtempéra, mais ne la lâcha pas pour autant.

— Tu veux me dire quelque chose, peut-être ?

Elle reprit son souffle.

— Non ! Je n'ai rien à dire. Lâche-moi !

Il sourit en coin.

— Mauvaise réponse.

Et il recommença la manœuvre.

— Martin ! Ça suffit ! éructa-t-elle en se tortillant.

— La vérité, je veux la vérité. M'attendais-tu ? demanda-t-il encore sans arrêter de la chatouiller.

— Oui, oui, oui ! avoua-t-elle enfin en s'étranglant. Oui, je t'attendais.

Il cessa immédiatement de la torturer pour poser sur elle un regard inquisiteur.

— Pourquoi ?

---

* Différentes traductions possibles, mais ici, l'idée générale est : « Tu commences à me gonfler. »

Elle pinça les lèvres.

— Je vais recommencer, Jane…

— Arrête ce petit jeu !

— Ça ne tient qu'à toi. Pourquoi m'attendais-tu ?

— Tu le sais très bien !

— Je veux t'entendre me le dire.

— *Get lost!**

— Tut, tut, tut, fit-il en secouant la tête. Je vais devoir sévir.

— Fais ce que tu as à faire ! siffla-t-elle. Mais fais-le vite, qu'on en finisse !

Il éclata de rire au-dessus d'elle.

— Ce que femme veut…

Et il plongea sur sa bouche pour l'embrasser.

Jane réagit aussitôt sous ses lèvres, répondant à son baiser avec une férocité qui l'embrasa un peu plus. Il avait tellement envie d'elle que c'en était douloureux. Pendant ces six derniers mois, il aurait pu assouvir ses désirs sexuels avec n'importe quelle femme, mais il ne l'avait pas fait. Parce que c'était elle qu'il voulait, uniquement elle. Toujours elle. Et si elle n'avait pas été enceinte, il aurait arraché tout ce qu'elle portait et l'aurait possédée avec la force d'un bulldozer. Mais au lieu de cela, il libéra ses poignets et, sans quitter ses lèvres, bascula sur le côté pour multiplier les gestes tendres. Il la caressa à travers ses vêtements, mordilla doucement la peau de son cou et se laissa enivrer par son parfum. La toucher, la sentir… c'était comme s'il revenait à la vie. Tous ses sens s'amplifiaient à son contact. Même entendre le souffle de Jane au creux de son oreille l'excitait. Lentement, il ouvrit les boutons de sa tunique et en

* « Va te faire voir ! » ou « Tire-toi ! »

dégagea les pans. Il baissa le bandeau souple de son legging jusqu'à la limite de son pubis et, émerveillé, il contempla son ventre rond, sa peau tendue, réalisant pleinement que l'enfant qui était à l'intérieur était le sien. Il fut frappé par une telle émotion que, désorienté, il en perdit toutes ses facultés.

— Il bouge, murmura-t-elle.

Martin écarquilla les yeux.

— Si tu poses ta main ici, tu pourras le sentir.

Incapable de proférer un mot ou de faire le moindre geste, il s'immobilisa au-dessus d'elle. Alors, c'est elle qui prit l'initiative, se saisit doucement de son poignet et plaça sa main sur le côté gauche de son ventre où elle imprima une légère pression. Martin perçut un tout petit coup se répercuter contre sa paume. Interdit, il contempla avec une admiration sans bornes l'abdomen de Jane et eut un mal de chien à ne pas entrouvrir bêtement la bouche. Une réaction plus vive du bébé le fit tressaillir et il faillit bêler pour canaliser l'émotion qui s'était emparée de lui par vagues. Il ne savait plus où il en était.

Perdu, il glissa les yeux le long du corps de Jane et s'arrêta sur son visage. Elle lui sourit.

— Il est très actif le soir.

— Il ou elle, la reprit-il gentiment, en s'apercevant qu'en réalité, il n'avait aucune préférence.

— Il ou elle… répéta-t-elle.

Puis elle porta la main à ses lèvres pour bâiller.

— Tu es fatiguée, chuchota-t-il en dégageant une boucle rousse collée sur sa joue. Je vais te laisser dormir.

Comme il commençait à se redresser, Jane le retint par l'épaule.

— Reste.

— Jane…

Même si son érection était tombée de manière fulgurante lorsqu'il avait senti le bébé bouger, il avait toujours envie d'elle. Toutefois, elle semblait réellement épuisée.

— Tu dois te reposer.

Elle l'observa de ses grands yeux verts.

— S'il te plaît…

Il la contempla avec intensité.

— Jusqu'à ce que tu t'endormes alors.

— Je ne veux rien d'autre…

Elle se mit debout, se débarrassa de sa chemise et fit descendre son legging le long de ses jambes. Elle se retrouva en sous-vêtements devant lui. Il la dévorait du regard. Dieu que cette femme était belle ! Pendant qu'elle lui tournait le dos afin de se délester de son soutien-gorge et enfilait une nuisette, il ouvrit les draps et attendit qu'elle se couche.

— Tu ne te déshabilles pas ? lui demanda-t-elle avec des yeux qui le suppliaient de se dévêtir.

Il sourit.

— Non. Sinon, j'ai peur de ne pouvoir rester sage.

Elle fit une moue adorable.

— Enlève ta chemise au moins, et rejoins-moi sous les couvertures.

Il la dévisagea sans rien dire. Ce moment était tellement inopiné. En avait-il vraiment envie ? Envie de la prendre dans ses bras, d'être protecteur et d'attendre qu'elle s'endorme ? Oui. Trois fois oui. Pourquoi ? Inutile de répondre à cette question, il s'en moquait. Il déboutonna sa chemise, la retira, se débarrassa de sa ceinture, de ses chaussures et de ses chaussettes, puis s'allongea avec elle, en jean, sous la douceur de la couette.

La jeune femme tendit la main vers la lampe de chevet pour éteindre la lumière, se positionna sur le côté, face à lui, et ne dit plus un mot. Quelques instants plus tard, il entendait déjà son souffle régulier et profond. Elle dormait. Il aurait dû partir, mais même si porter sa prothèse au lit n'était pas des plus confortable, il se sentait bien ici, enivré par l'odeur délicieuse de la peau de Jane, le parfum sucré de sa chevelure, la chaleur qu'elle dégageait. Il allait rester encore un peu. Or, le peu se transforma en beaucoup, et avant d'avoir pu percevoir les prémices de la torpeur, il avait, lui aussi, sombré dans un sommeil profond.

Lorsque Martin ouvrit les paupières, il mit plusieurs secondes à réaliser qu'il se trouvait dans la chambre de Jane, et que s'il avait le bras engourdi, c'était parce que la tête de la jeune femme reposait sur sa poitrine. Quelle heure était-il ? Il redressa la nuque pour regarder en direction de la fenêtre. Les lumières des lampadaires extérieurs éclairaient doucement la pièce, il faisait encore nuit. Martin porta sa main libre sur son visage pour se frotter les yeux et fronça les sourcils. Il n'aurait jamais dû s'endormir. Il serait même préférable que Jane ne s'aperçoive pas qu'il était toujours là. Martin avait eu le temps de se calmer, et désormais il avait suffisamment toute sa tête pour se rendre compte qu'ils avaient frisé la catastrophe. Ces moments d'intimité ne mèneraient à rien de bon, il le savait, bien qu'il considérât que rien ne serait plus exquis que de faire l'amour à Jane. Mais quelques instants de tendresse volés, c'était tout ce qu'il pourrait lui donner, alors qu'elle en attendait davantage. Il devait éviter de foncer dans le mur une nouvelle fois, parce qu'il ne souhaitait pas s'engager. Le plus doucement possible, il essaya de se libérer. Jane grogna. Il s'immobilisa, et cessa de respirer quand il sentit la main qu'elle avait posée sur son torse descendre dangereusement en direction de son bassin pour chercher la chaleur brûlante dissimulée sous son pantalon. Martin jeta un œil à la jeune femme, qui semblait totalement endormie. Il posa la main sur son poignet et tenta de la repousser doucement.

— Envie de toi... marmonna-t-elle d'une voix ensommeillée en se collant un peu plus contre lui.

Et lui donc !

— Jane... murmura-t-il. Je vais me lever.

Elle grogna encore et, les yeux hermétiquement fermés, comme en proie à une crise de somnambulisme, elle se redressa d'un coup et le chevaucha en moins de deux.

Il s'étrangla tandis que les doigts de Jane faisaient sauter le premier bouton de son jean, le deuxième, puis le troisième.

— Jane, tenta-t-il de la raisonner, nous ne pouvons pas faire ça.

— Tu n'as qu'à m'en empêcher.

Elle rejeta la tête en arrière et se déhancha.

— Nom de Dieu... grinça-t-il entre ses dents.

Le reste ne fut plus que vagues protestations. Jane savait exactement ce qu'il voulait et rien n'aurait pu la dissuader d'aller au bout. Il regretterait peut-être de s'être laissé attraper, mais pour l'heure, il cessa de penser et s'abandonna avec délectation à cette douce folie.

Lorsque Jane retomba à côté de lui, de longues minutes plus tard, le souffle court et la peau moite de transpiration, Martin était à la fois comblé, mortifié et honteux. Comment pouvait-il se bourrer le crâne de belles décisions et céder à des instincts aussi primaires quelques instants plus tard ? Jane le rendait totalement fou. Il n'était que de la pâte à modeler entre ses doigts, elle faisait ce qu'elle voulait de lui, sans le forcer, et c'était effrayant. Ce qu'il ressentait pour elle n'était pourtant pas de l'amour, mais une passion dévorante, presque bestiale, qui rongeait tout, surtout ses capacités à réfléchir normalement. Et c'était pire encore. L'amour, au moins, donnait une perspective d'avenir. Mais eux, ils n'en avaient aucun.

Il tourna la tête vers elle. Couchée sur le dos, elle avait les paupières closes et un léger sourire aux lèvres. Il la trouva belle. Si belle… Elle l'était davantage de jour en jour, et elle portait son enfant. Mais leur histoire était vouée à l'échec et il la blesserait. Encore.

Martin serra les dents. Qu'il soit maudit s'il ne respectait pas sa parole.

Il se jura que c'était la dernière fois.

25

Si Jane restait calme face à la distance que leur imposait de nouveau Martin depuis la nuit qu'ils avaient passée ensemble, c'était parce qu'elle savait exactement pourquoi il agissait ainsi. Il était certain qu'après qu'il lui avait fait l'amour, elle s'imaginerait finir ses jours avec lui, et par conséquent il se sentait coupable, regrettait, car ce n'était pas du tout dans ses intentions. Du moins, Martin était bien trop orgueilleux pour admettre qu'elle pourrait avoir une place dans son avenir. Il avait beau se voiler la face, Jane n'était pas dupe. Plus les jours avançaient, et plus elle était prête à parier sa fortune que cette tête de mule éprouvait pour elle des sentiments bien plus nobles et profonds qu'un simple désir. Il s'échinait à l'éviter, à rentrer tard, à être mystérieusement occupé chaque fois qu'elle faisait mine d'amorcer une vraie conversation avec lui, mais elle restait parfaitement lucide. Elle y voyait même tellement clair qu'elle avait décidé de le prendre à son propre jeu. Le soir, elle l'accueillait avec un de ces sourires avenants qu'on ne destine qu'à ses amis. Elle faisait sa vie, ne mentionnait guère plus que la pluie et le beau temps quand il rentrait, et ne formulait surtout pas le moindre désir de revenir sur ce qui s'était passé entre eux quatre jours plus tôt. En bref, elle lui fichait une paix royale, et bien qu'il ne le lui eût pas franchement dit, Martin semblait déconcerté par la réaction détachée qu'elle affichait. Ce n'était pas qu'elle avait spontanément eu envie d'agir ainsi, mais Jane avait compris qu'il était inutile de le pousser dans ses retranchements. Elle avait bon espoir qu'il réalise par lui-même à quel point il était idiot de s'imposer des règles qu'il n'avait pourtant aucun désir de suivre. Quand il aurait admis ça, il pourrait accepter ce qu'elle était prête à partager avec lui.

En attendant ce jour béni, Jane se préparait pour aller chercher Léonie à l'école à 16 h 30. Elle lui avait promis de l'emmener manger une glace au Jardin des plantes. Comme il faisait particulièrement beau ce jour-là, elle troqua ses vêtements d'intérieur contre une robe en Liberty rouge, un gilet blanc et une paire de ballerines plates de même couleur. Elle s'attacha les cheveux à la va-vite, se poudra légèrement les joues, mit du gloss sur ses lèvres et quitta l'appartement pour rejoindre le taxi qui patientait déjà sûrement en bas de l'immeuble.

Une demi-heure plus tard, ils s'arrêtaient devant l'établissement privé de Léonie. Comme elle en avait pour quelques minutes seulement, elle demanda au chauffeur de ne pas bouger et s'installa tant bien que mal sur un plot au bord trottoir pour attendre la sortie des classes. Quelle ne fut pas sa surprise en apercevant Adèle Legrand qui venait à sa rencontre. Elle portait un magnifique ensemble twin-set turquoise sur un pantalon noir qui soulignait avec élégance le galbe de ses jambes minces. Elle avait laissé ses longs cheveux blonds retomber souplement sur ses épaules. Ils étaient tout juste retenus par la paire de lunettes de soleil marron qu'elle avait coincée sur le sommet de sa tête. Cette femme avait une classe folle et paraissait bien dix ans de moins que son âge. La dernière et unique fois qu'elle l'avait vue, presque quinze jours plus tôt, elle ne lui était pas apparue si coquette. Interloquée de la trouver ici, Jane se leva et lui tendit la main pour la saluer.

— Bonjour, madame Legrand. Martin ne vous a-t-il pas avertie ? J'étais supposée récupérer Léonie pour l'emmener au Jardin des plantes.

— Tout à fait, lui confirma-t-elle, tout sourire, en dévoilant une rangée de belles dents blanches. Nous nous y rendrons toutes les trois.

Jane dut faire une drôle de tête.

— Cela vous pose-t-il un souci ? s'enquit son interlocutrice.

La jeune femme secoua vivement le menton.

— Non, non, absolument pas. Vous êtes évidemment la bienvenue, nous avions prévu d'aller manger une glace.

— Alors c'est parfait, il se trouve que j'adore ça !

Au même instant, la porte cochère de l'école s'ouvrit en grand. Une jeune fille d'environ vingt ans apparut et laissa sortir les enfants au compte-gouttes, après avoir vérifié que quelqu'un venait bien les chercher. Quand elle vit Jane, Léonie fonça droit sur elle en se retenant de ne pas lui sauter dans les bras à cause de son ventre. À la place, elle se serra doucement contre elle.

— Ce que tu m'as manqué ! s'exclama-t-elle.

— Toi aussi, ma chérie, toi aussi. Regarde qui se joint à nous, l'avertit-elle en désignant Mme Legrand.

Léonie ouvrit de grands yeux.

— Maman ?

— Surprise ! s'amusa celle-ci. Je ne connais pas beaucoup Jane et j'avais envie de passer ce moment avec vous. Ça ne te dérange pas, j'espère ?

Alors que Jane commençait à comprendre l'objet de la manœuvre, Léonie lui assura que non. Elles grimpèrent donc dans le taxi et, vingt-cinq minutes plus tard, elles traversaient la grille du Jardin des plantes. Léonie se précipita vers le marchand de glaces, et une fois leur gourmandise satisfaite, elle se dirigea vers l'aire de jeux. Jane et Adèle Legrand s'installèrent sur un banc.

— C'est pour bientôt, dit cette dernière en voyant que Jane avait quelques difficultés à s'asseoir. Comment vous sentez-vous ?

— Énorme !

Son interlocutrice sourit.

— Vous avez pourtant pris peu de poids. Pour Martin, je frôlais les vingt-cinq kilos de plus.

Impressionnée, Jane écarquilla les yeux.

— J'en suis à dix et je n'en peux déjà plus.

Mme Legrand la dévisagea un instant, puis s'abîma dans la réflexion en regardant sa fille descendre d'un toboggan.

— Léonie est une enfant incroyable, lui confia Jane.

— Elle est ma fierté.

Il n'était donc pas question de Martin… Un silence gênant s'installa entre les deux femmes. Jane avait affreusement envie de lui demander ce que représentait exactement son fils pour elle, mais elle s'interdit de le faire ; elles ne se connaissaient pas assez.

— Je n'ai pas été une très bonne mère pour Martin, déclara alors Mme Legrand comme si elle avait deviné le fond de ses pensées. Je l'ai eu trop jeune et je suppose que je n'étais pas prête. Mon mari non plus. Nous nous sommes vus envahis et incapables de l'assumer vraiment.

— Vous vous êtes retrouvée enceinte par accident ? demanda Jane d'une voix douce en veillant à lui faire comprendre qu'elle ne portait aucun jugement.

Mme Legrand soupira.

— Non. Nous désirions être parents. Mais nous n'avions pas mesuré toutes les obligations et les conséquences que ça comportait. Je ne me suis jamais sentie mère. À la naissance, j'avais l'impression que le bébé que j'avais mis au monde n'était pas le mien.

— Il vous ressemble pourtant beaucoup, murmura Jane.

Un léger sourire fleurit sur le coin des lèvres de Mme Legrand.

— C'est vrai.

Jane ignora pourquoi, mais elle avait de la compassion pour cette femme. Ce qui la surprit d'autant plus qu'elle n'en avait aucune pour ses propres parents.

— Vous ne pourrez jamais revenir en arrière, mais il n'est peut-être pas trop tard pour changer les choses.

La mère de Martin leva vers Jane des yeux d'une tristesse infinie.

— Je pense au contraire que ça l'est. Il a bien trop souffert par notre faute. Notre départ pour la

Polynésie était en quelque sorte un moyen de mettre lâchement un terme à notre relation. J'ai fui sans le moindre remords, sans réaliser les ravages que nous avions commis, mon mari et moi. Puis Léonie est née. Paradoxalement, sa naissance était un accident. Toutefois, contrairement à Martin, elle ne manque de rien. Son père n'est plus là, mais je l'aime de tout mon cœur, et elle a gagné un frère qui tient beaucoup à elle.

— Avez-vous changé d'avis à son sujet ? Vous sentez-vous capable de l'aimer à présent ?

Ses lèvres tremblèrent. Jane comprit qu'elle était sur le point de pleurer. Instinctivement, elle posa une main apaisante sur la sienne.

Au lieu de répondre directement, Adèle se justifia :

— Je ne sais pas ce qui se passait dans ma tête, pourquoi je le voyais comme un étranger, pourquoi je ne parvenais pas à l'aimer. C'était pourtant un gentil garçon, affectueux et joyeux. Il réclamait sans cesse des câlins que j'étais incapable de lui donner. Mais je ressens aujourd'hui quelque chose de nouveau à son égard. Je suis fière de lui, de qui il est devenu. Est-ce de l'amour ? Je ne sais pas. Ce sentiment n'a jamais vraiment émergé en moi lorsque je songeais à Martin. Quand je le regarde à présent, j'ai honte de moi, de ce que je lui ai infligé.

— Vous savez pourtant ce qu'est le sentiment maternel avec Léonie.

— Certes, mais avec Martin, tout était si confus. À l'époque, je pensais qu'être mère était inné, et ce n'était pas le cas. C'était comme si j'avais dû endosser un rôle qui n'était pas fait pour moi. J'avais conscience que mon fils ne méritait pas d'être rejeté, mais je ne parvenais pas à éprouver ce que toute autre mère devrait ressentir pour son enfant. Je l'ai donc élevé par mécanisme.

— Et votre mari ? En était-il au même point que vous ?

Un voile de mélancolie se posa sur son visage.

— J'étais sa lune et son soleil, il ne voyait que par moi.

Jane n'eut nul besoin de demander des précisions pour comprendre ce qu'elle entendait par là. Ses propres parents vivaient ainsi.

— Madame Legrand, vous disiez que vous étiez fière de Martin. C'est déjà un bon début.

Jane n'avait elle-même jamais surpris son père et sa mère le prétendre à qui que ce soit à son sujet. Mme Legrand étira légèrement les lèvres et exerça une pression sur les doigts de Jane avant de la fixer intensément.

— Vous m'êtes d'une compagnie agréable, mademoiselle Stewart.

Jane lui sourit.

— Appelez-moi Jane.

— À condition que vous m'appeliez Adèle.

Elle acquiesça.

— Avec plaisir.

— Maman ! Jane ! s'exclama soudain Léonie. Regardez ce que je suis capable de faire !

Les deux femmes se tournèrent dans sa direction. Léonie était accrochée à une barre métallique et exécutait plusieurs tractions qui auraient définitivement mis Jane sur le carreau.

— Bravo, ma chérie ! la félicita Adèle.

Puis elle pencha la tête vers Jane.

— Et vous, Jane, quelle est votre histoire avec mon fils ?

L'avocate déglutit. Elle n'aimait pas trop en parler, mais elle jugea que si Mme Legrand avait pu s'ouvrir à elle en toute confiance, elle devait elle-même être capable de le faire.

— Nous avons commencé à nous fréquenter il y a quelques années. Notre relation n'était pas suivie.

Puis elle se tut. La gorge nouée, comme chaque fois qu'elle ravivait ces douloureux souvenirs.

— Je suis en France depuis plusieurs mois, Jane, et à part Léonie, personne ne m'avait jamais parlé de vous, et il y a deux semaines, vous êtes arrivée avec ce ventre-là, fit-elle observer en le désignant d'un geste du menton. C'est un accident ?

Jane hocha la tête.

— En effet.

— Serais-je très indiscrète si je vous demandais pourquoi vous n'avez pas mentionné votre grossesse à Martin ? Car il n'était pas au courant, n'est-ce pas ?

— Non… murmura Jane. Il ne savait pas.

Adèle lui prit les deux mains, cette fois-ci.

— Je vous aime bien, Jane. Et je pense que quelque part, nous nous ressemblons, vous et moi. Je serais prête à parier que ce que vous vivez avec mon fils est presque aussi difficile que ma propre histoire avec lui. Je me trompe ?

Jane baissa les cils.

— Non… S'il a été amputé, c'est ma faute.

Adèle fronça les sourcils.

— Comment ça ? Vous êtes responsable de l'accident qu'il a eu ?

La jeune femme hocha tristement la tête.

— Je conduisais trop vite, il voulait que ralentisse, mais par entêtement, j'ai refusé.

— Et il ne vous a pas pardonné ?

Elle lui fit signe que non. La mère de Martin l'observa avec incrédulité et se donna une bonne poignée de secondes avant de reprendre la parole.

— Il ne vous a pas pardonné, mais vous êtes enceinte de lui.

Jane ferma les paupières un instant. Elle n'avait pas envie d'entrer dans les détails.

— La vie est parfois étrange. Alors qu'il aurait préféré oublier jusqu'à mon existence, nous voilà unis par un lien inaltérable.

Adèle la sonda de ses grands yeux bleus.

— Et vous, Jane ? Auriez-vous préféré l'effacer de votre mémoire ?

Jane se mordit les lèvres et regarda en direction du ciel.

— Je l'aime de tout mon cœur. Tenter de l'ôter de mon esprit serait stupide et aussi improbable que d'essayer d'arrêter de respirer.

— Il vous en veut horriblement, je l'ai compris, mais si j'en crois ce que j'ai vu, il tient à vous.

La jeune femme ne put s'empêcher de rire doucement.

— Bien sûr que je compte pour lui, même s'il le nie farouchement. Mais j'ai fichu sa vie en l'air, il se battra jusqu'au bout pour tâcher de ne pas l'oublier. Le faire changer d'avis est sans doute la bataille la plus difficile que j'aie eue à mener.

— Alors la victoire n'en sera que plus belle, observa Adèle avec un large clin d'œil plein d'assurance.

— Venez ! s'écria Léonie. On va visiter la serre !

Les deux femmes s'étudièrent un instant sans rien dire, se sourirent avec la reconnaissance mutuelle d'avoir pu chacune vider leur sac, puis Adèle tapa des mains sur ses cuisses et se leva d'une poussée énergique.

— Allons voir ces merveilles exotiques cent pour cent parisiennes !

Jane fut de retour du parc vers 18 heures. Elle avait passé une excellente fin d'après-midi et se réjouissait de mieux connaître Adèle. En resongeant à tout ce qu'elle lui avait confié, son cœur se serra. Les deux femmes s'étaient rendues fautives d'un crime bien différent, mais elles affrontaient toutes deux la culpabilité et prenaient l'entière responsabilité du mal qu'elles avaient fait. Dans le regard d'Adèle, Jane avait lu des remords poignants, l'incertitude aussi, l'impuissance. Comment devenir la mère qu'elle n'avait jamais su être pour Martin ? Elle espérait de tout cœur qu'Adèle ait un jour le courage de parler à son fils, et lui de lui pardonner, car si Jane ne se faisait aucune illusion à propos de ses propres parents, elle était convaincue que Martin, Léonie et Adèle pouvaient former une famille unie.

Elle ouvrit la porte de l'appartement, pénétra dans le vestibule et eut la surprise de trouver Martin. Il était installé sur le canapé, accoudé à ses genoux, et regardait un match de tennis à la télévision. Pas une seule fois de la semaine il n'était rentré avant 21 heures, et elle se demanda pour quelle raison il avait fait une exception ce jour-là. Elle retira sa veste, la pendit dans le placard mural de l'entrée et se plaça devant l'ouverture du salon.

— Salut.

— Salut… répondit Martin, bougon.

— Tu es là tôt.

Il lui jeta un bref coup d'œil et se reconcentra sur la télé. Puis Jane remarqua une bouteille de bière vide posée sur la table basse. Elle savait que Martin avait recommencé à boire un peu d'alcool, mais ça restait relativement rare. D'ailleurs, elle ne se souvenait pas en avoir vu dans le frigo ou dans un quelconque placard. Elle s'approcha et mit la main sur le dossier d'un des deux fauteuils en cuir noir. Martin avait les traits tendus.

— Quelque chose ne va pas ?

Manifestement agacé, il soupira et se pinça l'arête du nez.

— Rien de grave. J'ai eu une journée difficile.

— Tu veux en discuter ? demanda-t-elle sans le quitter des yeux.

— Il n'y a rien à dire. J'ai des clients pénibles et le notaire n'a pas choisi le bon jour pour me convoquer à la clôture des droits de succession de mon père.

Jane marqua un temps de silence. Si Martin n'en parlait pas beaucoup, elle se doutait que tout ce qui le ramenait au souvenir de son père devait être difficile pour lui. D'autant qu'il ne l'avait revu que sur son lit de mort, quelques heures avant les funérailles.

— Je suis désolée, murmura-t-elle finalement.

— Il n'y a pas de quoi, Jane. Et toi ? Ton moment avec Léonie ? s'enquit-il sans quitter l'écran des yeux.

La jeune femme contourna le fauteuil pour s'y asseoir et posa son sac par terre. Martin était enfin disposé à avoir une vraie discussion avec elle, elle ne s'en priverait pas.

— Excellent. Nous sommes allées au Jardin des plantes pour manger une glace et visiter la serre des forêts tropicales. Léonie a beaucoup aimé. Ta mère aussi.

Il tourna la tête vers elle en fronçant les sourcils.

— Ma mère ?

— Elle nous a accompagnées.

Son visage se fit de marbre.

— En quel honneur ?

Jane haussa les épaules.

— Elle avait envie de mieux me connaître.

— C'est ridicule !

Jane conserva son calme. Elle avait compris que ce n'était pas contre elle que Martin en avait – du moins pas à ce sujet-là.

— Je vais mettre au monde son petit-fils ou sa petite-fille, je suppose que c'est suffisant pour désirer créer des liens.

Il se leva d'un bond et ramassa rageusement la bouteille vide.

— Elle n'en a jamais rien eu à cirer de son propre fils, alors je ne vois pas pourquoi elle s'intéresserait à un mioche qui risquerait de le lui rappeler !

Il sortit du salon en quelques enjambées pour rejoindre la cuisine, et revint presque instantanément avec une seconde bière qu'il porta à ses lèvres.

— Martin… murmura-t-elle en se levant à son tour.

— Quoi ?

Il lui jeta un regard noir. Il avait parfaitement conscience de ce qu'elle pensait de sa façon de gérer la situation. L'alcool n'occultait rien. Jamais. Jane secoua la tête.

— Ta mère se rend compte du mal qu'elle t'a fait.

— C'est ce qu'elle t'a dit ?

Jane acquiesça.

— Des conneries ! siffla-t-il avec mépris.

Il se rua dans le vestibule, attrapa sa veste encore posée sur le dossier d'une chaise et ouvrit la porte d'entrée à toute volée.

— Ne m'attends pas pour dîner.

Il sortit en claquant violemment le battant. Sa bière à la main.

Jane se laissa de nouveau tomber sur le fauteuil et soupira profondément. Martin était un écorché vif. Il braillait, cognait d'abord, et ensuite, il réfléchissait. Elle ne se mêlerait plus de sa relation avec sa mère. D'un, il ne l'écouterait pas plus qu'aujourd'hui, de deux, elle avait elle-même suffisamment de problèmes à régler avec lui.

Son téléphone vibra dans son sac et la tira de ses pensées. Elle se contorsionna pour le récupérer, fouilla à l'intérieur et décrocha sur un numéro de fixe qu'elle ne connaissait pas. Ses lèvres s'élargirent quand elle entendit la voix d'Antoine.

— Ah ! Je me demandais quand tu oserais enfin m'inviter à dîner ! plaisanta-t-elle d'emblée.

Le médecin rit doucement.

— Ce n'était pas mon intention, mais s'il n'y a que ça pour te faire plaisir. Tu as prévu quelque chose ce soir ?

Machinalement, elle tourna la tête vers la porte d'entrée.

— Euh… Il semblerait que non.

— Ah… Vous vous êtes disputés, en déduisit Antoine.

Jane secoua le menton comme s'il était devant elle.

— Absolument pas. Martin a quelques soucis à régler, répondit-elle en restant volontairement évasive.

— Dans ce cas… J'appelais pour prendre de tes nouvelles, mais un tête-à-tête c'est encore mieux ! Une pizzeria, ça te va ?

— Impeccable.

— Je passe te chercher à 20 heures.

Jane réfléchit quelques secondes. Il était peu probable que Martin rentre au même moment, mais si tel était le cas, il se mettrait dans une colère noire. Au bénéfice du doute, Jane préféra ne pas prendre le risque de voir les deux hommes en venir aux mains. Martin en était largement capable et Antoine, aussi adorable fût-il, n'était sûrement pas du genre à recevoir des coups sans se défendre, surtout vu sa carrure.

— Non. Donne-moi plutôt l'adresse du restaurant, je te rejoins là-bas.

Jane nota les coordonnées sur un bout de papier, le posa sur la table et raccrocha.

Quand il vit arriver Jane, Antoine décréta qu'il avait de la veine de dîner avec une si jolie femme. La grossesse l'épanouissait particulièrement. Elle était ravissante dans sa robe en lin beige sur laquelle elle avait enroulé un bandeau orange qui mettait son ventre en valeur. Il se leva de la chaise de bar où il l'attendait et vint à sa rencontre pour l'accueillir.

— Tu es superbe, la complimenta-t-il.

Elle lui offrit un sourire radieux. Il se pencha pour lui faire une bise sur la joue et la conduisit à la table qu'il avait réservée. Ils s'installèrent et, tout en commençant à parler de la pluie et du beau temps, ils passèrent commande et furent servis rapidement.

— Alors, dis-moi, où as-tu décidé de pondre ton œuf ? lui demanda-t-il avant de mordre dans sa pizza.

Jane lui sourit.

— Devine…

Facile, il savait qu'elle ne connaissait qu'une seule clinique à Paris, celle où il travaillait.

— Dans ce cas, je serai aux premières loges ! Je n'ai pas eu l'occasion d'aborder le sujet avec toi la dernière fois, mais… qu'en est-il de toi et Martin ? Cette grossesse vous a-t-elle rapprochés ?

— Disons qu'elle œuvre dans ce sens.

Il faudrait qu'il lui tire les vers du nez s'il voulait en apprendre davantage.

— Qu'avez-vous décidé ? Si tu es revenue à Paris, c'est pour une raison précise, non ?

Jane laissa échapper un petit soupir.

— Nous n'avons pas prévu de vivre ensemble. J'accouche ici et je rentre chez moi.

Il arqua les sourcils.

— Pourquoi ne pas être restée à Washington ?

— Parce qu'il a peur que je ne lui accorde pas la paternité de l'enfant. Nous avons même pris rendez-vous avec un avocat pour définir noir sur blanc les termes de l'éducation parentale.

— Le cabinet d'Adrien ?

Elle secoua la tête.

— Il a tenu à engager quelqu'un de neutre.

Il gonfla ses joues d'air avant de l'expulser.

— Eh ben… Comment vis-tu tout ça ?

Elle haussa les épaules.

— Comme ça vient. Paris n'est pas si mal.

Elle était dure en affaires !

— Ce n'est pas ce que je voulais dire, Jane. Comment te sens-tu ?

La jeune femme but une gorgée d'eau pétillante.

— Il m'aime. J'en suis certaine. Il m'aurait étranglée depuis longtemps sinon.

Un petit sourire en coin se dessina sur les lèvres d'Antoine.

— Je n'en doute pas une seule seconde. Le plus dur étant de le lui faire admettre, je suppose.

Jane piqua dans un mini cœur d'artichaut mariné à l'huile d'olive et le détailla avec attention.

— Il est têtu comme une mule.

— Tu sauras le convaincre, l'encouragea-t-il.

Elle enfourna son *antipasto* dans la bouche et mâcha lentement avec un petit air songeur.

— Et toi ? l'interrogea-t-elle après avoir avalé. Où en es-tu de tes investigations ?

Les sourcils d'Antoine se rejoignirent.

— À quel sujet ?

— Annabelle et Cédric Berckin.

Elle n'eut nul besoin de préciser pour qu'il se rappelle la conversation qu'ils avaient eue à ce sujet, un soir, à son hôtel. Elle avait traité Cédric de pervers narcissique. Mais l'était-il vraiment ? En vérité, contrairement à ce qu'il avait avancé, Antoine n'avait pas cherché à en savoir plus. Se convainquant que si c'était vrai, Annabelle l'avait bien mérité, que quand on jouait avec le feu, on se brûlait forcément. C'était leur problème, pas le sien.

— Nulle part, répondit-il simplement.

Jane parut étonnée.

— Pourquoi ?

— Pourquoi quoi ?

Elle se cala contre le dossier de sa chaise et lui concéda un regard lourd de sous-entendus.

— Pourquoi n'as-tu pas essayé de comprendre leur situation ?

— Qui te dit que ce n'est pas le cas ? esquiva-t-il.

Jane se redressa et tendit le bras pour agiter l'auriculaire sous son nez.

— Mon petit doigt, et ce n'est pas un menteur ! Tu sais ce que je crois ?

Il but un peu de vin et fit mine d'être très intéressé.

— Non.

— Je crois que même vingt ans après, tu as toujours des sentiments pour elle !

Il ne put s'empêcher de sourire devant cette déduction toute féminine.

— Tu as raison, Jane. J'en ai.

— Ah ! se félicita-t-elle. Tu vois !

Puis il reprit un air on ne peut plus sérieux.

— Du dégoût. Voilà ce qu'elle m'inspire.

Le sourire de Jane se transforma en profond soupir.

— Pourquoi les hommes refusent-ils de voir la réalité en face en admettant leurs faiblesses ? Mon Dieu, si j'accouche d'un garçon, je lui laverai le cerveau dès la naissance contre tous ces principes phallocrates !

Il écarquilla les yeux. Comme elle y allait ! Cette fois, Antoine éclata de rire.

— Fais donc, mon chou, et on en reparle dans vingt ans !

26

Martin rentra chez lui sur les coups de 23 heures, persuadé de trouver un appartement silencieux et plongé dans le noir. Jane devait dormir depuis un moment. Ces temps-ci, elle ne se couchait guère après 21 h 30. Mais quand il referma la porte, il fut étonné de voir que la lumière de la salle de bains du fond était encore allumée. La jeune femme se brossait les dents. Il entendait le bruit de son appareil électrique haute technologie et multi-embouts. Les Américains et leur obsession de l'hygiène dentaire… Jane y passait une éternité.

Martin retira sa veste et ses chaussures et pénétra dans le salon où il s'affala sur le canapé, la tête rejetée en arrière, les yeux fermés. Il avait détesté cette soirée passée à boire du soda, à ressasser la mort de son père, à songer au pognon qu'il avait été obligé de lui céder de son vivant, et aux prétendus regrets de sa mère. Si ce que Jane lui avait raconté était vrai, et pas seulement une interprétation purement féminine, ça lui donnait encore plus la nausée. Ça revenait à dire qu'une fois seule avec Léonie, sa mère s'était souvenue qu'un lien familial la rattachait à un homme trentenaire. Un garçon qu'elle avait mis au monde et que des parents normaux auraient appelé fils avec tendresse et admiration.

Sa bouche se tordit en pli amer. Pendant des années, il avait essayé d'attirer l'attention de sa mère, de lui soutirer un peu d'affection, et elle l'avait ignoré. Plus tard, quand il était devenu adulte, elle était allée jusqu'à oublier son existence pour se la couler douce au soleil. Oh, non. Elle ne ferait pas ce qu'elle voulait de lui sous prétexte qu'avec sa fille, il était la seule famille qu'il lui restait et qu'elle se sentait isolée. Rien n'avait changé pour Martin. Rien du tout. Il la respecterait, pour Léonie, mais il n'était pas obligé de l'aimer. L'amour, il le lui avait déjà donné et elle l'avait rejeté. Basta ! Elle n'aurait plus rien.

Quand il rouvrit les paupières, ses yeux se posèrent tout naturellement sur le bout de papier qui traînait sur la table basse. Machinalement, il se pencha pour s'en saisir et lut les quelques lignes griffonnées.

Il baretto di Toscana
19, rue Lepic – XVIIIe arr.
20 h

20 heures ? Il ne lui fallut guère plus d'informations pour faire quelques très désagréables déductions. Comme ce soir il l'avait plantée de la même façon que les jours précédents, Jane s'était fait inviter à dîner par ce connard de toubib. Alors, certes, ils n'avaient peut-être jamais été amants, il n'empêche qu'il était certain que ce chien n'hésiterait pas une seule seconde à la séduire. Rien que d'y penser, il

sentait son sang bouillonner. S'il évitait Jane comme la peste, ce n'était pas de gaîté de cœur. Il savait que s'éloigner d'elle était la meilleure solution, mais quand il était assis derrière son bureau, il n'avait qu'une envie : rentrer chez lui, la déshabiller, la mettre dans son lit et lui faire l'amour jusqu'à ce qu'elle soit tellement épuisée qu'elle le supplie de la laisser dormir. Ces fantasmes étaient stériles ! Ce qui ne l'empêchait pas de rester lucide quant au fait que tant qu'elle serait enceinte de lui, elle n'avait rien à faire en compagnie de Saint-Armand. Question de principe.

Bon Dieu ! Mais qu'avait-il de si extraordinaire pour qu'elle le rencontre dès que l'occasion se présentait ? L'espace d'un instant, l'idée qu'elle se soit attachée à lui au point de le voir autrement qu'en ami lui effleura l'esprit. Et si le fait qu'il la repousse la jetait tout droit dans les bras de Saint-Armand ? Il sentit la colère enfler en lui comme un ballon de baudruche. Il détestait ce type ! Il était hors de question qu'il supporte cette situation tant que Jane vivrait sous son toit.

Il allait de ce pas mettre les choses au clair. Mais sans s'énerver, c'était inutile. Il se contenterait de rappeler calmement à Jane ce qu'il attendait d'elle. Martin quitta le salon et longea le couloir. Jane n'était pas encore sortie de la salle de bains. Il frappa deux coups discrets pour ne pas l'effrayer. L'appareil électrique s'arrêta aussitôt et Jane ouvrit, une serviette-éponge à la main. Volontairement intimidant, Martin leva un bras pour s'appuyer contre le chambranle. La jeune femme suivit son geste des yeux avec un regard interrogateur, sans toutefois prononcer un mot. Martin décida d'aller droit au but.

— Quelque chose a changé entre toi et Saint-Armand ?

Surprise par sa question, Jane fronça les sourcils.

— J'ai peur de ne pas comprendre.

Martin lui montra le papier qu'il avait récupéré sur la table. Jane soupira et jeta le linge de bain sur le rebord du lavabo, puis elle croisa les bras sur sa poitrine.

— La vraie question est : est-ce que quelque chose a changé entre toi et moi, Martin, pour que tu fasses une telle fixation sur ma relation avec Antoine ?

Le parfum subtil des cheveux de Jane lui parvint, il posa furtivement les yeux sur eux. Ils s'éparpillaient en boucles sur ses épaules et il dut se faire violence pour ne pas y glisser les doigts.

— Nous allons être parents, répondit-il calmement, et ce soir, tu as dîné avec Saint-Armand alors que je t'ai demandé de garder tes distances avec lui tout le temps où tu serais enceinte. Es-tu en train de tomber amoureuse de lui, ou veux-tu seulement me provoquer, Jane ?

Elle écarquilla les yeux. Il était fort possible qu'il fasse fausse route quant à la première solution, mais il voulait se l'entendre dire.

— Non.

— Non, quoi, Jane ?

Elle le regarda fixement.

— Je ne suis pas plus amoureuse de lui que je ne souhaite te provoquer, Martin. Mais que suis-je supposée faire ? Attendre d'avoir gentiment accouché pour retrouver une vie sociale ? J'ai accepté de te suivre en France, pas de rester enfermée toute la sainte journée !

Piqué au vif, il plissa les paupières.

— Ce n'est pas ce que je te demande.

— Sache que je n'ai aucune attirance pour Antoine, mais je ne me priverai pas de sa compagnie pour ménager ton ego !

Il haussa un sourcil.

— Mon ego ?

— Parfaitement ! Ce machin qui t'enfle le crâne presque plus que toute autre partie du corps ! Martin… continua-t-elle d'une voix désespérée. Ne pouvons-nous pas nous faciliter les choses ? Tu m'évites depuis plusieurs jours car tu regrettes d'avoir fait l'amour avec moi. N'en faisons pas tout un plat, veux-tu ? Tu n'as aucune raison de te sentir ridiculisé parce que je vois Antoine, et je n'ai aucune raison d'imaginer que tu vas me demander en mariage parce que nous avons eu un écart. Tout est parfaitement clair pour moi. Nous avons couché ensemble, c'était bien, point. On n'en parle plus.

Irrité sans qu'il sache vraiment pourquoi, il baissa les paupières et serra les mâchoires. Ils étaient sur la même longueur d'onde, donc. Alors que lui arrivait-il à la fin ? Jamais il ne s'était senti en prise avec des sentiments si contradictoires. Il devait se ressaisir.

— Parfait, grinça-t-il entre ses dents, d'une voix plus sèche qu'il ne l'aurait voulu.

La colère de Jane s'enflamma d'un seul coup.

— Mais qu'attends-tu de moi à la fin ?

Ils se regardèrent longuement, jusqu'à ce que, perdue, Jane baisse les yeux.

— Je ne sais plus sur quel pied danser, Martin. Je ne sais même plus où j'en suis.

Comme doté d'une vie propre, le bras droit de Martin se leva et sa main vint se poser sur la joue de la jeune femme. Elle battit des cils, déconcertée.

— Moi non plus, Jane, murmura-t-il avant de s'emparer de ses lèvres, moi non plus…

Il l'embrassa avec une soif inextinguible, mêlant sa langue à la sienne comme si sa vie en dépendait. Il voulut la plaquer contre le mur, glisser les doigts sous l'éponge de son peignoir et trouver le creux entre ses cuisses, mais l'exiguïté du cabinet de toilette l'en empêcha. Au lieu de calmer ses ardeurs, sans cesser de butiner sa bouche, il la poussa hors de la salle de bains et l'attira dans la chambre à coucher qu'elle occupait. Les vêtements de Jane étaient jetés sur le lit. Martin les ignora et la fit s'allonger. Là, il dénoua la ceinture de son peignoir et se pencha sur ses seins ronds et pleins pour les embrasser. Jane gémit et lui agrippa les cheveux.

— Ne t'arrête pas…

— Jane… murmura-t-il, torturé par son propre désir. Que vais-je faire de toi ?

Il plongea dans ses prunelles brillant de la même faim que lui.

Elle émit un petit hoquet de surprise, ses yeux s'arrondirent, puis elle se tortilla bizarrement entre ses bras.

— Jane ?

Elle le regarda fixement, paniquée.

— Je perds les eaux.

Martin vivait la pire angoisse de sa vie. Qu'est-ce que fabriquait l'obstétricien ? Pourquoi l'examen de Jane prenait-il aussi longtemps ? S'il s'était écouté, il aurait défoncé la porte pour voir ce qui se passait à l'intérieur. Ça faisait une demi-heure qu'il attendait dans le couloir et que personne ne venait le rassurer. Et il n'entendait pas un bruit, bon sang ! Qu'était-on en train de faire à Jane ?

— Monsieur ?

Il sursauta et se retourna sur une jeune infirmière arborant un large sourire.

— Oui ?

— Vous vous sentez bien ?

Il se passa nerveusement une main dans les cheveux.

— Oui, oui.

Elle l'observa quelques secondes puis reprit :

— Pendant que votre compagne est auscultée, est-ce que ça vous ennuierait de remplir le dossier d'admission ? À cette heure, il n'y a plus personne à l'accueil, je vais le faire moi-même.

Il fronça les sourcils. Il ne connaissait même pas la date de naissance de Jane et il en eut honte. Il jeta un œil au sac à main qu'elle lui avait demandé de garder, il y trouverait toutes les informations nécessaires. Martin acquiesça finalement et suivit l'infirmière. Dans le bureau, il prit conscience qu'il n'avait pas encore eu l'occasion de faire une seule démarche pour reconnaître l'enfant. L'accouchement n'était initialement prévu que trois semaines plus tard et le rendez-vous avec l'avocat devait avoir lieu, dans seulement quelques jours. Penaud, il leva les yeux vers son interlocutrice.

— Nous ne sommes pas mariés et… Jane est américaine. Doit-on remplir des documents particuliers pour la reconnaissance en paternité ?

Elle lui sourit.

— Lorsque votre enfant sera né, la sage-femme vous fera signer un registre et vous donnera une attestation à fournir à la mairie sous quarante-huit heures. Un certificat de naissance vous sera remis là-bas pour vos démarches administratives.

Il hocha la tête, fouilla dans le sac de Jane afin d'en sortir ses papiers, et fit de son mieux pour communiquer toutes les informations nécessaires à l'infirmière.

Lorsqu'il rejoignit Jane dans sa chambre, quinze minutes plus tard, la sage-femme lui apprit que le travail avait déjà commencé. Il blanchit instantanément.

— Ne vous inquiétez pas, le rassura-t-elle. Il risque de se passer des heures avant que le bébé ne montre le bout de son nez. Surtout lorsqu'il s'agit d'un premier accouchement !

Elle les laissa seuls, et Martin se tourna vers Jane pour la regarder. Un cathéter était posé sur son bras gauche, et elle portait une blouse d'hôpital à fleurs d'où sortaient les câbles du monitoring auquel elle était reliée. L'écran affichait les battements de son cœur, et de celui du bébé.

— Est-ce que ça va ? demanda-t-il doucement.

Elle sourit.

— Mais oui. Je ne suis pas à l'article de la mort, et le personnel est adorable.

Il observa son ventre, la bouche sèche.

— Tu as mal ?

Elle secoua la tête.

— Non, pas encore. Ça viendra bien assez tôt. Il ne nous reste qu'à patienter.

Elle se racla la gorge et se mordit les lèvres.

— Et toi ? Comment te sens-tu ?

Sur le point de m'effondrer.

— Très bien, mentit-il.

Elle le scruta longuement, si bien qu'il eut l'impression qu'elle attendait quelque chose de lui.

— Jane ? Ça ne va pas ? l'interrogea-t-il d'une voix douce qu'il ne se connaissait pas.

Il la vit retenir sa respiration.

— Non, je…

Elle se tut, troublée.

— Dis-moi, l'encouragea-t-il.

Elle leva de grands yeux incertains vers lui.

— La sage-femme… Elle m'a demandé si…

Il était suspendu à ses lèvres.

— Est-ce que tu veux assister à l'accouchement, ou est-ce que tu préfères attendre dehors ?

Le cœur de Martin se gonfla d'une émotion indescriptible. Il avait l'impression que cette nuit, il allait devenir plus fort que jamais, et qu'en même temps, il s'écroulerait comme une chiffe molle. Il tendit le bras vers Jane pour s'emparer de sa main et lui sourit tendrement.

— Attendre dehors ? Pas pour tout l'or du monde. Je serai là.

***

— Il est magnifique, murmura Adèle d'une voix vibrante d'émotion en contemplant son petit-fils couché dans un berceau transparent de la clinique, et sur lequel était collée une étiquette bleue portant son prénom.

Louis.

Oh oui, il l'était… Depuis des heures, Jane contemplait son fils avec une béatitude si grisante qu'elle en avait oublié qu'elle était morte de fatigue. Il possédait des cheveux presque invisibles sur son petit crâne, son nez était minuscule, et ses adorables joues roses évoquaient des bonbons à croquer. Elle était déjà folle de lui. Jane tourna le visage vers Martin. Il n'avait d'yeux que pour son fils qu'il ne cessait de dévorer du regard. La jeune femme se rappellerait toute sa vie la réaction qu'il avait eue lorsque Louis était né. Martin s'était tenu aux barreaux du lit pour ne pas flancher, émerveillé par la justesse de la nature. Cet enfant était à lui. Il avait ravi son cœur en quelques secondes seulement.

Délicatement, Adèle caressa le creux de la paume de Louis qui poussa un petit couinement étouffé et referma la main sur le doigt de sa grand-mère.

— Il te ressemble à la naissance, confia-t-elle à voix basse à son fils. Aussi blond, aussi beau, et aussi calme.

L'expression indéchiffrable, Martin, qui était resté debout devant le berceau, dévisagea sa mère quelques secondes.

— Tu t'en souviens ?

Jane retint sa respiration tandis qu'Adèle levait sur lui des yeux brillants d'émotion.

— Je me souviens de tout.

Ils s'observèrent fixement et silencieusement, comme s'ils cherchaient à lire la vérité dans le regard de l'autre, la souffrance accumulée, l'impuissance et ce besoin cuisant de rendre enfin les armes. L'incompréhension qui les animait depuis plus de trente ans semblait vouloir se dissiper. Jane était émue aux larmes, parce qu'aujourd'hui, une mère et son fils faisaient un pas dans la même direction.

Il n'était pas prêt. Martin n'était pas prêt à laisser sa mère prendre la place qu'elle aurait toujours dû avoir. Il avait si souvent rêvé d'avoir une maman, d'être câliné par des bras réconfortants, de recevoir de doux baisers sur la joue, mais il s'était confronté tant et tant à la réalité qu'il lui était impossible de permettre à Adèle Legrand d'entrer dans sa forteresse si douloureusement érigée. Il s'était battu pour se persuader que l'amour et l'affection d'une mère n'étaient pas si importants, qu'ils n'étaient pas nécessaires pour faire de lui un homme stable et sain. Aujourd'hui, ses convictions étaient presque inébranlables, si ce n'était ce sournois pincement au cœur qu'il ressentait quand elle le regardait de la sorte. Ça lui faisait quelque chose, le titillait là où il se croyait dur comme un roc. Jane avait raison. Sa mère semblait désolée, sincèrement désolée et désireuse de changer la donne, d'être pardonnée, mais Martin n'était pas capable d'accueillir sereinement ses excuses. Peut-être ne le serait-il jamais, même s'il n'était pas insensible à ce qui était en train de se passer ; c'est pourquoi il choisit de ne pas poursuivre sur ce terrain glissant. Il détourna la tête et se concentra sur son fils. C'était un beau bébé, objectivement, bien que si c'eût été le contraire, il l'aurait trouvé magnifique quand même. Il ne se souvenait pas avoir vécu un choc aussi intense que lorsque la sage-femme avait permis à Louis de prendre sa première bouffée d'oxygène. Ce que Martin n'avait fait qu'imaginer durant les deux dernières semaines où il avait vu Jane enceinte était soudain devenu réalité. Certains auraient parlé de miracle de la vie, lui, il évoquait un miracle tout court. Il était père ! Nom de Dieu ! Il était père. Ce qu'il avait tantôt défini comme étant le pire rôle de la planète se révélait à lui telle une chance unique de donner à un enfant l'amour qu'il n'avait jamais reçu de ses propres parents. Effacer les mauvais souvenirs pour en créer de nouveaux. De beaux, cette fois-ci. Ce jour-là resterait à jamais gravé dans sa mémoire.

— Bien, je vais vous laisser, annonça sa mère en souriant faiblement. Je reviendrai demain avec Léonie, si tu es d'accord, Jane.

— Bien entendu ! lui assura-t-elle.

Martin se contenta de hocher la tête. Il préférait qu'elle parte, sa présence le mettait mal à l'aise, parce que ce matin-là, en la voyant ici, il n'avait jamais eu autant l'impression de faire partie d'une famille. Et de ça, il n'avait pas l'habitude.

Après avoir doucement embrassé Louis sur le front, sa mère contourna le lit de Jane pour la serrer contre elle, et refit le trajet inverse, puis se planta devant son fils. Avant qu'il n'ait eu le temps de comprendre ce qui lui arrivait, elle se hissa sur la pointe des pieds et laissa tomber un baiser furtif sur sa joue.

— N'oublie pas de te reposer, lui conseilla-t-elle. Même Jane a meilleure mine que toi.

Pris au dépourvu, il se retrouva incapable de répondre et se contenta de hocher la tête. Elle le regarda fixement, lui sourit et quitta la chambre. C'est uniquement parce que Jane avait les yeux rivés sur lui qu'il se fit violence pour ne pas se toucher le visage, incertain d'avoir bien reçu une bise de sa mère.

— Elle semblait très émue, fit-elle remarquer.

— Ce n'est que passager. Chassez le naturel, il revient au galop ! persifla-t-il.

Jane souffla par le nez.

— Mes parents n'auraient pas pris la peine de se déplacer. D'ailleurs, aucun d'eux ne me téléphonera pour me féliciter ou connaître le prénom de notre fils. S'ils le font, ce sera dans quelques semaines, pour aborder les possibilités de défiscalisation et de donation de leur vivant.

Martin regarda Jane fixement et admira le ton neutre et maîtrisé qu'elle employait quand elle parlait d'eux. Elle n'attendait rien de ses géniteurs, elle avait fait son deuil depuis longtemps, et c'était exactement ce qui la différenciait de lui. Martin avait essayé de rejeter tout espoir d'amélioration concernant ses parents, et il se rendait compte qu'il n'y était pas parvenu. Une part de lui, enfouie profondément dans son cœur, avait toujours cru que les choses pourraient changer entre eux. Aujourd'hui, sa mère lui avait démontré qu'il n'avait pas tort. Les cartes étaient entre ses mains désormais. Il les abattrait plus tard. Peut-être…

Louis grogna, plissa les yeux, puis sa bouche s'ouvrit plusieurs fois sur un cri muet avant qu'il ne se mette vraiment à pleurer.

— Là… ne pleure pas, petit ogre, le consola Jane en se redressant sur son lit pour le prendre dans ses bras.

Martin fut plus rapide qu'elle. Il se pencha au-dessus de son fils, le souleva délicatement et le plaça contre la poitrine de Jane. Elle le remercia d'un sourire reconnaissant, dégrafa son soutien-gorge de grossesse et offrit son sein au petit. L'enfant téta sans attendre, et aussi goulûment que s'il n'avait pas mangé une heure plus tôt. Martin s'assit sur le rebord du matelas et observa la scène, émerveillé. Il ne se souvenait pas avoir déjà vu quelque chose de plus touchant, de si vrai, de si parfait. Un flot d'émotions inhabituelles l'envahit pour la énième fois depuis presque douze heures. Cette femme à l'origine de ses pires tourments, cette créature qu'il avait tant détestée et qu'il ne parvenait plus à haïr depuis longtemps lui avait pris un membre qu'il croyait indispensable, mais lui avait également offert l'essentiel. Cette nuit, elle lui avait ouvert les yeux sur le sens de la vie. Elle venait de faire de lui un homme. C'était un fait. Il ne serait plus jamais le même, son existence tout entière était déjà en train de changer. Demeurait maintenant une question importante : y restait-il une place pour elle ? Il chercha la réponse en la contemplant. Comblée et béate d'admiration devant leur fils, elle souriait. Il ne l'avait jamais trouvée aussi belle que ce jour. Si humaine et entière. Elle leva les yeux vers lui, leurs regards se croisèrent.

Que voulait-il ? Il n'en savait rien. Et c'était exactement pourquoi il était si désemparé. Jusqu'alors, il était persuadé de la justesse de ses choix et de ses actes, mais en une nuit, en quelques heures, Jane avait détruit une à une toutes ses convictions. La tendresse qu'il ressentait pour elle était toute nouvelle, l'affaiblissait, et il n'était pas certain d'aimer ça.

Ou peut-être que si. Trop. C'était inexplicable.

Il serra les mâchoires.

Il ne savait pas. Il ne savait plus.

27

Le réveil indiquait 4 heures du matin lorsque Louis réclama de manger pour la troisième fois de la nuit. Groggy, Jane se redressa, alluma la veilleuse posée sur sa table de chevet, et tendit les bras vers le petit lit à barreaux ouvert sur un côté que Martin avait acheté pour qu'elle puisse pratiquer le cododo avec son fils. Elle le souleva, il pleurait à chaudes larmes, et le ramena contre elle afin de le nourrir. Elle se cala contre deux oreillers et ferma les yeux pendant qu'il tétait. Elle était épuisée.

Jane tenait ce rythme depuis leur retour de la maternité, trois semaines plus tôt, et se demandait quand son petit ogre daignerait lui accorder ne serait-ce que quatre heures de sommeil d'affilée. Le jour comme la nuit, Louis avait faim, très faim, si bien que Jane prenait trop peu de repos. Mais elle était heureuse. Elle n'aurait échangé sa place pour rien au monde. Tout était parfait. Ou presque, pensa-t-elle en bâillant. À son tour, elle avait l'estomac dans les talons. Et c'était comme ça tout le temps, chaque heure, chaque minute, elle était pire que Louis. Si elle n'y prenait pas garde, ses quelques kilos perdus reviendraient avant qu'elle n'ait retrouvé son poids normal.

— Tout va bien ?

Jane ouvrit les paupières. Martin, en tee-shirt et caleçon, échevelé et presque aussi cerné qu'elle, venait d'entrer dans sa chambre. Il le faisait chaque fois qu'elle n'avait pas eu le temps de calmer Louis suffisamment vite pour qu'il ne le réveille pas. Jane lui sourit faiblement.

— Ça va.

— Tu tiens le coup ?

Elle bâilla une nouvelle fois en guise de réponse.

— Allez, plaisanta-t-il, tant que tu n'es pas morte c'est qu'il y a de l'espoir, pas vrai ?

Elle rit du nez tandis qu'il s'approchait du lit pour s'asseoir sur le rebord. Doucement, il caressa la petite tête blonde de son fils et plissa les yeux de fierté.

Martin était un père très attentif et prévenant. Bien qu'il n'ait pas arrêté de travailler une seule semaine depuis la naissance de Louis, il s'en occupait, palliait le moindre de ses besoins, sortait le promener au parc, et s'était chargé de faire faire tous les papiers conférant à l'enfant la nationalité franco-américaine. Jane n'avait rien eu à gérer à part un saut à l'ambassade pour signer des documents en direct, et elle lui en était fort reconnaissante. Dans dix jours, elle irait chercher le passeport qui permettrait à Louis de traverser l'Atlantique. Dans dix jours, Jane aurait le droit de rentrer chez elle avec son fils. C'était encore loin. Dans l'intervalle, Martin pouvait changer d'avis et souhaiter les garder, ici, avec lui, car il était littéralement fou de son fils. Jane pensait qu'il n'aurait jamais le courage de les laisser partir comme il l'avait décidé. Toutefois, resterait-elle s'il lui demandait ? Oui, si c'était elle qu'il voulait ; la femme. Non, s'il ne voyait en elle qu'une mère, l'être parfait pour son enfant.

— Tu as besoin de quelque chose ? s'enquit-il d'une voix ensommeillée.

Elle fut tentée de lui répondre qu'un baiser ne lui ferait pas de mal, mais comme il ne l'avait pas retouchée depuis le soir où elle avait perdu les eaux, elle préféra s'en abstenir et lui signaler une envie presque aussi forte que celle de goûter à sa bouche.

— Je veux manger un hamburger saignant, avec du bacon bien gras, des oignons frits, des tomates, de la salade, et une quantité indécente de sauce.

Martin recula la tête en haussant les sourcils, puis il consulta le réveil.

— Tu penses que ça peut attendre encore un peu ?

Elle fit une moue boudeuse.

— Puisqu'il le faut.

Il sourit et posa les yeux sur leur fils.

— Il s'est endormi.

La bouche décrochée du sein de Jane, un filet de lait au coin des lèvres, il était à croquer.

Le plus délicatement du monde, Martin le prit dans ses bras et le garda un moment contre lui avant de le réinstaller dans son lit. Bien emmitouflé dans sa gigoteuse, les poings serrés de part et d'autre de sa tête, Louis ne se réveilla pas. Martin se redressa, contourna le matelas de Jane et lui tendit la main.

— Viens. Je vais te préparer un petit déjeuner, tu te recoucheras après.

Ravie de cette attention, elle ne se fit pas prier.

Pendant que le café coulait et que Martin faisait frire des œufs, Jane s'était installée sur le canapé, devant une émission sur la mer, et avait remonté les genoux pour les entourer de ses bras. Elle avait reçu l'interdiction formelle de faire quoi que ce soit. Elle devait juste attendre qu'il la serve. Jane ne put s'empêcher de sourire. Des matins comme ça, ils en avaient déjà vécu des tas depuis la naissance de Louis. Jane n'avait jamais rencontré d'homme aussi contradictoire. Il maintenait une distance respectable entre eux, mais chaque geste, chaque mot, chaque regard qu'il lui accordait hurlaient son désir de faire tout le contraire. Martin était plus têtu qu'un troupeau de cent mules, il préférait se battre contre ses démons plutôt que faire face à ce qu'il ressentait et être heureux. Mais un jour, il réaliserait. Jane en était aussi sûre que le soleil disparaissait à l'ouest.

Elle rejeta la tête en arrière et soupira. Huit heures de sommeil d'affilée, pour le moment, c'était tout ce qu'elle désirait. Depuis quatre semaines, elle jonglait entre les tétées, les couches, les nuits à se réveiller cent fois… Jane ne se serait jamais crue résistante à ce point.

Quand elle était petite, sa mère avait souvent prétendu qu'avoir un bébé était la pire chose qui pouvait arriver à une femme prenant soin de son teint. Aujourd'hui, Jane aurait pu lui certifier que non. Elle aimait tellement s'occuper de Louis que la mine qu'elle avait était bien le dernier de ses soucis. Sa relation avec son fils était tellement forte que, parfois, elle songeait même à ne pas reprendre le travail de sitôt, et une possibilité lui paraissait de plus en plus évidente : celle de ne plus rester au service de son père pour continuer à l'enrichir. Elle n'avait guère réfléchi à ce qu'elle pourrait faire d'autre, mais elle s'était promis d'y penser sérieusement, bien qu'elle exécrât l'idée de devoir quitter Albert Swain. C'était un homme extraordinaire. Alors que ses parents ne l'avaient pas contactée une seule fois depuis la naissance de leur petit-fils – mais pour ne pas être accusés d'indifférence, ils avaient toutefois viré une jolie somme d'argent sur le compte de Jane –, l'associé de son père lui avait fait livrer des fleurs à la clinique, et avait gâté Louis de cadeaux très personnels. Le cas de ses géniteurs était désespéré. Jane n'était pas pressée de les revoir, d'affronter l'expression dédaigneuse de sa mère quand elle glisserait un regard à Louis, « ce petit bâtard » qui était la preuve vivante que sa fille unique était une Marie-couche-toi-là. C'était très mauvais pour l'image de la sénatrice Eleonora Stewart.

— Tu sembles soucieuse, remarqua Martin en déposant sur la table basse une assiette dans laquelle fumaient du bacon et des œufs.

— Je pensais à mes parents, répondit-elle sans chercher à éluder.

— Ils ne t'ont toujours pas donné de nouvelles, n'est-ce pas ?

Elle se déplia, se pencha en avant et planta sa fourchette dans un morceau de lard croustillant qu'elle porta à la bouche.

— Je n'en attends aucune.

Il lui servit une tasse de café, en fit de même pour lui, et s'installa à côté d'elle. Il but une gorgée et l'observa attentivement.

— Quel genre de jeunesse as-tu eue, Jane ?

Elle était étonnée. C'était la première fois qu'il lui posait la question et, dans le ton de sa voix, elle sentit qu'il tenait vraiment à le savoir, que ça l'intéressait.

— Eh bien… commença-t-elle, une maison grandiose dans un quartier huppé, du personnel à ma disposition, une éducation irréprochable, tous les jeux et jouets qu'une fillette peut rêver d'avoir, les plus beaux vêtements, un parc immense, un cheval…

— Et pas l'essentiel, termina-t-il à sa place, les yeux dans les siens.

Elle hocha la tête.

— Non. Pas l'essentiel.

Elle songea à toutes les nourrices qui s'étaient succédé, à l'affection que certaines lui avaient donnée, et serra les dents. Son fils ne manquerait jamais d'amour.

— Ma mère est sénatrice, lui apprit-elle. Avoir un enfant lui a permis de faire remonter sa cote de popularité, mais elle ne m'a jamais vraiment désirée. Quant à mon père… Il est plus attaché à son labrador qu'à moi.

Silencieusement, Martin continua de l'étudier.

— Louis ne représente rien d'autre pour eux qu'un sentiment de honte, parce qu'il n'est pas légitime. Il vient salir leur image de gens bien comme il faut.

Savoir qu'ils considéraient son fils de cette manière-là lui faisait mal. Elle baissa les cils sur ses cuisses. Martin posa sa tasse à café sur la table et s'empara des poignets de Jane pour qu'elle se tourne vers lui.

— N'est illégitime qu'un enfant qui n'est pas désiré, et toi, tu voulais Louis de toutes tes forces. Je l'ai vu dans tes yeux lorsque je t'ai découverte enceinte. Tu étais sa mère avant qu'il soit né. Crois-moi, je ne peux pas en dire autant de la mienne.

— Elle t'aime, Martin, j'en suis certaine.

Il secoua la tête en souriant.

— Aimer et reconnaître ses erreurs, ce n'est pas tout à fait la même chose.

Certes… Mais Adèle tenait à son fils. Si Jane mourait demain, elle n'était pas sûre que ses parents s'en rendent compte.

— Et toi ? As-tu désiré Louis ?

Les mots avaient traversé ses lèvres sans qu'elle réfléchisse vraiment à la stupidité de sa question. Si Martin avait eu le choix, elle n'aurait jamais été enceinte. Non, bien sûr, il ne l'avait pas désiré.

Avant de répondre, il observa quelques secondes de silence sans la quitter des yeux.

— Je le désire maintenant.

Le cœur gonflé d'émotion, Jane réalisa qu'en une seule phrase, elle venait d'obtenir la promesse qu'il n'abandonnerait jamais leur enfant, peu importe ce qui les séparait.

— Mange, lui enjoignit-il, ça va être froid.

Le sourire aux lèvres, elle se jeta sur son assiette qu'elle termina en quelques coups de fourchette. Le ventre plein, elle se laissa choir contre le dossier du canapé et soupira de satisfaction. Martin ne disait plus un mot, ne bougeait plus non plus. On n'entendait que la voix monocorde du reportage à la télé. Jane le visionna un instant, puis elle commença à cligner des yeux. Une fois, deux fois, trois fois. À la quatrième, ses paupières cessèrent de se soulever.

Martin la regardait dormir et il avait les sens chavirés. Elle sentait si bon. Pas l'odeur de son shampoing ni celle du lait de toilette pour bébé qu'elle gardait en permanence sur les mains, non, elle. Sa peau et aucun autre artifice. Il la contempla longuement, résistant à l'envie de déposer un baiser sur sa joue, sa tempe, la commissure de ses lèvres... Cette situation l'ébranlait complétement. Cette femme l'ébranlait. Il ne se passait pas un jour sans qu'il n'éprouve un profond désir pour elle, sans qu'il ne l'imagine entre ses bras. Malgré ses bonnes résolutions, ça ne lui passait pas.

Jane bougea et sa tête bascula sur le côté. Alors, Martin tendit la main et retira une mèche de cheveux qui venait lui barrer la bouche. Elle était déjà si profondément assoupie qu'elle ne s'en rendit pas compte. Il soupira et se demanda combien de temps encore il serait capable de ne pas la toucher, de ne pas la supplier de l'accueillir dans son lit. Mais elle méritait mieux que ça. Il n'était plus en guerre contre elle, et la faire souffrir de nouveau le rebutait, car tout ce qu'il pouvait lui donner était la chaleur de ses étreintes. Rien d'autre.

Plus les semaines passaient, plus il avait le sentiment de radoter, de répéter les mêmes phrases, encore et encore, pour se convaincre, se rassurer. Car l'amour, il en était loin, très loin. Il n'était même jamais tombé amoureux de toute sa vie. En réalité, il s'en sentait incapable, cela impliquait bien trop de choses, un bien trop grand abandon de soi, de vulnérabilité et de dépendance – et il ne voulait pas connaître ça. Jamais. Cependant, à travers Léonie et son fils, Martin avait appris qu'il n'était pas sans cœur ; il en possédait bel et bien un, il aimait donner ; mais à l'intérieur, il n'y avait pas suffisamment de place pour tout le monde, c'est tout.

Le générique de fin du programme télévisé retentit. Jane ouvrit les paupières. Elle regarda autour d'elle, groggy. Au lieu de se lever pour rejoindre son lit, elle se rapprocha de Martin, replia les jambes sous elle, et posa la tête contre son épaule. Il la trouva tellement adorable qu'il n'amorça pas un geste pour se dégager.

— Martin… grommela-t-elle.

— Oui ?

Elle laissa filer quelques secondes de silence, si bien qu'il crut qu'elle s'était rendormie. Mais non. Elle leva le menton et l'embrassa doucement dans le cou. Il se raidit. Il se raidit partout. Pour un simple baiser. Qui s'intensifia. Bon Dieu, ils ne pouvaient pas continuer comme ça !

— Jane, que fais-tu ?

— Je tente de calmer ma libido, grommela-t-elle.

Pendant qu'elle faisait passer sa langue sur sa peau comme pour le goûter, il serra les dents.

— En me léchant ?

— Han, han…

Si jamais il n'avait pas compris jusqu'où elle voulait aller, elle fut parfaitement claire en posant la main sur le renflement de son caleçon, qu'elle pressa doucement. Il aurait dû la repousser gentiment, prétexter qu'elle avait besoin de dormir, que lui aussi, qu'il était encore trop tôt, qu'elle avait accouché seulement un mois plus tôt, n'importe quoi qui l'aurait convaincue de s'éloigner de lui, mais il ne le fit pas. Et quand elle prit appui sur ses genoux pour l'enjamber et s'arquer contre lui, il bascula la tête en arrière et ordonna à son cerveau d'arrêter de réfléchir.

— Je sais ce que tu penses, lui dit-elle soudain en s'immobilisant.

Il haussa un sourcil.

— Vraiment ? Et que suis-je donc en train de penser ?

Pour la déstabiliser, il la saisit par les hanches et la poussa à se frotter contre son érection.

Elle résista et le regarda droit dans les yeux.

— Tu es persuadé que si on fait l'amour maintenant…

Il l'interrompit en posant un doigt sur ses lèvres.

— Si on fait l'amour maintenant, ça ne voudra rien dire de plus que ce que ça voudra dire : nous aurons pris du plaisir. Point.

Jane plissa les yeux.

— Rien d'autre ?

— Rien d'autre, affirma-t-il en affrontant son regard sceptique.

L'air de rien, elle se pencha pour lui titiller le lobe de l'oreille. Il frissonna.

— Je crois que tu mens. Je crois que tu m'as dans la peau.

Un petit rire moqueur s'échappa de ses lèvres pour cacher son incertitude.

— Madame l'avocate, dans quelques minutes, c'est vous qui m'aurez dans la peau, et au sens propre !

— Je demande à voir !

Il sourit, et d'un mouvement leste, il la fit basculer sur le dos avant de s'allonger sur elle pendant qu'elle écartait les jambes. Elle s'enroula autour de ses hanches, se laissa embrasser, titiller, déshabiller, et quand elle fut totalement étourdie, il la pénétra avec une douceur infinie pour ne pas lui faire mal. Il lui fit l'amour avec délicatesse, lui chuchota des mots tendres à l'oreille et l'emmena au sommet d'une vague qui sembla ne jamais vouloir redescendre. Ensemble ils reprirent peu à peu leurs esprits.

Martin se redressa sur les coudes et fit courir ses doigts sur la joue de Jane.

— C'était merveilleux… murmura-t-elle.

Il aurait eu envie de lui dire que pour lui c'était même bien plus que ça, mais il opta pour une réplique sarcastique, histoire que tout doute soit dissipé.

— Prends garde à ne pas t'y habituer, rien ne dure jamais.

Elle haussa un sourcil et pointa un index sur son torse.

— C'est moi qui t'avertis, Casanova : si tu me laisses filer, tu t'en mordras les doigts.

Martin se crispa. Il avait reçu le message cinq sur cinq. Jane venait clairement de lui demander de la retenir.

— Alors ? insista-t-elle avec détermination. Qu'en dis-tu ?

Il se redressa complètement pour s'asseoir et renfila son caleçon.

— Jane…

— Oui ?

Il se passa une main dans les cheveux et se pressa l'arête du nez.

— Traite-moi de salaud, je l'aurai mérité, mais je ne reviendrai pas sur ce que nous avons décidé. Rien n'a changé.

Elle arqua un sourcil délicat pour la deuxième fois.

— Vraiment ?

— Vraiment.

Au lieu de se fâcher ou de paraître irritée, elle demeura tout à fait sereine, s'assit à son tour et ramassa nuisette et shorty, qu'elle enfila.

— Tu as complètement raison, rien n'a changé. À la différence près que maintenant, tu es dans la crotte jusqu'au cou. Bientôt, tu seras obligé d'abandonner ton boulot.

Interloqué, il plissa le front.

— Et sur quels critères t'appuies-tu, je te prie ?

Elle glissa les mains dans ses boucles rousses et fit mine de se recoiffer.

— Sur le fait que quand je serai partie, tu n'auras plus un seul doigt pour taper sur ton clavier. Tu les auras tous bouffés ! Je retourne me coucher. Bonne nuit, trésor, ou plutôt, bonjour. Tâche de mettre à profit cette journée pour terminer tes dossiers en cours, je m'en vais bientôt.

Elle lui fit un clin d'œil et le planta là.

Abasourdi, Martin la suivit du regard tandis qu'elle disparaissait dans le couloir. Elle l'avait mouché, c'était un fait, mais au-delà de ça, elle avait sûrement raison. Parce que déjà, à l'heure actuelle, il n'avait qu'une envie : lui avouer qu'il préférait éviter de foncer droit vers la frustration, et la faire rester ici. Ce qui reviendrait à dire qu'il était d'accord pour se poser sérieusement avec Jane, car jamais elle n'accepterait d'être seulement présente pour qu'il assouvisse sa soif d'elle et ses élans d'homme des cavernes. En quelques secondes, il envisagea tous les aspects de la situation. Eh bien, non. Il n'y avait pas d'issue. On ne fonde pas une famille en se basant uniquement sur le désir. Et pour le moment, il était presque certain de n'éprouver rien d'autre. Presque…

Énervé contre lui-même, il donna impulsivement un violent coup de poing dans l'un des coussins jetés sur le canapé. À peine calmé, il se leva et fonça dans sa salle de bains. Il ne lui restait plus que quelques jours pour « terminer ses dossiers en cours ». Une dizaine. Peut-être plus. Qu'à cela ne tienne, il serait au bureau dans une heure !

Quand Jane regagna sa chambre après une bonne douche, Louis dormait profondément, ses petites mains ouvertes de part et d'autre de sa tête, la bouche en cul-de-poule. Elle le trouvait magnifique. Comment un être aussi minuscule pouvait-il prendre autant de place dans la vie d'une personne ? Jane n'aurait jamais cru qu'on pouvait aimer quelqu'un à ce point. Son cœur débordait, et c'était bon.

Elle regarda longuement son fils en songeant à la conversation qu'elle venait d'avoir avec Martin. Il était têtu comme une mule, mais elle refusait d'admettre que son cas était désespéré. Si elle le faisait, ça reviendrait à dire qu'elle s'était trompée sur toute la ligne, et elle était certaine que non. Il l'aimait. Cet incroyable moment de tendresse qu'ils avaient échangé le lui avait davantage prouvé.

Bon sang ! Il était grand temps qu'il le reconnaisse, et si pour l'aider elle devait recourir à des méthodes drastiques, elle n'hésiterait pas une seule seconde ! Oh oui, il pouvait toujours continuer à nier l'évidence, elle allait le provoquer et le faire réagir. Il ne lui fallut que quelques secondes pour mettre en place son plan d'attaque, et si après ça il ne changeait pas d'avis, elle rendrait les armes.

Mais quand elle posa la tête sur son oreiller, un petit sourire en coin se dessina sur ses lèvres.

Jane était sûre de gagner.

Sûre et certaine.

28

Martin rentra du bureau assez tôt le lendemain après-midi. Il en allait toujours ainsi le vendredi depuis que Louis était né. Il avait du boulot par-dessus la tête, mais il souhaitait passer un maximum de temps avec son fils. D'ailleurs, il avait pris trois jours de congé la semaine suivante, les premiers depuis des lustres, et il comptait bien en profiter. Il poussa la porte de son appartement et eut la surprise d'être accueilli par sa mère et sa sœur.

Grognon, il referma derrière lui et jeta ses clés sur la console de l'entrée.

— Coucou ! s'exclama Léonie. Jane est sortie faire des courses, et nous, on garde Louis !

Martin sourit en voyant la mine réjouie de sa sœur. Elle adorait son neveu.

— Je retourne dans ma chambre, j'ai des devoirs à faire !

— Bonjour, Martin, intervint sa mère en s'approchant. Jane va rentrer d'une minute à l'autre. Louis dort à poings fermés.

Il la salua d'un hochement de tête – entre eux, ils avaient toujours fui les embrassades hypocrites –, et s'abstint de paraître trop désappointé. Elle était ici pour rendre service, mais il aurait préféré que Jane lui dise de revenir plus tôt au lieu de demander à sa mère de venir s'occuper de Louis. Ça lui aurait évité de se retrouver en tête à tête avec elle. Ils n'avaient jamais rien d'intéressant à se dire.

— Merci, répondit-il néanmoins. A-t-elle laissé un biberon au cas où ?

Elle acquiesça.

— Dans le frigo. Elle a tiré son lait avant de partir. Tu sembles fatigué, ajouta-t-elle.

Il pénétra dans le salon et s'affala sur le canapé.

— Les nuits sont courtes.

Particulièrement la dernière, pensa-t-il en revoyant le corps de Jane allongé sous le sien.

— Tu te réveillais souvent, toi aussi, les premiers mois, puis ça s'est calmé.

— Par chance pour toi, ne put-il s'empêcher de cingler.

Il n'aimait pas qu'elle fasse des analogies avec lui, parce qu'elle avait détesté chaque seconde de l'époque où elle devait s'occuper de lui ; alors que Louis pouvait être le bébé le plus imparfait du monde, ça ne changerait rien au fait qu'il en était fou. Martin n'avait rien en commun avec sa mère. Rien.

Adèle Legrand soupira, contourna l'un des fauteuils en cuir et s'y assit.

— Oui, par chance pour moi, admit-elle d'un ton calme, parce que ç'aurait pu faire de moi une plus mauvaise mère encore.

Martin haussa un sourcil avec mépris.

— C'est supposé me consoler ?

— Non, mais comme ça, tu sais que j'en ai pris conscience.

Il sentait le moment d'émotion arriver, alors il se durcit davantage.

— Et qu'est-ce que ça change, au bout du compte ?

— Pas le passé, hélas, mais peut-être l'avenir, lui confia-t-elle d'une voix chargée d'espoir.

Martin leva les paupières vers elle et la dévisagea longuement, affrontant les souvenirs qui lui revenaient en rafales. Les après-midi à jouer seul tandis qu'elle recevait ses amies pour le thé et qu'il ne devait pas la déranger, les rejets qu'il avait essuyés quand il essayait de l'embrasser, l'indifférence dont elle faisait preuve lorsqu'il lui récitait un poème pour la fête des Mères, les anniversaires qu'elle avait oubliés, les fêtes de Noël qu'elle et son père jugeaient inutiles. Elle ne se mettait jamais en colère contre lui, elle n'en avait pas besoin – son regard dédaigneux et ses phrases cinglantes suffisaient à le tétaniser. « N'oublie pas que tu n'es que de passage dans cette maison. Estime-toi heureux d'avoir un lit dans lequel dormir et de la nourriture dans ton assiette. » Combien de fois avait-il entendu ça ? Combien de fois s'était-il demandé pourquoi lui ? Pourquoi subissait-il leur mépris ? Pourquoi celle qui l'avait mis au monde le voyait-elle comme un intrus, une anomalie dans le paysage ? Et aujourd'hui, elle voulait de lui ? Aujourd'hui elle le reconnaissait bel et bien comme son fils et souhaitait faire partie de sa vie ? Pour quelle raison ? Pour quelle raison, nom d'un chien ?

Il ne le lui demanda pas. Il avait trop peur de la réponse, trop peur qu'elle lui dise que ce n'était pas pour mieux le connaître qu'elle désirait se rapprocher de lui, mais pour éviter de se retrouver aussi seule qu'une vieille chaussette quand Léonie volerait de ses propres ailes.

— J'aimerais qu'on fasse la paix, plaida sa mère.

— Nous n'avons jamais été en guerre, tu m'as tout simplement rejeté.

Elle baissa les cils.

— Je sais…

— Tu ne voulais pas de moi.

— Je sais… répéta-t-elle dans un murmure.

Au fur et à mesure qu'elle admettait ses fautes, au lieu de se sentir libéré, Martin perçut le nœud qui se formait dans son estomac.

— Tu ne pourras jamais changer le passé.

— Je sais ! cria-t-elle presque en levant vers lui des yeux remplis de larmes. J'ai parfaitement conscience de ce que nous t'avons fait, de ce que *je* t'ai fait. Je… je ne me sens même pas le droit de te demander pardon, parce que… je suis impardonnable.

Il la dévisagea. D'interminables secondes s'écoulèrent. Il n'avait occulté aucun moment de bonheur avec ses parents, parce qu'il n'en avait pas eu. Ça lui faisait mal à l'époque, et il avait mal encore aujourd'hui. Sauf qu'à présent, la femme qui se tenait devant lui, sa mère, lui proposait de panser ses blessures, du moins les plus superficielles, car les plus profondes étaient inguérissables. Mais le voulait-il seulement ?

— Maman ? intervint Léonie en apparaissant dans l'embrasure de la double porte du salon. Pourquoi tu pleures ?

Adèle Legrand sécha rapidement ses larmes d'un revers de la main.

— Ce n'est rien, chérie. J'avais besoin de parler à ton frère et… Ce n'est rien.

Léonie fronça les sourcils.

— Vous vous êtes encore disputés ?

— Non, mon ange, non. On parle, c'est tout.

Les joues de la fillette rougirent subitement.

— Je veux une vraie famille, Martin !

Il reçut la déclaration de Léonie en plein cœur. Combien de fois avait-il espéré la même chose quand il était gosse ?

— Tu entends ce que je dis ? gronda-t-elle. Je veux une vraie famille. Une famille dont Jane, maman et Louis feront partie !

— Léonie… la morigéna doucement sa mère.

Martin leva le bras pour l'interrompre.

— Non, laisse-la dire ce qu'elle pense.

Léonie fusilla son frère du regard.

— Maman elle m'entend, mais toi ? Qu'est-ce que ça peut faire ce que je dis ? Tu t'en moques, tu ne penses qu'à toi !

— Non, c'est faux, répliqua-t-il calmement, sans lui tenir rigueur de cette accusation injuste.

Léonie était loin de tout savoir.

— C'est faux ? répéta-t-elle.

— Je ne pense pas qu'à moi et je veux bien essayer.

Sa mère arrondit les yeux, Léonie cligna des paupières.

— Essayer d'être une vraie famille ? hasarda sa sœur.

Un homme poursuivi par son passé est incapable de voir l'avenir. Il était peut-être temps d'arrêter de courir et d'aller de l'avant ? Il prit une profonde inspiration.

— Oui.

— Avec Jane aussi ?

Il déglutit et eut l'impression d'avaler une pelote d'épingles.

— C'est compliqué.

La joie éphémère de Léonie se tarit en une demi-seconde.

— Compliqué pour toi ! rugit-elle avant de sortir de la pièce en trombe.

Un silence pesant suivit sa fracassante intervention. Sa mère ne le quittait pas des yeux.

— Ce que tu ressens pour Jane est-il suffisant pour tenter le coup ? demanda-t-elle d'une voix douce.

Suffisant ? Il avait tellement détesté Jane que, sur la balance, le poids de la haine pesait encore bien lourd. Il n'éprouvait plus de sentiments si négatifs envers elle, mais les mauvais souvenirs demeuraient. C'était trop tôt. Il n'était pas encore préparé à s'abandonner.

— Non, répondit-il alors. Ça ne l'est pas.

— Es-tu prêt à ne voir ton fils que de rares fois ?

Il se rembrunit davantage.

— Non, ce sera très dur. Mais je ne demanderai pas à Jane de rester. Un couple ne doit pas se reconstruire à cause d'un enfant. C'est un mauvais ciment.

Bien que dans leur cas, il ne s'agissait pas de rebâtir quoi que ce soit : leur couple n'avait jamais existé.

— Pas toujours, murmura sa mère en jetant un œil à la porte par laquelle Léonie avait disparu.

Elle avait l'air de savoir de quoi elle parlait, mais Martin n'était pas plus convaincu.

Le battant de l'entrée s'ouvrit subitement sur Jane, mettant un terme à cette conversation qui commençait sérieusement à l'étouffer.

— J'ai fait aussi vite que j'ai pu ! s'exclama-t-elle en posant son sac à main sur la console. Il n'a pas pleuré ?

Elle pénétra dans le salon et jeta une liasse de feuillets sur la table basse avant de prendre place dans le fauteuil en face d'Adèle.

— Non, la rassura cette dernière. Il dort encore.

— Tant mieux. Et où est Léonie ?

— Dans sa chambre, elle termine ses devoirs, l'informa Martin qui attendrait que sa mère et sa sœur soient parties pour lui demander où elle s'était rendue et en quoi c'était trop urgent pour qu'elle ne puisse attendre qu'il revienne du bureau.

— Il fait une chaleur épouvantable, dit-elle en agitant la main devant son visage. J'ai horriblement soif. Quelqu'un veut-il boire quelque chose ?

Martin secoua la tête et Adèle se leva.

— Non, merci. Nous devons y aller, j'ai encore des tas de courses à faire, s'excusa-t-elle en se levant en même temps que Jane. Je vais chercher Léonie.

Lorsque sa sœur montra le bout de son nez, elle n'avait pas décoléré.

— Tu sembles agacée, fit remarquer Jane en voyant que Léonie pinçait les lèvres.

La gamine hissa fièrement le menton.

— C'est à cause de mon frère, c'est une tête de cochon !

Jane éclata de rire.

— Ce n'est pas moi qui prétendrai le contraire ! renchérit-elle en gratifiant Martin d'un clin d'œil.

Lequel goûta à peine à la plaisanterie, mais il ne dirait surtout pas un mot à ce sujet. Face à trois femmes, il n'avait aucune chance. Adèle passa le bras autour des épaules de sa fille et sourit.

— On y va.

Léonie embrassa Jane sur la joue et se planta devant son frère pour lui tirer la langue avant de tourner les talons. Martin s'en amusa. De sa part, c'était tout ce à quoi il aurait droit aujourd'hui. Il les raccompagna jusqu'à la porte d'entrée et ouvrit.

— Écoute ton cœur, conclut sa mère avant de sortir.

Il faillit éclater de rire. Son cœur ? Cette masse informe et dure comme la pierre quand il s'agissait de Jane ? Il hocha néanmoins la tête.

Adèle lui sourit et, alors que Léonie boudait toujours, debout devant l'ascenseur, elle se dressa sur la pointe des pieds et déposa un baiser sur la joue de Martin. Électrisé par la chaleur qu'il ressentit, il ne put faire un geste. C'était la deuxième fois.

— À bientôt, murmura-t-elle avant de partir.

— J'ai raté quelque chose ? demanda Jane avec une moue éloquente.

— Rien d'essentiel, éluda Martin en retournant dans le salon.

Il entendit Jane glousser dans son dos tandis qu'elle gagnait la cuisine pour se servir à boire. Il l'attendit, les yeux posés sur les documents qu'elle avait laissés sur la table basse. Machinalement, il tendit la main et les remua du bout des doigts pour regarder de quoi il s'agissait. Son cœur fit un bond dans sa poitrine quand il crut deviner le sigle d'*Air France* sur une pochette. Il s'en empara d'un mouvement brusque et demeura statufié en voyant qu'il ne s'était pas trompé. Jane revint au même moment.

— Qu'est-ce que c'est que ça ? demanda-t-il d'une voix coupante.

Jane s'installa tranquillement sur un fauteuil et porta son verre de soda aux lèvres.

— Des billets d'avion.

— Je sais que ce sont des billets d'avion ! Tu es sortie pour aller les acheter ? Louis n'a pas encore son passeport !

Elle lui offrit un sourire pétillant d'impatience qui termina de l'achever.

— Louis vient d'avoir quatre semaines, il peut enfin voyager sans danger. Je ne voyais pas l'utilité d'attendre plus longtemps, alors j'ai fait jouer mes connaissances à l'ambassade pour accélérer la procédure. Tout est en règle, nous partons demain.

Les mâchoires de Martin se bloquèrent totalement tandis qu'un petit nerf tressautait sous sa paupière gauche. Une douche glacée ne lui aurait pas fait autant d'effet.

— Demain ? répéta-t-il, interloqué.

Elle balaya nonchalamment une mèche de cheveux tombée sur ses yeux couleur émeraude.

— Oui ! Comme ça, tu pourras te reposer dès ce week-end.

Il gonfla ses joues, il avait du mal à en croire ses oreilles.

— Me reposer dès ce week-end ?

— Ça ne te fera pas de mal, lui assura-t-elle d'un air de plus en plus complaisant et absolument insupportable.

Il sentit la colère monter en lui et se leva d'un bond.

— Tu ne peux pas partir comme ça, sans prévenir !

Toujours assise, elle prit un air des plus innocents.

— Mais… c'est ce que je suis en train de faire, Martin.

— En me mettant au pied du mur ! rugit-il, hors de lui.

Jane fronça ses sourcils délicats.

— Je ne pensais pas que ça te poserait un problème. Tout est en ordre avec l'avocat et…

— Quel avocat ? l'interrompit-il rageusement. Nous n'y sommes jamais allés !

Elle toussota et fouilla dans la liasse de papiers.

— Je lui ai rendu visite tout à l'heure et je lui ai fait consigner tout ce que nous avions évoqué comme possibilités, toi et moi. Si tu es d'accord avec ce qui est noté, tu n'as qu'à signer et lui en remettre une copie. Si tu ne l'es pas…

— Je ne le suis pas ! gronda-t-il en serrant les poings.

À son tour, elle fit l'étonnée.

— Je ne comprends pas, Martin, c'était ton idée. Je devais accoucher ici pour te permettre d'endosser la paternité légalement, et rentrer chez moi avec Louis quand tout serait réglé. Tu as changé d'avis ?

La respiration saccadée, il se sentit sur le point de l'étrangler. Pas parce qu'elle se moquait de lui, mais parce qu'elle lui obéissait en tous points, et il ne voulait *pas* qu'elle lui obéisse ! Ce qu'il voulait, c'était du temps en plus, des jours, des semaines, des mois peut-être ! Et ils partaient demain !

— Martin ? murmura-t-elle. Dis-moi ce que tu attends vraiment. Souhaites-tu que nous restions… plus longtemps ?

Sa tête paraissait sur le point d'exploser. Il se sentait aussi mal que s'il avait pris une cuite du tonnerre, même pire, il était incapable de réfléchir de manière cohérente, littéralement sonné par ce qui venait de lui tomber sur le coin du nez.

L'écho de ce qu'il avait vécu ces dernières années lui revint néanmoins en pleine face. Ce qu'il avait supporté, la haine qu'il avait alimentée, les décisions qu'il avait prises et les promesses qu'il s'était faites. Tout ça, balayé d'un tour de main ! Pouf ! Disparu ! Il devait rester digne, bordel, il devait rester digne !

— Non, finit-il par dire en serrant les dents. Ne change pas tes plans pour moi.

Il n'eut même pas la satisfaction de voir le visage de Jane s'assombrir. Elle gérait parfaitement la situation. Au bout du compte, c'était peut-être ce qu'elle voulait vraiment. Être totalement libre, loin de l'indécision dont il faisait preuve en permanence, depuis des mois.

— Alors c'est parfait ! J'ai conscience que je te prends un peu au dépourvu, mais je ne peux pas rester ici éternellement.

Le regard de Martin demeura fixe, planté dans celui de Jane.

— Je suppose que non.

— Si tu n'y vois pas d'inconvénient, je vais préparer mes valises et celles de Louis.

Elle pouvait toujours courir pour qu'il lui donne un coup de main !

Jane se leva et se tapota les cuisses pour remettre sa jolie robe verte en place. Elle avait presque perdu tous les kilos qu'elle avait pris, elle irradiait de beauté.

— On pourrait aller au restaurant ce soir ? suggéra-t-elle. Louis dormira très bien dans sa nacelle.

Pour fêter ça ? Il faillit aboyer de rire.

— Comme tu voudras, répondit-il platement.

Elle lui sourit, ramassa ses papiers et sortit de la pièce.

Martin resta immobile de longues secondes au milieu du salon avant de s'effondrer sur le canapé, les yeux rivés au plafond.

Il avait voulu détruire Jane, il avait perdu. Elle voulait qu'il lui pardonne, elle avait gagné.

Martin ferma les paupières et retint sa respiration.

Il était désespéré.

***

Louis en écharpe contre son ventre, Jane traînait derrière elle la valise à roulettes la plus légère, Martin tirant les deux autres. Son avion décollerait deux heures plus tard et il n'avait toujours pas essayé de la retenir. Pourtant, Jane aurait donné dix ans de sa vie sans l'ombre d'une hésitation tant elle était certaine qu'il crevait d'envie qu'elle reste. Et jusqu'à ce qu'ils pénètrent dans le hall du terminal 2F de l'aéroport de Paris-Charles-de-Gaulle, elle était convaincue qu'il se manifesterait. Rien. *Nada.* Que dalle. Il l'accompagnait sans prononcer un mot. Elle aurait pu hurler en tapant du pied d'agacement. D'ailleurs, elle était sérieusement en train de se dire qu'elle avait fait une erreur. En le provoquant de la sorte, elle n'avait peut-être réussi qu'à approfondir l'orgueil démesuré dans lequel il se complaisait.

— J'aimerais m'arrêter acheter quelques sucreries typiquement françaises avant d'enregistrer mes bagages, l'informa-t-elle. Mon assistante adore ça.

Il se contenta de hocher la tête, le regard vide.

Il était malheureux comme une pierre ; qu'attendait-il pour réagir ? Il était complètement masochiste. Et elle aussi, par la même occasion, pour s'imposer un tel supplice alors qu'elle aurait pu faire durer plus longtemps son séjour à Paris. Oui, mais… Jane avait besoin que ses certitudes se matérialisent vraiment. Besoin que Martin admette qu'il était amoureux et qu'il voulait d'elle dans sa vie. Sauf que voilà, elle n'avait absolument pas envie de prendre cet avion ! Elle n'avait même pas du tout prévu qu'ils mettent un pied à l'aéroport. La veille, elle était convaincue que découvrir les titres de transport lui suffirait pour réagir. Quelle tête de mule !

— C'est ici, dit-il en lui indiquant une boutique qui ne vendait que des bonbons et des cochonneries en tout genre.

Elle joua son rôle jusqu'au bout, et y pénétra dans une attitude parfaitement détendue. Elle choisit deux ou trois sortes de sucreries, les fit emballer soigneusement, et, aussitôt payées, elle les fourra dans l'une de ses valises. Mince… elle allait vraiment devoir faire enregistrer ses bagages. Elle évita de traîner les pieds jusqu'au guichet et garda la tête haute, l'air volontaire et déterminé. Elle remit ses papiers et les billets d'avion et regarda partir ses affaires, la boule au ventre et la gorge sèche.

— Embarquement dans une heure trente, l'informa l'hôtesse, mais nous vous recommandons de passer la douane d'ici une demi-heure maximum, il y a beaucoup de monde. Si vous devez préparer des biberons en cours de vol, l'eau vous sera fournie par le personnel de bord. Et je vous rappelle que vous ne pouvez pas transporter dans votre bagage à main les produits liquides excédant 100 ml de contenance.

Jane acquiesça, la remercia et se tourna vers Martin, la mort dans l'âme. Il n'avait pas meilleure mine qu'elle, du reste.

— Allons-y, lui dit-il en la guidant par l'épaule.

Il comptait en plus lui faire croire qu'il était pressé ! Elle faillit lui envoyer un bon coup de coude dans les côtes pour la peine. Il allait réagir, nom de Dieu ! Eh non. Il marcha à ses côtés en silence jusqu'au terminal 2F. Jane commençait à avoir sérieusement les abeilles. Martin était tellement habitué à mener son existence selon les règles qu'il s'était imposées qu'il en était devenu aveugle et ne voyait pas que la foudre allait s'abattre sur eux. Eh bien qu'il aille se faire pendre, lui et ses idées auxquelles il restait invariablement accroché ! Devant la porte d'embarquement, elle se tourna vers lui et se félicita de porter des talons compensés qui les mettaient quasiment à la même hauteur ; ainsi, elle pouvait presque le regarder dans les yeux sans lever la tête.

— On dirait qu'on y est.

Il jeta un œil derrière les épaules de Jane et revint à elle.

— Il n'y a pratiquement personne, profites-en pour y aller avant que ce soit la cohue.

Ce n'était pas exactement ce qu'elle aurait aimé entendre, mais puisqu'il avait décidé de ne rien laisser transparaître de ses sentiments, elle en ferait de même. D'ailleurs elle s'approcha en veillant à ne pas coincer Louis entre eux et lui colla deux bises sur les joues. Elle eut même la satisfaction de découvrir une lueur d'étonnement dans son regard. Comme des amis. C'était ce qu'il voulait, après tout.

Il la contempla longuement, le visage toujours désespérément inexpressif, puis il se pencha sur la petite tête blonde de son fils qui dépassait de l'écharpe.

— Salut, toi. Sois sage pendant le trajet.

Il déposa un doux baiser sur son crâne, lui caressa le cuir chevelu comme pour s'en imprégner. Le cœur de Jane se serra pour de bon, puis elle sentit ses battements désespérés remonter jusqu'à sa gorge, et l'étouffer.

— Prends bien soin de lui, murmura-t-il. Et de toi aussi. Appelle-moi quand vous serez arrivés. Même si c'est en pleine nuit.

Elle ne put que hocher la tête. Si un seul mot traversait ses lèvres, elle se mettrait à pleurer. Elle essaya de dégoter une information dans ses yeux, un indice qui lui aurait permis de savoir ce qu'il fallait vraiment faire pour éviter ça, mais elle n'y trouva rien. Martin était dur, trop têtu pour qu'elle en vienne à bout. Peut-être que, lorsqu'elle lui aurait tourné le dos et qu'elle aurait disparu, il percuterait. Bien que furieuse contre lui de leur faire subir un truc pareil, elle s'arma de ses derniers espoirs, lui concéda un ultime regard et fit volte-face pour prendre la direction des portes d'embarquement. La sécurité consulta ses papiers et ceux de son fils, contrôla son bagage à main aux rayons X, un agent lui demanda de bien vouloir dénouer l'écharpe de portage pour vérifier qu'elle n'y avait rien caché à l'intérieur, elle se rajusta. Enfin, elle traversa le portique, le cœur battant plus fort que jamais. Martin ne la quittait sûrement pas des yeux. Dans cinq mètres, elle pénétrerait dans la zone d'embarquement de l'aéroport, dans dix, elle entrerait dans le couloir menant aux *duty free*, dans douze, il ne la verrait plus. Jane espérait encore quand elle présenta leur passeport à la douane, ce fut même le cas jusqu'à son dernier pas, mais rien ne se produisit. Elle marqua un temps d'arrêt, serra les poings, et se fit violence pour ne pas jurer trop fort.

— *Moron!* *

Martin avait cessé de respirer. Il ne la voyait plus.

Merde… elle était vraiment partie ! Jane et son fils étaient partis !

Un vent de panique le saisit en même temps qu'il repensait à ce qu'elle lui avait dit deux jours plus tôt : « Si tu me laisses filer, tu t'en mordras les doigts. » Elle n'avait pas disparu depuis cinq minutes qu'il avait déjà envie de tous se les bouffer ! Mais qu'est-ce qu'il lui avait pris ? Chaque seconde qui s'écoulait les éloignait un peu plus de lui et prouvait à Jane qu'il n'était pas… qu'il n'était pas quoi au juste ? Amoureux d'elle ?

— Espèce d'imbécile ! gronda-t-il à voix haute.

Il s'élança comme un fou en direction de la porte d'embarquement, bousculant sur son passage et sans vergogne, les six personnes qui attendaient leur tour.

— Poussez-vous ! Poussez-vous ! cria-t-il.

Les agents de sécurité le stoppèrent avant qu'il ne traverse le portique.

— Laissez-moi passer, je dois empêcher cette femme de partir !

— Vous avez une carte d'embarquement, des papiers en règle ? demanda calmement le plus grand et costaud des trois.

---

* Crétin !

— Je n'en ai pas besoin, je veux juste l'empêcher de partir. Nom de Dieu, laissez-moi passer !

L'armoire à glace croisa les bras devant lui.

— J'ai bien peur que ce soit impossible, monsieur. Vous ne pouvez pas entrer dans cette zone. Veuillez reculer, s'il vous plaît.

— Je dois passer !

— On a bien compris, lui certifia l'agent qui commençait à être sérieusement agacé, mais je vous répète que c'est impossible. Maintenant vous vous écartez ou on appelle la police de l'aéroport.

Il s'écoula cinq bonnes secondes avant que l'angoisse s'empare furieusement de Martin et qu'il lui envoie son poing en pleine figure. Pris au dépourvu, le gros balaise s'effondra sur le tapis roulant. La suite fut prévisible : immédiatement, Martin fut immobilisé par les deux autres. Il eut beau jurer, brailler et donner des coups de pied, rien n'y fit. Non seulement on ne le lâcha pas, mais il reçut une sévère correction par celui qu'il avait frappé. D'abord la mâchoire, ensuite l'estomac. Bien qu'arrimé par les bras, il se plia en deux et gémit, incapable de se défendre. Au final, quatre policiers armés jusqu'aux dents intervinrent et empêchèrent les agents de sécurité de continuer à se défouler sur lui.

— Enfoirés ! cracha Martin à leur intention, la bouche pleine de sang.

— Tiens-toi tranquille, mon gars, l'avertit l'un des policiers en le menottant.

— Jane Stewart, brailla-t-il à qui voulait bien l'entendre. Elle voyage avec un bébé en écharpe. Prévenez-la ! Je dois lui parler. Il ne faut pas qu'elle prenne l'avion !

Encore une fois, il se débattit comme un dément avant de hurler de douleur quand on lui remonta les bras dans le dos.

— On se calme ! aboya un agent. Ne nous oblige pas à te secouer davantage.

— C'est ma femme… geignit-il, en pesant totalement le poids de ses mots.

Ils l'escortèrent en moins de deux au poste de police de l'aéroport et le bouclèrent dans une cellule qui ne devait pas faire plus de trois mètres sur deux. Martin s'assit sur la banquette miteuse et se prit la tête entre les mains. Il avait mal partout, mais la douleur n'était rien en comparaison de celle provoquée par le trou béant qui creusait son cœur. C'était un imbécile, il méritait ce qui lui arrivait. Tant qu'il avait Jane sous les yeux, il ne craignait rien, il était maître de la situation, il se sentait fort, mais maintenant qu'elle l'avait quitté, qu'elle était partie avec leur fils de son plein gré, il était privé d'air. Il ne pourrait pas vivre sans elle. Non, il ne pourrait pas. Elle lui avait pris quelque chose d'irremplaçable, mais elle lui avait tout donné, même quand il agissait avec elle comme un immonde salaud. Elle n'avait reculé devant rien pour qu'il comprenne, et il avait compris trop tard.

La porte de la cellule s'ouvrit, il leva la tête et Jane apparut, leur fils serré contre elle. Le cœur de Martin faillit exploser dans sa poitrine. Il se leva aussitôt et s'immobilisa.

— Espèce d'idiot, lui dit-elle en voyant l'état dans lequel il se trouvait. Si j'avais su que ça marchait si bien, je t'aurais fourré moi-même mon poing dans la figure !

— Ce ne sont pas les coups qui m'ont fait réagir, grommela-t-il.

Elle sourit.

— Je sais…

— J'ai agi comme un con.

Elle sourit de plus belle.

— C'est vrai.

— J'ai perdu du temps.

— Énormément.

Elle soupira et contempla son visage tuméfié.

— Et si tu n'avais pas été aussi têtu, tu aurais pu éviter de te mettre dans un tel pétrin. J'ai bien cru que tu allais nous laisser partir, Martin.

Penaud, il s'affaissa un peu.

— J'ai été idiot. Aveugle. Insensé. Pourras-tu me pardonner ?

Elle s'approcha de lui et posa une main fraîche sur sa joue blessée.

— Disons que… nous sommes quittes.

Dieu qu'il aimait cette femme !

Elle rit doucement. Le plus beau rire qu'il eût jamais entendu.

— J'ai parlé avec l'agent de sécurité que tu as frappé. Je lui ai expliqué la situation. Il ne portera pas plainte, et de toute façon, il est bien moins amoché que toi.

Il se fichait pas mal de ce que comptait faire ce type. Jane et son fils étaient là, et rien d'autre n'avait d'importance.

— Je suis amoureux, Jane.

Jane lui offrit un merveilleux sourire.

— Je le suis aussi, Martin.

Alors, les yeux dans les yeux, ils se mangèrent du regard.

— Je dois t'embrasser. Il le faut. Jane, je…

— Je te le déconseille, se moqua-t-elle en fixant ses lèvres, ta bouche ressemble à un chou-fleur.

— Je m'en moque.

Il glissa une main derrière sa nuque et lui donna un baiser. Un tout petit baiser. Des ailes de papillon. Il avait mal, mais c'était bon, si bon… Que le diable l'emporte s'il oubliait ça un jour. Puis il baissa la tête vers son fils. Totalement hermétique à ce qui se passait autour de lui, il dormait à poings fermés. Son cœur se remplit d'allégresse, de sentiments longtemps refoulés, et il les serra tous les deux contre son cœur. Il ne voulait plus se séparer d'eux. Jamais.

Martin était un homme heureux. Enfin.

ÉPILOGUE

Clinique Saint-Roch, sept jours plus tard.

Antoine avait le sourire aux lèvres en quittant son bureau, cet après-midi-là. À partir de maintenant, il était en vacances pendant six semaines consécutives. Prendre d'aussi longs congés ne lui était jamais arrivé – en réalité, il n'en avait pas eu depuis deux ans, il n'attendait que ça. Il avait prévu de se terrer dans sa maison au bord de la Méditerranée et n'avait planifié ni sorties ni activités quelconques ; il passerait peut-être tout son temps à dormir, ou presque.

Avant de partir, il décida de dire au revoir à l'éminent docteur Cédric Berckin pour le narguer un peu. Il le savait sur la brèche en permanence depuis que le comité d'administration avait annoncé le départ du directeur actuel. En temps ordinaire, Cédric ne comptait déjà pas ses heures, mais pour être bien vu de ses pairs, il les accumulait davantage et multipliait les occasions de faire rentrer de l'argent dans les caisses de la clinique. L'argent, le nerf de la guerre ! Cédric était un excellent praticien, mais s'il était nommé à la tête de l'établissement, ce serait surtout pour ses incroyables facultés à séduire les donateurs. Pas un ne lui résistait.

Antoine prit l'ascenseur pour rejoindre le service de chirurgie orthopédique. Par habitude, il s'arrêta saluer la secrétaire de Cédric et en profita pour lui demander s'il était disponible ou en rendez-vous.

— Je vous déconseille de passer la porte de son bureau, l'avertit-elle.

Il fronça les sourcils.

— Pour quelle raison ? Il y a un problème ?

L'assistante remonta ses lunettes sur son nez.

— Il est en pleine discussion avec sa femme, enfin… en pleine dispute, plutôt.

Antoine plissa le front.

— Qu'en savez-vous ?

Elle haussa les épaules.

— On les entend depuis le couloir.

Antoine la remercia pour ces informations et, poussé par la curiosité, il décida de vérifier ce qu'on entendait précisément depuis ce fameux couloir, lequel était désert. Pas une infirmière, aide-soignante ou médecin n'avait pris le risque de rôder dans les parages, et on ne percevait pas un bruit. Pour le moment…

Il s'installa à un point stratégique, c'est-à-dire juste en face du bureau de Cédric, et attendit. La dispute ne tarda pas à éclater une nouvelle fois.

— Je te l'interdis ! gronda son ami d'une voix menaçante.

— Tu n'as pas ce pouvoir, Cédric, rétorqua Annabelle, visiblement hors d'elle.

— C'est ce que tu crois ! Ose, et je jure que je te détruirai !

— Je prends le risque !

Interloqué, Antoine attendit une réplique verbale qui ne vint pas. À la place, il perçut le bruit mat et étouffé d'un coup qu'on inflige. Tous ses cheveux se hérissèrent sur sa nuque. Sans réfléchir une seconde de plus, il fonça vers la porte et l'ouvrit à la volée. Ce qu'il découvrit le tétanisa dès le seuil. À genoux devant le bureau de son mari, ses longs cheveux blonds devant les yeux, Annabelle se cachait la joue d'une main tandis que Cédric se tenait à quelques pas d'elle, la respiration haletante et les poings serrés. Quand elle vit Antoine, elle se remit sur ses pieds, dévoilant un profil enflé et une lèvre fendue dont s'écoulait un filet de sang.

— Ton souhait va se réaliser ! siffla-t-elle à son attention. Je rends sa liberté à ton précieux ami !

Elle se rua vers la porte, le bouscula, et partit en courant dans le couloir.

Totalement abasourdi, Antoine pivota vers Cédric. Écarlate, ce dernier avait du mal à maîtriser sa colère et observait l'oncologue avec une férocité qu'il ne lui connaissait pas. Puis le regard d'Antoine fut attiré par les minuscules taches rouges qui maculaient la blouse blanche du chirurgien. Du sang. Frais. Et qui appartenait à Annabelle. Celui d'Antoine ne fit qu'un tour.

Cédric Berckin venait de frapper son grand amour.

Il allait le tuer.

DANS LA MÊME SÉRIE !

Quand il voit débarquer dans son cabinet la ravissante, mais ô combien extravagante, Gabrielle Géris, Adrien de Bérail est loin d'imaginer qu'il se laissera convaincre de l'embaucher comme baby-sitter. Veuf et très accaparé par son métier d'avocat, il lui faut de toute urgence une personne capable de prendre soin de ses deux chérubins, Paul et Sophie, tout juste âgés de neuf ans. C'est donc en dépit de ce que lui crie la raison qu'il accepte sa folle candidature. Une personnalité audacieuse et un toupet incroyable pour un petit mètre soixante sur talons… Qui sait ? La jeune femme pourrait bien se révéler être la perle rare…

Alliant humour et tendresse, Sophie Jomain nous embarque dans un récit qui ne manque pas de piquant. Une belle leçon sur la quête du bonheur !

8,90 €

464 pages

Cet ouvrage est composé de matériaux issus de forêts gérées durablement certifiées PEFC^{TM}.

Le Programme de reconnaissance des certifications forestières (PEFC^{TM}) est le plus grand organisme mondial indépendant de contrôle pour une gestion durable des forêts.

Pour en savoir plus, consultez le site www.pefc-france.org

PEFC PEFC/14-38-00277

Achevé d'imprimer en avril 2023
par Novoprint

Dépôt légal : mai 2023

Imprimé en Slovaquie

« Comme elle l'aime ce gamin… Elle ferait n'importe quoi pour lui. S'il existe vraiment, Dieu lui en sera témoin : ce soir, Annabelle réglera tous leurs problèmes. Ce soir, elle acceptera l'offre que lui a faite Cédric Berckin.

Antoine, son grand amour, aura le cœur brisé et le sien saignera, mais Charles vivra encore un peu. Rien n'est plus important. »

Il aura fallu vingt ans à Annabelle pour avoir le courage de quitter Cédric et affronter la peur qui la retenait. Aucun homme ne la soumettra plus jamais, mais un seul saura-t-il de nouveau faire battre son cœur ?

À paraître